LEM · DIE FALLE DES GARGANCJAN

Universal Bibliothek

BELLETRISTIK

Stanisław Lem

DIE FALLE DES GARGANCJAN

Phantastische Erzählungen

1986

Verlag Philipp Reclam jun. Leipzig

Aus dem Polnischen
Übersetzung von Roswitha Matwin-Buschmann und Caesar Rymarowicz
Auswahl von Gisela Zeißig

ISBN 3-379-00020-5

Reclams Universal-Bibliothek Band 818
4. Auflage
Reihengestaltung: Lothar Reher
Gesetzt aus Garamond-Antiqua
Printed in the German Democratic Republic
Lizenz Nr. 363. 340/60/86 · LSV 7221 · Vbg. 17,4
Gesamtherstellung:
Grafischer Großbetrieb Völkerfreundschaft Dresden
Bestellnummer: 660 912 9
00250

Test

„Kadett Pirx!"
Eselswieses Stimme riß ihn aus seinen Träumen. Er hatte sich gerade vorgestellt, in dem Uhrtäschchen seiner alten Zivilhose unten im Schrank stecke noch ein Zweikronenstück. Eine klingende silberne Münze, längst vergessen. Vor einer Weile war er noch sicher gewesen, daß da nichts war, höchstens eine alte Postquittung, aber nach und nach nahm die Idee Gestalt an, daß die Münze dort sein konnte. Als Eselswiese ihn beim Namen rief, stand es für ihn fest, daß er das runde Geldstück deutlich zwischen den Fingern fühlte und sah, wie es sich in der kleinen Tasche abzeichnete. Ich könnte ins Kino gehen und würde dann immer noch eine halbe Krone übrigbehalten, dachte er. Oder nur zur Wochenschau, dann blieben mir sogar anderthalb Kronen. Wenn ich eine Krone zurücklege, kann ich für den Rest den Automaten spielen lassen. Wer weiß, vielleicht spuckt er mir pausenlos Kleingeld in die hingehaltene Hand — so viel, daß ich es kaum in den Taschen unterbringen kann ... Ich würde nur immer die Hand hinhalten, nur immer hinhalten ... Hatte nicht Smiga so etwas erlebt? Pirx beugte sich schon unter der Last des unverhofften Gewinns, da wurde er von Eselswiese unsanft geweckt.
Der Dozent verschränkte die Hände auf dem Rücken, verlagerte sein Gewicht auf das gesunde Bein und fragte: „Was täten Sie, Kadett, wenn Sie bei einem Patrouillenflug auf das Schiff eines fremden Planeten stießen?"
Pirx öffnete den Mund, als wollte er die darin enthaltene Antwort vertreiben. Er sah aus wie der letzte Mensch — der letzte Mensch auf Erden, der zu erklären wüßte, was er zu tun hat, wenn er Raketen von fremden Planeten begegnet.
„Ich würde näher heranfliegen", sagte er mit dumpfer, merkwürdig rauher Stimme. Die Lehrgangsteilnehmer wurden still. Sie witterten eine willkommene Abwechslung.
„Sehr gut", sagte Eselswiese väterlich, „aber was weiter?"
„Ich würde stoppen", platzte Kadett Pirx heraus, denn er fühlte, daß er im Niemandsland umhertappte, weit vor der

vordersten Linie seiner Kenntnisse. Fieberhaft durchsuchte er sein leeres Hirn nach Paragraphen für das Verhalten im Raum. Irgendwann muß ich mal was darüber gelesen haben, dachte er. Bescheiden senkte er den Blick und sah, daß Smiga ihm etwas vorsagen wollte — er bewegte dabei nur die Lippen. Pirx begriff und wiederholte laut, bevor ihm der Sinn der Worte klar wurde: „Ich würde mich ihnen vorstellen."
Das Auditorium brüllte wie ein Mann. Eselswiese kämpfte eine Sekunde mit sich, lachte dann auch, wurde aber gleich wieder ernst.
„Kadett, Sie kommen morgen mit dem Navigationsbuch zu mir. Kadett Boerst!"
Pirx setzte sich auf den Stuhl, als sei der aus noch nicht völlig erstarrtem Glas. Er nahm es Smiga nicht einmal sehr übel — so war er eben, er ließ sich keine Gelegenheit entgehen. Von dem, was Boerst sagte, hörte er kein Wort — er zeichnete Kurven auf der Tabelle, und Eselswiese kommentierte die Antworten des Elektronenkalkulators auf seine Art, so daß der Antwortende den Faden verlor. Die Vorschrift ließ die Hilfe eines Kalkulators zu, Eselswiese hatte in dieser Sache jedoch seine eigene Auffassung. „Der Kalkulator ist auch nur ein Mensch", pflegte er zu sagen. „Er kann entzweigehen." Pirx konnte ihm das nicht einmal übelnehmen, er nahm nie etwas übel. Fast nie. Fünf Minuten später weilte er in Gedanken schon wieder ganz woanders, er stand in der Dyerhoffstraße vor einem Schaufenster und sah sich Gaspistolen an, die nicht nur für Gaspatronen, sondern auch für scharfe Munition oder Blindpatronen geeignet waren. Eine Pistole mit hundert Schuß kostete sechs Kronen ... Pirx war nicht mehr anwesend, er war in der Dyerhoffstraße und starrte ins Schaufenster ...
Als das Klingelzeichen ertönte, verließ er ruhig und gemessen den Saal, nicht lärmend und stampfend, wie der erste beste. Schließlich waren sie keine Kinder! Nahezu die Hälfte bewegte sich in die Messe — es gab zwar nichts zu essen um diese Zeit, aber es gab etwas zu sehen: die neue Serviererin, von der es hieß, sie sei schön. Pirx ging langsam zwischen den Glasschränken hindurch, die mit Sterngloben vollgestellt waren, und mit jedem Schritt bröckelte ein Stück von der Hoffnung ab, daß sich das Zweikronenstück in der Tasche anfinden könnte. Unten, auf der letzten Stufe, wußte er, daß dort noch

nie ein Geldstück gewesen war.
Am Ausgang standen Boerst, Payartz und Smiga. Payartz war ein halbes Jahr sein Tischnachbar gewesen, im Kosmodäsie-Unterricht. Er hatte ihm alle Atlanten mit Tusche beschmiert.
„Du hast morgen deinen Versuchsflug", sagte Boerst.
„In Ordnung", erwiderte Pirx phlegmatisch. So leicht ließ er sich nicht foppen.
„Du glaubst es nicht? Lies!" Boerst klopfte mit dem Finger an die Scheibe des Aushanges.
Pirx wollte weitergehen, aber sein Kopf schien sich von selbst zu drehen. Nur drei Namen waren auf der Liste, und ganz oben, tatsächlich, da stand es: Kadett Pirx. Unübersehbar! Einen Augenblick verschwamm alles um ihn herum. Dann hörte er wie aus der Ferne seine Stimme: „Na und? Ich hab doch gesagt: in Ordnung."
Er ging an ihnen vorüber und lenkte seine Schritte durch die kleine, von Blumenbeeten gesäumte Allee. In diesem Jahr wuchs dort eine Menge Vergißmeinnicht, man hatte sie sinnigerweise in Form einer landenden Rakete gepflanzt. Pirx sah nichts von alledem, weder die Blumenrabatten, die Stege und die Vergißmeinnicht noch den Chef, der eilig aus dem Seitenflügel des Instituts trat. Um ein Haar wäre Pirx im Portal mit ihm zusammengestoßen. Er salutierte.
„Hallo, Pirx!" sagte Eselswiese. „Sie fliegen morgen. Ich wünsche Ihnen einen guten Start! Vielleicht haben Sie Glück, Kadett, und begegnen denen von den anderen Planeten!"
Das Internat, hinter hohen Trauerweiden, lag am anderen Ende des Parks an einem Teich. Sein Seitenflügel, von Steinsäulen gestützt, ragte über dem Wasser auf. Irgend jemand hatte das Gerücht aufgebracht, daß die Säulen vom Mond stammten. Das war natürlich ein Hirngespinst, aber schon die ersten Schüler hatten voller Ehrfurcht ihre Initialen und Daten in den Stein geritzt. Auch Pirx' Name stand dort irgendwo, er hatte ihn vor vier Jahren mit großem Eifer eingraviert.
In seinem Zimmer — es war so klein, daß er es mit niemandem zu teilen brauchte — zögerte er ein wenig. Sollte er den Schrank öffnen oder nicht? Er wußte genau, wo die alte Hose lag. Man durfte eigentlich kein Zivilzeug haben, vielleicht hatte er sie gerade deshalb aufgehoben. Im Grunde hatte sie für ihn keinen

Wert. Er kniff die Augen zu, kauerte vor dem Schrank nieder, steckte die Hand durch die offene Tür und befühlte die Tasche. Na bitte — er hatte es doch gewußt. Sie war leer.

Pirx stand in der Kombination, die noch nicht aufgeblasen war, auf dem stählernen Brückenpodest dicht unter dem Hallendach und hielt sich mit der Armbeuge an der Leine fest, die als Geländer gespannt war. Er hatte keine Hand frei. In der einen hielt er das Navigationsbuch, in der anderen den Schmolch, eine Spickkladde, die ihm Smiga geliehen hatte. Es hieß, der ganze Lehrgang sei mit ihr geflogen. Niemand wußte zu sagen, wie sie immer wieder zurückkehrte, denn nach dem Versuchsflug verließ man das Institut und ging nach Norden, zur Basis, wo die Paukerei für das Schlußexamen begann. Wie dem auch sei — sie kam jedenfalls immer wieder zurück. Wer weiß, vielleicht wurde sie mit dem Fallschirm abgeworfen. Es war ja nur ein Scherz.
Pirx stand auf dem federnden Brett über einem vierzig Meter tiefen Abgrund und verkürzte sich die Zeit, indem er überlegte, ob man ihn wohl „filzen" würde, was leider hin und wieder vorkam. Die Kadetten nahmen zu den Versuchsflügen die merkwürdigsten Dinge mit, auch solche, die streng verboten waren: flache Schnapsfläschchen, Kautabak, Mädchenfotos — von Spickkladden ganz zu schweigen. Pirx hatte lange nach einer Stelle gesucht, wo er die Kladde verbergen konnte. Er hatte sie wohl an die fünfzehnmal versteckt — im Schuh unter der Ferse, zwischen beiden Socken, im Schaft, in der Innentasche der Kombination, in dem kleinen Sternatlas, den man mitnehmen durfte ... Auch ein Brillenfutteral hätte sich gut geeignet, aber erstens hätte es riesengroß sein müssen, und zweitens trug er keine Brille. Als Brillenträger — das fiel ihm erst ein wenig später ein — hätte man ihn im Institut gar nicht aufgenommen.
Er stand also auf dem stählernen Podest und wartete auf den Chef und die beiden Instrukteure, die sich aus irgendeinem Grunde verspäteten. Es war bereits neunzehn Uhr siebenundzwanzig. Der Start war auf neunzehn Uhr vierzig angesetzt. Ein Stückchen Heftpflaster müßte man haben, dachte Pirx. Damit könnte man sich die Kladde unter den Arm kleben. Der kleine Yerkes soll das versucht haben. Ich bin kitzlig! soll er geschrien haben, als der Instrukteur ihn berührte. Er hatte

eben Glück ... Aber er, Pirx, sah nicht so aus, als wäre er kitzlig. Nein, nein, er machte sich keine Illusionen, und deshalb hielt er die Spickkladde ganz einfach in der Rechten. Erst jetzt fiel ihm ein, daß er diese Hand den beiden Instrukteuren und dem Chef zum Gruß reichen mußte. Sofort wechselte er die beiden Gegenstände aus, er nahm das Navigationsbuch in die rechte und die Kladde in die linke Hand. Durch diese Manipulation hatte er das stählerne Podest in Schwingungen versetzt, so daß es wie ein Sprungbrett schwankte. Plötzlich vernahm er Schritte auf der anderen Seite. Er hatte die drei nicht gleich bemerkt, denn es war dunkel unter der Hallendecke.

Wie bei solchen Anlässen üblich, waren alle in Uniform, geputzt und geschniegelt, vor allem der Chef. Er, der Kadett Pirx, trug eine Kombination, die aussah wie zwanzig Footballdresse zusammengenommen, obwohl sie noch gar nicht aufgeblasen war. Von beiden Seiten des hohen Kragens hingen die langen Enden des Interkoms und des äußeren Radiophons herab, am Hals baumelte eine Schlange, die in den Schlauch des Sauerstoffgeräts überging, und auf dem Rücken fühlte er den Druck der Reserveflasche. Ihm war unerträglich heiß in der zweifachen Schweißschutzwäsche, am meisten machte ihm aber die Einrichtung zu schaffen, die dazu diente, daß man während des Fluges zur Verrichtung der Notdurft nicht hinauszugehen brauchte (übrigens wäre das in einer einstufigen Rakete, in der die Versuchsflüge unternommen wurden, gar nicht so einfach gewesen).

Auf einmal begann das ganze Gerüst zu schwanken. Jemand nahte von hinten — Boerst, in der gleichen Kombination; er salutierte stramm mit seinem großen Handschuh und blieb in dieser Haltung stehen, als ob er Pirx hinunterstoßen wollte.

Als die anderen vorangingen, fragte Pirx verwundert: „Was, du fliegst auch? Hast du denn auf der Liste gestanden?“

„Brendan ist erkrankt. Ich fliege für ihn“, erwiderte Boerst.

Pirx war ein wenig verlegen. Das war das einzige, aber wirklich das einzige, wodurch er wenigstens um einen Millimeter den sphärischen Regionen näher kam, in denen Boerst so lebte, als ob ihm das nicht die geringste Mühe bereitete. Boerst war der Begabteste des ganzen Lehrganges, und Pirx verzieh ihm das leicht, ja er empfand für dessen mathematisches Talent sogar eine gewisse Hochachtung, seit er erlebt hatte, wie tapfer er mit dem Elektronenkalkulator gekämpft und erst bei den Wurzeln vierten Grades an Tempo verloren hatte. Boerst war der Sohn begüterter Eltern, er hatte es überhaupt nicht nötig, von Zweikronenstücken zu träumen, die eventuell in alten Buxen verborgen waren. Aber er war nicht nur der Begabteste, er hatte auch glänzende Erfolge in der Leichtathletik aufzuweisen; er sprang wie der Teufel, tanzte ausgezeichnet, und — es ließ sich nicht leugnen — er war eine stattliche Erscheinung, was man von Pirx nicht gerade behaupten konnte.

Sie schritten über das lange Podest zwischen den Gitterstützen des Daches, vorbei an hintereinander aufgestellten Raketen, bis die Helligkeit sie überflutete, denn dieser Teil des Daches war bereits in einer Breite von zweihundert Metern zurückgeschoben worden. Auf gewaltigen Betontrichtern, die ineinandergriffen und dazu dienten, das Feuer der Düse abzuleiten, standen zwei kegelförmige Kolosse nebeneinander — in Pirx' Augen waren es jedenfalls Kolosse. Jeder von ihnen war achtundvierzig Meter hoch und hatte unten, im Booster, einen Durchmesser von elf Metern.

Zu den Luken, die bereits abgeschraubt waren, führten kleine Gangways. Den Durchgang versperrten bleierne Gewichte, die in der Mitte aufgestellt waren, jedes mit einem roten Fähnchen an einem biegsamen Schaft. Pirx wußte, was nun kam: die Frage, ob er bereit sei, die ihm gestellte Aufgabe zu erfüllen. Er würde die Frage — das wäre das erstemal in seinem Leben — mit „ja" beantworten und das Fähnchen beiseite schieben. Plötzlich bedrängte ihn das Gefühl, daß er beim Entfernen des Fähnchens über das Seil stolpern und unweigerlich der Länge nach hinschlagen würde — solche Dinge kamen vor. Wenn das überhaupt jemandem passieren sollte — ihm bestimmt. Er hatte nie Glück, es kam ihm jedenfalls so vor. Die Dozenten waren da anderer Meinung. Er sei eben ein Trottel, sagten sie, ein Tölpel. Er denke immer an alles mögliche, nur nicht an das, woran er gerade zu denken habe. In der Tat, nichts fiel ihm so schwer wie das Reden, die Konversation. Zwar klaffte zwischen seinem Tun und seinem Denken, das sich in Worte kleidete, kein Abgrund, aber immerhin war dort ein Hindernis, das ihm das Leben schwer machte. Die Dozenten ahnten nicht, daß Pirx ein Träumer war. Niemand ahnte das. Man glaubte, er denke überhaupt nicht — und das stimmte nun wirklich nicht.

Er schielte zu Boerst hinüber und sah, daß der sich so hingestellt hatte, wie es das Reglement vorschrieb: einen Schritt von der Gangway entfernt, die zur Luke führte, in strammer Haltung, die Hände an den nicht aufgeblähten Gummireifen seiner Kombination.

Boerst sieht sogar in dieser eigenartigen Kluft gut aus, dachte Pirx. Sie kleidet ihn, obwohl sie wirkt, als habe man sie aus hundert Fußbällen zusammengesetzt ... Boersts Kombination war tatsächlich noch nicht aufgeblasen, seine dagegen schien an einigen Stellen gefüllt zu sein. Wahrscheinlich konnte er sich deshalb so schlecht in ihr bewegen und war gezwungen, so breitbeinig dazustehen. Er stellte die Füße nebeneinander, so gut er es vermochte, aber die Absätze wollten einfach nicht zusammenrücken. Warum bekommt Boerst das fertig und ich nicht? fragte er sich. Schleierhaft! Ohne Boerst hätte er übrigens völlig vergessen, die vorschriftsmäßige Grundstellung einzunehmen: den Rücken der Rakete und das Gesicht den drei Uniformierten zugewandt. Die drei gingen zuerst auf Boerst zu. Vielleicht taten sie das nur deshalb, weil sein Name rein zufällig mit B begann. Und dennoch — ein absoluter Zufall wäre das nicht, das heißt ein Zufall schon, aber ein ungünstiger, wie immer. Er war zum Warten verurteilt, und das machte ihn nervös. Wenn ihm schon Unangenehmes bevorstand, dann sollte es lieber gleich geschehen.

Pirx hörte nur Bruchstücke von dem, was die drei mit Boerst besprachen. Boerst war gespannt wie eine Bogensehne, er antwortete schnell, so schnell, daß Pirx kein Wort verstand. Dann traten sie zu ihm, und als der Chef ihn anredete, fiel ihm plötzlich ein, daß eigentlich nicht zwei Mann fliegen sollten, sondern drei. Wo war der dritte? Zum Glück hatte er vernommen, was der Chef sagte, und so stieß er im letzten Augenblick hervor: „Kadett Pirx zum Start bereit."

„Hm ... tja", sagte der Chef. „Und der Kadett Pirx erklärt, daß er an Leib und Seele gesund ist ... hm ... in den Grenzen seiner Möglichkeiten?" Er liebte es, an die stereotypen Fragen solche Floskeln anzuhängen. Er konnte sich das gestatten, er war eben der Chef.

Pirx erwiderte, er sei gesund.

„Für die Dauer des Fluges ernenne ich den Kadetten zum Piloten ...", sagte der Chef, leierte die sakramentale Formel herunter und fuhr dann fort: „Die Aufgabe: Senkrechter Start im Booster mit halber Kraft. Aufstieg in die Ellipse B 68. Auf der Ellipsenbahn Korrektur zur festen Umlaufbahn mit einer Umlaufzeit von vier Stunden sechsundzwanzig Minuten. Warten, bis zwei direkte Verbindungsschiffe vom Typ JO 2 auf der Umlaufbahn sind. Wahrscheinliche Zone des Radarkontakts — Sektor II, Satellit PAL mit möglicher zulässiger Abweichung von sechs Bogensekunden. Zur Abstimmung des Manövers phonischen Kontakt anknüpfen. Manöver: Heruntergehen von der festen Umlaufbahn mit einem Kurs von sechzig Grad vierundzwanzig Minuten nördlicher Breite, einhundertfünfzehn Grad drei Minuten elf Sekunden östlicher Länge. Anfangsbeschleunigung 2,2 g. Endbeschleunigung nach dreiundachtzig Minuten: null. Beide JO 2 in Dreierformation, ohne den Bereich der Phonie zu verlassen, zum Mond lotsen. In dessen Äquatorzone eine zeitweilige Umlaufbahn entsprechend den Angaben von LUNA PELENG erreichen, sich vergewissern, daß sich die beiden gelotsten Raumschiffe auf der Umlaufbahn befinden. Von dieser Umlaufbahn mit Kurs und Beschleunigung nach eigenem Gutdünken heruntergehen, um auf die feste Umlaufbahn im Bereich des Satelliten PAL zurückzukehren. Dort weitere Befehle abwarten."

Die Kadetten erzählten sich, daß es demnächst anstelle der bisherigen Spickkladden elektronische Spicker geben werde, das heißt Mikrokerne von der Größe eines Kirschkerns, die man im Ohr oder unter der Zunge tragen könne. Mit denen wäre man fein heraus, denn sie würden einem alles vorsagen, immer und überall. Pirx glaubte nicht daran, er war der Meinung — und das nicht zu Unrecht —, daß man dann keine Kadetten mehr benötigen würde. Aber wie dem auch sei, vorläufig gab es so etwas nicht, und deshalb mußte er den ganzen Text der Aufgabe wiederholen. Das tat er auch, wobei er sich nur ein einziges Mal irrte, allerdings gründlich, denn er verwechselte die Minuten und Sekunden der Zeit mit denen der Länge und Breite. Was kommt nun? fragte er sich, als er fertig war. Ihm war unerträglich warm in der Antischweißwäsche, die er unter der dicken Hülle der Kombination trug. Er wurde aufgefordert, den Wortlaut ein zweites Mal herzubeten. Er tat es, aber der Sinn wurde ihm nicht bewußt. Haben die mir aber eingeheizt! Das war das einzige, was er zu denken imstande war.

In der linken Hand hielt er die Spickkladde, in der rechten das Navigationsbuch, das er dem Chef reichte. Das mündliche Wiederholen der Aufgabe war reine Schikane, denn man bekam sie ja ohnehin schriftlich — sogar der erste Kurs war darin vorgezeichnet. Der Chef steckte das Kuvert mit der Aufgabe in das kleine Täschchen unter den Umschlag. Dann gab er ihm das Buch zurück und fragte: „Pilot Pirx, sind Sie bereit?"

„Bin bereit!" antwortete Pirx. In diesem Augenblick hatte er nur noch einen Wunsch: im Steuerraum zu sitzen. Er sehnte sich danach, die Kombination aufknöpfen zu können, wenigstens am Hals.

Der Chef trat einen Schritt zurück. „Ins Projektil!" rief er mit seiner herrlich metallischen Stimme, die wie ein Glockenschlag den dumpfen Lärm in der riesigen Halle übertönte.

Pirx vollführte eine Kehrtwendung, ergriff das rote Fähnchen, stolperte über das Seil, fand im letzten Augenblick das Gleichgewicht wieder und tapste wie ein Golem über den schmalen Steg. Als er ihn halb überquert hatte, betrat Boerst — von hinten glich auch er einem Fußball — bereits seine Rakete.

Pirx steckte die Beine hinein, klammerte sich an die massive Verschalung der Luke, rutschte die elastische Rinne hinunter, ohne die Füße auf die Sprossen zu stellen — Sprossen sind nur für sterbende Piloten da, pflegte Eselswiese zu dozieren —, und ging daran, die Klappe zu schließen. Sie hatten das an „Phantom"-Geräten und an einer Klappe trainiert, die aus einer richtigen Rakete stammte und mitten im Übungsraum befestigt war — hundertmal, tausendmal: linke Kurbel, rechte Kurbel, halb herum, Kontrolle der Abdichtungen, wieder eine halbe Drehung beider Kurbeln, Festdrücken, Dichtekontrolle unter Druck, Absicherung der Luke mit innerem Schutzdeckel, Vorschieben der Antimeteoritenschutzhülle, Verlassen des Einstiegschachts, Verschließen der Kabinentür, Andrükken, Kurbel, zweite Kurbel, Riegel — es konnte einem schlecht werden dabei.

Pirx glaubte, daß Boerst schon lange in seiner Glaskugel säße, während er erst den Anschlagring der Kammer festschraubte. Plötzlich fiel ihm ein, daß sie ja ohnehin nicht zusammen starten würden, es wurden sechsminütige Abstände eingehalten, er brauchte sich also gar nicht zu beeilen. Dennoch war es besser, sich auf seinen Platz zu setzen und das Radiophon einzuschalten — dadurch könnte er wenigstens die Befehle hören, die Boerst erhielt. Es war interessant zu wissen, welche Aufgabe er wohl zu lösen hätte.

Als Pirx die Außenklappe zudrückte, schaltete sich automatisch die Innenbeleuchtung ein. Er verriegelte alles, was es zu verriegeln gab, und stieg über die mit sehr rauhem, aber weichem Plastikstoff ausgelegten Stufen der kleinen Schräge zum Pilotensitz.

Weiß der Teufel, weshalb diese kleinen Einpersonenraketen so eingerichtet sind, daß der Pilot in einer großen Glaskugel von drei Meter Durchmesser sitzen muß, dachte Pirx. Sie war zwar durchsichtig, aber natürlich nicht aus Glas, sondern aus einem elastischen, federnden Material, das sehr hartem, grobem Gummi ähnelte. Diese Kapsel mit dem zerlegbaren Pilotensitz in der Mitte war in einen kegelförmigen Raum eingepaßt, den eigentlichen Steuerraum. Der Pilot konnte sich in seinem Zahnarztstuhl, wie man ihn nannte, nach allen Seiten drehen und durch die Wände der Blase, in die er eingeschlossen war, alle Skalen, alle Zeiger und alle vorderen, hinteren und seitlichen Bildschirme sehen, dazu die Tafeln beider Rechenmaschinen und des Astrographen sowie das Allerheiligste — das Trajektometer. Dieses Gerät zeichnete mit einem dicken, stark leuchtenden Band auf der trüben, gewölbten Scheibe den Weg des Projektils und setzte ihn in Beziehung zu den Fixsternen in der Harelsbergerschen Projektion. Der Pilot mußte die Elemente ihrer Projektion auswendig kennen und imstande sein, sie in jeder Lage vom Apparat abzulesen, auch wenn er mit dem Kopf nach unten hing. Wenn er den Sitz eingenommen hatte, hielt er links und rechts die beiden Hauptgriffe des Reaktors und der Steuerdüsen für Abweichungen. Außerdem waren da noch drei Unfallgriffe, sechs Hebel für die einfache Steuerung, die Drehknüppel zum Starten und für den Freilauf sowie den Leistungsregler, für den Schub, für das Durchblasen der Düsen, und dicht über dem Fußboden das große Speichenrad der Klimaanlage, der Sauerstoffapparatur, der Griff der Brandsicherungsanlage, der Griff der Reaktorschleuder — für den Fall, daß eine unkontrollierte Kettenreaktion beginnen sollte —, ein Seil mit einer Schleife, das an der Decke des Schränkchens befestigt war, in dem sich die Thermosflaschen und das Essen befanden, und unter den Füßen die weich gepolsterten und mit Riemenschleifen versehenen Bremspedale

und die Schleudersicherung. Wenn man die Sicherung betätigt — man mußte mit dem Fuß die Haube einschlagen und sie nach vorn stoßen —, wurde die Blase mit dem Sitz und dem Piloten und dem Ringband-Fallschirm herausgeschleudert.
Außer dem Hauptzweck — Rettung des Piloten bei einer Havarie, die nicht zu beheben ist — gab es noch acht weitere wichtige Gründe für die Konstruktion der Blase. Unter günstigeren Umständen hätte Pirx all diese Gründe aufzählen können, obwohl sie ihn allesamt nicht überzeugten und die anderen Kadetten auch nicht.
Als er dann endlich saß, mußte er sich mühevoll krümmen, um alle Röhrchen, Kabel und Leitungen, die aus dem Gurt heraushingen, in die Enden zu stecken, die aus dem Sitz emporragten. Jedesmal wenn er sich vorbeugte, schnürte ihm die Kombination den Leib ab. Es war kein Wunder, daß er das kleine Kabel der Phonie mit dem Heizkabel verwechselte. Zum Glück hatten sie verschiedenfarbige Gewinde, aber der Irrtum wurde ihm erst bewußt, als er schon ganz in Schweiß gebadet war. Während die Luft rauschend in die Kombination strömte und sie in Sekundenschnelle ausfüllte, lehnte er sich seufzend zurück und legte mit beiden Händen die Schenkel- und Schulterriemen an.
Der rechte schnappte gleich ein, der linke wollte nicht. Sein Kragen, der wie ein Gummireifen aufgeblasen war, erlaubte ihm nicht, nach hinten zu schauen. So quälte er sich denn und tastete blindlings mit dem Karabinerhaken — gleichzeitig vernahm er gedämpfte Stimmen in den Hörern: „... Pilot Boerst auf AMU 18! Start nach Phonie im Moment Null!“ Die Antwort kam wie aus der Pistole geschossen.
Pirx fluchte. Endlich — der Verschluß rastete ein. Pirx sank tief in den weichen Sessel, so müde, als sei er gerade von einem sehr langen interstellaren Flug zurückgekehrt.
„Dreiundzwanzig — zweiundzwanzig — einund ...“, tönte es in den Hörern.
Einmal war es vorgekommen, daß bei Null zwei Lehrgangsteilnehmer zugleich starteten — der richtige und der andere, der noch gar nicht an der Reihe war. Die beiden Raketen schossen im Abstand von zweihundert Metern in die Höhe, es hätte nicht viel gefehlt, Sekundenbruchteile nur, und sie wären zusammengeprallt. So wenigstens wurde es erzählt. Seit diesem Vorfall wurde das Zündkabel erst im letzten

Augenblick eingeschaltet, durch Fernsteuerung. Der Flugplatzkommandant tat das von seiner verglasten Navigationszentrale aus — das Zählen war also ein gewöhnlicher Bluff, aber das wußte niemand.
„Null!“ tönte es in den Hörern. Pirx vernahm ein gedämpftes Brausen, sein Sitz erbebte, auf der durchsichtigen Hülle, die ihn umgab, zitterten Lichtreflexe. Er starrte zur Decke, auf den Astrographen, und las die Werte ab — Kühlung, Schubkraft der Haupt- und Hilfsdüsen, Neutronenstromdichte, Grad der Verunreinigung durch Isotopen und noch achtzehn weitere Werte, von denen sich die Hälfte ausschließlich mit dem Zustand des Boosters befaßte. Das Beben wurde schwächer, die Wand des dumpfen Lärms glitt vorüber, schien oben zu zerfließen, als habe sich ein unsichtbarer Vorhang vor den Himmel gespannt. Auch das Brausen nahm ab, es hörte sich an wie fernes Donnergrollen. Dann wurde es still.
Etwas summte und zischte — Pirx fand nicht einmal Zeit, zu erschrecken. Die automatische Sicherung hatte die bisher blockierten Bildschirme eingeschaltet — sie waren von außen abgesichert, wenn jemand in der Nähe startete, damit die blendende Flamme des atomaren Rückstoßes die Objektive nicht beschädigte.
Sehr nützlich, diese automatischen Sicherungen! sagte sich Pirx. Er dachte an dies und das, bis ihm ein Schreck in die Glieder fuhr, ein Schreck, der ihm unter der glockigen Haube die Haare zu Berge stehen ließ. Herrgott, jetzt bin ich ja dran — gleich fliege ich! ging es ihm durch den Sinn.
Blitzschnell begann er die Hebel für den Start vorzubereiten, das heißt, sie der Reihe nach zu berühren und zu zählen: Eins, zwei, drei — wo ist der vierte? Der dort ... Ja ... und dann den Zeiger ... Das Pedal ... Nein, nicht das Pedal ... Die Griffe! Erst den roten, dann den grünen, dann den für den Automaten ... So ... Oder kommt der grüne vor dem roten ...?
Pilot Pirx auf AMU 27! Seine eigene laute Stimme, die ihm durch die Kopfhörer geradewegs ins Ohr drang, riß ihn aus dem Dilemma. *Start nach Phonie im Moment Null!*
Er hätte beinahe „Pilot Boerst“ gesagt, so sehr hatten sich ihm die Worte des anderen eingeprägt. „Idiot!“ brüllte er sich selbst in der Stille an, die nun herrschte. Dann bellte der Automat: *Sechzehn — fünfzehn — vierzehn* ... Müssen eigentlich alle Automaten solche Feldwebelstimmen haben? fragte sich Pirx.

Er schwitzte. Krampfhaft versuchte er, sich an etwas Wichtiges zu erinnern. Er wußte, daß dieses Etwas ausschlaggebend war, daß es über Leben und Tod entschied, aber es wollte ihm nicht einfallen.

... sechs — fünf — vier...

Mit feuchten Fingern umklammerte er den Startgriff. Gut, daß er so rauh ist, dachte er. Ob alle so schwitzen? Wahrscheinlich...

Null! schnarrte es im Hörer.

Seine Hand zog den Hebel von selbst, ganz von selbst, sie zog ihn bis zur Mitte und hielt ihn fest. Brüllendes Getöse ... Ihm war, als lege sich ihm eine elastische Presse um Kopf und Brust. Der Booster! vermochte er gerade noch zu denken, dann wurde es dunkel um ihn. All das dauerte nur wenige Augenblicke. Als es vorbei war, lastete noch immer der unnachgiebige Druck auf seinem Körper. Auf den Bildschirmen, zumindest auf denen, die ihm gegenüber angebracht waren, sah er eine weiße, brodelnde Masse, die ihn an Milch erinnerte, an Milch, die aus einer Million Töpfen überkocht.

Aha! sagte er sich. Jetzt stoße ich durch die Wolken ... Sein Gehirn arbeitete noch ein wenig träge, aber er war immerhin wieder imstande, ruhig und klar zu überlegen. Er kam sich mit der Zeit völlig unbeteiligt vor, ihm war, als sei er nur noch Zeuge dieser sonderbaren Szenerie. Komisch! dachte er. Da fläzt sich so ein Bursche im „Zahnarztstuhl" herum, rührt weder Hand noch Fuß, und dabei ... Die Wolken sind übrigens verschwunden, der Himmel ist blau ... Eigenartig, dieses Blau ... Wie mit Tusche gefälschtes Wäscheblau ... Sind das dort Sterne, oder sind es keine ...? Ja, Sterne...

Überall bewegten sich Zeiger — über ihm, vor ihm, neben ihm. Jeder bewegte sich anders, jeder zeigte etwas anderes an. Pirx mußte sie alle verfolgen, und er hatte nur zwei Augen. In den Hörern ertönten in regelmäßigen Abständen kurze, pfeifende Signale; seine linke Hand zog von selbst — wieder ganz von selbst — an der Schleuder des Boosters. Gleich darauf wurde es etwas erträglicher. Die Geschwindigkeit betrug sieben Komma eins pro Sekunde, die Höhe zweihunderteins Kilometer, die Beschleunigung eins Komma neun. Die Startkurve, die er mit auf den Weg bekommen hatte, war zu Ende. Nun heißt es entspannen, dachte Pirx, denn bald wird es eine Menge Arbeit geben!

Er machte es sich bequem, drückte auf die Lehne — dadurch hob sich die Stütze des Sessels — und erstarrte vor Schreck. Wo ist die Spicke?! durchfuhr es ihn.
Die Spicke war wichtig, unsagbar wichtig, und er konnte sich nicht erinnern, wo er sie hingesteckt hatte. Er sah sich auf dem Fußboden um, als gäbe es nicht die Unmenge von Zeigern, die ihn von allen Seiten anblinzelten. Da! Die Spicke lag unter dem Sessel! Er bückte sich, aber die Gurte ließen begreiflicherweise nicht locker. Nun blieb ihm keine Zeit mehr, und mit dem Gefühl, auf der Spitze eines sehr hohen Turmes zu stehen und mit ihm in die Tiefe zu stürzen, schlug er das Navigationsbuch auf, das in der Tasche über dem Knie steckte, und zog die Aufgabe aus dem Umschlag. Zuerst begriff er gar nichts. Verflixt, wo ist die Umlaufbahn B 68? fragte er sich. Aha, die wird's wohl sein ... Er kontrollierte das Trajektometer und begann langsam zu wenden. Donnerwetter, es klappt sogar! dachte er staunend.
Als er die Ellipsenbahn erreicht hatte, präsentierte ihm der Kalkulator freundlich die Daten zur Korrektur. Pirx manövrierte, sprang aus der Umlaufbahn, bremste gar zu heftig, hatte zehn Sekunden lang minus 3 g, aber das machte ihm nichts aus. Physisch war er sehr widerstandsfähig. „Wäre dein Hirn so wie dein Bizeps", hatte Eselswiese einmal gesagt, „dann könnte etwas aus dir werden!"
Mit Hilfe der Korrekturdaten ging Pirx auf die feste Umlaufbahn, übermittelte dem Kalkulator über Phonie die Daten — aber der Kalkulator gab keine Antwort, auf seinem Bildschirm oszillierten Leerlaufwellen. Pirx brüllte noch einmal die Daten, bis ihm einfiel, daß er vergessen hatte, umzuschalten. Er holte das Versäumte nach, und sogleich erschien auf der Mattscheibe eine flimmernde vertikale Linie, und alle Fensterchen zeigten übereinstimmend lauter Einsen. Ich bin auf der Umlaufbahn! dachte er erfreut. Die Umlaufbahn betrug allerdings nicht vier Stunden und sechsundzwanzig Minuten wie vorgeschrieben, sondern vier Stunden und neunundzwanzig Minuten. Ist diese Abweichung zulässig oder nicht? überlegte Pirx angestrengt. Ob ich die Gurte abknöpfe und in der Spicke nachschaue? Sie liegt unter dem Sessel ... Ach, weiß der Teufel, ob das überhaupt drin steht ... Plötzlich fiel ihm ein, was Professor Kaahl einmal gesagt hatte: „Die Umlaufbahnen sind mit einem Fehler von null Komma drei Prozent berechnet." Den Daten

nach, die ihm der Kalkulator übermittelte, bewegte er sich dicht an der Grenze des Zulässigen. Na also, das war's, sagte er sich und sah sich nun erst richtig um.
Der Schweredruck schwand. Er spürte es nur daran, daß er sich sehr leicht vorkam, denn er war ja an den Sitz geschnallt, wie es sich gehörte. Auf dem vorderen Bildschirm sah er Sterne, nichts als Sterne und am unteren Rand einen blendendweißen Saum. Auf dem seitlichen Schirm war alles schwarz. Sterne, Sterne. Und auf dem unteren? Aha! Aufmerksam betrachtete Pirx die Erde — er jagte in einer Höhe von siebenhundert bis zweitausendvierhundert Kilometern über sie hinweg. Sie war ungeheuer groß, füllte den ganzen Schirm aus. Grönland! Das ist doch Grönland, oder ...? Ehe er sich Gewißheit verschaffen konnte, überquerte er bereits Nordkanada und die Arktis. Rings um den Nordpol glänzte Schnee. Der Ozean hatte eine schwarz-lila Farbe, seine Oberfläche war gewölbt, aber glatt, sie schien aus Eisen gegossen zu sein. Die wenigen Wolken — merkwürdig, wie wenige es waren — wirkten, als habe jemand hier und da einen dünnen Brei über die erhabenen Stellen verspritzt.
Pirx warf einen Blick auf die Uhr. Er flog schon siebzehn Minuten.
Nun mußte er die Radiosignale des Satelliten PAL auffangen und beim Kreuzen seiner Zone auf die Radarschirme schauen. Wie hießen die beiden Schiffe doch gleich? RO? Nein, JO. Und die Nummern? Er warf einen Blick auf das Blatt mit der Aufgabe, steckte es zusammen mit dem Navigationsbuch in die Tasche und bewegte den Regulator der Kontrollkapsel auf der Brust. Nur ein Piepsen und Knacken war zu vernehmen. PAL? Welches Signal hatte der eigentlich? Morse — aha! Er hörte genauer hin und sah auf die Schirme. Langsam drehte sich die Erde unter ihm, die Sterne glitten rasch über die Schirme, aber von PAL war nach wie vor weder etwas zu hören noch zu sehen.
Plötzlich summte es.
PAL! dachte er, aber er verwarf den Gedanken sogleich. Unsinn! Diese Schlitten summen doch nicht... Also was? Gar nichts summt! versuchte er sich einzureden. Oder... Havarie?
Das schreckte ihn keineswegs. Was konnte es schon für eine Havarie sein, er flog doch mit abgeschaltetem Triebwerk! Zerfällt die Kiste etwa von selbst, oder was? Vielleicht ein

Kurzschluß? Ach ja, das wird's sein! O Gott! Brandschutzbestimmung III a: „Brand im Weltraum auf Umlaufbahnen", Paragraph ... Hol's der Teufel! Es summte und brummte in einem fort, das Piepsen der Signale war kaum noch zu hören. Klingt fast so, als ob 'ne Fliege im Glas herumschwirrt, dachte er und sah von einer Uhr zur anderen.

Da entdeckte er sie.

Es war eine Riesenfliege — grünlich-schwarz, ekelhaft, eines dieser Biester, die offenbar dazu geschaffen sind, dem Menschen den Nerv zu töten, frech, aufdringlich, idiotisch, aber zugleich schlau und listig. Wie durch ein Wunder — wie sonst? — hatte sie sich in die Rakete geschmuggelt, und nun schwirrte sie außerhalb der gläsernen Kapsel umher und prallte dabei hin und wieder wie ein summendes Kügelchen gegen die leuchtenden Scheiben.

Als sich die Fliege dem Kalkulator näherte, begann es in den Kopfhörern so laut zu brummen wie ein viermotoriges Flugzeug, denn am oberen Rand des Kalkulators war ein Reservemikrofon angebracht. Es ließ sich außerhalb des Sitzes ohne Laryngophon erreichen, wenn die Kabel der Bordphonie getrennt waren. Wozu? Für alle Fälle. Es gab mehrere solcher Einrichtungen.

Pirx verfluchte das Mikrofon, wußte er doch, daß er Gefahr lief, die Signale des PAL zu überhören. Und nun begann die Fliege auch noch, nach allen Seiten Ausfälle zu machen. Unwillkürlich verfolgte er sie mit dem Blick, dann aber sagte er sich in aller Strenge, daß sie ihm gestohlen bleiben könne. Schade, daß man hier nicht irgend so ein Zeug spritzen kann...

„Ruhe!"

Es klirrte so laut, daß er unwillkürlich eine Grimasse schnitt. Die Fliege kroch auf den Kalkulator. Es wurde still — jetzt putzte sie sich die Flügel. Ein scheußliches Vieh!

In den Hörern ertönte ein fernes, regelmäßiges Piepsen: kurz-lang-lang-kurz — kurz-lang — kurz-lang-kurz-kurz. PAL! entschlüsselte Pirx. So, jetzt heißt es die Augen aufsperren ... Er hob den Sessel an — nun hatte er drei Bildschirme auf einmal vor Augen —, überprüfte erneut, wie sich der führende Phosphorstrahl des Radargeräts drehte, und wartete gespannt. Auf dem Radarschirm war nichts zu sehen, aber eine Stimme meldete sich.

A sieben Terraluna, A sieben Terraluna, Sektor III — Kurs einhundertdreizehn, PAL PELENG ruft — Bitte um Messung — Schalte auf Empfang.

Verflixt, wie soll ich jetzt bloß meine JOs hören! dachte Pirx besorgt.

Das Brummen in den Hörern verstummte plötzlich, und im gleichen Augenblick fiel von oben ein Schatten auf Pirx' Gesicht, als habe sich eine Fledermaus an der Lampe festgesetzt. Die Fliege! Sie kroch über die gläserne Kapsel, als ob sie ihr Inneres ergründen wollte.

Inzwischen war es im Äther „eng" geworden: Der Satellit PAL war aufgetaucht. Pirx konnte ihn bereits sehen, er glich einem Pfahl, es war ein achthundert Meter langer Aluminiumzylinder mit einer Observatoriumskugel am Heck. Er flog über ihm — ungefähr vierhundert Kilometer entfernt, vielleicht auch etwas mehr — und schickte sich an, ihn langsam zu überholen.

PAL PELENG an A sieben Terraluna, einhundertachtzig Komma vierzehn, einhundertsechs Komma sechs — Linear wachsende Abweichung — Ende.

ALBATROS vier Aresterra ruft PAL Hauptstation, PAL Hauptstation — Steige herab zum Tanken, Sektor II, steige herab zum Tanken, Sektor II — Fliege mit Reserve — Empfang.

A sieben Terraluna, PAL PELENG ruft...

Alles Weitere wurde vom Brummen der Fliege übertönt. Endlich schien sie sich ein wenig zu beruhigen.

Hauptstation an ALBATROS vier Aresterra — Tanken Quadrant sieben, Omega Hauptstation — Ende.

Die haben sich hier absichtlich versammelt, damit ich nichts höre, sagte sich Pirx. Die Antischweißwäsche klebte ihm am Körper. Die Fliege kreiste wütend über der Scheibe des Kalkulators, sie schien zu versuchen, den eigenen Schatten einzuholen.

ALBATROS vier Aresterra, ALBATROS vier Aresterra an PAL Hauptstation — Laufe Quadranten sieben an, laufe Quadranten sieben an — Bitte um Einlotsen durch Interkom — Ende.

Pirx hörte das Pfeifen des Interkoms, es wurde leiser und ging im Brummen unter, das wieder anschwoll. Er verstand nur die Worte: *JO zwei Terraluna, JO zwei Terraluna ruft AMU 27, AMU 27 — Empfang.* Interessant, meint der mich? Pirx zerrte vor Aufregung an den Gurten.

„AMU ...“, wollte er sagen, aber seiner heiseren Kehle entrang sich kein Laut. In den Hörern brummte es. Die Fliege. Er schloß die Augen und begann zu sprechen: *AMU 27 an JO zwei Terraluna — Bin im Quadranten vier, Sektor PAL — Schalte Positionslichter ein — Empfang.* Er schaltete die Positionslichter ein — zwei rote an den Seiten, zwei grüne an der Spitze, ein blaues am Heck — und wartete. Außer der Fliege war nichts zu hören.

JO zwei bis Terraluna, JO zwei bis Terraluna, ich rufe...

Es summte.

Meint der mich? fragte er sich verzweifelt.

AMU 27 an JO zwei bis Terraluna — Bin im Quadranten vier, Randsektor PAL — Trage alle Positionslichter — Empfang.

Nun meldeten sich die beiden JO-Schiffe gleichzeitig. Er schaltete den Selektor ein, der die Reihenfolge bestimmte, aber es war sinnlos. Das Brummen verschluckte alles. Die Fliege, die Fliege! Ich werde mich hier noch aufhängen! dachte er. Es kam ihm gar nicht in den Sinn, daß dieser „Ausweg“ infolge fehlender Schwerkraft unmöglich war.

Plötzlich entdeckte er auf dem Radarschirm die beiden Schiffe — sie folgten ihm in parallelen Kurven, nicht mehr als neun Kilometer voneinander entfernt, das heißt in unzulässigem Abstand. Als Lotse war er verpflichtet, ihnen zu befehlen, den vorgeschriebenen Abstand von vierzehn Kilometern einzuhalten. Er wollte sich noch einmal vergewissern, aber als er die genaue Lage der beiden Schatten auf dem Radarschirm zu untersuchen begann, ließ sich die Fliege auf der Scheibe nieder — ausgerechnet auf einem der Schatten. Wutentbrannt warf er das Navigationsbuch nach ihr — im Zustand der Schwerelosigkeit ein aussichtsloses Unterfangen. Das Buch prallte gegen die Kapselwand, fiel aber nicht nach unten, sondern nach oben. Es stieß gegen die Decke, flog hin und her und blieb schließlich mitten in der Kapsel schweben. Auf die Fliege machte das nicht den geringsten Eindruck — sie kroch seelenruhig weiter über den Radarschirm.

AMU 27 Terraluna an JO zwei, JO zwei bis — Ich sehe euch — Ihr habt Bordnähe — Wechselt auf Parallelkurse über mit Korrektur null Komma null eins — Nach Durchführung des Manövers auf Empfang geben — Ende.

Die beiden Schatten begannen sich langsam voneinander zu entfernen. Pirx wußte nicht, ob ihm die JO-Schiffe etwas

übermittelten, denn in den Hörern brummte es ohrenbetäubend: Die Fliege kreiste nun unmittelbar um das Mikrofon des Kalkulators. Pirx hatte nichts mehr, womit er nach ihr werfen konnte. Über ihm schwebte das Navigationsbuch und raschelte sanft mit seinen Seiten.
PAL Hauptstation an AMU 27 Terraluna — Verlassen Sie den Randquadranten, verlassen Sie den Randquadranten — Empfange das Transsolare — Empfang.
Unverschämtheit, jetzt kommt mir auch noch das Transsolare in die Quere ... Was geht mich das an? Raumschiffe in Gruppenformation haben Vorrang! überlegte Pirx. Er begann zu schreien, sein ohnmächtiger Haß auf die Fliege entlud sich.
AMU 27 Terraluna an PAL Hauptstation — Gehe vom Quadranten nicht herunter, das Transsolare geht mich nichts an — Fliege in Dreierformation — AMU 27, JO zwei, JO zwei bis, Geschwader Terraluna, an der Spitze AMU 27 — Ende.
Das mit dem „nichts angehen" war unnötig! sagte er sich. Damit hab ich mir nur Strafpunkte eingehandelt ... Ach was, der Teufel soll sie holen! Und wer bekommt Strafpunkte für die Fliege? Auch wieder ich, was? So was kann aber auch nur mir passieren ... Eine Fliege im Raumschiff — eine Fliege! Smiga und Boerst werden platzen vor Lachen, wenn sie davon erfahren ... Ich sehe sie direkt vor mir ...! Es war das erste Mal seit dem Start, daß er einen Gedanken an Boerst verschwendete, und auch jetzt blieb ihm keine Zeit, denn PAL — das war immer klarer zu erkennen — fiel immer mehr zurück. Nun flogen sie schon fünf Minuten zu dritt.
AMU 27 an JO zwei, JO zwei bis Terraluna — Zwanzig Uhr sieben — Das Manöver mit dem Einbiegen auf den Parabolkurs Terraluna beginnen wir um zwanzig Uhr zehn — Kurs einhundertelf... Pirx las die Kurse vom Blatt ab. Die Schiffe antworteten. PAL war nun außer Sicht, man konnte ihn aber immer noch hören. Oder war es die Fliege? Auf einmal spaltete sich das Summen. Pirx rieb sich die Augen — tatsächlich! Es war nicht mehr eine Fliege, es waren zwei! Wo in aller Welt war die zweite hergekommen? Die machen mich fertig, dachte er seelenruhig. Seltsam ... Die Erkenntnis, daß es sich nicht lohnte, zu kämpfen, hatte für Pirx etwas Angenehmes. Sie machen mich fertig, so oder so ..., sagte er sich. Aber diese Resignation währte höchstens eine Sekunde. Ein Blick auf die Uhr trieb

ihn zum Handeln. Der von ihm selbst bestimmte Zeitpunkt für den Beginn des Manövers war herangerückt, und er hatte noch nicht mal die Hände an den Hebeln!
Die Plackerei der tausendfachen Übungen tat offenbar das Ihre. Blindlings ergriff er beide Knüppel, betastete den linken, dann den rechten, während er auf das Trajektometer starrte. Das Triebwerk dröhnte dumpf, ging über in ein Zischen. Er stöhnte auf — irgend etwas hatte ihn an der Stirn getroffen, dicht unter dem Schirm des Helms. Das Navigationsbuch! Es schwebte vor seinen Augen, nahm ihm die Sicht, er konnte es nicht abstreifen, denn er hatte keine Hand frei. In den Hörern summte und brodelte es, das Liebesleben der Fliegen auf dem Kalkulator war in vollem Gange. Einen Revolver müßte man haben, dachte er und fühlte, wie ihm das Navigationsbuch infolge der wachsenden Beschleunigung die Nase platt drückte. Rasend vor Wut warf er den Kopf hin und her — er mußte das Trajektometer sehen! Das Buch, es wog annähernd drei Kilo, schlug krachend auf den Boden — immerhin betrug die Beschleunigung fast 4 g. Er bremste ein wenig, um sie in den Grenzen zu halten, die das Manöver erforderte. Als er die Beschleunigung bis auf 2 g gedrosselt hatte, rastete er die Riegel an den Hebeln ein. Den Fliegen scheint die Beschleunigung nichts auszumachen — nichts, aber auch gar nichts, dachte er. Ihnen bekommt das offensichtlich glänzend ... Und so soll ich nun dreiundachtzig Minuten fliegen ...! Er warf einen Blick auf den Radarschirm: Beide JO-Schiffe folgten ihm in einem Abstand, der auf etwa siebzig Kilometer angewachsen war. Kein Wunder, er war ja mehrere Sekunden lang mit 4 g geflogen und dadurch so weit vorgeschnellt. Macht nichts, dachte Pirx.
Solange er mit Beschleunigung flog, hatte er ein wenig Muße. 2 g — das war gar nichts. Insgesamt wog er jetzt einhundertzweiundvierzig Kilogramm. Im Laborkarussell hatte er manchmal eine halbe Stunde lang 4 g aushalten müssen.
Andererseits, versteht sich, waren auch diese 2 g nicht gerade angenehm. Hände, Beine — alles schien sich in Eisen verwandelt zu haben. Das Licht blendete ihn, er konnte nicht einmal den Kopf bewegen.
Noch einmal überprüfte er die Lage der beiden Schiffe, die ihm folgten. Was mag Boerst wohl jetzt tun? fragte er sich. Er stellte sich das Gesicht des anderen vor, dieses Filmgesicht.

Der hatte aber auch ein Kinn! Und dann die gerade Nase und die grauen, schillernden Augen ... Eine Spicke hatte der bestimmt nicht nötig ... Na ja, vorläufig brauche ich sie auch nicht ... Das Summen in den Hörern wurde leiser. Beide Fliegen krochen an der Decke der Kapsel entlang, ihre Schatten streiften sein Gesicht, er zuckte zusammen, als er das merkte, und sah auf. An den Enden ihrer schwarzen Beine hatten sie teigartige Erweiterungen, ihre Flügel glänzten metallisch im Lichte der Lampen. Ekelhaft.

ELAN acht Aresterra ruft im Dreieck Terraluna — Sechzehnter Quadrant, Kurs einhundertelf Komma sechs — Ihr habt mit mir konvergierenden Kurs — Elf Minuten, zweiunddreißig Sekunden — Bitte eigenen Kurs ändern — Schalte auf Empfang.

Das hat noch gefehlt! stöhnte er. Was muß sich dieser Narr einmischen! Sieht er nicht, daß ich in Formation fliege?

AMU 27 an der Spitze des Dreiecks Terraluna JO zwei, JO zwei bis ruft ELAN acht Aresterra — Fliege in Formation, kann Kurs nicht ändern, führe du das Ausweichmanöver durch — Ende.

Während er das sagte, forschte er auf dem Radarschirm nach diesem Unverfrorenen. Da war er. Kaum anderthalbtausend Kilometer entfernt!

ELAN acht an AMU 27 Terraluna — Habe defektes gravimetrisches System — Beginnt unverzüglich Ausweichmanöver — Schnittpunkt der Kurse vierundzwanzig null acht, Quadrant Luna vier, Randzone — Gehe auf Empfang.

AMU 27 an ELAN acht Aresluna, JO zwei, JO zwei bis Terraluna — Führe Ausweichmanöver durch, zwanzig Uhr neununddreißig — Umkehrmanöver gleichzeitig hinter dem führenden Schiff bei optischer Entfernung, nördliche Abweichung Sektor Luna eins null Komma sechs — Schalte Triebwerke mit geringer Schubkraft ein — Empfang.

Während er das sagte, schaltete er die beiden unteren Düsen für die Wendemanöver ein. Beide JO-Schiffe antworteten sofort, sie drehten ab. Die Sterne glitten über die Bildschirme. ELAN dankte, er befand sich auf dem Flug zur Hauptstation Luna. Pirx hatte plötzlich Schneid, er wünschte ihm eine glückliche Landung, das gehörte zum guten Ton, vor allem, wenn jemand einen Schaden hatte. Eine Weile beobachtete er die Positionslichter des tausend Kilometer entfernten Raumkörpers, dann rief er wieder seine JO-Schiffe und begann, den alten Kurs anzusteuern — aussichtslos! Bekanntlich ist es kinderleicht, vom Kurs abzugehen, aber nahezu unmöglich, das gleiche Stück Parabel wiederzufinden. Die Beschleunigung veränderte sich. Der Kalkulator speicherte die neuen Daten so rasch, daß Pirx nicht Schritt halten konnte. Zu allem Überfluß krochen nun beide Fliegen auf dem Kalkulator herum, bevor sie sich auf dem Radargerät niederließen, wo sie einander munter weiterjagten. Ihre Schatten huschten nur so über den Schirm. Woher nehmen die Biester nur die Vitalität? fragte sich Pirx.

Nach zwanzig Minuten war es endlich geschafft — Pirx flog wieder auf dem ursprünglichen Kurs. Boerst hat bestimmt eine Route, die so leer und sauber ist, als hätte man sie mit einem Staubsauger gereinigt, dachte er. Und wenn nicht — den kann ja sowieso nichts erschüttern. Boerst erledigt alles im Vorbeigehen ...

Er schaltete den Automaten zur Verringerung der Beschleunigung ein, um auf der dreiundachtzigsten Minute die Beschleunigung null zu haben, wie es in der Instruktion vorgesehen war. Plötzlich erblickte er etwas — ihm wurde eiskalt unter der nassen Antischweißwäsche: Der weiße Deckel über der Schalttafel war im Begriff, aus den Klemmen zu rutschen, er glitt Millimeter um Millimeter tiefer. Offenbar war er ein wenig locker eingehängt, und beim Rütteln des Schiffes während der Wendemanöver — er war in der Tat ziemlich unsanft mit der Rakete umgegangen — hatten die.Druckriegel nachgelassen. Die Beschleunigung betrug immer noch 1,7 g. Der Deckel rutschte langsam tiefer, als ob jemand mit einem unsichtbaren Faden an ihm zerrte — bis er schließlich absprang und herunterfiel. Er schlug von außen gegen die durchsichtige Kapselwand, glitt daran herunter und blieb am Boden liegen. Die vier kupfernen Hochspannungsleitungen und die Sicherungen blitzten auf.

Warum hatte ich bloß solche Angst? dachte Pirx. Der Deckel ist heruntergefallen, na und? Mit oder ohne Deckel, ist das nicht einerlei?

Aber er war besorgt — das hätte nicht passieren dürfen. Wenn der Deckel von der Sicherung herunterfallen kann, dann kann auch das Heck abbrechen, sagte er sich.

Er wußte, daß er nur noch siebenundzwanzig Flugminuten mit Beschleunigung vor sich hatte, und er befürchtete, daß der Deckel schwerelos werden und umherfliegen könnte, wenn er

die Triebwerke abschaltete. Konnte er etwas Schlimmes anrichten? Wohl kaum. Er war nicht schwer genug. Nicht einmal eine Scheibe würde er einschlagen. Ach was...
Er suchte die Fliegen — sie jagten einander, kreisten summend in der Kapsel umher, bis sie sich schließlich unter den Sicherungen niederließen, so daß er sie aus den Augen verlor.
Im Radaroskop erblickte er seine beiden JO-Schiffe — sie hielten Kurs. Der vordere Schirm zeigte die Mondscheibe, sie war so groß, daß sie den halben Schirm ausfüllte. Damals, bei den selenographischen Übungen im Tycho-Krater, hatte Boerst mit Hilfe eines gewöhnlichen tragbaren Theodoliten... Ach, verflixt, was der nicht alles konnte! Hatte er nicht auch versucht, die Luna-Hauptstation am äußeren Abhang des Archimedes wiederzufinden? Sie war fast gänzlich im Felsen vergraben und kaum zu erkennen gewesen, nur die glatte Landebahn mit den Signallichtern war zu sehen, aber nur, wenn sie in der Zone der Nacht lag, doch jetzt schien dort die Sonne. Die Station selbst ruhte zwar in einem Schattenstreifen, den der Krater warf, aber der Kontrast zu der gleißenden Scheibe ringsherum war so stark, daß sich die schwächlichen Flämmchen der Signallichter überhaupt nicht abhoben.
Der Mond sah aus, als hätte noch nie der Fuß eines Menschen auf ihm gestanden — von den Mondalpen fielen überlange Schatten auf die Ebene des „Meeres der Regen". Pirx erinnerte sich an seinen ersten Mondflug, damals war die ganze Gruppe dabei, als gewöhnliche Passagiere. Eselswiese hatte ihn gebeten, nachzuprüfen, ob Sterne siebenter Größe vom Mond aus noch sichtbar seien, und er, dumm wie er damals war, hatte sich mit dem größten Eifer an diese Aufgabe gemacht! Ihm war völlig entfallen, daß vom Mond aus tagsüber überhaupt keine Sterne zu sehen sind — der Blick ist durch das Sonnenlicht, das sich am Boden widerspiegelt, viel zu sehr geblendet. Eselswiese hatte ihn noch lange mit diesen Sternen gehänselt.
Die Mondscheibe auf den Schirmen wurde immer größer. Bald würde sie die Reste des schwarzen Himmels völlig verdrängt haben, zumindest auf dem vorderen Schirm.
Sonderbar, das Summen war verstummt. Pirx sah zur Seite — und erstarrte.
Auf der erhabenen Fläche der Sicherung saß eine der beiden Fliegen und putzte sich die Flügel, die andere machte ihr

währenddessen den Hof. Ein paar Millimeter weiter glänzte das nächste Kabel. Die Isolierung endete ein wenig höher — alle vier Kabel lagen frei. Jedes von ihnen war beinahe so stark wie ein Bleistift. Da die Spannung nicht allzu hoch war — tausend Volt —, gab es zwischen den Kabeln nur geringe Abstände — jeweils nur sieben Millimeter. Pirx wußte zufällig, daß es genau sieben Millimeter waren. Sie hatten einmal die gesamte elektrische Installation auseinandergenommen, und er hatte sich vom Assistenten Unverschämtheiten anhören müssen, weil er die Abstände zwischen den Leitungen nicht kannte.

Die eine Fliege hatte inzwischen vom Liebesspiel abgelassen und kroch jetzt auf der bloßen Leitung entlang. Das schadete ihr nicht, aber wenn es sie gelüstete, auf die zweite zu kriechen ... Offenbar verspürte sie gerade diese Lust, denn nun brummte sie und setzte sich ganz außen auf die Kupferader — so, als ob es in dem ganzen Steuerraum keinen anderen Platz gegeben hätte. Pirx überlegte fieberhaft. Wenn sie nun die Vorderbeine auf die erste und die Hinterbeine auf die zweite Leitung stellt, dann ... Ja, was eigentlich? Im schlimmsten Fall würde es einen Kurzschluß geben, aber die Fliege war wohl doch nicht groß genug, um einen Kurzschluß zu verursachen. Und wenn, dann wäre es auch nicht so gefährlich. Die automatische Sicherung würde den Strom abschalten, die Fliege würde verbrennen, der Automat würde den Strom erneut einschalten, und alles wäre wieder in Ordnung. Und was die Fliege betraf, so hätte er endlich Ruhe.

Wie hypnotisiert starrte er auf das Hochspannungsschränkchen. Er wünschte sich nicht, daß das Vieh es versuchte. Ein Kurzschluß war zwar eine Lappalie, aber daraus konnte wer weiß was entstehen. Wozu das Risiko ...

Ein Blick auf die Uhr: Es standen nur noch acht Minuten mit allmählich schwächer werdendem Schub bevor. Gleich würde damit Schluß sein. Pirx starrte auf das Zifferblatt — da blitzte es auf, und die Lichter verloschen. Das Ganze dauerte kaum eine Drittelsekunde. Die Fliege! sagte er sich und hielt den Atem an. Wird der Automat den Strom einsch ... Er tat es. Die Lichter flammten wieder auf, aber sie brannten seltsam schwach und orangerot, und gleich darauf sprang die Sicherung ein zweites Mal heraus. Dunkelheit. Der Automat schaltete ein — das Licht verlöschte. Ein — aus, ein — aus —

so ging es in einem fort. Was war los? Im regelmäßig aufblitzenden Lampenschein erkannte Pirx nur mit Mühe die Ursache: Von der Fliege — das Biest hatte sich zwischen zwei Leitungen gezwängt — war ein kleiner Rest übriggeblieben, ein verkohlter Stumpf, der die beiden Kabel weiter miteinander verband.

Man kann nicht behaupten, daß Pirx sehr erschrocken war. Zugegeben, er war erregt, aber hatte er sich denn seit dem Start überhaupt schon beruhigt? Die Uhr war kaum zu sehen. Die Zifferblätter hatten ihre eigene Beleuchtung — auch das Radargerät. Der Strom war noch so stark, daß sich die Lichter und die Reserveleitungen noch nicht einschalteten, aber er war wiederum nicht so stark, daß es hell wurde. Noch vier Minuten — dann würden sich die Triebwerke ausschalten.

Darum brauchte er sich nicht zu kümmern — der Automat des Reduktors würde das von selbst besorgen. Aber wie — Pirx lief es kalt über den Rücken —, wie konnte er bei Kurzschluß funktionieren?

War das überhaupt dieselbe Leitung? Er war sich nicht sicher, bis ihm einfiel, daß es die Hauptsicherungen für die ganze Rakete und für sämtliche Leitungen waren. Die Atomsäule jedoch mußte ein eigenes Netz haben...

Die Säule schon, aber nicht der Apparat. Er hatte ihn ja vorhin selbst eingestellt. Man müßte ihn also abschalten ... Oder nicht? Vielleicht würde es dennoch gehen ... Die Konstrukteure hatten mit allem gerechnet, nur nicht damit, daß eine Fliege in den Steuerraum gelangen, daß der Deckel herunterfallen und ein Kurzschluß entstehen könnte.

Die Lichter flackerten ununterbrochen. Ich muß irgend etwas tun! sagte sich Pirx. Aber was? Ganz einfach — man brauchte nur den Hauptschalter umzuwerfen, der hinter dem Sitz unter dem Fußboden angebracht war. Der würde die Hauptleitungen ausschalten und die Notleitungen betätigen. Dann wäre alles in Ordnung ... Eigentlich ist sie gar nicht so schlecht konstruiert, die Rakete ... Man hat doch so manches bedacht und für die nötige Sicherheit gesorgt.

Er hätte gern gewußt, ob auch Boerst gleich daraufgekommen wäre. Ja, wahrscheinlich, das war zu befürchten. Vielleicht sogar ... Himmel, nur noch zwei Minuten! Das Manöver ist nicht mehr zu schaffen ... Er sprang auf, er hatte die anderen auf den Tod vergessen!

Eine Weile überlegte er mit geschlossenen Augen.
AMU 27, Leitrakete Terraluna an JO zwei, JO zwei bis — Habe Kurzschluß im Steuerraum — Führe Einbiegemanöver auf zeitweilig feste Umlaufbahn über dem Sonnenäquator des Mondes mit Verspätung von ... unbestimmter Dauer durch — Vollendet das Manöver selbst in der festgesetzten Frist — Empfang.
JO bis an führenden AMU 27 Terraluna — Führe Komplexmanöver mit JO zwei durch, um über Äquatorzone auf zeitweilig feste Umlaufbahn zu gelangen — Hast neunzehn Minuten Zeit bis zur Scheibe — Erfolg, Erfolg — Ende.
Pirx hatte kaum zugehört. Er löste das Kabel der Radiophonie, die Sauerstoffschlange und das zweite kleine Kabel — die Gurte hatte er bereits aufgeknöpft. Als er aufstand, flammte der Automat des Reduktors rubinrot auf; die ganze Kapsel tauchte aus der Finsternis empor, dann versank sie wieder in dem trüben, orangeroten Licht der verminderten Spannung. Die Triebwerke schalteten sich nicht aus. Das rote Licht starrte ihn aus dem Halbdunkel an, als wollte es ihn um Rat fragen. Er hörte einen Brummton in regelmäßigen Abständen — das Warnsignal. Der Reduktor konnte die Triebwerke nicht automatisch abschalten.
Pirx sprang taumelnd hinter den Sitz. Der Schalthebel steckte in einer Kassette, die in den Fußboden eingelassen war — sie war verschlossen. Verschlossen, jawohl. Er zerrte an dem Deckel, aber der ließ nicht locker. Wo ist der Schlüssel? überlegte er.
Der Schlüssel war nicht zu finden. Pirx rüttelte noch einmal an dem Deckel — vergebens. Er sprang auf und starrte blind vor sich hin. Der Mond auf den vorderen Schirmen war nicht mehr silbern, sondern weiß, ein gigantischer Mond, weiß wie Bergschnee. Die gezackten Schatten der Krater huschten über die Scheibe. Der Radarhöhenmesser meldete sich — arbeitete er schon lange? Er tickte regelmäßig, kleine grüne Ziffern sprangen aus dem Halbdunkel: einundzwanzigtausend Kilometer Entfernung.
Das Licht flackerte ununterbrochen, die Sicherung schaltete regelmäßig den Strom aus. Auch wenn es erlosch, wurde es nicht völlig dunkel — der gespenstische Schein des Mondes füllte die Kapsel aus. Nur wenn die trüben Lampen aufblitzten, schien das Mondlicht schwächer zu werden.
Das Schiff flog geradeaus, ständig geradeaus, die Ge-

Leitungen steckte, gelöst. Der Kurzschluß war beseitigt. Pirx spürte salzigen Blutgeschmack im Mund. Er schnellte wie ein Taucher vom Sprungbrett nach vorn, aber er landete nicht, wie beabsichtigt, auf seinem Sitz, sondern schoß über die Lehne hinweg und prallte mit fürchterlicher Wucht gegen die Decke.
Im gleichen Augenblick, als er zum Sprung ansetzte, hatte der bereits tätige Automat des Reduktors die Triebwerke ausgeschaltet. Der Rest der Schwerkraft war verschwunden. Das Raumschiff bewegte sich jetzt nur noch durch den eigenen Schwung wie ein Stein den Felsenruinen des Timocharis entgegen. Pirx war von der Decke zurückgeprallt. Der blutige Speichel, den er ausgespien hatte, schwebte neben ihm wie silbrig-rote Bläschen im Raum. Pirx wand sich verzweifelt, streckte die Hände nach der Sessellehne aus, holte den ganzen Tascheninhalt hervor und warf ihn hinter sich.
Mit diesem Rückstoß glitt er langsam voran, schwebte immer tiefer. Seine Finger, die so ausgestreckt waren, daß die Sehnen zu reißen drohten, schabten mit den Nägeln über das Nickelrohr, krallten sich fest und ließen nicht locker. Er duckte sich, zog den Kopf ein wie ein Akrobat, der auf einem Geländer einen Handstand machen will, erwischte einen Gurt, rutschte daran herunter, wickelte ihn um den Leib, den Karabinerhaken nahm er zwischen die Zähne — er hielt. Nun die Hände auf die Griffe und die Beine auf die Pedale!
Ein Blick auf den Höhenmesser: achtzehnhundert Kilometer bis zur Mondoberfläche. Würde er es schaffen, rechtzeitig zu bremsen? Ausgeschlossen, bei fünfundvierzig Kilometern pro Sekunde! Er mußte abbiegen — aus dem Sturzflug einen Ausfall machen —, nur so war es zu schaffen!
Er schaltete die Düsen für das Wendemanöver ein — 2 g, 3 g, 4 g! Wenig! Sehr wenig!
Pirx gab volle Zugkraft für das Wendemanöver. Die Scheibe auf dem Bildschirm, die wie Quecksilber leuchtete und bisher festgemauert zu sein schien, erbebte und begann immer rascher zu sinken. Der Sitz gab unter der wachsenden Körperlast quietschende Geräusche von sich. Das Raumschiff beschrieb dicht über der Oberfläche des Mondes einen Bogen mit großem Radius — der Radius mußte so groß sein, denn das Schiff flog mit ungeheurer Geschwindigkeit. Der Griff war nicht mehr weiter zu bewegen. Pirx wurde mit furchtbarer Gewalt gegen

die schwammartige Lehne gepreßt, ihm ging die Luft aus, denn die Kombination war nicht mit dem Sauerstoffkompressor verbunden. Er fühlte, wie sich seine Rippen bogen, graue Flecke tanzten vor seinen Augen. Den Blick auf den Radarhöhenmesser gerichtet, wartete er auf das Blackout. Im Fensterchen zeigten sich kleine Zahlen, eine Zeile löste die andere ab: 990 — 900 — 840 — 760 Kilometer...

Obwohl Pirx wußte, daß er mit voller Kraft flog, versuchte er den Griff noch weiter zu drücken. Er führte eine Wendung aus, auf engstem Raum, verlor aber trotz alledem an Höhe. Die Zahlen wurden kleiner, obschon langsamer als vorhin. Das Schiff lag immer noch im sinkenden Teil des großen Bogens. Pirx starrte unverwandt auf das Trajektometer.

Wie immer, wenn sich das Raumschiff in der Gefahrenzone eines Himmelskörpers befand, zeigte die Scheibe des Geräts nicht nur die Flugkurve des Projektils und ihre mutmaßliche, schwach angedeutete Verlängerung, sondern auch das erhabene Profil des Mondes, über dem sich das ganze Manöver abspielte.

Beide Kurven — die des Fluges und die der Mondoberfläche — liefen fast zusammen. Ob sie sich schnitten?

Nein. Aber der Bauch dieses Bogens war eine Asymptote. Es stand nicht fest, ob das Schiff dicht über der Scheibe durchschlüpfen — oder aufprallen würde. Das Trajektometer arbeitete mit einer Fehlerabweichung von sieben bis acht Kilometern, und Pirx konnte nicht voraussagen, ob die Kurve drei Kilometer über den Felsen verlaufen würde — oder...

Ihm wurde schwarz vor Augen — die 5 g taten ihre Wirkung. Das Bewußtsein verlor er nicht. Er lag da, blind, umspannte die Hebel, fühlte dabei, wie die Amortisatoren des Sitzes allmählich nachgaben. Er glaubte nicht, daß er verloren war. Irgendwie konnte er nicht daran glauben. Er war nicht imstande, die Lippen zu bewegen, also zählte er nur in Gedanken: einundzwanzig — zweiundzwanzig — dreiundzwanzig — vierundzwanzig...

Bei fünfzig konnte er sich der Vorstellung nicht erwehren, das sei nun schon der Zusammenstoß — wenn überhaupt, so müßte er nun erfolgen. Trotzdem ließ er die Hebel nicht los. Er wurde schwächer und schwächer... ein Gefühl der Enge in der Brust, ein Läuten in den Ohren, Blut in der Kehle und in den Augen Schwärze, blutige Schwärze...

Die Finger lösten sich von selbst — langsam schob sich der Griff zurück. Pirx hörte nichts, sah nichts. Allmählich wurde es grau um ihn, das Atmen fiel ihm leichter. Er wollte die Augen aufreißen, aber sie waren — sie waren die ganze Zeit über geöffnet gewesen. Nun brannten sie wie Feuer, die Lider waren trocken.

Er setzte sich auf.

Der Schweremesser zeigte 2 g an. Auf dem vorderen Bildschirm war nichts zu sehen, nichts als Sternenhimmel. Vom Mond keine Spur. Wo war der Mond geblieben?

Er lag unten — unter ihm. Pirx hatte den waghalsigen Sturzflug abgefangen, das Schiff war in die Höhe geschossen und entfernte sich nun mit allmählich nachlassender Geschwindigkeit vom Erdtrabanten. In welcher Höhe war er über der Scheibe durchgerutscht? Sicherlich hatte der Höhenmesser das registriert, aber Pirx verspürte keine Lust, ihn nach Daten zu befragen. Nun erst fiel ihm auf, daß das Alarmsignal verstummt war, das die ganze Zeit hindurch gebrummt hatte. Weshalb sie nur so einen Brummton gewählt haben! fragte sich Pirx. Sie hätten lieber eine Kirchenglocke an die Decke hängen sollen. Wenn schon Friedhof, dann auch richtig, mit allem Drum und Dran. Ein leises Summen ertönte — die zweite Fliege! Das Biest lebte! Sie kreiste über der Kapsel. Pirx verspürte einen ekelhaften Geschmack im Mund — er war rauh und schmeckte nach Leder —, das Ende des Sicherheitsgurtes! Er hatte es die ganze Zeit über zwischen den Zähnen gehabt und völlig vergessen.

Er schnallte den Gurt fest, legte die Hände auf die Hebel — die Rakete mußte auf die richtige Umlaufbahn gebracht werden. Von den beiden JO-Schiffen würde er keine Spur mehr finden, das war ihm klar, aber er mußte ans Ziel gelangen und sich bei Navigationsluna melden. Oder etwa bei Luna Hauptstation, weil er eine Havarie hatte? Weiß der Teufel! Also wieder still sitzen? Ausgeschlossen! Sie werden das Blut bemerken, wenn ich wieder unten bin ... Sogar an der Decke sind rote Spritzer ... Übrigens, der Registrator hat sicherlich alles, was geschehen ist, auf Band festgehalten — alles, die Tücken der Sicherung und den Kampf mit dem Notgriff. Nicht übel, diese AMUs, das muß man schon sagen ... Aber man muß Humor haben, wenn man jemandem solch einen Sarg zumutet ...

Melden, melden — aber bei wem? Er beugte sich vor, lockerte dabei den Schultergurt und griff nach der Spicke, die unter dem Sitz lag. Warum soll ich eigentlich nicht einen Blick hineinwerfen? Vielleicht nützt sie mir wenigstens jetzt irgendwie...

Da hörte er etwas knacken — ganz so, als ginge eine Tür auf. Hinter ihm gab es keine Tür, das wußte er genau, übrigens konnte er sich nicht umdrehen, denn die Gurte hielten ihn an den Sessel gefesselt. Ein Lichtstreifen fiel auf die Schirme, die Sterne darauf verblaßten, und Pirx vernahm die gedämpfte Stimme des Chefs.

„Pilot Pirx!"

Er wollte aufspringen, aber die Gurte hielten ihn fest. Er fiel zurück, glaubte, wahnsinnig zu sein. Im Gang zwischen der Wand des Steuerraums und der gläsernen Hülle erschien der Chef. Er stand vor ihm in seiner ganzen Uniform, sah ihn mit grauen Augen an — und lächelte. Pirx wußte nicht, wie ihm geschah.

Die gläserne Kapsel hob sich. Pirx begann instinktiv die Gurte zu lösen und stand auf. Die Schirme hinter dem Rücken des Chefs waren plötzlich wie weggeblasen.

„Recht so, Pilot Pirx", sagte der Chef. „Bemerkenswert."

Pirx wußte immer noch nicht, wie ihm geschah. Er stand stumm vor seinem Chef und machte etwas schrecklich Unvorschriftsmäßiges — er streckte den Kopf zur Seite, soweit der halb aufgeblasene Kragen das zuließ.

Der ganze Gang mit der Klappe war beiseite geschoben — als sei die Rakete an dieser Stelle auseinandergebrochen. Pirx erkannte im Abendlicht die Gangway der Halle, die Menschen, die darauf standen, die Seile, die Gitter ... Er starrte den Chef mit halboffenem Mund an.

„Komm, Junge", sagte der. Langsam streckte er ihm die Hand entgegen. Pirx ergriff sie und fühlte, daß der Händedruck sich verstärkte. „Ich drücke dir im Namen aller meine Anerkennung aus, und in meinem eigenen Namen bitte ich dich um Verzeihung. Das ... das muß so sein. Jetzt komm mit. Kannst dich bei mir waschen."

Er ging auf den Ausgang zu. Pirx folgte ihm, stakste schwer und unbeholfen. Draußen war es kühl, ein schwacher Wind wehte, er fiel in die Halle durch den Teil der Decke, der weggeschoben war. Beide Projektile standen an der gleichen

Stelle wie zuvor -- nur ein paar dicke Kabel, die in einem Bogen über dem freien Raum hingen, führten zu ihren Spitzen. Vorher waren diese Kabel nicht dagewesen.
Der Instrukteur, der auf der Gangway stand, sagte irgend etwas zu ihm. Er verstand es nicht, durch die Haube konnte er schlecht hören.
„Wie?“ fragte er mechanisch.
„Die Luft! Laß die Luft aus der Kombination!“
„Ach so, die Luft...“
Er drückte auf das Ventil — es zischte. Er stand auf der Plattform. An den Seilen der Barriere warteten zwei Leute in weißen Kitteln. Seine Rakete sah aus, als habe sie einen gespaltenen Schnabel. Eine merkwürdige Schwäche überkam ihn — Verwunderung, Enttäuschung, die sich immer deutlicher in Ärger verwandelten.
Sie öffneten die Klappe des zweiten Projektils. Der Chef stand auf der Gangway, weißbekittelte Menschen unterhielten sich mit ihm. Aus dem Innern der Rakete drang ein schwaches Knacken.
Ein braunes, taumelndes Bündel Mensch stürzte heraus, der Kopf ohne Helm pendelte wie ein verschwimmender Fleck hin und her.
Die Beine unter ihm knickten ein.
Dieser Mensch dort, Boerst, war mit dem Mond zusammengestoßen.

Albatros

Das Mittagessen bestand aus sechs Gängen — wenn man von den Beilagen absah. Die Wägelchen mit Wein rollten geräuschlos über die gläsernen Stege. Über jedem Tisch brannte eine Punktlampe: bei Schildkrötensuppe zitronengelb, bei Fisch fast weiß mit bläulicher Schattierung. Die Hähnchen waren mit rosa Licht übergossen, vermengt mit einem seidigwarmen Grauton. Glücklicherweise wurde es bei schwarzem Kaffee nicht finster — Pirx lieferte sich den trübsinnigsten Gedanken aus. Das Mittagessen hatte ihn erschöpft. Er schwor sich, von nun an im unteren Deck zu speisen, in der Bar. Hier oben wurde entschieden zuviel Wert auf Etikette gelegt. Er mußte dauernd an seine Ellenbogen denken. Und diese Toiletten!

Der Saal war vertieft, der Fußboden lag etwa ein halbes Stockwerk unter dem der anderen Räume. Er sah aus wie ein gigantischer cremefarbener Teller, belegt mit den buntesten Appetithappen der Welt. Hinter Pirx raschelten steife, halbdurchsichtige Gewänder. Man unterhielt sich glänzend. Die Musik spielte, die Kellner bedienten — echte Kellner! Jeder einzelne wirkte wie der Dirigent eines Philharmonischen Orchesters. „Unsere Transgalaktik-Linie mutet Ihnen keine Bedienungsautomaten zu, sie garantiert Ihnen intime Atmosphäre, Diskretion, echte menschliche Wärme, eine komplette lebende Besatzung — jeder einzelne ein Künstler seines Fachs..."

Pirx trank schwarzen Kaffee, rauchte, bemühte sich, im Saal irgendeinen Punkt zu finden, den er fixieren konnte, einen Rastplatz für seine Augen. Seine Nachbarin gefiel ihm. Ein flacher, rauher Stein hing in ihrem Dekolleté. Ein Chrysopas war es nicht, ein Chalcedon auch nicht — nichts Irdisches, wohl etwas vom Mars. Das Ding mußte ein Vermögen gekostet haben, dabei sah es aus wie ein Splitter von einem Pflasterstein. Frauen sollten nicht so viel Geld haben.

Entrüstet war er nicht. Auch nicht erstaunt. Er sah nur hin. Allmählich wuchs das Verlangen in ihm, sich die Beine zu

vertreten. Ein Spaziergang an Deck?
Er stand auf, deutete eine kleine Verbeugung an, ging hinaus. Als er zwischen den vieleckigen Säulen dahinschritt, die mit reflektierender Masse besetzt waren, erblickte er sein eigenes Spiegelbild — unter dem Knoten der Krawatte lugte ein Knopf hervor. Na ja, wer trägt heute noch solche Krawatten, dachte er. Im Gang brachte er den Kragen in Ordnung, setzte sich in den Fahrstuhl und fuhr zum Promenadendeck hinauf. Lautlos öffnete sich die Tür — keine Menschenseele zu sehen, nur Liegestühle in langen Reihen. Das freute ihn. Ein Drittel der gewölbten Decke glich einem gigantischen schwarzen Auge, das zu den Sternen blickte. Die Liegestühle waren leer, nur ganz hinten, in einem der letzten, lag eine bis zum Gesicht eingehüllte Gestalt — ein Greis, ein wunderlicher Mann, der immer eine Stunde später als die anderen zum Mittagessen kam und allein im leeren Saal speiste, wobei er sein Gesicht mit einer Tischdecke bedeckte, sobald er spürte, daß ihn jemand ansah.
Pirx legte sich hin. Die unsichtbaren Rachen der Klimaanlagen bliesen einen böigen Luftzug in die Galerie des Decks, man hatte den Eindruck, als wehe ein Wind aus den dunklen Tiefen des Alls. Die bei der Transgalaktik-Linie beschäftigten Konstrukteure waren erfahrene Leute. Der Liegestuhl war bequem — bequemer wohl als der Pilotensitz, obwohl dessen Form wissenschaftlich durchdacht war. Pirx fröstelte. Dafür gab es Decken. Er hüllte sich darin ein wie in Daunen.
Jemand nahte. Auf der Treppe, nicht mit dem Fahrstuhl. Seine Nachbarin aus dem Speisesaal. Wie alt mochte sie sein? Sie hatte ein anderes Kleid an, vielleicht war das überhaupt eine andere Frau? Sie legte sich drei Liegestühle weiter hin, schlug ein Buch auf, die Seiten raschelten im Wind. Pirx blickte vor sich hin. Er konnte das Kreuz des Südens sehen. Durchs Fenster leuchtete das kleine Ende der Großen Wolke, ein Fleck auf schwarzem Hintergrund. Pirx rechnete mit einer Flugdauer von sieben Tagen. In sieben Tagen konnte allerhand geschehen ... Er rekelte sich, in seiner Brusttasche knisterte das dicke, vierfach gefaltete Papier. Er fühlte sich wohl in dieser Welt — die Stelle eines Zweiten Steuermanns war ihm bereits sicher, er kannte den Weg genau, den er auf der Erde einzuschlagen hatte: von Nordland per

Flugzeug nach Eurasien und von da weiter nach Indien. Das Fahrscheinheft war dick wie ein Buch, man konnte darin lesen. Jeder Schein hatte eine andere Farbe, war doppelt ausgefertigt, bestand aus diversen Abschnitten, Talons mit goldenen Rändern — alles, was die Transgalaktik-Linie den Passagieren zu bieten hatte, strotzte vor Silber oder Gold. Die Frau dort auf dem dritten Liegestuhl war schön. Er kannte sie. Schickte es sich, etwas zu sagen, oder nicht? Er hatte sich ihr ja schon vorgestellt. Dumm, so ein kurzer Name — ehe man ihn auszusprechen beginnt, ist er schon zu Ende. „Pirx" klingt immer wie „ix" ... Bei Telefongesprächen passieren die haarsträubendsten Dinge. Also los, irgend etwas sagen ... Aber was?

Keine Ahnung ... Auf dem Mars hatte er sich diese Rückreise ganz anders vorgestellt. Die Reeder auf der Erde hatten ihm die Überfahrt bezahlt — sie versprachen sich wohl Vorteile davon, eine bloße freundliche Geste war es jedenfalls nicht. Er hatte schon fast drei Milliarden Kilometer hinter sich und war noch nie mit einem Raumschiff wie dem „Titan" geflogen. Frachtschiffe sehen ganz anders aus! Hundertachtzigtausend Tonnen Festmasse, vier Reaktoren im Hauptschub, Reisegeschwindigkeit fünfundsechzig pro Sekunde, zwölfhundert Passagiere in lauter Ein- und Zweimannkajüten mit Bad, gepflegte Appartements, garantiert stetige Gravitation, wenn man vom Start und von der Landung absieht, höchster Komfort, größte Sicherheit, zweiundvierzig Mann Besatzung und zweihundertsechzig Mann Bedienung. Keramit, Stahl, Gold, Palladium, Chrom, Nickel, Iridium, Plaste, carrarischer Marmor, Eiche, Mahagoni, Silber, Kristall. Zwei Schwimmbassins, vier Kinos, achtzehn Kabinen mit Direktverbindung zur Erde — allein für die Passagiere! Ein Konzertsaal, sechs Haupt- und vier Promenadendecks, automatische Fahrstühle, Platzbestellungen vom Schiff für alle Raketen des Systems für ein Jahr im voraus. Ein Kaufhaus, Bars, Spielkasinos. Eine sogenannte Handwerkergasse — die getreue Nachbildung einer irdischen Altstadtgasse mit Weinkellern, Gaslaternen, Mond, einer blinden Mauer und sogar mit Katzen, die auf dieser Mauer entlangspazieren. Ein Palmenhain und — weiß der Teufel, was noch alles. Die Reise hätte einen Monat dauern müssen, wenn man all das wenigstens ein einziges Mal auskosten wollte.

Die Frau las immer noch. Müssen Frauen ihr Haar so färben? Ein normaler Mensch beginnt bei solchen Farben zu zweifeln ... Aber ihr stand das ganz gut ... Mit 'ner brennenden Zigarette in der Hand werden mir schon ein paar passende Worte einfallen, dachte Pirx. Er langte in die Tasche.
Das Etui — früher hatte er so etwas nie besessen, dieses hier war ein Geschenk von Boman, er bewahrte es aus Freundschaft auf —, dieses Etui also war schwerer als sonst. Nicht viel, aber immerhin ... Wuchs die Beschleunigung?
Er lauschte. In der Tat!
Die Triebwerke hatten einen kräftigeren Schub als vorhin. Ein gewöhnlicher Passagier hätte das nicht herausgehört, zumal der Maschinenraum des „Titan" durch vierfache Isolationswände von dem Wohnteil des Rumpfes abgeschirmt war.
Pirx suchte sich einen blassen Stern in der Ecke des Fensterrahmens aus und behielt ihn fest im Auge. Sollen sie ruhig beschleunigen, dachte er. Ich weiche nicht von der Stelle ... Erst wenn der Stern dort zu zittern beginnt...
Er zitterte und glitt langsam — unvorstellbar langsam — zur Seite.
Drehung in der Längsachse! sagte sich Pirx.
Der „Titan" flog im „kosmischen Tunnel", in dem es nichts gab, weder Staub noch Meteoriten — gar nichts, nur das Vakuum. Neunzehnhundert Kilometer vor ihm raste der Lotse, der die Aufgabe hatte, darauf zu achten, daß der Weg für den Riesen frei war. Wozu? Für alle Fälle. Die Raketen hielten sich strikt an den Fahrplan. Ein Abkommen der Vereinigten Astronavigations-Gesellschaften garantierte der Transgalaktik-Linie auf ihrem Parabelabschnitt einen störungsfreien Flug. Niemand durfte den Weg des Schiffes kreuzen. Die Meteoritenwarnungen wurden sechs Stunden vorher durchgegeben — seit der Zeit, da unbemannte Sonden zu Tausenden die Transuransektoren patroullierten, drohte den Raketen praktisch keine Gefahr mehr von außen. Der Gürtel — die Umlaufbahn einer Milliarde Meteoriten zwischen Erde und Mars — hatte einen eigenen Patrouillendienst, überdies verliefen die Raketenbahnen außerhalb der Ebene der Ekliptik, in der sich der rasselnde Gürtel um die Sonne bewegte. Ein ungeheurer Fortschritt gegenüber der Zeit, da Pirx Patrouillenflüge unternommen hatte.
Für die „Titan" bestand also nicht die geringste Veranlassung,

zu lavieren — sie brauchte keinen Hindernissen auszuweichen, weil es keine gab. Und nun bog sie dennoch ab. Pirx hatte es nicht mehr nötig, zum Sternenhimmel aufzublicken, um das zu bemerken — er fühlte es mit jeder Faser seines Körpers. Er hätte ohne weiteres die Bogenkurve berechnen können, er kannte die Geschwindigkeit des Schiffes, seine Masse und das Tempo, in dem die Sterne vorüberglitten.

Etwas muß geschehen sein! dachte Pirx. Aber was?

Den Passagieren war nichts mitgeteilt worden. Ob man ihnen etwas verheimlichte? Weshalb? Die Gewohnheiten auf Luxuspassagierschiffen waren ihm fremd, dagegen wußte er, was im Maschinenraum oder im Steuerraum passieren kann. Viel war das nicht. Bei einer Havarie würde das Schiff die Geschwindigkeit entweder aufrechterhalten oder herabsetzen. Aber die „Titan" ...

Es dauert nun schon vier Minuten, dachte Pirx. Das bedeutet Wendung um fast fünfundvierzig Grad. Interessant...

Die Sterne standen plötzlich still. Das Schiff steuerte wieder geraden Kurs. Das Gewicht des Etuis, das Pirx noch immer in der Hand hielt, nahm zu. Sie hatten direkten Kurs und erhöhten die Geschwindigkeit. Pirx fiel es auf einmal wie Schuppen von den Augen. Eine Sekunde lang saß er starr da, dann stand er auf. Auch er wog nun mehr. Die Frau mit den grauen Augen sah ihn an.

„Ist etwas los?"

„Nichts Besonderes, meine Dame."

„Irgend etwas hat sich verändert. Fühlen Sie es nicht auch?"

„Das ist nichts weiter. Wir erhöhen nur ein wenig die Geschwindigkeit", sagte er. Nun hätte er ein Gespräch beginnen können. Er sah sie an. Die Haarfarbe störte nicht. Die Frau war schön, sehr schön.

Er schlenderte übers Deck, beschleunigte seine Schritte. Sicherlich hält sie mich für einen Verrückten, dachte er. Bis zum Ende des Promenadendecks waren farbige Fresken an den Wänden. Er ging durch die Tür mit der Aufschrift ENDE DES DECKS — ZUTRITT VERBOTEN und betrat einen langen, im Lampenschein metallisch leuchtenden Korridor. Numerierte Türen. Er ging weiter, verließ sich auf sein Gehör. Über eine Treppe gelangte er in ein Zwischendeck und blieb vor einer Stahltür stehen.

EINGANG NUR FÜR STERNENPERSONAL lautete die

Aufschrift. Oho! sagte sich Pirx. Schöne Bezeichnungen haben sie sich ausgedacht! Eine Klinke gab es nicht, die Tür wurde mit einem besonderen Schlüssel geöffnet, den er nicht besaß. Er hob einen Finger an die Nase, überlegte einen Augenblick — und klopfte.

Tap — tap — taptatap — tap — tap...

Eine Weile wartete er. Dann öffnete jemand. Ein finsteres, gerötetes Gesicht zeigte sich im Türspalt.

„Sie wünschen?"

„Ich bin Pilot von der ‚Patrol' ", sagte er.

Die Tür öffnete sich etwas weiter.

Er trat ein. Es war die Verstärkerkammer des Reservesteuerraums. An den Wänden entlang führte eine doppelte Reihe von Düsen für Wendemanöver. An der gegenüberliegenden Wand waren die Schirme der optischen Kontrolle angebracht, vor ihnen standen mehrere unbesetzte Sessel. Ein kleiner, gedrungener Automat verfolgte das Flimmern auf den Mattscheiben. Auf einem Tischchen hingen halbgeleerte Gläser in ringförmigen Haltern. Im Raum schwebte der Duft frischgebrühten Kaffees und der schwer zu identifizierende Geruch erwärmter Plaste, vermischt mit einer Spur von Ozon. Die zweite Tür war lediglich angelehnt. Man hörte das feine Summen des Transformators.

„SOS?" fragte Pirx den stämmigen Mann, der ihn eingelassen hatte. Er sah aus, als ob er unter Zahnschmerzen litt, denn die eine Gesichtshälfte war geschwollen. Der Hörerbügel umspannte seinen Schädel. Der graue, mit Blitzen geschmückte Uniformrock der Transgalaktik-Linie war nicht zugeknöpft, das Hemd war ihm aus der Hose gerutscht.

„Ja", antwortete er. Und nach kurzem Zögern: „Sind Sie von der ‚Patrol'?"

„Von der Basis. Ich bin zwei Jahre auf dem ‚Transuran' geflogen. Ich bin Navigator. Mein Name ist Pirx."

Der andere reichte ihm die Hand. „Mindell. Nukleoniker."

Wortlos gingen sie in den Nebenraum. Es war die Radiokabine für Direktverbindungen. Sie war groß. Etwa zehn Männer umringten den Hauptsender. Zwei Funker mit schweißüberströmten Gesichtern schrieben pausenlos, die Apparate tickten, der Strom summte leise, es quietschte unter dem Fußboden. An den Wänden brannten Kontrollampen. Es sah aus wie in einer großen Fernsprechzentrale. Die beiden Funker lagen fast auf ihren Pulten, sie waren nur in Hemd und Hose. Der eine war blaß vor Erregung, der andere, ein älterer Mann mit einer Narbe am Kopf, wirkte völlig ruhig. Der Hörerbügel zerteilte die Haare, die Narbe war deutlich zu sehen. Neben den Funkern, ein wenig abseits, saßen zwei Offiziere. Pirx erkannte in einem von ihnen den Chef.

Er kannte ihn flüchtig. Der Kommandant des „Titan" war ein kleiner schwarzhaariger Mann mit einem nichtssagenden Gesicht. Er hatte die Beine übereinandergeschlagen und schien seine Schuhspitze zu betrachten.

Pirx trat leise an die Gruppe heran, beugte sich vor und las über die Schulter des Narbigen: ... *sechs achtzehn Komma drei — Komme mit vollem Schub — Bin acht Uhr zwölf da — Ende.*

Der Funker zog mit der linken Hand ein Formular heran und schrieb ununterbrochen weiter.

Luna Hauptstation an Albatros vier Aresluna — Habt ihr Verseuchung an Deck? — Antwortet durch Morsen — Phonie kommt nicht an — Wie lange könnt ihr Notschub halten? — Angepeilte Drift null sechs Komma einundzwanzig — Empfang.

Elan zwei Aresluna an Luna Hauptstation — Fliege mit vollem Schub zu Albatros Sektor 64 — Habe überhitzten Reaktor — Fliege trotzdem weiter — Bin sechs Milliparsek vom angepeilten Punkt entfernt — Ende.

Plötzlich stieß der Zweite Funker, der blasse, einen unartikulierten Schrei aus. Die Umstehenden beugten sich über ihn. Der Nukleoniker Mindell, der Pirx hereingelassen hatte, reichte dem Ersten Navigator die vollgeschriebenen Formulare. Der Blasse schrieb: *Albatros vier an alle — Liege in der Drift Ellipse T 341 Sektor 65 — Rumpfnaht öffnet sich weiter — Heckspanten lassen nach — Havarie-Schub des Reaktors 0,3 g — Reaktor gerät außer Kontrolle — Haupttrennwand an vielen Stellen beschädigt — Verseuchung dritten Grades wächst an Deck unter Einfluß des Notschubs — Lösung sickert ständig — Versuche zu zementieren — Führe Besatzung zur Spitze — Ende.*

Dem Funker zitterten die Hände beim Schreiben. Einer der Umstehenden packte ihn, zerrte ihn vom Stuhl, führte ihn hinaus. Nach einer Weile kam er allein zurück und setzte sich an seine Stelle.

„Er hat da einen Bruder", sagte er erläuternd, wie zu sich selbst. Pirx beugte sich nun über den Narbigen.

Luna Hauptstation an Albatros vier Aresluna — Zu euch kommen

Elan Sektor 64, Titan aus dem Sektor 67, der Ballistische acht aus dem Sektor 44, Kobold sieben null zwei aus dem Sektor 94 — Zementiert die durchlässigen Stellen in der Wand in Skaphandern hinter Schildern bei Überdruck — Augenblickliche Havarie-Drift ansagen. — Ende.
Der Mann, der den jungen Funker vertrat, sagte laut: „Albatros!" Alle bemühten sich, ihm über die Schulter zu sehen. Er schrieb: *Albatros vier an alle — Havarie-Drift nicht unter Kontrolle — Rumpfquerwände durchlässig — Verliere Luft — Besatzung in Skaphandern — Maschinenraum unter Lösung — Schilder durchgeschlagen — Temperatur im Steuerraum 63 — Erster Durchbruch im Steuerraum zementiert — Lösung siedet — Überschwemmt den Hauptsender — Seitdem nur Verbindung durch Phonie — Erwarten euch — Ende.*
Fast alle rauchten. Der Rauch stieg in blauen Schwaden nach oben, man sah, wie er von den Ventilatoren aufgesogen wurde. Auch Pirx verlangte es nach einer Zigarette, er fingerte in allen Taschen herum, konnte aber nichts finden. Irgend jemand — Pirx hätte nicht sagen können, wer es war — drückte ihm eine angerissene Schachtel in die Hand. Er bediente sich.
„Mindell, voller Schub!" sagte der Kommandant. Er biß sich auf die Unterlippe.
Mindell war sichtlich überrascht, aber er schwieg.
„Warnung?" fragte der Mann, der neben dem Chef saß.
„Ja. Mach ich selbst. Her damit!"
Er zog das Mikrofon am Dreharm zu sich heran und begann zu sprechen: *Titan Aresterra an Albatros vier — Kommen in voller Fahrt — Befinden uns an der Grenze zu eurem Sektor — Sind in einer Stunde da — Versucht, durch Notausgang zu entkommen — Sind in einer Stunde bei euch — Wir kommen — Durchhalten — Durchhalten — Ende.*
Er stieß das Mikrofon beiseite und erhob sich. Mindell sprach ins Interkom: „Jungs, in fünf Minuten vollen Schub!" — „Ja, ja", antwortete der Mann am anderen Ende der Leitung. Der Kommandant ging hinaus. Man hörte seine Stimme im Nebenraum.
Achtung, Achtung! Passagiere! Achtung, Achtung! Passagiere! Wir geben eine wichtige Meldung durch. In vier Minuten erhöht unser Schiff die Geschwindigkeit. Wir erhielten einen SOS-Ruf und müssen uns beeilen ... Jemand schloß die Tür.
Mindell berührte Pirx' Schulter. „Halten Sie sich irgendwo

fest. Wir werden mehr als zwei haben."
Pirx nickte. 2 g — das machte ihm nichts aus, aber es schien ihm nicht der rechte Augenblick zu sein, sich mit der eigenen Standfestigkeit zu brüsten. Gehorsam umklammerte er die Lehne des Sessels, auf dem der ältere Funker saß. Über dessen Schulter las er: *Albatros vier an Titan — Kann mich nicht mehr eine Stunde an Deck halten — Havarie-Eingang durch berstende Trennwände verklemmt — Temperatur im Steuerraum einundachtzig — Dampf füllt Steuerraum aus — Versuche, die Spitzenpanzerung zu durchschneiden und hinauszukommen — Ende.*
Der Mann im aufgeknöpften Uniformrock, der den jüngeren Funker vertrat, sprang plötzlich auf und sah den Chef an, der zu ihm trat. Er nahm die Kopfhörer ab und reichte sie dem Vorgesetzten. Während der Kommandant die Hörer aufsetzte, regulierte der Funker den heiser schnarrenden Lautsprecher.
Die Männer in der Kabine erstarrten. Sie alle flogen schon seit Jahren, aber so etwas hatte noch keiner erlebt. Ein Rauschen drang aus dem Lautsprecher und eine Stimme, die aus prasselnden Flammen zu kommen schien.
Albatros an alle — Unfall im Steuerraum ... Hitze ... Unerträglich ... Besatzung bis zum Ende ... Lebt wohl ... Die Leitungen ...
Die Stimme brach ab, nur noch das Rauschen war zu hören.
Das Stehen bereitete Mühe, aber keiner setzte sich. Die Männer lehnten sich an die Metallwände.
Ballistischer acht an Luna Hauptstation, tönte es aus dem Lautsprecher. *Ich gehe zu Albatros vier — Öffnet mir den Weg durch Sektor 67 — Fliege mit vollem Schub — Bin außerstande, Überholmanöver durchzuführen — Empfang.*
Sekundenlanges Schweigen.
Luna Hauptstation an alle in den Sektoren 66, 67, 68, 46, 47, 48 und 96 — Erkläre Sektoren für geschlossen — Alle Raumschiffe, die nicht mit vollem Schub zu Albatros vier fliegen, haben sofort zu stoppen und die Reaktoren auf Leerlauf zu stellen sowie die Positionslichter einzuschalten — Achtung, Elan! Achtung, Titan Aresterra! Achtung, Ballistischer acht! Achtung, Kobold sieben null zwei! Hier spricht Luna Hauptstation — Öffne euch den Weg zu Albatros vier — Der gesamte Verkehr in den Sektoren des Leitstrahls des SOS-Punktes wird gestoppt — Beginnt mit dem Bremsen auf dem Milliparsek vor dem Punkt SOS — Darauf achten, daß die Bremsen im optischen Bereich des Albatros gelöscht werden, die Besatzung kann das Deck bereits verlassen haben —

Wünsche Erfolg — Ende.
„Elan" meldete sich, er morste. Pirx lauschte dem Zirpen der Signale.
Elan Aresterra an alle, die sich an Rettungsaktion Albatros vier beteiligen — Bin auf der Optischen des Albatros — Albatros driftet annähernd auf Ellipse T 348 — Heck glüht kirschrot — Signallichter fehlen — Albatros antwortet nicht auf Anrufe — Stoppe und beginne mit Rettungsaktion — Ende.
Nebenan meldeten sich die Summer. Mindell ging hinüber, ein zweiter schloß sich ihm an. Pirx' Nerven waren zum Zerreißen gespannt. Gott, wie gern hätte er mitgeholfen! Mindell kehrte zurück.
„Was ist?" fragte der Chef.
„Die Passagiere lassen fragen, wann sie mit dem Tanz beginnen können", antwortete Mindell. Pirx hatte nicht zugehört. Er starrte den Lautsprecher an.
„Bald, bald! Schaltet mir die Optische ein. Wir nähern uns ihnen. In wenigen Minuten werden wir sie sehen. Mindell, geben Sie die zweite Warnung durch, wir bremsen auf Overdrive."
„Jawohl"; sagte Mindell und ging hinaus.
Im Lautsprecher brummte es. Eine Stimme ertönte: *Luna Hauptstation an Titan Aresterra und Kobold sieben null zwei — Achtung! Achtung! Achtung! Der Ballistische acht hat im Zentrum von Sektor 65 einen Blitz mit der Helligkeit minus vier beobachtet — Elan und Albatros antworten nicht auf Anrufe — Es besteht die Möglichkeit einer Explosion des Reaktors auf Albatros — Mit Rücksicht auf die Sicherheit der Passagiere wird Titan Aresterra aufgefordert, zu stoppen und sich sofort zu melden — Ballistischer acht und Kobold sieben null zwei handeln weiter nach eigenem Ermessen — Ich wiederhole: Titan Aresterra wird aufgefordert...*
Alle sahen den Kommandanten an.
„Herr Mindell", sagte er. „Stoppen wir auf dem Miliparsek?"
Mindell warf einen Blick auf seine Armbanduhr.
„Nein, Herr Navigator, dazu wären 6 g erforderlich. Wir kommen auf die Optische."
„Und wenn wir den Kurs ändern?"
„Auch dann werden wir mindestens drei haben", sagte Mindell.
„Also nichts zu machen."

Der Chef stand auf und trat ans Mikrofon. *Titan Aresterra an Luna Hauptstation — Kann nicht stoppen, habe zu hohe Geschwindigkeit — Ändere Kurs durch Überholmanöver mit halber Zugkraft und gehe über Sektor 65 mit Kurs zweihundertzwei in Sektor 66 — Bitte den Weg freigeben — Empfang.*
„Die Bestätigung nehmen Sie entgegen", sagte er zu dem Mann, der vorher neben ihm gesessen hatte. Die Sendegeräte summten ununterbrochen. An den Wandtafeln flimmerten die Lichter. Plötzlich schien es dunkler zu werden — das Blut strömte aus den Augen zurück. Pirx stellte sich breitbeinig hin. Der Flug wurde gebremst, sie gingen in die Kurve. Der „Titan" vibrierte schwach, man hörte das schrille Heulen der Triebwerke.
„Hinsetzen!" rief der Kommandant. „Helden brauche ich hier nicht! Wir haben 3 g!"
Alle folgten der Aufforderung, das heißt, sie ließen sich fallen, wo sie gerade standen. Der Fußboden war mit einer dicken, geräuschdämpfenden Plastschicht belegt.
„Schätze, daß es allerhand Kleinholz geben wird", brummte jemand neben Pirx. Der Navigator hatte es gehört. „Das bezahlt die Versicherung", antwortete er von seinem Sessel aus.
Sie hatten nicht 3 g, sie hatten mehr — Pirx fiel es schwer, die Hand zum Gesicht zu heben. Die Passagiere werden sicherlich samt und sonders in den Kajüten liegen, sagte er sich. Aber in den Küchen und in den Speiseräumen — da wird was los sein! Zerschlagenes Porzellan, waggonweise! Ein schöner Anblick ... Und erst der Palmenhain! Kein Baum wird das aushalten ...
Der Lautsprecher meldete sich.
Ballistischer acht an alle — Bin auf der Optischen des Albatros — Steckt in einer Wolke — Heck glüht — Beende Bremsmanöver und schicke Mannschaften zum Auffinden der Albatrosbesatzung in den Raum — Elan antwortet nicht auf Anrufe — Ende.
Die Beschleunigung nahm ab, man durfte wieder aufstehen. Jemand zeigte sich in der Türöffnung, er rief etwas, und alle stürzten in den Hauptsteuerraum. Pirx betrat ihn als letzter. Er erblickte einen acht mal sechzehn Meter großen, gewölbten Bildschirm, der die gesamte Stirnwand einnahm wie in einem riesigen Filmtheater. Alle Licher waren gelöscht. Auf dem schwarzen, mit Sternen übersäten Schirm unterhalb der

Hauptachse des „Titan“, im linken Quadranten, glomm ein dünner Strich, dessen Ende kirschrot glühte wie ein Kohlestückchen — das Ganze erinnerte an eine brennende Zigarette. Die „Zigarette“ bildete den Kern einer blassen, leicht abgeflachten Blase mit sich verjüngenden, nach allen Seiten auseinanderstrebenden dornenförmigen Ausläufern. Die stachelige Wolke verblaßte mehr und mehr, schon sah man die ersten stärkeren Sterne. Plötzlich blitzte ganz unten ein grellweißes Pünktchen auf in der rechten unteren Ecke des Bildschirms zwischen den glimmenden Fixsternen. Das Pünktchen begann zu zucken, zu flackern — die Männer stürzten vor, als wollten sie gegen die Mattscheibe springen. Der „Elan“!

... im reaktor des albatros unkontrollierte kettenreaktion — habe verluste — verbrennungen — erbitte ärzte — sender beschädigt — reaktor durchlässig — beabsichtige, reaktor wegzuwerfen, wenn ich die durchlässigen stellen nicht unter kontrolle bekomme... las Pirx vom regelmäßig aufblitzenden Punkt ab.

„Albatros“ war nicht mehr zu sehen. Zwischen den Sternen hing ein aufgeblähtes, zottiges bernstein-gelb-braunes Knäuel. Es sank immer tiefer, rutschte in die untere linke Ecke des Schirms.

Der „Titan“ verließ mit neuem Kurs den Sektor der Katastrophe.

Ein langer Lichtstreifen fiel in den dunklen Steuerraum, jemand hatte die Tür zur Funkkabine geöffnet. Man hörte eine Stimme.

Ballistischer acht an Luna Hauptstation — Habe im zentralen Teil des Sektors 65 gestoppt — Elan auf dem Milliparsek unter mir — Er signalisiert optisch Verluste an Menschen sowie Durchlässigkeit des Reaktors — Ist bereit, Reaktor wegzuwerfen — Erbittet ärztliche Hilfe — Ich leiste sie ihm — Suche nach Albatros-Besatzung durch Verseuchung erschwert — Radioaktive Wolke mit Oberflächentemperatur von über eintausendzweihundert — Bin auf der Optischen des Titan Aresterra, der mich mit voller Zugkraft überholt und in den Sektor 66 ausweicht — Erwarte Ankunft des Kobold sieben null zwei zwecks Aufnahme gemeinsamer Rettungsaktionen — Ende.

„Alle auf die Plätze!“ rief jemand laut, und im gleichen Augenblick flammten die hinteren Lichter des Steuerraums auf. Bewegung herrschte, die Männer gingen in drei Richtungen auseinander, Mindell, der am Verteilerpult stand, erteilte

Befehle, und mehrere Sendegeräte funkten auf einmal. Außer dem Kommandanten, dem Nukleoniker Mindell und Pirx blieb nur der junge Funker, der noch immer auf den Schirm starrte und die Wolke beobachtete, die sich allmählich in der Schwärze des Alls auflöste.

„Ach, Sie sind das!" sagte der Chef, als habe er Pirx erst jetzt erkannt. Er reichte ihm die Hand. „Meldet sich ‚Kobold'?" fragte er jemanden in der Funkkabine über Pirx' Kopf hinweg.

„Jawohl, Chef, er fliegt im Rückwärtsgang."

„In Ordnung."

Eine Weile verharrten sie noch vor dem Schirm. Der letzte Fetzen der schmutzigen Wolke war verschwunden. Sterne, nichts als funkelnde Sterne...

„Ob jemand herausgekommen ist?" fragte Pirx, als ob der Kommandant mehr wissen konnte als er. Aber er war ja der Chef, und Chefs sollten eigentlich alles wissen.

„Die Blenden müssen geklemmt haben ...", erwiderte der Kommandant. Er war um einen Kopf kleiner als Pirx. Haare hatte er wie aus Blei. Waren sie vorhin auch schon so grau? fragte sich Pirx.

„Mindell!" rief der Chef, als er den Nukleoniker vorbeigehen sah. „Seien Sie so freundlich und geben Sie ‚Entwarnung'. Die Passagiere können wieder tanzen."

„Kannten Sie den ‚Albatros'?" fragte er Pirx.

„Nein."

„Westliche Gesellschaft. Dreiundzwanzig Tonnen. Was ist?" Der Funktechniker trat näher und reichte ihm einen Zettel. *Ballistischer an ...*, las Pirx, dann zog er sich zurück. Als er merkte, daß er den Leuten im Wege stand, die alle Augenblicke durch den Steuerraum eilten, stellte er sich in die Ecke. Mindell stürzte herein.

„Was ist mit dem ‚Elan'?" fragte ihn Pirx. Der Nukleoniker schwitzte, er wischte sich die Stirn mit einem Taschentuch. Pirx kam es vor, als kenne er ihn seit Jahren.

„Na ja, es geht noch", schnaufte Mindell. „Sie haben den Explosionsstoß abbekommen. Die Kühlung des Reaktors ging durch die Erschütterung drauf — die geht immer zuerst in die Binsen. Verbrennungen ersten und zweiten Grades. Ärzte sind schon da."

„Vom Ballistischen?"

„Ja."
„Chef! Luna Hauptstation!" rief jemand aus der Funkkabine. Der Chef ging. Pirx stand Mindell gegenüber, der sich mechanisch über die geschwollene Wange fuhr und das Taschentuch wegsteckte.
Pirx wollte Mindell noch mehr fragen — aber er unterließ es. Er nickte nur und ging in die Funkkabine hinüber. Aus dem Lautsprecher tönten zehn Stimmen auf einmal, Schiffe aus fünf Sektoren erkundigten sich nach „Albatros" und nach „Elan". Luna Hauptstation hieß sie schließlich schweigen, um das Verbindungsknäuel zu entwirren, das nach der Blockierung des Raumes um den Sektor 65 entstanden war. Der Kommandant saß neben dem Funktechniker und schrieb etwas nieder. Plötzlich nahm der Funker die Hörer ab. Er legte sie beiseite — als seien sie nun nicht mehr nötig. Pirx wenigstens schien es so. Er trat von hinten an ihn heran. Er wollte sich nach den Insassen des „Albatros" erkundigen, wollte wissen, ob es ihnen gelungen war, herauszukommen. Der Funker fühlte Pirx' Nähe, er hob den Kopf und sah ihm ins Gesicht. Pirx fragte nicht. Er ging hinaus und schloß die Tür hinter sich, die Tür mit der Aufschrift: NUR FÜR STERNENPERSONAL!

Der Unfall

•

Aniel kehrte nicht um vier zurück, aber keinem schien das aufzufallen. Es war noch nicht fünf, als es dunkel wurde, und Pirx, weniger besorgt denn verwundert, wollte Krull schon fragen, was das zu bedeuten habe. Dann verkniff er es sich aber — er war nicht der Leiter der Gruppe, und seine Frage hätte womöglich, wenn sie auch berechtigt und völlig harmlos war, eine regelrechte Kettenreaktion an Gereiztheit ausgelöst. Er kannte das, es kam immer wieder mal vor, besonders wenn die Gruppe so vom Zufall zusammengewürfelt war wie diese hier. Drei Männer mit Spezialgebieten, die sich himmelweit voneinander unterschieden, erfüllten eine Aufgabe, die wahrscheinlich alle für ebenso sinnlos hielten wie er selbst. Und das mitten in der Bergwelt eines Planeten, der niemandem etwas nützte. Man hatte sie in einem kleinen alten Gravistaten hergebracht, den sie übrigens hierlassen sollten, weil er schrottreif war, und mitsamt einer Aluminiumfaltbaracke, einer Handvoll Gerät und einer Funkstation abgesetzt, die so heruntergewirtschaftet war, daß sie mehr Ärger mit ihr hatten als alles andere. Binnen sieben Wochen sollten sie mit der „allgemeinen Erkundung des Terrains" fertig sein — als ob das möglich gewesen wäre! Pirx hätte diese Aufgabe niemals übernommen, denn er begriff recht gut, daß es dabei nur um die Erweiterung des Forschungsbereichs ging, der von der Explorationsabteilung der Basis betreut wurde, also um ein weiteres Zifferchen mehr in den Berichten, mit denen die Abteilung ihre Informationsmaschinen fütterte, was sicherlich bei der Planung von Mitteln, Leuten und Kapazität für das kommende Jahr eine gewisse Rolle spielte. Und bloß damit jene in kleine Löcher zerlegte Ziffer auf den Gedächtnisbändern auftauchte, hockten sie nun nahezu fünfzig Tage in dieser Einöde, die unter anderen Umständen vielleicht sogar ganz reizvoll sein konnte, als Klettergelände zum Beispiel. Jegliche Bergsteigerfreuden aber waren ihnen verständlicherweise streng untersagt, und Pirx konnte sich allenfalls während der Triangulations- und seismischen Messungen ausmalen, wie die

ersten Abschnitte des Aufstiegs verlaufen müßten.
Der Planet wurde einfach als Jota Strich 116 Strich 47, Proxima Aquarii bezeichnet. Von allen Planeten, die Pirx zu Gesicht bekommen hatte, glich dieser hier mit seiner kleinen gelben Sonne, den salzigen Meeren, lilagrün gefärbt von Algen, die die Atmosphäre eifrig mit Sauerstoff anreicherten, und dem großen, dreiteiligen, mit den Ansätzen einer Flora überzogenen Kontinent der Erde am meisten. Er hätte sich glänzend zur Besiedlung geeignet, wäre seine Sonne nicht zum Typ G gerechnet worden, einer neuentdeckten Untergattung von G VII, die als unsicher galt, weil man Emissionsschwankungen vermutete. Da also die Astrophysiker ihr Veto eingelegt hatten, mußte man sämtliche Pläne, dieses gelobte Land zu bewirtschaften, ein für allemal begraben, selbst wenn die Umwandlung in eine Nova erst in hundert Millionen Jahren eintreten sollte.
Pirx bereute es manchmal, daß er sich zu der Expedition hatte breitschlagen lassen, aber dieses Gefühl war nicht ganz aufrichtig. Er hätte sich ohnehin drei Monate lang in der Basis herumdrücken müssen — eher gab es keine Verbindung mit dem Sonnensystem —, und angesichts der Vorstellung, in den Klimagärten der Basis herumzulungern und vor einem stumpfsinnigen Fernsehprogramm zu glucken (eine Unterhaltungskonserve, die mindestens ihre zehn Jahre auf dem Buckel hatte), war er mit Freuden auf das Angebot seines Vorgesetzten eingegangen, der seinerseits froh war, Krull einen Gefallen tun zu können — er selbst hatte nämlich keinen Mann mehr frei, und das Reglement verbot, zwei Leute allein auf Fahrt zu schicken. So mußte Pirx dem Kosmographen wie ein Geschenk des Himmels erscheinen. Krull allerdings war keine Begeisterung anzumerken — weder damals noch später. Anfangs glaubte Pirx sogar, Krull verdächtige ihn irgendwelcher „Starallüren“, da er als Kommandant eines Raumschiffes plötzlich eingewilligt hatte, ein simpler Explorator zu werden. Es sah aus, als hegte Krull einen heimlichen Groll gegen ihn, in Wahrheit war er in der Mitte seiner Jahre (er hatte die Vierzig überschritten) lediglich ein wenig bitter geworden, als hätte man ihm sein Lebtag nichts anderes eingetrichtert als Wermut. Und da sich in dieser Abgeschiedenheit nichts verheimlichen ließ und die Menschen mit all ihren kleinen Schwächen und all ihren Tugenden sehr bald so leicht zu

durchschauen waren wie Glas, hatte Pirx im Nu begriffen, woher der Makel in Krulls Charakter rührte, der Makel im Wesen dieses ausdauernden, ja harten Mannes, der reichlich zehn Jahre Außendienst hinter sich hatte. Krull war es einfach nicht gelungen, das zu werden, was ihm seinerzeit ein Herzenswunsch gewesen war, weil er sich für den ersehnten Beruf nicht eignete. Und daß er früher einmal davon geträumt hatte, nicht Kosmograph zu werden, sondern Intellektroniker, wurde Pirx sonnenklar, als er sah, wie unnachgiebig sich Krull Massena gegenüber gebärdete, sobald das Gespräch auf intellektronische Themen kam (Krull sagte übrigens „intellektrale" — im Fachjargon).

Leider fehlte es Massena am nötigen Verständnis, vielleicht waren ihm Krulls Motive auch einerlei. Nicht genug, daß er, wenn der andere auf einer falschen Lösung beharrte, sich nicht damit zufriedengab, sie zu negieren, nein — er legte, den Bleistift in der Hand, Krull aufs Kreuz, baute Schritt für Schritt seinen mathematischen Beweis auf und brachte ihn zu Ende, eine Genugtuung im Gesicht, als wollte er nicht so sehr die Richtigkeit seiner These beweisen als vielmehr die Auffassung, daß Krull ein blasierter Esel war. Aber das stimmte nicht. Blasiert war Krull nicht, er war nur überempfindlich, eben wie jemand, dessen Ehrgeiz woanders liegt als seine Fähigkeiten.

Pirx, der unfreiwillig Zeuge eines solchen Gesprächs wurde — kein Kunststück übrigens, da sie doch gemeinsam die vierzig Quadratmeter große Baracke bewohnten und die Schallisolation der Trennwände lediglich eine Wunschvorstellung war —, ahnte schon, womit das enden würde. Und wirklich: Krull, der nicht wagte, Massena zu zeigen, wie sehr ihm die Niederlage kränkte, ließ seinen ganzen Unwillen an Pirx aus, natürlich in der ihm eigenen Art und Weise: Wenn es nicht unbedingt sein mußte, sprach er nicht mit ihm.

Nun fühlte sich Pirx nur noch zu Massena hingezogen. Mit diesem schwarzhaarigen, helläugigen Neurastheniker hätte er sich tatsächlich anfreunden mögen, aber mit Neurasthenikern kam er nie recht zu Rande, weil er ihnen insgeheim nicht über den Weg traute. Massena hatte immer irgendein Zipperlein: Er ließ sich in den Hals gucken und kündigte alle naselang Witterungsumschwünge an, weil er das Reißen in den Knochen habe (seine Prophezeiungen trafen nie ein, was ihn jedoch nicht

dazu veranlaßte, sie einzustellen), er litt angeblich an Schlaflosigkeit und kramte allabendlich ostentativ seine Pillen hervor, die er allerdings nie nahm — er legte sie nur für alle Fälle neben die Koje, und am andern Morgen erklärte er Pirx, der bis spät in die Nacht gelesen und Massenas Schnarchen deutlich gehört hatte, er habe überhaupt kein Auge zugetan (was er anscheinend selbst glaubte). Darüber hinaus aber war er ein hervorragender Fachmann und ein glänzender Mathematiker mit großem Organisationstalent, dem die laufende Programmierung der automatischen, also unbemannten Exploration oblag. Eines dieser Programme hatte er stets bei sich, um es „in freien Augenblicken“ auszuarbeiten, und Krull litt Seelenqualen, weil Massena seine Arbeit schnell und gut erledigte, so daß ihm in der Tat viel freie Zeit blieb und es somit keinen Grund gab, etwa seine Pflichterfüllung zu bemängeln. Sie konnten Massena um so besser gebrauchen, als es in dieser planetologischen Miniexpedition — so paradox das auch klingen mochte — keinen einzigen waschechten Planetologen gab, denn auch Krull war ja keiner.
Wie bewunderungs- und zugleich verzweiflungswürdig ist doch jener Grad von Kompliziertheit, den ohne besonderes Zutun von einer Seite die Beziehungen zwischen drei im Grunde völlig normalen, durchschnittlichen Männern in einer Felsenwüste erreichen können, wie sie das südliche Hochplateau des Jota des Wassermanns darstellte!
Es gehörte noch jemand zu ihnen, allerdings kein Mensch, sondern besagter Aniel, ein nichtlinearer Automat, eines der auf der Erde produzierten neuesten Modelle für Forschungen der höchsten Selbständigkeitsstufe. Massena als Kybernetiker war lediglich durch einen Anachronismus hier, weil nämlich das Reglement verlangte, daß am Einsatzort eines Automaten auch jemand anwesend sein müsse, der ihn notfalls reparieren könne. Aber das Reglement war mittlerweile seine zehn Jahre alt — bekanntlich ändern sich Vorschriften nicht so schnell —, und Aniel hätte, wie Massena mitunter selbst zu sagen pflegte, notfalls eher ihn reparieren können als umgekehrt. Nicht nur, weil seine Funktionstüchtigkeit nichts zu wünschen übrigließ, sondern weil er auch über elementare medizinische Kenntnisse verfügte. Pirx wußte aus langjähriger Erfahrung, daß man einen Menschen oft leichter nach seinem Verhältnis zu den Robotern als zu seinen Mitmenschen beurteilen konnte. Seine

Generation war in eine Welt hineingeboren worden, in der die Automaten ebenso selbstverständlich waren wie die Raumschiffe, aber die Sphäre der Roboter hatte sich ihr besonderes Fluidum bewahrt, ihr haftete noch immer ein Hauch von Irrationalität an. Manch einem fiel es leichter, eine gewöhnliche Maschine ins Herz zu schließen, das eigene Auto beispielsweise, als einen Apparat, der dachte. Die Zeit, da die Konstrukteure endlos herumexperimentiert hatten, neigte sich ihrem Ende zu — so sah es wenigstens aus. Es wurden nur noch zwei Typen von Automaten gebaut: hochspezialisierte und universell einsatzfähige.

Einzig und allein der kleinen Gruppe der Universalautomaten hatte man annähernd menschenähnliche Formen gegeben, und das auch nur deshalb, weil von allen getesteten Konstruktionen diejenigen am leistungsfähigsten waren, die der Natur entlehnt waren, vor allem unter den erschwerten Bedingungen planetarischer Erkundungsfahrten.

Die Ingenieure waren nie sonderlich beglückt, wenn ihre Produkte eine Spontaneität an den Tag legten, die unwillkürlich den Gedanken an ein Innenleben aufkommen ließ. Im allgemeinen hieß es, die Roboter könnten wohl denken, besäßen aber „keine Persönlichkeit“. Und in der Tat — niemand hatte es jemals erlebt, daß ein Automat in Wut oder Entzücken geraten wäre, daß er geweint oder gelacht hätte. Sie waren ideal ausgeglichen, wie ihre Konstrukteure es wünschten. Weil ihr Hirn jedoch nicht auf dem Montageband entstand, sondern in einem langwierigen Zuchtprozeß von Monokristallen, die in ihrer statistischen Variabilität nicht zu beeinflussen waren, kam es zu gewissen Molekularverschiebungen, wenn diese auch noch so geringfügig waren. Solche Endabweichungen hatten zur Folge, daß es genaugenommen keine zwei Automaten gab, die absolut identisch gewesen wären. Also doch Individualität? Nein, lautete die Antwort des Kybernetikers, sondern Ergebnisse eines probabilistischen Prozesses. Diese Meinung vertrat auch Pirx, wie wohl jeder, der viel mit Robotern zu tun und jahrelang ihre schweigende, immer sinnvolle, immer logische Umsicht neben sich gespürt hatte. Gewiß, untereinander glichen sie sich viel mehr als den Menschen, aber auch sie hatten ihre Unarten, ihre Marotten, und unter ihnen fanden sich manche, die bei der Befehlsausübung sogar so etwas wie passiven Widerstand leisteten, ein Umstand, der mit einer

Generalüberholung endete, wenn sich dieser Zustand verschlimmerte.
Pirx — und er war sicherlich nicht der einzige — hatte diesen merkwürdigen Maschinen gegenüber, die ihre Aufträge so exakt ausführten und zuweilen eine enorme Erfindungsgabe zeigten, kein ganz reines Gewissen. Vielleicht stammte das noch aus der Zeit, da er Kommandant des „Coriolan" gewesen war — auf jeden Fall hielt er den Ausgangspunkt einer Situation, in der der Mensch außerhalb seiner selbst ein Denkvermögen schuf und es in Abhängigkeit von sich selbst brachte. Er hätte wahrscheinlich nicht definieren können, was diese leichte Beklemmung in ihm hervorrief, dieses Gefühl, gewissermaßen eine Rechnung nicht beglichen, eine falsche Entscheidung gefällt oder, grob gesagt, eine Gemeinheit zwar geschickt, aber immerhin begangen zu haben. Es lag eine perverse Raffinesse in jener maßvollen Vernunft, mit der der Mensch das über sich selbst erworbene Wissen den kalten Maschinen einhauchte und dabei aufpaßte, daß sie nur gerade soviel Bewußtheit bekamen wie erforderlich, ohne Aussicht darauf, ihrem Schöpfer jemals die Herrlichkeiten dieser Welt streitig machen zu können. Goethes Maxime „In der Beschränkung zeigt sich erst der Meister" erhielt, was die findigen Konstrukteure betraf, unversehens den Beigeschmack einer Huldigung, die sich in eine höhnische Verwünschung verkehrte, denn nicht sich selbst erlegten sie ja Beschränkungen auf, sondern ihren Werken, und dies mit grausamer Präzision. Natürlich hätte Pirx sich niemals dazu hinreißen lassen, diesen Gedanken laut zu äußern, denn er war sich bewußt, wie lächerlich er klingen mußte. Die Automaten wurden in ihrer Existenz nicht benachteiligt oder ausgebeutet — die Sache war einfacher, moralisch schwerer anfechtbar und schlimmer zugleich. Man hatte sie beschränkt, noch ehe sie entstanden, schon auf dem Zeichenpapier.
An jenem Tag, ihrem vorletzten auf dem Planeten, waren die Arbeiten eigentlich schon abgeschlossen. Als sie aber die Bänder mit den Untersuchungsergebnissen sortierten, stellten sie fest, daß eines fehlte. Zuerst durchsuchten sie das Gedächtnis der Maschine, dann wühlten sie in allen Schubladen und Fächern, wobei Pirx von Krull zweimal dazu aufgefordert wurde, gründlich zwischen seinen persönlichen Sachen nachzusehen, was schon an Schikane grenzte, weil Pirx mit dem

Band überhaupt nicht in Berührung gekommen war und es niemals in seinen Koffer gesteckt hätte. Pirx hatte nicht übel Lust, Krull endlich mal die Meinung zu sagen, zumal er bisher immer den Mund gehalten und das schroffe, ja beleidigende Benehmen von Krull nach besten Kräften entschuldigt hatte. Aber er schluckte auch diesmal seinen Ärger hinunter und erklärte, falls man die Messungen wiederholen müßte, wäre er gern bereit, sie allein vorzunehmen, mit Aniel als Helfer.

Krull war jedoch der Auffassung, Aniel sei auf die Hilfe von Pirx überhaupt nicht angewiesen. Sie bürdeten dem Roboter also Apparat und Fotospulen auf und schickten ihn, nachdem sie ihm Rückstoßpatronen ins Gürtelhalfter gesteckt hatten, in die Gipfelregion des Bergvorlandes.

Der Roboter brach um acht Uhr morgens auf, und Massena äußerte, daß er bis zum Mittagessen seine Sache geschafft haben würde. Es wurde jedoch zwei, drei, schließlich vier Uhr, es dämmerte bereits, und Aniel war immer noch nicht zurück.

Pirx saß in der Barackenecke unter der Kadmiumwandleuchte und schmökerte in einer zerfledderten alten Schwarte, die er sich noch in der Basis von irgendeinem Piloten geliehen hatte, aber er erfaßte kaum, was er da las: Ihm war es zu unbequem. Die dünne, gerippte Aluminiumwand drückte ihn im Rücken, außerdem hatte das Kissen keine Luft mehr, und er spürte, wie die scharfkantigen Schrauben der Konstruktion sich ihm durch das Gummigewebe hindurch in die Schenkel bohrten. Trotzdem wechselte er nicht die Stellung, weil die Unbequemlichkeit auf seltsame Weise mit der Wut korrespondierte, die allmählich in ihm hochstieg. Weder Krull noch Massena schienen Aniel bis jetzt zu vermissen. Krull, der nun wirklich kein Witzbold war und auch gar nicht den Anschein zu erwecken versuchte, hatte, weiß der Himmel, warum, von Anfang an darauf bestanden, den Roboter „Engel" zu nennen oder sogar „Eiserner Engel", eine andere Anrede gebrauchte er überhaupt nicht, und dieser im Grunde harmlose Scherz hatte Pirx so oft in Rage gebracht, daß er den Kosmographen schon deshalb nicht mochte. Massenas Verhältnis zu dem Roboter war beruflich bedingt: Alle Elektroniker wissen (oder geben zumindest vor zu wissen), welche molekularen Prozesse und Ströme diese oder jene Reaktion des Automaten auslösen, und dieses Wissen stempelte alle Anspielungen über deren

angebliches Seelenleben als absoluten Blödsinn ab. Nichtsdestoweniger verhielt sich Massena dem Roboter gegenüber loyal — wie ein Mechaniker zu seinem Dieselmotor: Er sorgte dafür, daß er nicht überlastet wurde, schätzte ihn wegen seiner Leistungsfähigkeit und kümmerte sich um ihn, so gut er konnte.
Um sechs hielt es Pirx nicht länger in seiner Ecke, ein Bein war ihm eingeschlafen. Er dehnte und reckte sich also, daß die Knochen knackten, ließ den Fuß kreisen und beugte das Bein im Knie, um den Blutkreislauf anzuregen. Dann begab er sich auf seine Wanderung quer durch die Baracke, wohl wissend, daß es nichts gab, womit er Krull, der in die Schlußberechnungen vertieft war, mehr ärgern konnte.
„Ihr könntet wirklich ein bißchen leiser sein!" sagte Krull schließlich, als meinte er alle beide und als wüßte er nicht, daß nur Pirx es war, der durch die Baracke lief. Massena fläzte sich nämlich in einem pneumatischen Sessel, den Kopfhörer an den Ohren, und amüsierte sich, einen komisch verträumten Ausdruck im Gesicht, über irgendeine Sendung. Pirx riß die Tür auf, an der ein heftiger Westwind rüttelte, und als sich seine Augen etwas an die Dunkelheit gewöhnt hatten, spähte er, die unter den Windstößen bebende Blechwand im Rücken, in die Richtung, aus der Aniel kommen mußte. Er sah nur wenige Sterne, sie flirrten und flimmerten in der Luft, die mit hohem, auf und ab schwellendem Brausen als kalter Strom seinen Kopf umfloß und ihm das Haar zerzauste. Seine Nasenflügel und Lungen blähten sich förmlich, der Wind wehte wohl mit annähernd vierzig Metern in der Sekunde. So verharrte Pirx eine Weile, als ihm kalt wurde, kehrte er in die Baracke zurück, wo Massena gähnend die Kopfhörer absetzte und sich mit den Fingern durchs Haar fuhr, während der faltige, hagere Krull geduldig die Papiere in die Mappen legte und einen Stoß Blätter aufstuckte, damit sie gleichmäßig aufeinanderlagen.
„Immer noch keine Spur von ihm!" ließ sich Pirx vernehmen, und er wunderte sich selbst, daß seine Worte fast wie eine Herausforderung klangen. Die beiden mußten den besonderen Ton darin auch bemerkt haben, denn Massena warf Pirx einen raschen Blick zu und entgegnete: „Das macht nichts, er findet auch im Dunkeln zurück. Dann benutzt er eben Infrarot ..."
Pirx sah ihn an, gab aber keine Antwort. Als er bei Krull vorbeikam, nahm er sein Buch vom Stuhl, setzte sich wieder

in seine Ecke und tat, als ob er läse. Der Wind wurde stärker. Das Rauschen draußen schwoll an, steigerte sich zu einem Tosen, einmal klatschte etwas Weiches gegen die Wand, wohl ein Zweig, dann wieder trat minutenlang Stille ein. Massena wartete offensichtlich darauf, daß Pirx, gefällig wie immer, Abendbrot machen würde. Schließlich erhob er sich aber und schickte sich an, die Konservendosen mit der Selbstheizpatrone zu öffnen, nachdem er ausgiebig die Etikette studiert hatte, als hoffte er, unter den Vorräten einen ganz besonderen, bisher unentdeckt gebliebenen Leckerbissen zu finden. Pirx war nicht nach Essen zumute. Eigentlich hatte er sogar Hunger, aber er rührte sich nicht vom Fleck. Allmählich erwachte eine kalte Wut in ihm, die sich, Gott weiß warum, gegen seine beiden Gefährten richtete, und dabei waren sie doch wahrhaftig nicht die schlechtesten. Befürchtete er, daß Aniel etwas zugestoßen war? Daß der Roboter womöglich von „geheimnisvollen Bewohnern" des Planeten überfallen worden war, von Geschöpfen also, an deren Existenz außer ein paar Spinnern niemand glaubte? Wenn die Wahrscheinlichkeit, daß irgendwelche Wesen auf dem Planeten siedelten, auch nur in einem Verhältnis von eins zu hunderttausend gegeben wäre, dann hätten die Männer ganz bestimmt nicht so tatenlos herumgelungert und sich in Kleinigkeiten verzettelt, sondern sie wären unverzüglich darangegangen, alle Maßnahmen zu treffen, die in den Punkten zwei, fünf, sechs und sieben des Paragraphen achtzehn der Dienstordnung vorgeschrieben waren, zuzüglich des dritten und vierten Absatzes der Sonderbestimmungen. Aber selbst diese Möglichkeit gab es nicht. Es gab gar keine. Eher wäre die unsichere Sonne des Jota explodiert. Ja, das wäre wesentlich wahrscheinlicher gewesen. Was also konnte passiert sein?

Pirx spürte, wie trügerisch die Ruhe in der Baracke war, die unter dem Ansturm des Windes erzitterte. Nicht nur er tat so, als wäre er in sein Buch vertieft und als hätte er das Abendbrot völlig vergessen. Die beiden anderen spielten dieses Spiel mit, das sich ebenso schwer definieren ließ, wie es mit jeder Minute offenkundiger wurde.

„Im Bereich" der technischen Wartung unterstand Aniel dem Intellektroniker Massena, in seiner Eigenschaft als „Expeditionsmitglied" hingegen Krull als dem Leiter der Gruppe. Jeder von ihnen konnte einen möglichen Defekt verschuldet haben. Vielleicht war Massena etwas entgangen, vielleicht hatte auch Krull die Route für Aniel falsch markiert. Aber das wäre schließlich leicht festzustellen gewesen, und es war auch nicht die Ursache für das unnatürliche Schweigen, das zusehends beklemmender wurde.

Krull hatte sich an dem Roboter gleich von Anfang an ausgelassen — erst hatte er ihm einen Spitznamen verpaßt, der allenfalls eines Abc-Schützen würdig gewesen wäre, und dann erteilte er ihm mitunter Aufträge, die sich die anderen verkniffen, schon deshalb, weil ein Universalautomat kein Dienstbote ist. Aber das tat er wahrscheinlich, weil er unbeholfen, aber beharrlich versuchte, über den Roboter Massena eins auszuwischen, den er nicht offen anzugreifen wagte.

Jetzt war eine Kraftprobe im Gange, und derjenige, der sich als erster anmerken ließe, daß er um Aniels Schicksal bangte, hätte sich gewissermaßen eine Blöße gegeben. Im übrigen spürte Pirx, daß auch er in diesen sinnlosen und zugleich harten Kampf hineingezogen worden war, der hier in aller Stille ausgetragen wurde. Er überlegte, was er unternehmen würde, wenn er der Leiter der Gruppe wäre. Im Augenblick vermutlich herzlich wenig, denn in einer Nacht wie dieser war es nicht möglich, eine Suchaktion zu starten. Sie mußten ohnehin bis zum Morgen warten, sie hätten es höchstens noch über Funk versuchen können, aber auch da bestand nur eine minimale Erfolgschance, denn der UKW-Bereich war in dem unübersichtlichen bergigen Gelände nicht sonderlich groß. Bisher hatten sie den Roboter noch nie allein ausgeschickt — die Dienstordnung verbot das zwar nicht, sicherte ein derartiges Vorhaben jedoch durch eine Unmenge verklausulierter Paragraphen ab. Aber Dienstordnung hin, Dienstordnung her — Pirx war der Ansicht, Massena könnte immerhin versuchen, den Roboter über Funk zu rufen, statt die angebrannten Reste aus der Konservenbüchse zu kratzen und einem damit die letzten Nerven zu rauben. Wie wäre es, wenn er die Sache in die Hand nähme, er selbst, Pirx? Irgendwas mußte schließlich geschehen. Konnte sich ein Roboter das Bein brechen? So was war ihm noch nie zu Ohren gekommen.

Er stand auf, trat an den Tisch, und während er die heimlichen, scheinbar gleichgültigen Blicke der anderen auf sich ruhen fühlte, studierte er aufmerksam die Karte, auf der Krull am Morgen die Marschroute für Aniel eingezeichnet hatte.

Wirkte das vielleicht, als wolle er dem Expeditionsleiter auf die Finger sehen? Er hob ganz plötzlich den Kopf und begegnete Krulls Augen — Krull tat gerade den Mund auf, um etwas zu sagen, aber als ihn der schwere, kalte Blick von Pirx traf, räusperte er sich nur und beugte sich wieder über seine Papiere. Pirx mußte ihn ordentlich angeblitzt haben, allerdings nicht bewußt, nein — in derlei Situationen erwachte etwas in ihm, was ihm schon an Bord seines Raumschiffes einen mit Furcht gemischten Respekt eingetragen hatte.

Er legte die Landkarte beiseite. Die Route führte zu einer hohen Felswand mit drei schroffen Abstürzen, aber der Weg ging daran vorbei. Hatte der Roboter etwa versagt? Unmöglich!

Aber man kann sich doch in jeder gewöhnlichen Felsspalte den Fuß verstauchen, durchfuhr es Pirx. Nein, Unsinn. Roboter wie Aniel überstanden selbst einen Sturz aus vierzig Meter Höhe, die waren noch ganz andere Dinge gewöhnt und hatten etwas Besseres als ein paar morsche Knochen. Was zum Teufel war also passiert?

Er richtete sich auf und musterte aus seiner stattlichen Höhe zuerst Massena, der grimassenschneidend und pustend seinen heißen Tee schlürfte, dann Krull. Darauf kehrte er den beiden ostentativ den Rücken und ging in den kleinen Schlafraum hinüber, wo er entschieden zu heftig sein Faltbett aus der Wand zerrte, und kroch, nachdem er sich mit vier geübten Handgriffen die Sachen vom Leib gerissen hatte, in den Schlafsack. Er wußte, daß er nicht so schnell Schlaf finden würde, aber für heute hatte er genug von den beiden. Womöglich hätte er ihnen noch ein paar Takte erzählt, wenn er länger mit ihnen zusammengeblieben wäre, aber da sie sich am anderen Tag ohnehin an Bord der „Ampère" trennen sollten, konnte er sich das wirklich sparen. In dem Moment, da sie den Fuß auf das Deck des Raumschiffes setzen würden, hörte die Operationsgruppe des Jota des Wassermanns auf zu bestehen.

Allerlei wirres Zeug gaukelte schon vor seinen Augen, silbrige Streifen glitten unter seinen Lidern dahin, flaumige Lichtkreise schläferten ihn ein, er wendete noch sein Kissen, weil es auf der anderen Seite kühler war — da stand plötzlich Aniel greifbar nahe vor ihm, so wie er ihn zum letztenmal gesehen hatte, frühmorgens, kurz vor acht. Massena lud ihm gerade die

Rückstoßpatronen auf, mit deren Hilfe man mehrere Minuten lang durch die Luft segeln konnte, den Gesetzen der Gravitation zum Trotz. Von diesen Dingern machten übrigens alle Gebrauch, natürlich nur in den Fällen, die das in jeder Hinsicht strenge Reglement vorsah. Es war ein merkwürdiger Anblick — wie immer, wenn ein Mensch einem Roboter half, weil die Sache ja normalerweise gerade umgekehrt vor sich ging —, aber Aniel reichte unter dem buckelartig ausladenden Rucksack mit der Hand nicht an die Patronentasche. Er schleppte ja eine Last, die zwei ausgewachsenen Männern vollauf gereicht hätte. Gewiß, man tat ihm damit kein Leid an, letzten Endes war er bloß eine Maschine, und mit einer winzigen Strontiumbatterie, die ihm als Herz diente, konnte er notfalls eine Energie von sechzehn Pferdestärken entwickeln. Aber jetzt, wahrscheinlich lag es an seinem Dämmerzustand, wollte Pirx das ganz und gar nicht gefallen. Jetzt ergriff er mit ganzer Seele für den schweigsamen Aniel Partei und war bereit anzunehmen, daß der, ebenso wie er selbst, von Natur aus keineswegs so ruhig und ausgeglichen war, sondern diesen Eindruck nur zu erwecken suchte, weil er dies für das beste hielt. Es waren jene allerintimsten Vorspiegelungen der Phantasie, denen sich der Mensch jemals überläßt — wohl weil er sich nach dem Erwachen gewöhnlich nicht mehr daran erinnert und weil dieses Vergessen im Morgen uns im Heute von allem rein wäscht. Im stillen malte er sich jene legendäre Situation aus, die — er wußte es längst — niemals Wirklichkeit werden konnte: den Aufstand der Roboter. Und während er die dumpfe, schweigende Gewißheit verspürte, daß er dann auf ihrer Seite stehen würde, schlief er augenblicklich wie geläutert ein.

Er wachte früh auf, und aus unerfindlichen Gründen war sein erster Gedanke: Der Wind hat sich gelegt. Darauf fielen ihm Aniel und seine eigenen Phantasievorstellungen vor dem Einschlafen ein. Daß ihm so was überhaupt in den Sinn kommen konnte, verwirrte ihn ein wenig. Er blieb noch eine Weile liegen, bis er sich eine Erklärung zurechtgelegt hatte, die ihn einigermaßen beruhigte, nämlich daß die Gaukelbilder ihn zwar nicht im völligen Wachzustand heimgesucht hatten, daß er aber — im Gegensatz zum Traum, der sich ohne eigenes Dazutun einstellt — seinerseits auch nur wenig und nur halb bewußt hatte nachhelfen müssen. Derlei psychologische Spitzfindigkeiten waren ihm fremd, er wunderte sich folglich, warum er sich über so etwas den Kopf zerbrach, stützte sich auf den Ellenbogen und lauschte: Totenstille. Er zog unmittelbar vor seinem Kopf den Lukenvorhang auf. Durch die kleine trübe Scheibe sah er, wie der Morgen heraufdämmerte, und da erst begriff er, daß ihnen eine große Tour in die Berge bevorstand. Mit einem Satz sprang er aus dem Bett und schaute noch einmal im Gemeinschaftsraum nach: keine Spur von Aniel.

Die beiden anderen waren schon auf den Beinen. Beim Frühstück bemerkte Krull ganz nebenbei, als handelte es sich um eine beschlossene Sache, sie müßten sich bald auf die Socken machen, weil die „Ampère" gegen Abend landen würde und sie mindestens anderthalb Stunden brauchten, um die Baracke abzubauen und die Sachen zu verstauen. Er formulierte wohl absichtlich so, damit offenblieb, warum sie aufbrachen: vor allem wegen der fehlenden Untersuchungsergebnisse oder auch Aniels wegen.

Pirx aß für drei, aber er sagte keinen Ton. Während die anderen ihren Kaffee austranken, erhob er sich, kramte in seinem Beutel und holte ein zusammengerolltes weißes Nylonseil, einen Hammer und ein paar Sicherungshaken hervor. Nach kurzer Überlegung warf er noch seine Kletterschuhe in den Rucksack — für alle Fälle.

Der Morgen graute, als sie ins Freie traten. Am farblosen Firmament standen keine Sterne mehr.

Tiefviolettes Grau lastete reglos und kalt auf den Gesichtern, auf dem Boden, in der Luft. Das Gebirge im Norden bildete eine schwarze, in der Dunkelheit erstarrte Masse; der nähere, südliche Kamm reckte sich als geschmolzene Mauer ohne Gliederung und Relief in den Himmel, mit einem grell orangefarbenen Lichstreifen über den Gipfeln. Dieser ferne und unwirkliche Schein fixierte den Atem, der dem Mund der drei Männer entströmte, in der Luft. Obgleich die Atmosphäre dünner war als auf der Erde, fiel ihnen das Atmen leicht. Am Ausgang der Hochebene machten sie Rast. Die letzten kümmerlichen Grasbüschel, die im Zwielicht der weichenden Nacht und des hinter den Bergen heraufziehenden neuen Tages schmutziggrau wirkten, verschwanden. Eine Gletschermoräne lag vor ihnen, die großen Felsblöcke schimmerten wie unter fließendem Wasser. Wenige hundert Meter weiter oben kam

Wind auf, der unvermittelt in kurzen Böen hochfuhr. Sie stiegen weiter, sprangen leichtfüßig über kleine Gesteinsbrocken, traten auf große, ab und zu schlug eine Felsplatte mit hohlem Ton gegen eine andere, manchmal rutschte ein Kieskörnchen unterm Schuh weg und rollte den Hang hinunter — das Echo kam dann aus allen Richtungen, als sei in der Tiefe jemand aufgeschreckt worden. Ein Schulterriemen knarrte, ein Metallbeschlag knirschte. Diese spärlichen Laute gaben ihrem Marsch den Anschein von Frische und Eintracht, als wären sie eine von demselben Geist beseelte Seilschaft. Pirx ging als zweiter hinter Massena, es war immer noch zu dunkel, um das Relief der fernen Felswände auszumachen. Er starrte angestrengt in die Weite. Wiederholt glitt sein unachtsamer Fuß von einem Block ab, aber desungeachtet legte er all seine Aufmerksamkeit in die spähenden Blicke, als wollte er nicht nur seine nähere Umgebung ignorieren, sondern auch sich selbst und jeden seiner Gedanken. Er dachte überhaupt nicht an Aniel, er ließ seinen Blick durch dieses Reich zeitloser Felsen und vollendeter Gleichgültigkeit schweifen, dem allein die menschliche Phantasie das Odium von Gefahr und Herausforderung angedichtet hatte.
Der Planet hatte stark ausgeprägte Jahreszeiten. Im Spätsommer waren sie hergekommen, und nun neigte sich in den Tälern schon der Herbst, ganz in Rot und Gelb gehüllt, seinem Ende zu, aber den vielen Blättern zum Trotz, die im Gischt der Bergbäche dahintrieben, war die Sonne in der Hochebene noch warm, und an wolkenlosen Tagen brannte sie sogar. Nur die dichter werdenden Nebel kündeten von Schnee und Frost, aber dann würde niemand mehr auf dem Planeten sein. Und jene künftige, in Weiß gekleidete, vollendete Ödnis erschien Pirx plötzlich sehr begehrenswert.
Mit dem bloßen Augen zu verfolgen, wie sich die Dunkelheit lichtete, war nicht möglich, und dennoch entdeckte man mit jeder Minute neue Details in der Landschaft. Der Himmel war schon ganz verblaßt, es war weder Nacht noch Tag, und es gab keine Morgenröte an diesem neuen Tag, der so klar und still heraufzog, als wäre er ganz und gar in eine Kugel aus unterkühltem Glas eingeschlossen. Etwas weiter oben durchquerten sie einen milchigen Nebelstreifen, dessen biegsame, gewundene Ausläufer sich in den Boden krallten, und als sie ihn hinter sich hatten, erblickte Pirx das Ziel ihres Marsches,

noch nicht von der Sonne beschienen, aber schon im weißen Schein des Morgens. Es war ein Felsrücken, der sich bis zu dem Hauptgebirgszug hinzog, fast bis zu der Stelle, wo mehrere hundert Meter aufwärts der höchste, doppelköpfige Gipfel schwarz aufragte. In der muldenartigen Erweiterung jenes Grats hatte Aniel die letzten Messungen vornehmen sollen. Der Weg wirkte in beiden Richtungen nicht besonders schwierig, er bot keinerlei Überraschungen, keine Schluchten, nichts — außer dem monotonen Grau des Gerölls, hier und da von kükengelbem Schimmel gesprenkelt. Pirx setzte noch immer leichtfüßig über die scheppernden Felsblöcke hinweg, den Blick auf die tiefschwarze Wand am Horizont geheftet, und weil er wohl an nichts anderes denken wollte, begann er sich einzureden, er mache eine ganz gewöhnliche Gebirgstour, wie auf der Erde. Sofort sah er die Felsen mit anderen Augen an — man konnte tatsächlich glauben, sie zögen zu dritt aus, um den Gipfel zu erstürmen, da sie doch geradewegs dem Kamm zustrebten, der massig aus den Schutthalden auftauchte. Er reichte bis zum ersten Drittel der Wand hinauf und endete in einem Meer von ineinander verkeilten Felsplatten, und dort schoß dann die riesige Fläche jäh in die Höhe wie zum Steilflug. Etwa hundert Meter weiter oben durchschnitt eine andere Gesteinsart die Wand — rötlicher Diabas, heller als Granit —, sie zwängte sich an die Oberfläche und verlief als ein Band von ungleicher Breite quer durch die ganze Flanke des Absturzes.

Eine Zeitlang hielt der Gipfel mit seiner erhabenen Linienführung Pirxens Blick gefangen, aber während sie sich ihm näherten, geschah das, was für gewöhnlich mit einem Berg geschieht: Er wurde zusehends kleiner, zerfiel in der ungeheuren perspektivischen Verkürzung in einzelne, einander verdeckende Partien, wobei der Fuß des Berges seinen bisherigen Ebenencharakter verlor: Felspfeiler erhoben sich, und eine bunte Vielfalt von Sprüngen, Borden und blinden Kaminen, ein Chaos alter Schründe tat sich auf, und über all diesem Durcheinander klumpiger Verwerfungen schimmerte eine Weile, von den ersten Sonnenstrahlen vergoldet, der höchste Grat, erstarrt und seltsam milde, bis auch er schließlich verdeckt wurde und verschwand. Pirx konnte die Augen nicht mehr von diesem Koloß losreißen. Ja, selbst auf der Erde wäre diese Wand aller Anstrengung wert gewesen, vor allem durch jenen jäh vorspringenden Diabaswall. Der Abschnitt von ihm bis hinauf zu dem von der Sonne vergoldeten Gipfel schien kurz und nicht schwierig, ein Problem waren jedoch die Überhänge, namentlich der größte, dessen unterer Rand vor Eis oder Nässe glänzte und der schwärzlich rot war wie geronnenes Blut.

Pirx ließ seiner Phantasie freien Lauf. Dies mußte ja nicht unbedingt die Steilwand eines namenlosen Bergriesen unter einer fremden Sonne sein, sondern ein durch Sieg und Niederlage berüchtigter Gipfel, der jedem Alpinisten ein ganz eigenes Gefühl einflößt, vergleichbar etwa jener Empfindung, die einen vor einem vertrauten Gesicht überkommt, in dem jede Falte und Furche ihre Geschichte hat. Die feinen, gerade noch sichtbaren Schlangenlinien der Risse, die dunklen Fäden der Felsbänder und die flachen Rinnen konnten jene höchst gelegenen Punkte sein, die bei der soundsovielten Besteigung erreicht worden waren, oder Stellen, an denen man Biwak gemacht und schweigend mit sich zu Rate gegangen war, Schlüsselstellen stürmischer Gipfelkämpfe oder Orte trüber Rückzüge und Niederlagen, die man hatte hinnehmen müssen, obwohl man sämtliche taktischen Kniffe und technischen Tricks angewandt hatte. Das Ganze hätte ein Gipfel sein können, der durch all dies bereits so fest mit dem Geschick der Menschheit verbunden war, daß jeder Bewerber, den er einmal abgewiesen hatte, immer und immer wieder zu ihm zurückkehrte, stets mit demselben Vorrat an Selbstvertrauen und Siegeszuversicht, und bei jedem neuerlichen Sturmlauf brachte er die Marschroute fix und fertig im Kopf mit und übertrug sie auf das tote Felsrelief. Diese Wand hätte eine reiche Geschichte an Umgehungen der verschiedensten Varianten haben können, einschließlich einer Chronik der Siege und Opfer; Fotografien konnte es davon geben, auf denen kleine Punkte die Trassen markierten und kleine Kreuze die höchsten Standplätze bezeichneten, die jemals erreicht worden waren ... Pirx vermochte sich das alles mühelos vorzustellen, mehr noch, er fand es komisch, daß es in Wirklichkeit nicht so war.

Massena ging vor ihm, leicht vornübergeneigt, im immer grelleren Licht, das jegliche Illusion von etwaigen „leichten Passagen“ in der Wand zunichte machte — dieses Trugbild von vermeintlicher Leichtigkeit, diesen Trugschluß, es gäbe keine Widerstände zu überwinden und keine lebensgefährlichen

Abschnitte dort oben, rief der bläuliche Dunst der Entfernung hervor, der schweigend jedes Fragment des glitzernden Felsgesteins einhüllte. Der junge, klare Tag hatte die Männer bereits erreicht, sie warfen lange, schwankende Schatten unterhalb der Spitze des Schutthangs. Aus der Wand mündeten zwei Kare in die Geröllhalde ein, in denen noch finstere Nacht lag. Der tote Geröllstrom staute sich dort und verschwand plötzlich wie von der tiefsten Schwärze verschluckt.
Schon längst umfing der Blick nicht mehr das ganze Bergmassiv, die Proportionen hatten sich verändert. Die Wand, von weitem jeder anderen ähnlich, zeigte jetzt ihr unnachahmliches, eigenständiges Gesicht; ein mächtiger Felspfeiler reckte sich ihnen entgegen, wurde immer riesiger, erhob sich aus einer Handvoll kreuz und quer liegender flacher Platten, schoß in die Höhe, verbreiterte sich, wuchs und wuchs, bis er schließlich alles andere beiseite geschoben und verdeckt hatte und allein zurückblieb, mitten im düsteren kalten Schatten von Stellen, in die niemals ein Sonnenstrahl drang. Sie setzten eben den Fuß auf ein Firnfeld, das von Steinsplittern gesprenkelt war, da ging Massena plötzlich langsamer und blieb schließlich stehen, als hätte er etwas gehört. Pirx, der ihn als erster einholte, begriff: Massena tippte mit dem Finger an sein Ohr, in dem das olivengroße Mikrofon saß.
„Ist er hiergewesen?"
Massena nickte nur und hielt den kleinen Metallstab des Geigerzählers über den schmutzigen, verharschten Schnee. Aniels Schuhsohlen waren mit radioaktiven Isotopen angereichert, und der Zähler hatte seine Spur entdeckt. Der Roboter mußte am Vortag hier entlanggegangen sein, sie wußten nur nicht, ob beim Aufstieg oder erst auf dem Rückweg. Auf jeden Fall kannten sie nun seine Route. Von da an marschierten sie langsamer.
Man hätte meinen können, der dunkle Felspfeiler stünde fast in Reichweite, aber Pirx wußte ja, wie sehr man sich beim Schätzen von Entfernungen im Hochgebirge täuschen kann. Sie stiegen und stiegen. Der Schnee und die Blöcke des Kars lagen jetzt unter ihnen, sie gingen einen alten Grat mit abgerundeten Zacken entlang, und Pirx kam es vor, als hörte er in der Grabesstille Massenas Kopfhörer piepsen, aber das war kaum möglich. Massena blieb wiederholt stehen, bewegte das Ende des Aluminiumstabes, hielt ihn so tief, daß er beinahe

den Felsen berührte, und zeichnete damit Schleifen und Achten in der Luft wie ein Wünschelrutengänger. Wenn er die Spur gefunden hatte, setzte er sich wieder in Bewegung. Sie waren nun nicht mehr weit von der Stelle entfernt, wo Aniel die Messungen hatte vornehmen sollen. Pirx graste die Gegend aufmerksam nach Spuren des Verschollenen ab.
Aber das Gestein blieb stumm. Der leichteste Abschnitt lag nun hinter ihnen — vor ihnen türmten sich Platten mit unterschiedlicher Neigung, die unter der Sohle des Pfeilers aufragten. Das Ganze sah aus wie ein mutwilliger, gigantischer Querschnitt der Felsschichten, und das stellenweise bloßgelegte Innere des steinernen Absturzes wies die ältesten Formationen des Bergkerns auf, hier und da zermalmt, weil sie von der fürchterlichen Last der ganzen Wand, die sich kilometerhoch in den Himmel reckte, zusammengepreßt wurden. Noch hundert, noch fünfzig Schritt — dann war Schluß.
Massena lief im Kreise und bewegte das Ende des Geigerzählers vor sich her. So drehte er scheinbar ziel- und wahllos seine Runden, mit zusammengekniffenen Augen (die dunkle Brille hatte er auf die Stirn geschoben) und ausdruckslosem Gesicht. Plötzlich blieb er ein Dutzend Meter von ihnen entfernt stehen und sagte: „Er ist hiergewesen. Und zwar ziemlich lange."
„Woher weißt du das?" fragte Pirx.
Der andere zuckte die Achseln, nahm die Olive aus dem Ohr, die zusammen mit dem Stab des Zählers am dünnen Leitungsdraht baumelte, und reichte sie Pirx. Nun hörte auch der ein Zwitschern und Piepsen, mitunter zu meckernden Tönen verzerrt. Auf dem Gestein waren keinerlei Abdrücke oder Spuren zu sehen. Nichts — nur dieser Ton, der einem mit giftigem Kreischen den Schädel füllte, und er bewies, daß sich Aniel an dieser Stelle tatsächlich lange aufgehalten haben mußte, denn fast jeder Meter Stein verriet es. Allmählich gelang es Pirx sogar, in diesem vermeintlichen Chaos einen gewissen Sinn zu entdecken. Aniel war offensichtlich auf demselben Weg hierhergelangt wie sie; er hatte den dreibeinigen Apparat aufgestellt und war, während er seine Messungen und Aufnahmen machte und mit der Kamera hantierte, in ihrer Nähe herumgelaufen. Er hatte dabei mehrmals den Standort gewechselt, um den günstigsten Beobachtungspunkt zu wählen. Ja, das fügte sich zu einem logischen Ganzen. Aber was war dann passiert?

Pirx schritt die Stelle in immer größer werdenden, spiralenförmigen Kreisen ab, um eine zentrifugal ausgehende Spur zu finden, doch es gab keine Spuren, die zurückführten. Aniel schien haargenau in seinen eigenen Fußstapfen zurückgekehrt zu sein, was sehr unwahrscheinlich war. Er hatte ja keinen Geigerzähler bei sich und war demnach außerstande, auf den Zentimeter genau zu bestimmen, wie er hierhergekommen war. Krull sagte etwas zu Massena, aber Pirx beachtete die beiden nicht und zog weiter seine Kreise, bis es ihm plötzlich so vorkam, als ob es im Kopfhörer einmal kurz, aber vernehmlich gepiepst hätte. Nun bewegte er sich Millimeter für Millimeter rückwärts. Ja, hier war es! Er riß die Augen auf, die er vorher zusammengekniffen hatte, um sich ganz auf die Tonfolgen des Meßgeräts zu konzentrieren, und sah sich um. Die Spur befand sich unterhalb der Wand, als hätte der Roboter nicht in Richtung Lager kehrtgemacht, sondern ganz im Gegenteil Kurs auf den senkrecht aufragenden Pfeiler genommen.
Das war merkwürdig. Was mochte er dort gewollt haben? Pirx suchte nach weiteren Spuren, aber die Steine hüllten sich in Schweigen, und er mußte alle Felstrümmer abhorchen, die sich am Sockel des Pfeilers auftürmten. Er konnte ja schwerlich erraten, wohin Aniel beim nächsten Schritt seinen Fuß gesetzt hatte. Schließlich fand er die Spur wieder, sie war etwa fünf Meter von der ersten entfernt. Sollte Aniel einen solchen Satz getan haben? Wozu? Abermals ging er rückwärts und entdeckte bald darauf die fehlende Spur, die er beim erstenmal überhört hatte — der Roboter war ganz einfach von Stein zu Stein gesprungen. Pirx stand gebeugt da, bewegte kreisend den Stab — und zuckte plötzlich zusammen. In seinem Kopf schien ein Geschoß explodiert zu sein, so laut dröhnte es in den Hörern. Er krümmte sich regelrecht, der Ton bereitete ihm fast Schmerzen. Er sah hinter einen großen Block und erstarrte: Zwischen zwei Felsbrocken geklemmt, auf dem Grunde einer natürlichen, flachen Mulde, ruhten unbeschädigt der Apparat und die Filmkamera. Auf der anderen Seite stand gegen einen Stein gelehnt Aniels Rucksack, die Riemen abgehakt, aber ordentlich gepackt. Er rief die beiden anderen. Sie liefen herbei und staunten ebenso wie er. Krull prüfte die Kassetten nach, die Messungen schienen alle vorgenommen worden zu sein. Diese Arbeit konnten sie sich also sparen. Nun mußte nur noch geklärt werden, welches Geschick Aniel ereilt

hatte. Massena legte die Hände an den Mund und rief ihn ein paarmal, bis die Felsen ein fernes, gedehntes Echo zurückwarfen. Pirx fuhr zusammen — für ihn hörte sich das an, als riefen sie einen verschollenen Kameraden. Kurz darauf zog der Intellektroniker die flache Schachtel des Senders aus der Tasche, kauerte sich zu Boden und begann das Signal des Roboters zu funken, aber man sah ihm an, daß er dies mehr aus Pflichtgefühl als aus Überzeugung tat. Unterdessen suchte Pirx weiter nach Spuren. Der Roboter schien sich ziemlich lange an dieser Stelle aufgehalten zu haben, so viele flüchtige Piepser gab der Kopfhörer von sich, und dieses Übermaß an Anhaltspunkten brachte Pirx vollends durcheinander. Endlich hatte er in groben Umrissen die äußeren Grenzen des Bereichs ermittelt, den der Roboter bestimmt nicht verlassen hatte, und er hoffte, wenn er sie systematisch abschritt, auf eine neue Spur zu stoßen, die ihm richtungweisend für die weitere Suche sein konnte.

Nach einer vollen Umkreisung landete Pirx wieder vor dem Pfeiler. Zwischen dem Felsvorsprung, auf dem er stand, und der jäh abfallenden Wand gähnte eine Kluft von anderthalb Meter Breite. Ihr Grund war mit kleinen, scharfkantigen Steinsplittern übersät, die aus der Höhe herabgeprasselt waren. Auch diese Stelle untersuchte er gewissenhaft, aber der Kopfhörer schwieg. Er stand vor einem Rätsel — Aniel schien sich buchstäblich in Luft aufgelöst zu haben.

Hinter ihm beratschlagten die beiden anderen, er aber hob langsam den Kopf und betrachtete zum erstenmal ganz aus der Nähe den schroff aufragenden Pfeiler. Die Herausforderung, die er angesichts der steinernen Ruhe der Wand empfand, war ungeheuerlich. Eigentlich war es gar keine Herausforderung, sondern vielmehr so, als hielte ihm jemand offen die Hand hin, und schlagartig wurde es ihm zur Gewißheit, daß man diese Hand erfassen mußte, denn dies schien der Anfang des Weges zu sein, den es zu beschreiten galt. Instinktiv hielt er nach den ersten Griff- und Trittmöglichkeiten Ausschau — sie waren sicher. Mit einem langen, genau berechneten Schritt konnte man über die Schlucht hinwegsetzen und auf einer kleinen, zuverlässigen Stufe landen. Nach diesem Anlauf mußte man zweifellos schräg steigen, einen regelrecht geometrischen Riß entlang, der sich ein paar Meter weiter oben zu einem flachen kleinen Kamin vertiefte. Ohne recht zu wissen, warum, hob

Pirx den Geigerzähler, beugte sich so weit vor, wie er nur konnte, und hielt das Gerät an jene Felsstufe auf der anderen Seite der Schlucht. Der Kopfhörer reagierte. Um ganz sicherzugehen, wiederholte Pirx die Operation noch einmal — mit Mühe und Not hielt er das Gleichgewicht, so weit mußte er sich in den leeren Raum hinauslehnen —, und abermals hörte er ein kurzes Piepsen. Jetzt gab es keinen Zweifel mehr. Er kehrte zu den anderen zurück.

„Er ist da hinaufgestiegen", sagte er seelenruhig und wies auf den Pfeiler. Krull verstand nicht sofort, und Massena fragte: „Dahinauf? Aber wieso denn? Wozu?"

„Keine Ahnung. Dort oben ist eine Spur", erwiderte Pirx mit gespielter Gleichgültigkeit. Massena glaubte zunächst, Pirx sei ein Irrtum unterlaufen, doch er konnte sich sogleich selbst davon überzeugen, daß es sich so verhielt. Aniel hatte offensichtlich mit einem einzigen langen Schritt die Schlucht überquert und war den teilweise gesprungenen Steinwall entlang aufgestiegen — direkt auf die Wand zu. Das löste Bestürzung aus. Krull erklärte, die Messungen lägen ja vor, der Roboter hätte sich also, wohl infolge eines Defekts, „entprogrammiert". Massena behauptete steif und fest, das sei unmöglich, Aniel habe doch sämtliche Apparaturen und den Rucksack dagelassen, so als sei er ganz bewußt zu einer schwierigen Gipfelbesteigung aufgebrochen. Es müsse demnach etwas vorgefallen sein, was ihn zu diesem Tun veranlaßt habe.

Pirx schwieg. Im stillen hatte er bereits den Entschluß gefaßt, den Einstieg in die Wand zu wagen, selbst wenn ihn keiner der Gefährten begleiten sollte. Krull wäre ohnehin nicht dazu imstande gewesen, denn die Sache erforderte bergsteigerisches Können, und zwar ziemlich hohes. Von Massena hatte Pirx sagen hören, er sei früher viel geklettert und kenne sich angeblich recht gut in der Hakentechnik aus ... Als die anderen verstummt waren, erklärte er also schlicht, er wolle die Wand angehen, und fragte, ob Massena bereit sei mitzukommen.

Krull opponierte augenblicklich. Die Dienstvorschrift verbiete es, sich einer Gefahr auszusetzen. Am Nachmittag würde die „Ampère" kommen, um sie zu holen, und vorher müßten sie noch die Baracke abbauen und die Sachen packen. Die Messungen seien vorgenommen worden, der Roboter sei ganz offensichtlich das Opfer einer Havarie geworden. Folglich

habe man ihn als verschollen zu betrachten, und das bedeute, daß man im Abschlußbericht die näheren Umstände darlegen müsse.
„Soll das heißen, daß wir ihn hier zurücklassen und allein abfliegen?“ fragte Pirx.
Seine Ruhe schien Krull zu verärgern, denn er hielt nur mit Mühe an sich, als er erwiderte, in dem schon erwähnten Bericht würde man die einzelnen Vorfälle genauestens beschreiben, die Meinung sämtlicher Expeditionsmitglieder dazu einholen und die Ursache angeben, die am wahrscheinlichsten sei: Beschädigung der Gedächtnismnestronen oder der Richtungsmotivationsleitung, möglicherweise aber auch Desynchronisierung...
Hier griff Massena ein. Er bemerkte, daß weder ersteres der Fall sein könne noch das zweite und das dritte, weil Aniel überhaupt keine Mnestronen besäße, sondern nur ein homogenes monokristallines System, das molekular aus unterkühlten, mit Spurenelementen von Isotopenelementen befruchteten diamagnetischen Lösungen gezüchtet worden sei...
Offensichtlich wollte er Krull den Wind aus den Segeln nehmen, indem er ihm klarmachte, daß er da von Dingen sprach, von denen er keine Ahnung hatte. Pirx hörte einfach nicht mehr hin. Er kehrte ihnen den Rücken und schätzte erneut den Sockel des Pfeilers ab, nun schon anders als vorher — die Vorstellung war Realität geworden, und obwohl ihm nicht ganz wohl war in seiner Haut, spürte er doch eine innere Genugtuung bei dem Gedanken, sich mit diesem Berg zu messen.
Massena entschloß sich mitzukommen, vielleicht, weil er sich Krull auf diese Weise endgültig widersetzen wollte. Pirx schnappte nur ein paar Brocken von dem Gespräch auf. Massena erklärte, diesem Rätsel müsse man unbedingt auf den Grund gehen, denn wenn sie einfach zurückkehrten, ohne etwas zu unternehmen, bliebe womöglich ein ebenso wichtiges wie geheimnisvolles Phänomen unberücksichtigt, das die unvermutete Reaktion des Roboters ausgelöst habe, und selbst wenn eine derartige Erscheinung nur mit einer Wahrscheinlichkeit von fünf zu hundert gegeben sei, wäre schon das eine völlig ausreichende Rechtfertigung für das Risiko des Aufstiegs.
Krull konnte Niederlagen verkraften, das mußte man zugeben;

er verlor kein Wort mehr über die Angelegenheit. Schweigen trat ein. Massena nahm die Apparaturen vom Rücken, und Pirx, der mittlerweile sein Seil, den Hammer und die Haken hervorgeholt und die schweren Schuhe gegen seine Kletterschuhe vertauscht hatte, schielte verstohlen zu ihm hinüber. Massena war ein bißchen aufgeregt, Pirx wußte das — weniger wegen seiner Auseinandersetzung mit Krull, das war klar, sondern wahrscheinlich, weil er sich da nicht gerade mit Überlegung in eine Situation gebracht hatte, aus der es kein Entrinnen mehr gab. Wenn ich ihm jetzt vorschlüge, lieber hierzubleiben, wer weiß, ob er nicht darauf eingehen würde, fuhr es ihm durch den Kopf, obgleich der einmal angestachelte Ehrgeiz nicht zu unterschätzen war. Pirx sagte trotzdem nichts, denn obwohl der Aufstieg zu Anfang nicht besonders schwierig zu sein schien, konnte man nie wissen, was einem weiter oben blühte, namentlich dort, wo Überhänge einen Großteil der Wand verdeckten. Er hatte ja den Pfeiler nicht einmal durchs Fernglas betrachtet, weil er eine solche Eskapade gar nicht einkalkuliert hatte. Und dennoch hatte er Seil und Haken mitgeschleppt — wozu? Statt diese Widersprüche länger zu analysieren, erhob er sich und wartete auf Massena. Dann marschierten sie ohne Hast zum Fuß des Felsens.
„Ich steige vor", sagte Pirx. „Erst mal mit aufgeschossenem Seil. Dann werden wir weitersehen."
Massena nickte. Pirx blickte noch einmal zurück, um sich zu vergewissern, was Krull machte, den sie wortlos zurückgelassen hatten. Er stand noch immer an derselben Stelle, bei den Rucksäcken. Sie waren schon so hoch, daß die Landschaft der fernen Ebenen als olivgrüner Fleck hinter den Nordkämmen hervorlugte. Der Grund des Schutthangs lag noch im Schatten, nur die Gipfel waren von grellem Licht überflutet, und dieser Schein drang als durchbrochene Aureole in die Scharten des Grats, der sich majestätisch in den Himmel reckte.
Pirx machte einen großen Schritt, sein Fuß fand Halt auf einem Vorsprung, er zog sich hoch und stieg behende aufwärts. Die ersten Meter waren wirklich nicht schwierig. Er schob sich gleichmäßig, fast träge vorwärts, an seinen Augen glitten die rauhen Felsschichten vorbei, uneben, mit dunklen Vertiefungen durchsetzt. Er stützte sich ab, hob den Körper an, zog ihn nach, und dabei spürte er den starren, eisigen Hauch der Nacht, der ihm vom Gestein entgegenschlug. Sein Herz

klopfte ein wenig schneller, aber das Atmen fiel ihm leicht, und die Erwärmung, die die Muskelanstrengung mit sich brachte, bekam ihm gut. Das Seil folgte ihm nach, die reine Luft schien das Geräusch, das es verursachte, wenn es über den Felsen rieb, zu vervielfältigen. Schließlich, noch ehe das Seil zu Ende war, entdeckte Pirx einen günstigen Sicherungsplatz. Einen anderen Gefährten hätte er ohne Sicherung geführt, aber er wollte erst sehen, was Massena als Bergsteiger taugte.
Eingekeilt stand er in einem Riß, der schräg durch den ganzen Pfeiler lief, und während er auf Massena wartete, konnte er aus der Nähe den großen Kamin einsehen, den sie seitlich liegengelassen hatten, als sie parallel dazu aufstiegen — genau hier erweiterte er sich zu einem grauen Kar und bildete eine amphitheaterförmige Mulde in der Wand. Von unten sah diese Stelle völlig uninteressant und flach aus, erst jetzt trat das vielfältig gegliederte Relief in seiner ganzen Stattlichkeit hervor. Pirx fühlte sich hier so herrlich allein, daß er wie aus dem Schlaf auffuhr, als er Massena neben sich erblickte. Er stieg gleich weiter. So ging das mehrmals, sie bewegten sich rhythmisch und in aller Gemütsruhe vorwärts; an jedem neuen Stand prüfte Pirx mit dem Geigerzähler, ob Aniel dagewesen war — und nur einmal, als er das Signal verlor, mußte er aus einem leichten kleinen Kamin umkehren, weil der Roboter diese Stelle traversiert hatte.
Aniel war ja kein Bergsteiger gewesen, und dennoch kostete es Pirx keine Mühe, seine jeweiligen Entscheidungen zu erraten, so folgerichtig, ja logisch war der Weg im Fels, den er gewählt hatte, um so schnell wie möglich an Höhe zu gewinnen. Jedenfalls stand fest, daß Aniel es wirklich gewagt hatte, die Wand anzugehen. Pirx verschwendete nicht eine Sekunde an das Warum. Er verlor sich nie in Spekulationen, die nichts einbrachten. Allmählich begann er den Gegner kennenzulernen — gleichzeitig aber gaben ihm längst vergessen geglaubte Tricks und Kniffe, die in seinem Gedächtnis auftauchten, mit untrüglicher Sicherheit ein, wie und wann er zu handeln hatte. Selbst die Tatsache, daß er ziemlich oft die eine Hand frei machen mußte, um mit dem Geigerzähler nach der radioaktiven Spur zu suchen, bereitete ihm keinerlei Schwierigkeiten. Einmal blickte er über den Rand eines losgesprengten Felsbrockens, der aber wie festgemauert haftete, nach unten. Obwohl sie ziemlich langsam vorwärts kamen, waren sie schon

recht hoch; von Krull war nur noch der Schutzanzug zu sehen, der sich als kleiner grünlicher Fleck von der grauen Geröllhalde abhob. Pirx bemerkte ihn nicht einmal sofort auf dem Grunde des Luftschachts, der sich zu seinen Füßen auftat.

Nun folgte eine hübsche kleine Traverse. Der Aufstieg wurde schwieriger, aber mit jeder Minute gewann Pirx mehr von seinem Können zurück, das so lange Zeit brachgelegen hatte, und er verließ sich manchmal sogar schon mehr auf seinen Instinkt und suchte nicht mehr bewußt nach den Griffen. Daß es schwieriger wurde, bewies ihm eine einzige Sekunde, da er wie bisher die rechte Hand frei machen wollte, um zum Geigerzähler am Gürtel zu fassen: Er vermochte es nicht. Er hatte nur noch einen Griff für die Linke und etwas sehr Undeutliches unter seiner rechten Schuhspitze. Da stemmte er sich so weit wie möglich vom Felsen ab und hielt aus dieser Distanz Ausschau nach einem Tritt für den anderen Fuß. Nichts. Er verzichtete also auf die Messung, denn etwas weiter oben schien ein kleines Felsband zu sein.

Das Band war zwar mit einer glasigen Eisschicht überzogen und dem Abgrund zugeneigt, aber an einer Stelle war das Eis abgeschürft wie durch einen heftigen Stoß. Ein Kletterschuh bringt so was nie fertig, ging es Pirx durch den Kopf. Vielleicht war es Aniels Schuh gewesen, der Roboter wog ja ungefähr eine Vierteltonne. Massena, der sich bis dahin recht tapfer geschlagen hatte, fiel jetzt zurück.

Sie hatten bereits die obere Partie des Pfeilers erreicht. Der Fels, noch immer rauh und körnig, begann merklich und heimtückisch abzudrängen, er hing immer mehr über, und ohne Fiechtlhaken wären sie nicht weitergekommen, Ein paar Meter weiter oben schloß sich der Schrund, der sich bis dahin deutlich verfolgen ließ. Pirx hatte noch an die fünf Meter freies Seil, aber er ließ es von Massena einholen, um sich umzusehen. Der Roboter ist hierhinauf, ohne Haken, ohne Seil, ohne Sicherung! sagte er sich. Warum sollte ich das nicht auch schaffen? Er tastete das Gestein über sich ab. Sein rechter Knöchel war im äußersten Ende des Risses eingekeilt, der ihn bis hierher geführt hatte, und durch die anhaltende Zerrung schmerzte er heftig. Dennoch ließ Pirx nicht locker, und auf einmal stieß er mit den Fingerspitzen auf eine Leiste, die schmaler war als eine Fingerkuppe. Bis dorthin konnte man sich hochziehen, aber was dann?

Das war nicht mehr nur ein Kampf mit dem Felsen, sondern zugleich ein Wettstreit mit Aniel, der diese Stelle passiert hatte — und zwar allein. Allerdings hatte der Stahlfinger ... Pirx war eben dabei, seinen Fuß aus dem Riß zu lösen, da lockerte sich ein Stein unter seiner Sohle und sauste in die Tiefe. Er hörte deutlich, wie er zischend die Luft zerschnitt, und erst lange, lange danach war ein scharfer Aufprall zu vernehmen. Alles, was recht ist, ganz schön exponiert! dachte er. Er verzichtete darauf, sich hochzuziehen, und suchte nach einer Stelle, wo er einen Haken einschlagen konnte. Aber der Fels wies auch nicht die feinsten Risse auf. Pirx beugte sich nach beiden Seiten vor, so weit er konnte, entdeckte aber nichts.

„Was ist los dort oben?" vernahm er Massenas Stimme unter sich.

„Alles in Ordnung, ich guck mich nur um", sagte er.

Der Knöchel machte ihm zu schaffen, lange würde er sich in dieser Position nicht mehr halten können. Tja, wenn sie diesen Weg jetzt aufgeben und umkehren könnten! Aber wenn die Spur einmal verloren war, würde man sie in dieser kilometerlangen Wand nicht mehr wiederfinden. Pirx versuchte, irgend etwas über seinem Kopf auszumachen. In der starken Verkürzung sah es aus, als ob ganz annehmbare Griffe existierten, aber die Vertiefungen waren flacher als ein Handteller. Es blieb also nur das Felsband. Als er den Fuß aus dem Riß befreit hatte und sich mit beiden Armen nach oben zog, durchfuhr ihn der Gedanke, daß es nun kein Zurück mehr gab: Der Fels drängte ihn sofort ab, er hing nun frei, die Schuhspitzen etwa dreißig Zentimeter von der Wand entfernt. Hinauf! Ein Flimmern über seinem Kopf — ein Spalt? Aber dazu mußte man sich erst mal hinaufziehen! Feste! Noch ein bißchen! In der folgenden Sekunde setzte sein Verstand aus. Er hätte die linke Hand loslassen und sich mit vier Fingern der rechten Hand festkrallen müssen, um mit der Linken nach dem Spalt zu fassen, von dem er nicht wußte, wie tief er eigentlich war. Das hätte ich nicht machen dürfen! schoß es ihm durch den Sinn, als er plötzlich, die Muskeln zum Zerreißen gespannt, zwei Meter weiter oben hing, dicht an den Fels geschmiegt. Er schnappte heftig nach Luft und war ein bißchen wütend auf sich. Jetzt stand er mit beiden Beinen auf dem Felsband und konnte einen Haken einschlagen, sicherheitshalber sogar zwei, weil der erste nicht sehr tief saß. Dabei lauschte er befriedigt dem klaren Klang, der immer heller wurde, bis er schließlich verhallte. Das Seil sprang in die Karabinerhaken, und er wußte, daß er Massena zu Hilfe kommen mußte. Es war keine saubere Arbeit, aber schließlich waren sie ja nicht in den Alpen. Jedenfalls hatte er nun einen ganz annehmbaren Standplatz.

Über dem Pfeiler war ein schmaler, ziemlich leichter Kamin. Pirx nahm den kurzen Stab des Geigerzählers zwischen die Zähne, denn wenn er aus dem Gürtel ragte, konnte er gegen den Stein schlagen. Weiter oben hatte der Fels eine andere Farbe.

Die Wand war nicht mehr schwärzlich und nicht mehr mit braunem, gleichsam sehr altem Grau durchsetzt. An seine Stelle trat jetzt das rostige, braungesprenkelte Rot des Diabasgesteins, das aus der Nähe schwach glitzerte. Einige Dutzend Meter noch, und die angenehme Strecke war zu Ende. Schon hatte er wieder einen Überhang über sich, der mit den wenigen Haken nicht zu schaffen war — diesmal ganz ohne Auflage. Aber Aniel hatte überhaupt nichts gehabt. Er prüfte mit dem Geigerzähler nach: Hier war Aniel nicht hochgekommen ... Also? Es blieb nur die Traverse.

Bei flüchtiger Betrachtung kam sie einem nicht sonderlich schwierig oder gefährlich vor. Auch die Form des Pfeilers, die sich im Diabasgestein verloren hatte, tauchte wieder auf. Pirx stand nun auf einem schmalen, aber sicheren Felsband, das bis zu einer kluftähnlichen Spalte reichte und dort abbrach. Er beugte sich vor und sah, daß das Band hinter dem Überhang weiterlief, anderthalb Meter etwa, zwei Meter waren es ganz bestimmt nicht. Man mußte sich also mit dem Körper an dem abdrängenden Höcker im Gestein vorbeimogeln und sich, während man den Tritt für den rechten Fuß aufgab, mit dem linken so abstoßen, daß der rechte frei schwingend die Fortsetzung des Bandes traf. Er hielt Ausschau nach einem Platz für die Haken — gesichert wäre das Ganze nicht allzu schwierig gewesen —, aber die Wand zeigte niederträchtigerweise wieder nicht den kleinsten Riß. Er blickte hinunter: Von der Stelle aus, an der sich Massena jetzt aufhalten mußte, war die Sicherung pure Illusion. Wenn er abrutschte, würde er mindestens fünfzehn Meter tief abstürzen, und der plötzliche Ruck konnte selbst solide eingeschlagene Haken mitreißen. Und dennoch — der Zähler sagte aus, daß der Roboter diese

Stelle passiert hatte. Allein! Was soll denn das heißen, Himmelherrgott noch mal! schimpfte er in sich hinein. Da drüben ist ein Band! Ein einziger großer Schritt! Los, du Schlappschwanz! Aber er stand wie angewurzelt. Wenn sich wenigstens das Seil spannen ließe, aber Pustekuchen! Er beugte sich noch einmal vor und starrte eine Sekunde lang zu der Leiste hinüber — länger vermochte er es nicht, seine Muskeln begannen zu zittern. Und wenn die Schuhsohle nicht haftet? Aniel hatte ja Stahlsohlen ... Irgendwas glitzert dort drüben — schmelzendes Eis. Muß verteufelt glatt sein. Die Vibrambesohlten hätte ich mitnehmen sollen ...

Und mein Testament machen, murmelte er tonlos. Seine Augen verengten sich zu Schlitzen, sein Blick wurde starr. Zusammengeduckt, mit ausgebreiteten Armen im rauhen, unebenen Gestein Halt suchend, drückte er sich an dem Überhang vorbei und vollführte endlich den Schritt, der ihn soviel Überwindung gekostet hatte. Auf der anderen Seite angelangt, empfand er nicht einmal Erleichterung, weil er sah, was er sich da eingebrockt hatte. Der Sims war hier niedriger, also mußte man, wenn man zurück wollte, nach oben springen — und dabei an dem Buckel vorbei! Das war keine Bergsteigerei mehr, nicht einmal mehr Akrobatik, weiß der Himmel, was das wahr! Und Abseilen? Wenn nicht, dann ...

Er erkannte, daß das Ganze ein großer Reinfall war, und trotzdem traversierte er weiter, solange es ging. Die Tatsache, daß er mit keiner Silbe mehr an Aniel dachte, sagte genug. Er hatte jetzt anderes im Kopf. Das Seil, das frei im Quergang hing, schwankte unter ihm, leicht gespannt, unnatürlich deutlich, übertrieben nahe und konkret, weil es sich die ganze Zeit scharf vom Grunde des Kars abhob, das am Fuße der Wand im bläulichen Dunst verschwamm. Der Sims war zu Ende, es gab weder einen Weg nach oben noch einen nach unten. Ein Zurück gab es auch nicht. So was von Glätte hab ich mein Lebtag noch nicht gesehen! dachte er mit einer merkwürdigen Gefaßtheit, die sich von seinem bisherigen Gemütszustand unterschied. Dicker konnte es ja nicht mehr kommen, es war also völlig sinnlos, sich aufzuregen.

Er schaute sich nach allen Seiten um. Unter den Füßen hatte er eine vier Zentimeter breite Auflage, dann kam nichts mehr — bis hin zu dem undeutlichen, dunklen Fleck eines Kamins, der zum Einstieg einzuladen schien. Vier Meter Luft in einer

Wand, die so massiv war und so jäh abstürzte, wie nur irgend denkbar, trennten ihn von diesem Kamin. Und das soll Granit sein! schoß es ihm wie eine Art Vorwurf durch den Kopf. Ab und zu mußte hier Wasser fließen, er entdeckte sogar Spuren davon — dunklere Stellen im Fels, ja einzelne Tropfen. Er nahm den Geigerzähler in die rechte Hand und vollführte kreisende Bewegungen. Ein schwaches Piepsen — er war hiergewesen! Aniel war hier vorbeigekommen. Aber wie? Plötzlich erspähte Pirx einen winzigen Moosfleck, grau wie das Gestein. Er kratzte das Moos ab — ein feiner Riß, nicht dicker als ein Fingernagel. Der Haken ließ sich nur bis zur Hälfte einschlagen, aber auch das war schon die Rettung. Er zerrte an der Schlinge — saß er fest? Irgendwie würde er schon halten. Also dann, die linke Hand an den Haken und ganz langsam ... Mit dem Oberkörper in den freien Raum hinausgebeugt, spähte er in den Kamin hinunter, der, halb geöffnet, zum Sprung lockte, als wäre er vor Jahrtausenden für eben diese eine Sekunde geschaffen worden, die jetzt eintreten mußte. Sein Blick sauste in die Tiefe wie ein Stein, bis er einen bläulichen Funken auf dem grauflimmernden Muster des Schutthangs traf.

Zu dem entscheidenden Schritt kam es nicht.

„Was ist denn dort?“ erklang Massenas Stimme.

„Gleich ... Moment!“ rief Pirx und zog das Seil durch den Karabinerhaken. Er mußte noch einmal hinunterschauen, aber genauer. Wieder beugte er sich vor, hing mit drei Vierteln seines Körpergewichts am Haken, als wollte er ihn mit Gewalt aus der Wand reißen, aber er mußte unbedingt nachsehen, sich vergewissern ...

Ja, er war es! Nichts anderes konnte aus dieser Tiefe so stark glänzen. Die Route war nämlich schon längst von der Vertikale abgewichen, und er befand sich jetzt an die dreihundert Meter seitlich von der Stelle entfernt, wo sie den Aufstieg begonnen hatten. Er hielt nach Anhaltspunkten in der Tiefe Ausschau. Das Seil schnitt ihm ins Fleisch, er bekam schwer Luft, das Blut pulste in den Augen. Er prägte sich, so gut es ging, die Gliederung des Geländes ein. Der große Felsblock dort unten ließ sich leicht wieder erkennen, obwohl er jetzt nur in perspektivischer Verkürzung zu sehen war. Seine Muskeln zitterten, als er in die Vertikale zurückkehrte. Wir müssen uns abseilen, sagte er sich und packte völlig gedankenlos den

Haken, der sofort nachgab, als steckte er in Butter. Da wurde ihm etwas mulmig, aber er verstaute den Haken in der Tasche und überlegte, wie er hinunterkommen sollte. Es glückte, obwohl nicht sehr sauber: Massena schlug an seinem Stand so viele Haken wie möglich in die Wand, verkürzte das Seil, und Pirx scheuerte einfach die acht Meter über den Fels, bis er hing. Ein Stückchen tiefer war ein anderer kleiner Kamin, und von dort an seilten sie sich abwechselnd ab. Als Massena ihn nach dem Grund der Umkehr fragte, antwortete er: „Ich hab ihn gefunden."

„Aniel?"

„Ja. Abgestürzt. Er liegt dort unten."

Der Rückweg dauerte keine Stunde. Pirx trennte sich leichten Herzens von seinen Haken. Freilich, es war ein eigentümliches Gefühl zu wissen, daß man nie wieder einen Fuß hierher setzen würde, weder er noch irgendein anderer Mensch, und daß in diesem Fels Eisenstücke steckten, die auf der Erde bearbeitet worden waren und die nun für ewige Zeiten darin bleiben würden, ja eigentlich für immer.

Krull rannte ihnen entgegen, als sie mit beiden Beinen auf den Blöcken landeten und die ersten unsicheren Schritte machten, als hätten sie das Gehen verlernt. Er rief ihnen schon von weitem zu, er hätte ganz in der Nähe die Patronentasche von Aniel gefunden. Der Roboter mußte sie vorsätzlich abgelegt haben, bevor er die Wand anging, was wiederum ein schlagender Beweis für seine Geistesabwesenheit war, denn die Patronen stellten im Falle eines Sturzes die einzige Überlebenschance dar.

Massena schien Krulls Sensationsmeldung völlig kaltzulassen — er machte durchaus kein Hehl daraus, wie anstrengend die Tour gewesen war. Im Gegenteil, er sank ostentativ auf einen großen Felsblock, spreizte die Beine weit auseinander, als genieße er den festen Untergrund, und trocknete sich lange und ausgiebig Gesicht, Stirn und Nacken mit dem Taschentuch.

Pirx teilte Krull mit, daß Aniel abgerutscht sei. Wenige Minuten darauf gingen sie ihn suchen. Sie hatten ihn bald gefunden. Er mußte mindestens dreihundert Meter durch die Luft gesegelt sein. Der Panzer des Rumpfs war zerschmettert, sein Metallschädel ebenfalls, und sein monokristallines Hirn war als feiner Glasstaub nach allen Seiten verspritzt und glitzerte wie Glimmer auf den weißlichen Steinen.

Krull war zum Glück nicht so kleinlich, ihnen vorzuhalten, daß ihre Kletterpartie absolut nutzlos gewesen war. Er wiederholte nur, und das nicht ohne Schadenfreude, daß sich Aniel „entprogrammiert" haben müßte, die Patronentasche sei ein hundertprozentiger Beweis dafür. Massena war durch die Tour wie verwandelt, aber nicht zum Guten. Er versuchte nicht einmal zu widersprechen und machte überhaupt den Eindruck, als ob es ihm lieb wäre, wenn die Mannschaft so bald wie möglich aufgelöst würde und sie sich endgültig trennten, je eher, desto besser. Sie kehrten also schweigend zurück, denn Pirx hielt es auch nicht für angebracht, den Kameraden seine eigene Ansicht über den „Unfall" auf die Nase zu binden. Er war sicher, daß Aniel nicht das Opfer eines Defekts geworden und daß das Geschehene weder etwas mit Monokristallen zu tun hatte noch mit Mnestronen. Hatte er selbst, Pirx, vielleicht einen Defekt gehabt, als er unbedingt die Wand bezwingen wollte? Aniel war seinen Konstrukteuren ganz einfach ähnlicher gewesen, als diese zuzugeben bereit waren. Er hatte seinen Auftrag erfüllt und bis zur Rückkehr noch sehr viel Zeit gehabt — er war ja so tüchtig und flink gewesen. Er sah seine Umgebung nicht nur, er begriff sie auch, und er war geschaffen worden, um schwierige Aufgaben zu lösen, das heißt zum Spiel. Dort oben aber offenbarte sich ihm eines, das nicht zu verachten war und das — den höchsten Einsatz forderte. Pirx konnte ein Schmunzeln nicht unterdrücken, als er an die Verblendung der beiden dachte: Daß Aniel die Patronentasche vorsätzlich abgelegt hatte, werteten sie als absolut zuverlässigen Beweis für die Geistesabwesenheit des Roboters. Aber jeder Mensch hätte doch ebenso gehandelt, andernfalls wäre die ganze Sache überhaupt sinnlos und nur eine etwas sonderbare Art von Gymnastik gewesen. Nein, darum ging es nicht, und keinerlei Argumente, Gleichungen und Diagramme hätten ihn zu überzeugen vermocht. Nur das eine war erstaunlich — daß Aniel nicht schon eher abgestürzt war, zumal er sich doch allein, ohne bergsteigerisches Können und ohne Erfahrung aufgemacht hatte und sich nicht auskannte, denn er war ja nicht gebaut worden, um den Kampf gegen die Felsen aufzunehmen. Was wäre gewesen, wenn er zurückgekommen wäre? Und wieder war Pirx überzeugt — er wußte selbst nicht, warum —, daß sie niemals etwas davon erfahren hätten. Von Aniel ganz gewiß nicht. An jenem Punkt dort oben in der

Wand hatte er, der keine Seilschaft und keine Haken besaß und vielleicht nicht einmal von ihrer Existenz wußte, den Sprung riskiert. Was hatte er dabei gedacht? Wahrscheinlich nichts, so wie er selbst. Hatte er, und sei es nur für einen Augenblick, den Rand des Kamins erreicht? Wenn ja, dann mußte er dort eine Spur hinterlassen haben, eine winzige Prise radioaktiver Atome, die langsam zerfallen würden, bis sie verdampften und verschwanden.

Und noch eines wußte er: Daß er zu niemandem ein Wort davon sagen würde. Jeder Mensch würde sich krampfhaft an die Hypothese eines Defekts klammern, die am einfachsten und natürlichsten, ja eigentlich die einzige war, die das Bild von der Welt nicht ins Wanken brachte.

Das Lager erreichten sie am Nachmittag. Ihre langen Schatten bewegten sich hurtig bei der Arbeit. In aller Eile bauten sie die Baracke ab, die sektionsweise verschwand, bis nur noch ein niedergetrampelter, leerer viereckiger Fleck übrigblieb. Wolken zogen vorüber, und Pirx schleppte Kisten, rollte Zeltplanen ein und machte alles, was vorher zu Aniels Pflichten gehört hatte. Als ihm dieser Gedanke bewußt wurde, hielt er kurz inne, dann reichte er die Last Massena hinüber, der schon die Hände ausstreckte.

Die Patrouille

Auf dem Boden der Schachtel stand ein Häuschen mit rotem Dach — mit seinen winzigen Schindeln war es einer Himbeere täuschend ähnlich, man bekam direkt Lust, daran zu lecken. Wenn man die Schachtel schüttelte, sprangen aus den Büschen rund um das Haus drei Ferkelchen hervor wie kleine rosarote Perlen. Gleichzeitig stürzte aus seiner Höhle im Wald — der Wald war nur an der Innenwand aufgemalt, wirkte aber ganz echt — ein schwarzer Wolf hervor und setzte, bei der geringsten Bewegung den zahngespickten roten Rachen aufreißend, den Ferkelchen nach, um sie zu verschlingen. Wahrscheinlich hatte er innen einen kleinen Magneten eingebaut. Es gehörte die allergrößte Geschicklichkeit dazu, sein Vorhaben zu verhindern. Man mußte mit dem Nagel des kleinen Fingers gegen den Boden der Schachtel tippen, um die drei Schweinchen rechtzeitig zu ihrem Haus zu dirigieren und durch die kleine Tür zu schleusen, die auch nicht immer aufgehen wollte. Das Ganze war nicht größer als eine Puderdose, aber man konnte das halbe Leben damit zubringen. Jetzt war das Spiel nicht zu gebrauchen — ohne Schwerkraft funktionierte es nicht. Pilot Pirx betrachtete sehnsüchtig die Hebel der Akzeleratoren. Eine kleine Handbewegung, und der Schub der Triebwerke, selbst der schwächste, würde die Schwerkraft wiederherstellen, und er würde sich den rosa Ferkelchen widmen können, statt in die schwarze Leere zu stieren.
Bedauerlicherweise war die Inbetriebnahme des Reaktors zur Rettung der drei kleinen Ferkel vor dem bösen Wolf in der Dienstanweisung nicht vorgesehen. Mehr noch, sie verbot aufs strengste jedes überflüssige Manöver im Raum. Als ob es sich dabei um ein überflüssiges Manöver gehandelt hätte!
Pirx ließ das Schächtelchen in die Tasche zurückgleiten. Die Piloten schleppten meist noch viel seltsamere Dinge mit, besonders wenn ein Patrouillenflug so lange dauerte wie dieser. Früher hatte die Leitung beide Augen zugedrückt, wenn unnötig Uran vergeudet wurde und außer den Raketen samt Piloten auch noch alle möglichen Kinkerlitzchen in den

Himmel geschleudert wurden, Vögel beispielsweise, die Brotkrumen aufpickten, wenn man sie aufzog, automatische Hornissen, die auf automatische Wespen Jagd machten, chinesische Geduldspiele aus Nickel und Elfenbein — und niemand erinnerte sich überhaupt noch daran, daß der erste, der die Basis mit dieser Sucht infiziert hatte, der kleine Aarmens gewesen war, der seinem sechsjährigen Sohn vor jedem Patrouillenflug einfach das Spielzeug wegnahm.

Dieses Idyll währte ziemlich lange — fast ein Jahr, bis zu dem Moment, da die Raketen nicht mehr zurückkehrten.

In jenen friedlichen Zeiten murrten übrigens viele über die Patrouillenflüge, und wenn jemand der Gruppe zugeteilt wurde, die den Raum „zu durchkämmen" hatte, dann wertete er das als ein Zeichen der persönlichen Feindschaft des Chefs. Pirx wunderte sich keineswegs darüber. Mit den Patrouillen war es wie mit den Masern, früher oder später erwischte es jeden mal.

Aber dann kam Thomas nicht wieder, der große, dicke Thomas mit der Schuhgröße 45, der so gerne Streiche ausgeheckt und Pudel gezüchtet hatte, natürlich die klügsten Pudel der Welt. Selbst in den Taschen seiner Kombination konnte man Wurstpellen und Würfelzucker finden, und der Chef argwöhnte sogar, Thomas schmuggle mitunter auch Pudel ins Raumschiff, obgleich Thomas hoch und heilig beteuerte, so etwas würde ihm nicht im Traum einfallen. Schon möglich. Aber das konnte ohnehin niemand mehr ergründen, denn Thomas startete eines schönen Julinachmittags, nahm zwei Thermosflaschen voll Kaffee mit — er trank immer schrecklich viel — und stellte sich für alle Fälle in der Pilotenmesse noch eine dritte bereit, um nach seiner Rückkehr einen Kaffee zu haben, wie er ihn mochte, gemahlen und mit Salz und Zucker aufgebrüht.

Der Kaffee wartete dort sehr lange. Am dritten Tag um sieben Uhr ging die „zulässige Verspätung" zu Ende, und Thomas' Name wurde mit Kreide an die Tafel im Navigationsraum geschrieben — er als einziger. Das hatte es noch nie gegeben, und nur die ältesten Piloten erinnerten sich, daß früher mal Havarien aufgetreten waren, ja, sie tischten den Jüngeren mit Vergnügen Greuelgeschichten über die Zeiten auf, da man die Meteoritenwarnung manchmal eine Viertelstunde vor dem Zusammenprall bekam — gerade noch rechtzeitig, um von der Familie Abschied nehmen zu können. Über Funk, versteht

sich. Aber das war wirklich schon sehr lange her. Die Tafel im Navigationsraum blieb stets leer, sie hatte es eigentlich nur dem Trägheitsgesetz zu verdanken, daß sie noch immer an der Wand hing.
Um neun war es noch relativ hell — die diensthabenden Piloten verließen die Abhörzentrale, versammelten sich auf den Grünflächen um die riesige Betonbahn des Landeplatzes und starrten in den Himmel. Niemand durfte in die Navigationszentrale. Der Chef kam aus der Stadt, zog alle Registrierbänder mit den aufgezeichneten Signalen des automatischen Senders von Thomas aus den Trommeln und stieg in die Glaskuppel des Observatoriums hinauf, die sich wie irrsinnig drehte und nach allen Seiten die schwarzen Radarmuscheln ausrollte.
Thomas war auf einer kleinen AMU geflogen, sein Atomtreibstoff hätte ausgereicht, um „mindestens die halbe Milchstraße abzuklappern", wie ein Unteroffizier von den Tankern die Piloten zu trösten versuchte. Alle hielten ihn für einen ausgemachten Trottel, und einer sagte ihm sogar gehörig die Meinung, denn einen Vorrat an Sauerstoff gab es in der AMU so gut wie gar nicht, lediglich eine Fünftageration mit einer eisernen Reserve für acht Stunden. Volle vier Tage lang suchten die achtzig Piloten der Station, die vielen anderen der insgesamt fast fünftausend Raketen nicht mitgerechnet, den Sektor ab, in dem Thomas verschwunden war. Sie fanden nichts. Es war, als hätte er sich in Luft aufgelöst.
Der zweite war Wilmer. Ihn mochte, offen gesagt, niemand so recht. Eigentlich gab es keinen einzigen triftigen Grund dafür, um so mehr viele kleine. Er ließ niemanden ausreden, zu allem mußte er seinen Senf dazugeben. Bei den unpassendsten Gelegenheiten kicherte er dümmlich, und je mehr er jemanden damit in Rage brachte, desto lauter lachte er. Wenn er gerade mal keine Lust hatte, im Ziel zu landen, ging er einfach auf dem Rasen neben dem Landeplatz nieder und glühte ihn mitsamt Wurzelwerk und Erdreich auf Metertiefe aus. Wenn hingegen jemand nur ein Viertelmilliparsek in sein Revier eindrang, dann zögerte er nicht, umgehend davon Meldung zu erstatten, selbst wenn es sich um einen Kollegen von der Basis handelte. Außerdem gab es noch ein paar winzige Kleinigkeiten zu erwähnen, die fast peinlich waren: Er trocknete sich zum Beispiel an fremden Handtüchern ab, damit seines länger sauber blieb. Aber als er dann nicht vom

Patrouillenflug zurückkehrte, entdeckten auf einmal alle, daß Wilmer schwer in Ordnung und ein Pfundskollege gewesen war. Und wieder rotierten die Radarschirme wie wild, die Piloten flogen pausenlos und außer der Reihe, die Männer vom Abhördienst gingen erst gar nicht nach Hause, sie schliefen abwechselnd auf einer Bank an der Wand, sogar das Mittagessen brachte man ihnen hinauf; der Chef, der schon in Urlaub war, kam mit einer Sondermaschine zurück, und die Piloten kämmten vier Tage lang den Sektor durch und waren so sauer, daß sie fähig gewesen wären, wegen eines nicht exakt umgebogenen Splints der harmlosesten Niete dem Monteur den Schädel einzuschlagen. Zwei Expertenkommissionen trafen ein, und die AMU 116, die Wilmers Projektil aufs Haar glich, wurde in ihre Bestandteile zerlegt wie das Werk einer Uhr — alles ohne das kleinste Ergebnis.

Zwar umfaßte der Sektor tausendsechshundert Millionen Kubikkilometer, im übrigen aber gehörte er zu den ausgesprochen ruhigen, ohne Meteoritengefahr, ohne konstante Schwärme, und selbst die Bahnen irgendwelcher alter, jahrhundertelang nicht mehr gesichteter Kometen kreuzten ihn nicht — bekanntlich pflegt ja so ein Komet irgendwo in Jupiternähe, in dessen „Perturbationsmühle", mitunter in kleine Stückchen zu zerfallen und schickt dann in Abständen Bröckchen seines zerschmetterten Kopfes auf die alte Route. In diesem Sektor gab es nichts dergleichen — weder ein Satellit noch ein Planetoid berührte ihn, von einem Schweif ganz zu schweigen —, und eben deshalb, weil die Leere dort so „rein" war, ging in diesem Sektor niemand gern auf Patrouille.

Nichtsdestoweniger war Wilmer dort als zweiter verschollen, und sein Registrierband, das natürlich x-mal abgehört, fotografiert, vervielfältigt und ins Institut eingeschickt worden war, verriet genausoviel wie das Band von Thomas, nämlich nichts. Eine Zeitlang trafen noch Signale ein, aber dann brachen auch sie ab. Der automatische Sender strahlte ziemlich selten aus — einmal pro Stunde. Thomas hatte elf solcher Signale hinterlassen, Wilmer vierzehn. Das war alles.

Nach diesem Vorfall ergriff die Leitung sehr energische Maßnahmen. Zunächst wurden sämtliche Projektile überprüft — die Atomreaktoren, die Systeme, ja jedes einzelne Schräubchen. Ein Sprung im Glas konnte einen den Urlaub kosten. Dann wurden bei allen Sendern die Uhrwerke ausgewechselt —

als ob die was dafür konnten! Von nun an gab eine Rakete alle achtzehn Minuten Signale. Doch daran wäre noch nichts auszusetzen gewesen, ganz im Gegenteil. Viel schlimmer war, daß die beiden ältesten Offiziere an der Rampe standen und den Männern, ohne mit der Wimper zu zucken, alles abnahmen: pickende und tirilierende Vögel, kleine Schmetterlinge, Bienen, Geschicklichkeitsspiele. Alsbald türmte sich im Zimmer des Chefs ein Riesenberg an konfiszierter Konterbande. Böse Zungen behaupteten sogar, die Tür sei deshalb so oft abgeschlossen, weil der Chef mit dem Zeug spiele.

Erst im Lichte dieser Ereignisse ließ sich die Meisterschaft des Piloten Pirx gebührend würdigen, dem es trotz alledem gelungen war, das Haus mit den Ferkelchen an Bord seiner Rakete zu schmuggeln. Daß ihm das, von dem moralischen Triumph einmal abgesehen, gar nichts nutzte, stand auf einem anderen Blatt.

Der Patrouillenflug zog sich nun schon die neunte Stunde hin. Er zog sich hin, das ist sehr treffend gesagt. Pilot Pirx saß in seinem Sessel, von Gurten umwickelt und bandagiert wie eine Mumie, mit dem kleinen Unterschied, daß er wenigstens Hände und Füße frei hatte, und stierte apathisch auf die Bildschirme. Sechs Wochen lang waren sie in Zweiergruppen geflogen, in einem Abstand von dreihundert Kilometern, doch dann war die Basis wieder zu ihrer alten Taktik zurückgekehrt.

Der Sektor war ja leer, absolut leer, und selbst diese eine Patrouillenrakete war schon zuviel darin. Aber auf den Sternenkarten durfte es keine „Löcher" geben, also wurden die Einzelflüge fortgesetzt. Pirx war als achtzehnter gestartet, von der Abschaffung der Zweierpatrouillen an gerechnet.

In Ermangelung einer besseren Beschäftigung stellte er Überlegungen an, was Thomas und Wilmer wohl passiert sein mochte. In der Basis fielen ihre Namen nur noch selten, aber während des Fluges ist der Mensch so völlig mit sich allein, daß er sich sogar die fruchtlosesten Grübeleien leisten kann. Pirx flog nun schon seit fast drei Jahren (zwei Jahre und vier Monate, um genau zu sein) und hielt sich für einen alten Hasen. Die Astrolangeweile fraß ihn regelrecht auf, obwohl er nicht so schnell den Kopf verlor.

Patrouillenflüge dieser Art wurden immer, und das nicht ganz zu Unrecht, mit der leidigen Warterei beim Zahnarzt vergli-

chen; der einzige Unterschied bestand darin, daß der Arzt nicht kam. Die Gestirne rührten sich nicht vom Fleck, das war klar, und die Erde blieb gänzlich unsichtbar, es sei denn, man hatte ungeheures Glück, dann sah man sie als winzigen Rand eines blaugeklopften Fingernagels, und auch das war nur in den ersten zwei Flugstunden möglich, dann wurde sie ein Stern, der allen anderen glich, nur daß er sich langsamer bewegte. In die Sonne konnte man bekanntlich überhaupt nicht blicken. Nach Lage der Dinge wurden die chinesischen Gedulds- und Geschicklichkeitsspiele tatsächlich zu einem Problem erster Ordnung. Dennoch war es die Pflicht jedes Piloten, im Kokon der Gurte zu hängen, die gewöhnlichen Bildschirme und den Radarschirm zu kontrollieren, von Zeit zu Zeit der Basis zu melden, daß alles in Ordnung sei, die Daten für den Leerlauf des Reaktors zu überprüfen, und nur manchmal, allerdings höchst selten, traf aus dem Sektorenbereich ein Hilferuf oder sogar ein SOS-Ruf ein, und dann mußte man Hals über Kopf davonjagen. Aber das waren Glücksumstände, die nicht öfter eintraten als ein- bis zweimal im Jahr.
Läßt man sich all dies einmal gründlich durch den Kopf gehen, dann wird einem bewußt, daß die vielfältigen Ideen und Wahnvorstellungen der Piloten, die sich vom irdischen Standpunkt und von der Warte normaler Raketenpassagiere aus geradezu verbrecherisch ausnehmen, doch sehr menschlich waren. Wenn man von anderthalb Trillionen Kubikmeter Vakuum umgeben ist, in dem sich nicht einmal eine Prise Zigarettenasche auftreiben ließe, dann wird der Wunsch nach irgendeinem Ereignis, und sei es eine entsetzliche Katastrophe, regelrecht zur Zwangsvorstellung.
Im Verlaufe seiner hundertzweiundsiebzig Patrouillenflüge hatte Pilot Pirx die unterschiedlichsten Seelenzustände durchlaufen — er war schläfrig und mißmutig gewesen, hatte sich als Tapergreis gefühlt, Anwandlungen von Wunderlichkeit gehabt und erwogen, einer keinesfalls harmlosen Art von Wahnsinn verfallen zu sein, doch zum Schluß begann er, ähnlich wie in seiner Studentenzeit, sich Geschichten auszudenken, die mitunter so verwickelt waren, daß der ganze Patrouillenflug nicht ausreichte, um sie zum Abschluß zu bringen. Daß er sich dennoch mopste, war etwas anderes.
Während er in das Labyrinth seiner einsamen Grübeleien

hinabstieg, wußte er recht gut, daß ihm garantiert nichts Neues einfallen und daß das Rätsel um das Verschwinden seiner beiden Kollegen ungelöst bleiben würde, hatten sich doch die gewieftesten Experten von der Basis und vom Institut monatelang den Kopf darüber zerbrochen, und das Ergebnis war ja bekannt. Deshalb hätte auch er sich viel lieber mit Ferkelchen und Wolf abgegeben; diese Beschäftigung war vielleicht ebenso fruchtlos, dafür aber um einiges harmloser. Doch die Triebwerke schwiegen, und es bestand keine Veranlassung, sie einzuschalten; die Rakete raste auf der Bahn einer enorm gestreckten Ellipse dahin, in deren einem Brennpunkt sich die Sonne befand, und die Ferkelchen mußten besserer Zeiten harren.

Was also war mit Thomas und Wilmer geschehen?

Der prosaische Laie hätte zunächst einmal vermutet, ihre Raketen seien mit irgend etwas zusammengeprallt, mit einem Meteor zum Beispiel oder einer kosmischen Staubwolke, mit dem Splitter eines Kometenkopfes oder zumindest mit dem Bruchstück eines alten Raketenwracks. Ein solcher Zusammenstoß war jedoch ebensowenig wahrscheinlich, wie es wenig wahrscheinlich ist, daß man mitten auf einer belebten Straße einen großen Brillanten findet. Entsprechende Berechnungen haben übrigens ergeben, daß die Chance, einen Brillanten zu finden, wesentlich größer ist.

Aus Langerweile, einzig und allein aus Langerweile, begann Pirx seinen Kalkulator mit Ziffern zu füttern, Gleichungen aufzustellen und die Wahrscheinlichkeit von Zusammenstößen zu berechnen, bis eine Zahl herauskam, von der der Kalkulator die letzten achtzehn Stellen abtrennen mußte, damit sie überhaupt in seinen Fensterchen Platz hatte.

Im übrigen war der Raum wirklich leer. Keine alten Kometenbahnen, keine kosmischen Staubwolken — nichts. Ein altes Raketenwrack konnte sich, theoretisch gesehen, zwar ebenso in diesem Sektor befinden wie in jedem anderen Teil des Kosmos — allerdings erst nach einer unvorstellbar großen Zahl von Jahren. Aber Thomas und Wilmer hätten es schon von weitem, mindestens aber aus einer Entfernung von zweihundertfünfzig Kilometern gesichtet, und wenn es direkt aus der Richtung der Sonne kam, hätte der Meteorradar ohnehin gut dreißig Sekunden vor dem Zusammenprall Alarm gegeben, und selbst wenn der Pilot den Alarm verschwitzt hätte, weil er, mal angenommen, eingenickt wäre, dann hätte das automatische System trotzdem das Ausweichmanöver durchgeführt. Daß die Ausweichautomatik defekt war — dieses Wunder aller Wunder konnte sich wohl einmal, nicht aber zweimal im Abstand von knapp einem Dutzend Tagen ereignen.

Bis hierher etwa wäre ein Laie mit seinen Überlegungen gekommen, der nicht weiß, daß in einer Rakete vieles passieren kann, was weitaus gefährlicher ist als die Begegnung mit einem Meteoriten oder einem morschen Kometenkopf. Eine Rakete, sogar eine so kleine wie die AMU, setzte sich aus fast hundertvierzehntausend wichtigen Teilen zusammen. Wichtig bedeutete in diesem Zusammenhang so viel, daß ein Defekt an einem dieser Teile katastrophale Folgen nach sich ziehen konnte, denn was die minder wichtigen Teile betraf, so gab es von ihnen über eine Million. Doch selbst wenn etwas so Verhängnisvolles eintreten sollte, würde das Raumschiff nach dem Tod des Piloten weder zerschellen noch verlorengehen, weil, wie ein altes Sprichwort sagt, im All nichts verlorengeht: Wenn man zum Beispiel eine Zigarettenspitze dort zurückließ, brauchte man nur ihre Bewegungselemente zu errechnen und sich zur rechten Zeit an derselben Stelle einzufinden, und die Spitze, die auf ihrer Umlaufbahn dahinraste, hüpfte einem mit astronomischer Genauigkeit in der vorausberechneten Sekunde in die Hand. Da jeder Körper bis in alle Ewigkeit auf seiner Bahn kreist, wurden die Wracks verunglückter Raumschiffe früher oder später fast immer ausfindig gemacht. Die großen Kalkulatoren des Instituts errechneten über vierzig Millionen mögliche Bahnen, auf denen sich die Raketen der beiden verschollenen Piloten bewegen konnten, und alle diese Trassen wurden abgesucht, das heißt, im konzentrierten Strahlenbündeln der stärksten Radaremitoren sondiert, über die man auf der Erde verfügte. Mit dem bewußten Ergebnis.

Selbstverständlich konnte man nicht behaupten, dabei sei der Raum des ganzen Systems abgegrast worden; in diesen Weiten ist eine Rakete etwas unvorstellbar Kleines, wesentlich kleiner als ein Atom im Vergleich zum Erdball. Aber man hatte überall dort gesucht, wo sich die Raketen befinden konnten, vorausgesetzt, daß die Piloten den Patrouillensektor nicht mit maximaler Geschwindigkeit verlassen hatten. Was aber sollte sie zu einer Flucht aus ihrem Revier veranlaßt haben? Sie hatten doch kein Funksignal und keine Aufforderung dazu

bekommen, und es konnte ihnen überhaupt nichts zugestoßen sein — soviel stand fest.
Es sah aus, als seien Thomas und Wilmer mitsamt ihren Projektilen verdampft wie Wassertropfen auf einer glühenden Eisenplatte.
Der phantasiebegabte Laie würde, im Gegensatz zu seinem prosaischen Kollegen, das geheimnisvolle Verschwinden der Männer mit irgendwelchen im Weltall lauernden Wesen von anderen Sternen in Zusammenhang bringen, mit Wesen von hoher Intelligenz und nicht minder großer Boshaftigkeit.
Wer aber sollte daran glauben, da doch die Raumfahrt schon so lange betrieben wurde und da man in dem gesamten erforschten Kosmos noch nie auf derartige Wesen gestoßen war!
Die Zahl der Witze über jene „Wesen" mochte die Zahl der Kubikkilometer des Sonnensystems schon übersteigen. Außer einigen völlig „Grünen", die bisher nur in einem Sessel unter der Decke des Laborsaals geflogen waren, hätte niemand auch nur einen Pfifferling für die Existenz solcher Wesen gegeben.
Vielleicht gab es Bewohner auf fernen Sternen, aber wenn, dann wirklich nur auf sehr fernen.
Ein paar auf der Erde unbekannte, primitive Mollusken, ein paar Flechten, Bakterien und Infusorien, das war eigentlich die ganze Ausbeute langjähriger Expeditionen. Und übrigens, sollten jene Wesen — vorausgesetzt, sie existierten wirklich — tatsächlich nichts anderes zu tun haben, als in einem der gottverlassensten Winkel des Alls den winzigen Patrouillenraketen aufzulauern? Und wie konnten sie sich ihnen unbemerkt nähern?
Solche Fragen, die das ganze hypothetische Gerede als einen Riesenhumbug entlarvten, gab es in Hülle und Fülle — es gab ihrer so viele, daß das Spielchen wahrhaftig jeden Sinn verlor.
Pirx, in der neunten Flugstunde zu Gott weiß was für Denkkombinationen aufgelegt, mußte sich angesichts all dieser unumstrittenen nüchternen Tatsachen regelrecht Gewalt antun, um wenigstens für einen kurzen Augenblick dämonische Sternenwesen in seiner Phantasie unterzubringen.
Von Zeit zu Zeit, wenn ihn trotz der fehlenden Schwerkraft die ständig gleiche Körperhaltung zu ermüden begann, veränderte er die Neigung des Sessels, an den er gefesselt war, sah mal nach rechts, mal nach links, wobei er, was vielleicht sonderbar erscheinen mag, die dreihundertelf Zeiger, Kon-

trollämpchen, pulsierenden Scheiben und Uhren gar nicht bemerkte, denn die waren für ihn das, was für einen normalen Sterblichen die Züge eines vertrauten Gesichts sind — man kennt es so gut und so lange, daß man nicht erst zu beobachten braucht, wie sich darin der Mund verzieht oder die Lider öffnen, und man muß nicht erst auf der Stirn nach Falten suchen, um zu wissen, was es ausdrückt. Genauso verschmolzen also die Uhren und Kontrollämpchen vor Pirxens Augen zu einem Ganzen, das ihm sagte, daß alles in Ordnung sei. Als er dann den Kopf wieder nach vorn wandte, erblickte er die beiden vorderen Sternenbildschirme und dazwischen sein eigenes Gesicht, das von dem bauchigen, teilweise Stirn und Kinn bedeckenden gelben Helm eingerahmt war.

Zwischen den beiden Bildschirmen befand sich ein Spiegel, nicht allzu groß, aber so angebracht, daß der Pilot darin nur sich selbst sah, sonst nichts. Man wußte nicht recht, wozu dieses Ding eigentlich da war. Das heißt, man wußte es schon, aber die klugen Argumente, die für das Vorhandensein besagten Spiegels sprachen, überzeugten kaum jemanden. Er war eine Erfindung der Psychologen. Der Mensch, so behaupteten sie, obgleich das ziemlich merkwürdig klingt, hört manchmal auf, seine geistige und seelische Verfassung zu überwachen, vor allem wenn er längere Zeit in der Einsamkeit zubringt. In solchen Situationen kann es mir nichts, dir nichts passieren, daß er in eine gewisse hypnotische Starre gerät oder offenen Auges in einen traumlosen Schlaf versinkt, aus dem er nicht immer rechtzeitig erwacht. Andere wiederum fallen mitunter Gott weiß woher kommenden Sinnestäuschungen oder Angstzuständen zum Opfer oder geraten in einen heftigen Erregungszustand — und ein probates Mittel gegen all diese Anwandlungen bestehe in der Kontrolle der eigenen Physiognomie. Daß es nicht gerade angenehm war, sein eigenes Gesicht viele Stunden lang wie eingemauert vor sich zu haben und notgedrungen jeden Ausdruck darin verfolgen zu müssen, stand auf einem anderen Blatt. Aber davon wußte kaum jemand, außer den Piloten der Patrouillenraketen. Meistens fing so etwas ganz harmlos an: Man verzog leicht das Gesicht, lächelte seinem eigenen Spiegelbild zu, schnitt eine Fratze, und dann folgten Schlag auf Schlag immer scheußlichere Grimassen. So geht es einem, wenn sich eine derart widernatürliche Situation über Gebühr in die Länge zieht.

Pirx machte sich zum Glück herzlich wenig aus seinem Äußeren, im Gegensatz zu anderen. Zwar hatte es niemand nachgeprüft — dies war einfach nicht möglich —, aber man erzählte sich, daß manche in einem Anfall von Stumpfsinn und Verblödung, die jedes schickliche Maß überstieg, schwer wiederzugebende Sachen anstellten — sie spuckten zum Beispiel ihr Spiegelbild an, und wenn die Scham sie packte, mußten sie natürlich etwas tun, was strengstens untersagt war, nämlich die Gurte abschnallen, aufstehen und in der Schwerelosigkeit zum Spiegel laufen oder vielmehr schwimmen, um ihn vor der Landung noch einigermaßen sauber zu kriegen. Manche behaupteten sogar steif und fest, daß dem Piloten Würtz, der seine Rakete dreiunddreißig Meter tief in die Betonplatte des Landeplatzes gewuchtet hatte, nur zu spät eingefallen wäre, rechtzeitig den Spiegel abzuwischen — er hätte diese Arbeit erst in Angriff genommen, als er sich schon in der Atmosphäre befand.
Pilot Pirx hatte so etwas noch nie getan; er hatte, was wichtiger war, auch nie die geringste Versuchung gespürt, den Spiegel anzuspucken, obwohl der feste Vorsatz, dieser Anfechtung zu trotzen, angeblich zu heftigen inneren Kämpfen führen konnte, was nur den lächerlich anmutete, der noch nie mutterseelenallein auf Patrouille war. Pirx hatte es bisher noch immer, selbst während der gräßlichsten Langeweile, fertiggebracht, schließlich doch noch etwas auszuknobeln, und um dieses Etwas wickelte er dann alle anderen verworrenen und unklaren Gefühle und Gedanken wie einen langen, verfitzten Faden um einen harten Bolzen.
Die Uhr — der gewöhnliche Chronometer — zeigte elf Uhr nachts. In dreizehn Minuten würde Pirx sich auf dem Abschnitt seiner Umlaufbahn befinden, der am weitesten von der Sonne entfernt war. Er räusperte sich ein paarmal, um das Mikrofon zu überprüfen, trug dem Kalkulator aufs Geratewohl auf, die vierte Wurzel aus 876998341056396 zu ziehen, warf aber nicht einen einzigen Blick auf das Ergebnis, das der Automat, der die kleinen Ziffern nervös durch seine Fensterchen schnurren ließ, in Windeseile ausspuckte, als hinge sonstwas davon ab. Er erging sich in folgenden Gedanken: Nach der Landung würde er zuerst ganz lässig die Handschuhe aus der Raketenluke werfen, dann würde er sich eine Zigarette anstecken, in die Messe gehen und sich was Gebrutzeltes

immer rund um die Scheibe, immer rundherum, und wies nicht den kleinsten Lichtschimmer auf. Nichts, rein gar nichts!
Pirx verstieg sich natürlich nicht zu der Annahme, er hätte einen Geist mit einem Heiligenschein vor sich. Er glaubte überhaupt nicht an Geister, obgleich er in gewissen Situationen manche Frauen davon erzählte — um Spiritismus handelte es sich in solchen Fällen allerdings nicht.
Er war ganz einfach der Meinung, es sei kein toter Raumkörper, dem er da nachjagte, denn diese Körper reflektierten in jedem Fall die gebündelten Radarstrahlen. Nur künstlisch hergestellte und mit einer Spezialsubstanz überzogene Gegenstände, die die Zentimeterwellen absorbierten, löschten und zerstreuten, gaben kein optisches Echo.
Pilot Pirx räusperte sich und sagte gemessen, wobei er deutlich spürte, wie sein auf und ab rutschender Adamsapfel einen leichten Druck auf das daran befestigte Laryngophon ausübte: *Patrouillen-AMU einhundertelf an fliegendes Objekt im Sektor tausendeinhundertzwei Komma zwei auf Approximativkurs nach Sektor tausendvierhundertvier mit weißem Positionslicht! Bitte um CQD-Angabe. Bitte um CQD-Angabe. Schalte auf Empfang.*
Dann harrte er der Dinge, die da kommen sollten.
Sekunden und Minuten vergingen — keine Antwort. Statt dessen bemerkte Pirx, daß der Lichtpunkt blasser wurde, sich folglich von ihm entfernte. Der Radarentfernungsmesser schied ja aus, aber als Reserve führte er außerdem einen, wenn auch primitiven, optischen Entfernungsmesser mit. Er streckte das eine Bein weit vor und drückte aufs Pedal. Das Gerät kam von oben heruntergefahren, es glich einem Fernrohr. Pirx zog es mit der linken Hand an die Augen und begann die Schärfe einzustellen.
Im Handumdrehen hatte er das Pünktchen im Objektiv — und noch ein bißchen mehr. Es wuchs und nahm die Größe einer Erbse an, die man aus einer Entfernung von fünf Metern betrachtet; für Raumverhältnisse war es also geradezu riesig. Hinzu kam, daß über seine runde, ein wenig abgeplattete Oberfläche langsam winzige dunkle Streifen von rechts nach links hinwegglitten, als bewege jemand dicht vor dem Objektiv des Entfernungsmessers ein dickes schwarzes Haar hin und her. Diese dunkleren Stellen waren ebenso verschwommen und undeutlich, aber die Richtung blieb unverändert — sie zogen unaufhörlich von rechts nach links.

Pirx drehte am Regler, aber der Lichtfleck ließ sich beim besten Willen nicht näher heranholen. Also halbierte er ihn mit einem speziell für diese Zwecke vorgesehenen zweiten Prisma und verschob die beiden Hälften so lange, bis sie einander genau überlagerten. Als er das geschafft hatte, warf er einen Blick auf die Skala und erstarrte zum drittenmal.

Das leuchtende Objekt war nur vier Kilometer von der Rakete entfernt!

Das war vergleichsweise ein Abstand von nur fünf Milimetern zwischen zwei mit hoher Geschwindigkeit dahinrasenden Rennwagen. Im Raum war eine solche Annäherung ebenso unzulässig wie gefährlich.

Pirx blieb nicht mehr viel zu tun. Er richtete den Zeiger der Außenthermodampfapparatur auf den Punkt aus, stellte per ferngesteuertem Hebel den Sucher ein, bis er sich genau mit dem milchig weißen Fleck deckte, und schielte blitzschnell nach dem Ergebnis: 24 Grad Kelvin.

Das hieß, daß der Lichtpunkt die Temperatur des kosmischen Vakuums hatte — 24 Grad über dem absoluten Nullpunkt.

Eigentlich war er nun schon ganz sicher, daß der Fleck gar nicht leuchten, sich erst recht nicht bewegen, ja überhaupt nicht existieren konnte; weil dieser ihm aber dicht vor der Nase schwebte, setzte er die Verfolgungsjagd fort.

Der Fleck verblaßte immer mehr. Eine Minute darauf konstatierte Pirx, daß sich der Punkt schon um hundert Kilometer entfernt hatte und daß seine Geschwindigkeit weiter zunahm.

Dann geschah das Allermerkwürdigste.

Der Lichtfleck ließ ihn zunächst wieder herankommen. Pirx hatte ihn erst 80, dann 70, 50 und schließlich 30 Kilometer vor dem Bug, doch bald schoß er wieder davon. Pirx steigerte die Geschwindigkeit auf 75 Kilometer pro Sekunde. Das Pünktchen machte 76. Pirx erhöhte abermals den Schub, aber diesmal nicht in Raten — er ließ „halbe Kraft" in die Düsen, und es schleuderte ihn vorwärts. Die dreifache Erdschwere preßte ihn in die Sesselpolster. Eine AMU-Rakete hatte eine kleine Ruhemasse, sie beschleunigte wie ein Rennwagen. Wenig später machte er schon 140 Kilometer pro Sekunde.

Das Pünktchen flog 140,5.

Pilot Pirx spürte, wie ihm heiß wurde. Er gab vollen Schub. Die AMU 111 klirrte wie die angerissene Saite eines Zupfinstruments. Der Zeiger des Tachometers, der die Geschwindigkeit zu dem unbeweglichen Sternengewölbe in Beziehung setzte, kletterte rasch in die Höhe: 155 ... 168 ... 177 ... 190 ... 200.

Bei 200 sah Pirx auf den Entfernungsmesser, eine Leistung, die einem Zehnkämpfer alle Ehre gemacht hätte, denn die Beschleunigung betrug 4 g.

Der Fleck rückte merklich näher, er wuchs. Pirx hatte ihn erst ein Dutzend, dann zehn und schließlich sechs Kilometer vor sich. Noch einen Augenblick, und die Entfernung betrug nur noch drei Kilometer. Der Punkt war jetzt größer als eine Erbse auf der ausgestreckten Hand. Noch immer huschten die verschwommenen dunklen Streifen darüber hinweg. Der Lichtschein war Sternen zweiter Größenordnung vergleichbar, nur daß er kein Punkt war wie die Sterne, sondern eine Scheibe.

Die AMU 111 gab ihr Letztes. Pirx war stolz auf sie. In der kleinen Steuerkanzel geriet nichts in Schwingung. Nicht die leiseste Erschütterung, auch nicht bei dem Sprung auf volle Schubkraft! Der Rückstoß war ideal in der Achse, die Politur der Düsen großartig, der Reaktor zog wie der Teufel selber.

Die Lichtscheibe näherte sich noch immer, nun allerdings nur langsam. Als sie bis auf zwei Kilometer heran war, begann Pirx fieberhaft zu überlegen.

Die Geschichte war ausgesprochen sonderbar. Das Licht stammte von keinem Schiff der Erde. Raumpiraten? Er mußte lachen. Die gab es nicht, was hätten sie auch hier zu suchen gehabt, in einem Sektor, der leerer war als ein altes Faß? Der Lichtfleck bewegte sich in weiten Grenzen mit hoher Geschwindigkeit, er beschleunigte ebenso scharf, wie er bremste. Willkürlich rückte er Pirx aus, und nun dagegen ließ er sich langsam einholen. Und das paßte Pirx am allerwenigsten. So benimmt sich ein Köder! durchfuhr es ihn. Ein Wurm am Haken beispielsweise, direkt vorm Maul des Fisches.

Natürlich fiel ihm sofort der Haken ein.

Warte, Freundchen! sagte er sich und bremste ohne Übergang, als sei ein Planetoid vor ihm aufgetaucht, obwohl der Radarschirm nach wie vor leer war und die Bildschirme schwiegen. Obschon er instinktiv den Kopf einzog und aus Leibeskräften das Kinn auf die Brust preßte, wobei er gleichzeitig spürte, wie der Automat schlagartig zusätzlichen komprimierten Sauerstoff in seinen Schutzanzug preßte, um

den Schock der Dezeleration auszugleichen — obschon er all dies tat, waren seine Sinne eine ganze Weile umnebelt.
Der Zeiger des Schweremessers war auf minus 7 g gerutscht, er zitterte und kroch langsam wieder auf minus 4g zurück. Die AMU 111 hatte beinahe ein Drittel der Geschwindigkeit eingebüßt und flog jetzt nur noch 145 Kilometer pro Sekunde.
Wo war das Pünktchen? Einen Moment lang bangte er schon, er hätte es ein für allemal verloren. Nein, da war es! Aber sehr weit weg. Der optische Sucher zeigte eine Entfernung von 240 Kilometern an. Die AMU legte in 2 Sekunden mehr zurück. Demnach mußte auch der Fleck sofort nach seinem Manöver die Geschwindigkeit plötzlich reduziert haben.
Und da fiel es ihm mit einemmal wie Schuppen von den Augen — später wunderte er sich selbst, warum er nicht schon früher daraufgekommen war: daß er hier jenes rätselhafte Etwas vor sich hatte, dem auch Thomas und Wilmer auf ihren Patrouillenflügen begegnet waren.
An eine Gefahr hatte er bisher überhaupt nicht gedacht, doch nun packte ihn die Angst. Er überwand sie schnell wieder. Natürlich, so etwas konnte es gar nicht geben — wenn es nun das Licht eines fremden, eines außerirdischen Raumschiffes war? Der Lichtfleck rückte wieder merklich näher, drosselte die Geschwindigkeit, nun lag er 60, 50, 30 Kilometer vor ihm. Pirx erhöhte ein wenig den Schub und war verblüfft, wie ruckartig der Fleck zunahm — er war wieder ganz nahe und hing ihm in zwei Kilometer Entfernung vor dem Bug.
Auf der anderen Sesselseite steckte in einer Tasche ein Fernrohr, ein Nachtglas mit vierundzwanzigfacher Vergrößerung. Es wurde nur in Ausnahmefällen benutzt, bei defektem Radarschirm zum Beispiel oder wenn man sich an einen Satelliten von der dunklen Seite heranpirschen mußte. Jetzt leistete es ihm gute Dienste. Die Vergrößerung war so stark, daß er den Punkt knapp hundert Meter vor sich hatte. Es war eine kleine Scheibe, weiß wie Milch, aber auch wäßrig wie Milch, kleiner als die Mondscheibe, von der Erde aus gesehen. Dunkle senkrechte Streifen glitten darüber hinweg. Wenn das Gebilde die Sterne verdeckte, verschwanden diese nicht sofort, sondern erst nach einer Weile, als sei der Rand der Scheibe etwas dünnflächiger und poröser als das Mittelstück.
Aber rund um die Scheibe verhüllte nichts das Licht der

Sterne. Pirx hätte mit diesem Fernrohr ein Objekt von der Größe einer Schublade auf hundert Meter Entfernung ausgemacht. Aber es war nichts zu sehen. Nicht die Spur von einem Raumschiff. Die kleine Scheibe war weder ein Positionsnoch ein Hecklicht. Ganz bestimmt nicht.

Sie war ganz einfach ein selbständig fliegender weißer Lichtfleck.

Es war zum Verrücktwerden.

Pirx hatte das unwiderstehliche Verlangen, auf den Milchfleck zu schießen. Das wäre nicht leicht zu bewerkstelligen gewesen, denn die AMU 111 hatte keinerlei Waffen an Bord. Die Dienstordnung sah den Gebrauch von Waffen nicht vor, und Pirx besaß nur zwei Dinge, die er aus der Kabine abfeuern konnte: sich selbst und eine kleine Ballonsonde. Die Patrouillenschiffe waren so gebaut, daß sich der Pilot in einer hermetisch abgeschlossenen Schutzkapsel herauskatapultieren konnte. Er tat das nur im Ernstfall, und natürlich hatte er, wenn er sich einmal aus der Rakete geschleudert hatte, keine Möglichkeit mehr, zu ihr zurückzukehren. Blieb also nur die Ballonsonde, eine sehr simple Konstruktion: ein dünnwandiger, leerer Gummiballon, so fest zusammengerollt, daß er einem Speer ähnelte. Er war mit einer Aluminiumlegierung überzogen, damit man ihn gut erkennen konnte. Mitunter war kein rechter Verlaß auf die Angaben des Aerodynameters, und man wußte nicht, ob man schon im Begriff war, in die Atmosphäre des Planeten einzutreten. Der Pilot mußte schließlich wissen — das war das Allerwichtigste —, ob das verdünnte Gas sich direkt vor ihm ausbreitete, dort, wohin er flog. Deshalb warf er den Ballon ab, der sich automatisch füllte und mit einer Geschwindigkeit bewegte, die etwas über der des Raumschiffs lag. Selbst aus fünf, ja aus sechs Kilometern sah man ihn als kleinen hellen Fleck. Geriet er in ein Gas, es mochte noch so dünn sein, dann erhitzte er sich durch die Reibung und platzte. Das war für den Piloten das Zeichen, daß er mit dem Bremsmanöver beginnen mußte. Pirx bemühte sich, den Bug auf die verschwommene kleine Scheibe zu richten. Messungen mit dem Radarschirm konnte er nicht vornehmen, also benutzte er den optischen Sucher.

Einen so kleinen Körper aus beinahe zwei Kilometern zu treffen, war ungemein schwierig. Dennoch versuchte er es, aber das Scheibchen entzog sich seinem Beschuß. Sooft er sich auch bemühte den Bug der AMU durch ein leichtes Manöver mit der Wendedüse auszurichten, jedesmal rutschte die Scheibe seelenruhig zur Seite und tauchte dann plötzlich abermals vor ihm auf — mitten auf dem linken Bildschirm. Diesen Trick wandte sie viermal hintereinander an, von Mal zu Mal etwas schneller, als wenn sie seine Absicht immer besser durchschaute. Sie wünschte es offenbar nicht, daß der Bug der AMU sie direkt anvisierte, deshalb flog sie mit minimaler seitlicher Abweichung.

Es mutete geradezu phantastisch an: Um die winzige Drehung seines Bugs aus zwei Kilometer Entfernung zu registrieren, hätte die Scheibe über ein gigantisches Teleskop verfügen müssen, von dem allerdings nichts zu entdekken war. Dennoch erfolgten ihre Ausweichmanöver mit einer Verzögerung von höchstens einer halben Sekunde.

Pirx' Erregung nahm zu. Er hatte nun alles getan, was in seinen Kräften stand, um dieses unheimliche fliegende Objekt zu identifizieren, und war nicht um ein Deut weitergekommen. Und während er so reglos dasaß und seine Hände an den Schalthebeln zu erstarren begannen, durchfuhr ihn plötzlich der Gedanke, daß es den anderen genauso ergangen sein mußte. Sie waren diesem Lichtpünktchen begegnet, hatten versucht, seine Kennzeichen zu erfahren, in dem Glauben, irgendein merkwürdiges Schiff vor sich zu haben, und als sie keine Antwort erhalten hatten, waren sie ihm nachgejagt, immer schneller. Sicherlich hatten sie gleich ihm den Fleck durch das Fernrohr untersucht und die zarten dunklen Streifen darauf bemerkt, womöglich hatten sie sogar die Ballonsonden abgeschossen. Und dann hatten sie etwas getan, was ihnen die Rückkehr unmöglich machte.

Als ihm bewußt wurde, daß ihn bald dasselbe Schicksal ereilen würde, packte ihn nicht Angst, sondern Verzweiflung. Es war wie in einem Alptraum; eine Weile wußte er nicht mehr, wer er eigentlich war — Pirx, Wilmer oder Thomas. Denn damals mußte sich haargenau dasselbe abgespielt haben, da gab es nicht den geringsten Zweifel. Er saß wie gelähmt, von der entsetzlichen Gewißheit erfüllt, daß es keine Rettung mehr gab. Das Furchtbare war, daß er nicht die leiseste Ahnung hatte, von wo ihm eigentlich die Gefahr drohte ... Der Raum war ja leer ...

War er es wirklich?

Ja, der Sektor war leer, aber Pirx hatte das Pünktchen doch über eine Stunde verfolgt und eine Geschwindigkeit von zweihundertdreißig Kilometern pro Sekunde entwickelt. Vielleicht, nein, sogar höchstwahrscheinlich befand er sich nun dicht am Rande des Reviers oder hatte die Grenze womöglich schon überschritten. Was kam danach? Der nächste Sektor, Nummer 1009, und weitere anderthalb Trillionen Kilometer Leere. Leere von allen Seiten, Millionen und aber Millionen von Kilometern nichts, nur Leere — und zwei Kilometer vor seinem Bug tanzte ein weißes Pünktchen.
Pirx strengte seinen Geist an: Was hatten sie jetzt wohl gemacht, gerade jetzt — Wilmer und Thomas? Denn er, Pirx, mußte etwas völlig anderes tun. Sonst gab es auch für ihn keine Wiederkehr.
Er betätigte noch einmal die Bremsen. Der Zeiger bebte. Er flog immer langsamer, hatte nur noch 30, 22, 13,5 Kilometer pro Sekunde. Nur noch 0,9. Und dann nur noch wenige Meter, der Zeiger schwankte leicht über Null. Laut Reglement hatte er den Flug gestoppt. Im Raum hatte man immer irgendeine Geschwindigkeit — stets in Beziehung zu etwas. Wie angewurzelt stehenbleiben konnte man nicht.
Das Lichtpünktchen wurde kleiner. Es fiel immer weiter zurück, verblaßte mehr und mehr, dann hörte es plötzlich auf zu schrumpfen, nahm zu, wurde allmählich wieder größer, bis es auf einmal anhielt, genauso wie er. Zwei Kilometer von seinem Bug entfernt.
Was hätten Wilmer und Thomas *nicht* getan? Was hätten sie *garantiert* nicht getan? Sie hätten vor so einem winzigen, lausigen, idiotischen Lichtpünktchen, vor so einem blöden, milchigen Fleckchen bestimmt nicht die Flucht ergriffen!
Er wollte nicht wenden, denn bei diesem Manöver würde er die kleine Scheibe aus den Augen verlieren, und dann hätte er sie am Heck, und es war schwer zu verfolgen, was am Heck passierte — dazu mußte man den Kopf nach dem Seitenbildschirm verrenken. Nein, am Heck mochte er sie nicht haben, er wollte sie ohne Unterlaß deutlich und greifbar vor sich sehen. Er flog also rückwärts und benutzte die Bremsdüsen als Antrieb. So etwas mußte gelernt sein, das gehörte zu den Elementarbegriffen der Steuertechnik. Er hatte minus 1 g, minus 1,6 g, minus 2, die Rakete lag nicht so ideal wie bei normalem Schub. Der Bug neigte sich ein wenig zur Seite —

die Bremswerke waren dazu da, um den Flug zu verlangsamen, und nicht, um das Raumschiff anzutreiben.
Das Pünktchen schien zu schwanken. Für wenige Sekunden blieb es, kleiner werdend, im Raum zurück. Es verdeckte ein Weilchen das Alpha des Eridanus, gab es dann frei, hüpfte zwischen ein paar kleinen namenlosen Sternen hindurch und — raste Pirx wieder hinterher.
Es ließ sich nicht abhängen.
Immer mit der Ruhe, dachte Pirx, was kann das Biest mir schon anhaben? Dieser kleine, flimmernde Dreckspunkt soll mit gestohlen bleiben. Ich bin hier auf Sektorenpatrouille. Hol ihn der Teufel.
Das dachte er zwar, aber natürlich verlor er das Pünktchen nicht aus den Augen. Seit er es zum erstenmal gesichtet hatte, waren schon beinahe zwei Stunden vergangen. Die Augen brannten ihm und tränten. Er riß sie so weit wie möglich auf und flog noch immer mit dem Heck voran. Sehr schnell konnte man so nicht fliegen. Das Bremswerk war für eine kontinuierliche Arbeit nicht eingerichtet. So bewegte er sich also mit acht Kilometern pro Sekunde und geriet ins Schwitzen.
Seit geraumer Zeit schon hatte er das Gefühl, daß mit seinem Hals etwas nicht stimmte; ihm war, als zöge ihm jemand mit der Pinzette die Haut unterm Kinn nach unten, auf den Brustkasten, und die Mundhöhle wurde ihm ganz trocken. Er achtete nicht sonderlich darauf, schließlich hatte er den Kopf mit anderen Dingen voll. Dann wurde ihm ein paarmal ziemlich mulmig, er konnte die Lage seiner Arme nicht mehr kontrollieren. Die Beine spürte er noch. Das rechte drückte aufs Bremspedal.
Er versuchte, die Arme zu heben, weil er das Lichtpünktchen nicht aus den Augen lassen wollte. Es sah aus, als wäre es näher gerückt, auf eins Komma neun, vielleicht auch auf eins Komma acht Kilometer. Würde es ihn einholen? Er wollte einen Arm heben, dann den anderen — es gelang ihm nicht. Nicht, daß er es nicht gekonnt hätte — nein, er spürte seine Arme überhaupt nicht mehr, als existierten sie gar nicht. Da wollte er sie betrachten, aber sein Nacken rührte sich nicht. Er war steif und hart wie Holz.
Panisches Entsetzen packte ihn. Warum hatte er bisher noch immer nicht das getan, was längst seine heilige Pflicht gewesen wäre? Warum hatte er nicht sofort, als er dem Pünktchen

begegnet war, über Funk die Basis gerufen und Meldung erstattet?
Weil er sich schämte. Wilmer und Thomas hätten sich bestimmt auch geschämt. Er konnte sich gut vorstellen, wie die Leute in der Abhörkabine sich den Bauch halten würden vor Lachen. Lichtpünktchen! Ein weißes Lichtpünktchen, das erst Reißaus nimmt und dann die Rakete verfolgt! So etwas hatte gerade noch gefehlt! Nein, beim besten Willen! Sie hätten ihm geraten, sich ins Ohr zu kneifen und aufzuwachen.
Doch nun war ihm alles egal — er sah ein letztes Mal auf den Leuchtschirm und sagte: *Patrouillen-AMU 111 an Basis...*
Das heißt, er wollte es sagen, doch er konnte nicht. Die Worte blieben ihm in der Kehle stecken, und nur ein unartikuliertes Stammeln kam über seine Lippen. Da nahm er alle Kraft zusammen, und ein Brüllen drang aus seinem Munde. Zum erstenmal glitt sein Blick vom Sternenbildschirm und fiel auf den Spiegel. Vor ihm, im Pilotensessel, im runden gelben Helm, hockte ein Scheusal.
Es hatte riesige, verquollene, hervorstehende Augen, von tödlichem Entsetzen geweitet, und ein breitgezerrtes, nach unten flappendes Froschmaul, in dem sich eine dunkle Zunge hin und her wälzte. Anstelle des Halses hingen seltsame, gespannte Saiten an ihm herab, die unablässig zuckten und bebten, so daß der Unterkiefer dazwischen verschwand, und dieses Ungeheuer mit der grauen, zusehends anschwellenden Larve brüllte und brüllte.
Er versuchte, die Augen zu schließen — umsonst. Er probierte, wieder zurück auf den Bildschirm zu sehen — umsonst. Die Mißgestalt, an den Sessel gefesselt, sträubte und bäumte sich, als wollte sie die Gurte sprengen.
Pirx betrachtete das Scheusal, weil er zu nichts anderem fähig war. Erschütterungen irgendwelcher Art empfand er nicht. Er merkte nur, daß er keine Luft bekam, daß es ihn würgte und daß er mit dem Tode rang.
Von irgendwoher , ganz aus der Nähe, hörte er ein gräßliches Zähneknirschen. Nun hatte er vollends seinen Geist aufgegeben, er wußte nichts mehr, hatte keine Arme, ja keinen Körper mehr, nur das eine Bein war noch da, das auf das Bremspedal drückte. Er registrierte, daß er nur noch über seine Sehkraft verfügte, aber sein Blick wurde immer trüber, und vor seinen Augen begannen viele winzige weiße Pünktchen zu

wirbeln. Er bewegte das Bein. Es schlotterte. Er hob es an und senkte es wieder. Das Ungeheuer im Spiegel war aschfahl, Schaum stand ihm vorm Maul. Die Augen waren nun gänzlich aus den Höhlen getreten. Er wurde von Zuckungen geschüttelt.

Da tat er das einzige, was ihm noch zu tun übrigblieb. Er holte mit dem Bein Schwung, schnellte es nach vorn und rammte sich mit voller Wucht das Knie ins Gesicht. Er verspürte einen entsetzlichen, bohrenden Schmerz im Mund, Blut rann ihm das Kinn hinunter, er sah nichts mehr.

„Aaaaaah!" röchelte er. „Aah!"

Es war seine Stimme.

Der Schmerz war plötzlich wie weggeblasen, wieder spürte er gar nichts. Was war geschehen? Wo war er? Nichts! Nirgendwo!

Er zerschlug und malträtierte mit dem Knie sein Gesicht und holte wie besessen immer von neuem aus: Das Brüllen brach ab. Er vernahm seinen eigenen gurgelnden Schrei, im Blut erstickt.

Jetzt hatte er wieder Arme. Sie waren wie aus Holz und schmerzten bei jeder Bewegung so fürchterlich, als seien alle Muskelfasern gerissen, aber er konnte sie rühren. Mit starren Fingern tastete er nach den Gurten und schnallte sie ab, dann krallte er sich in die Sessellehne und stand auf. Seine Beine zitterten, sein ganzer Körper war wie gerädert. Er ergriff das Seil, das schräg durch den Steuerraum gespannt war, und taumelte zum Spiegel. Mit beiden Händen stützte er sich am Rahmen. Im Spiegel stand der Pilot Pirx.

Das Gesicht war nicht mehr aschfahl, sondern blutbesudelt, die Nase eingeschlagen und geschwollen. Blut sickerte aus dem zerschlagenen Mund. Die Wangen waren noch blau unterlaufen und gedunsen, unter den Augen wölbten sich schwarze Wülste, am Hals zuckte es noch immer unter der Haut, aber langsam verebbte es schon. Ja, das war er — Pirx. Er brauchte lange, um sich das Blut vom Kinn zu reiben, er spuckte, hustete, atmete tief und fühlte sich schwach und hilflos wie ein Kind.

Dann wandte er sich ab und sah auf den Schirm. Das Schiff flog nach wie vor rückwärts, aber bereits ohne Schub. Allein durch den Schwung. Die kleine weiße Scheibe schwebte hinter ihm am Bug, in einer Entfernung von 2 Kilometern.

Pirx hangelte sich am Seil entlang zum Sessel zurück. Er konnte keinen klaren Gedanken fassen.
Seine Hände begannen zu zittern — erst jetzt, aber das war die übliche Schockwirkung, er kannte das, es schreckte ihn nicht. Dicht vor dem Sessel hatte sich etwas verändert...
Die Kassette des automatischen Senders war oben eingebeult. Er stieß gegen den Deckel, der fiel herunter. Lauter zertrümmerte Teile. Wie hatte das geschehen können? Offenbar hatte er selbst dem Sender einen Tritt versetzt. Aber wann?
Er sank in den Sessel, schaltete die Düsen ein und setzte zur Wendung an.
Die weiße Scheibe geriet ins Schwanken, schwebte über den Bildschirm und erreichte seinen Rand, aber statt zu verschwinden, prallte sie ab wie ein Gummiball und kehrte in die Mitte des Schirms zurück!
„Du Miststück!" schrie er voller Haß und Ekel.
Und wegen so einem Drecksding wäre er um ein Haar selbst auf „stationäre Umlaufbahn" gegangen! Wenn das Pünktchen bei der Wendung weiterhin im Bild blieb, hieß das ganz einfach, daß es gar nicht existierte, daß es im Wiedergabegerät selbst erzeugt wurde! Der Leuchtschirm war schließlich kein Fenster, eine Rakete hatte ja gar keine Fenster. Sie besaß eine Fernsehempfangsanlage, und zwar außen. Im Panzer waren die Kameras installiert und innen die Verstärker, die die elektrischen Signale auf dem Bildschirm sichtbar machten. Waren sie etwa defekt? Durch welchen sonderbaren Umstand hätten sie wohl entzweigehen können? War bei den Raketen von Wilmer und Thomas der gleiche Fehler aufgetreten? Wie war das möglich? Und was war danach mit den beiden geschehen?
Im Augenblick hatte er Wichtigeres zu tun. Er schaltete den Havariesender ein.
Patrouillen-AMU einhundertelf an Basis, sagte er. *Patrouillen-AMU einhundertelf an Basis. Befinde mich an Sektorengrenze eintausendneun Strich eintausendzehn, Äquatorzone, kehre um nach Havarie...*
Als Pirx sechs Stunden später auf der Erde landete, nahmen groß angelegte Nachforschungen ihren Anfang, die einen ganzen Monat dauern sollten. Zuerst rückte man der Fernsehapparatur zu Leibe. Die neue, vervollkommnete Anlage war erst vor Jahresfrist in alle Patrouillenschiffe eingebaut

worden und hatte sich glänzend bewährt. Nie hatte es auch nur den kleinsten Defekt gegeben.
Nach langen Bemühungen entdeckten die Elektroniker endlich die Ursache für die Entstehung des Lichtpünktchens. Das Vakuum in den Kathodenstrahlröhren für die Bildwiedergabe ließ nach etlichen tausend Betriebsstunden nach — und auf der Innenfläche des Schirms entstand eine Wanderladung, die sich als milchiger kleiner Fleck auf der Lumineszenzschicht abbildete. Diese Ladung bewegte sich nach ziemlich komplizierten Gesetzmäßigkeiten im Innern. Wenn das Raumschiff mit großem Schub geradeaus flog, verteilte sie sich über eine etwas größere Fläche und wurde gleichsam auf der Innenwand des Leuchtschirms platt gedrückt — dann hatte man den Eindruck, das Lichtpünktchen nähere sich der Rakete. Beim Rückstoß glitt die Ladung in die Röhre zurück, und wenn sich die Beschleunigung stabilisiert hatte und konstant blieb, kehrte die Wanderladung allmählich wieder zum Schirm zurück. Sie konnte sich dort in alle Richtungen bewegen, aber meistens konzentrierte sie sich direkt im Zentrum — wenn nämlich die Rakete auf fester Umlaufbahn und ohne Schub dahinflog. Und so weiter und so fort — die Untersuchungen zogen sich in die Länge, sechsstufige Modelle veranschaulichten die Dynamik der Ladung. Überdies zeigte sich, daß stärkere Lichtsignale im Bereich der Elektronenröhre die Ladung zerstreuten. Sie konzentrierte sich nur dann, wenn die Intensität der von der Röhre empfangenen Impulse ausnehmend schwach war — so schwach wie eben im kosmischen Vakuum, in großer Entfernung von der Sonne. Es genügte, daß ein einziger Sonnenstrahl über den Leuchtschirm leckte, und die Ladung löste sich auf und verschwand für Stunden.
Ungefähr soviel stellten die Elektroniker fest — ein stattliches, mit mathematischen Formeln und Modellen gespicktes Buch war das Ergebnis. Darauf machten sich Ärzte und Psychologen, die verschiedensten Koryphäen auf dem Gebiet der Astroneurosen und Astropsychosen ans Werk. Und abermals nach vielen Wochen stellte sich heraus, daß die Wanderladung pulsierte — was man mit dem bloßen Auge als feine dunkle Streifen wahrnahm, die über die kleine Lichtscheibe rutschten. Die dichte Folge der Entladungen wiederum, die zu kurz waren, um einzeln vom Auge registriert zu werden, bildete den sogenannten Teta-Rhythmus der Hirnrinde und schaukelte die

Potentialschwankungen der Rinde so lange durcheinander, bis Symptome auftraten, die einem epileptischen Anfall ähnelten. Die absolute äußere Ruhe, das Fehlen jeglicher Reize, die des Lichtes ausgenommen, und das anhaltende, unbewegliche Starren auf den flackernden Lichtpunkt waren die Begleiterscheinungen, die einem derartigen Ausbruch besonders förderlich waren.

Die Fachleute, die das alles entdeckten, wurden natürlich berühmt. Die Elektroniker der ganzen Welt kennen heute den Ledieux-Harper-Effekt, der auf der Entstehung von Wanderladungen im hohen Kathodenstrahlvakuum beruht, und die Astrobiologen das komplexe ataktisch-katatonisch-klonische Nuggelheimer-Syndrom.

Die Person des Piloten Pirx wurde von der Wissenschaft totgeschwiegen, und nur sehr aufmerksame Zeitungsleser konnten aus den kleingedruckten Meldungen mancher Abendblätter erfahren, daß es ihm zu verdanken war, wenn keinem Piloten mehr das Geschick von Wilmer und Thomas drohte, die die Schubkraft ihrer Raumschiffe bis an die maximale Grenze gesteigert und während ihrer Jagd nach dem „Irrlicht" das Bewußtsein verloren und in den Abgründen des Kosmos den Tod gefunden hatten.

So also blieb Pirx der Ruhm versagt, aber das kümmerte ihn wenig. Selbst den künstlichen Zahn, den er sich für den alten, mit dem Knie ausgeschlagenen einsetzen ließ, bezahlte er aus der eigenen Tasche.

Die Jagd

Fuchsteufelswild kam er aus der Hafenleitung. Ausgerechnet ihm mußte das passieren! Der Armator hatte die Sendung nicht geliefert — einfach nicht geliefert, und damit basta! Näheres wußten sie nicht. Schön, ein Telegramm war eingetroffen: „Verspätung 72 Stunden — stop — zahle Konventionalstrafe auf euer Konto — stop — Estrand." Kein Wort mehr. Im Büro des Handelsrates konnte er auch nichts ausrichten. Es wurde langsam eng im Hafen, und die Hafenleitung gab sich mit der Konventionalstrafe nicht zufrieden. Standgeld hin, Standgeld her — das beste wäre immer noch, wenn der Herr Navigator schleunigst startete und auf Umlaufbahn ginge ... Triebwerke lassen sich stoppen, es kostet also keinen Treibstoff. Sie warten die drei Tage dort oben und kommen dann zurück. Was kann Ihnen das schon ausmachen ...?

Drei Tage lang um den Mond trudeln, bloß weil der Armator mich versetzt hat! Pirx verschlug es die Sprache, aber zum Glück fiel ihm der Kollektivvertrag ein. Na, und als er ihnen die Vorschriften über den Aufenthalt im Raum unter die Nase rieb, die von der Gesellschaft festgelegt worden waren, machten die anderen einen Rückzieher. In der Tat, es war nicht das Jahr der ruhigen Sonne, die Strahlungsdosen waren nicht zu unterschätzen. Er hätte demnach manövrieren, sich hinter dem Mond vor der Sonne verkriechen und dieses Blindekuhspiel mit Schub ausführen müssen. Wer würde das bezahlen? Der Armator nicht, das stand fest. Etwa die Hafenleitung? Sind Sie sich darüber im klaren, meine Herren, was zehn Minuten voller Schub bei einem Reaktor von siebzig Millionen Kilowatt kosten? Schließlich erhielt er die Halteerlaubnis, aber nur für genau zweiundsiebzig Stunden plus vier Stunden für das Löschen dieses verdammten Stückguts. Keine Minute länger! Sie gebärdeten sich, als erwiesen sie ihm damit eine Gnade. Als ob es seine Schuld gewesen wäre! Dabei hatte er pünktlich auf die Minute zur Landung angesetzt, obwohl er nicht direkt vom Mars kam. Aber daß der Armator ...

Über alledem hätte er fast vergessen, wo er sich befand — beim Hinausgehen schloß er die Tür so heftig, daß er im nächsten Augenblick zur Decke hinaufsegelte. Das behagte ihm gar nicht, und er schaute sich argwöhnisch um, doch es war niemand da. Überhaupt erweckte die Luna irgendwie einen Eindruck der Leere.
Klar, etliche hundert Kilometer weiter nördlich, zwischen Hypathia und Toricelli, hatten die großen Arbeiten begonnen. Die Ingenieure und Techniker, von denen es hier vor einem Monat nur so wimmelte, waren bereits zur Baustelle abgereist. Das große UNO-Projekt Luna II lockte immer mehr Leute von der Erde herbei. Wenigstens werde ich diesmal keine Scherereien mit dem Hotelzimmer haben, ging es ihm durch den Kopf, während er mit der Rolltreppe ins letzte Stockwerk der unterirdischen Stadt fuhr. Die Leuchten verbreiteten ein grelles, kaltes Tageslicht. Jede zweite war abgeschaltet. Aha, Sparmaßnahmen! Er stieß die Glastür auf und betrat die kleine Halle. Natürlich, freie Zimmer gab es noch. In Hülle und Fülle. Er ließ den kleinen Koffer oder vielmehr die Reisetasche beim Portier und überlegte: Ob Tyndall auch aufpaßt, daß die Mechaniker die Zentraldüse ausschleifen? Denn noch auf dem Mars hatte sie sich wie eine mittelalterliche Kartätsche aufgeführt. Eigentlich hätte er sich selbst darum kümmern müssen, denn wenn der Chef seine Augen nicht überall hat ... Aber er hatte keine Lust, zwölf Stockwerke mit dem Lift zu fahren, vermutlich waren sowieso schon alle verduftet. Bestimmt saßen sie im Warenhaus des Flugplatzes und hörten sich die neuesten Platten an. Er ging weiter, ohne recht zu wissen, wohin. Das Hotelrestaurant war leer, schien geschlossen, aber am Büfett saß ein rothaariges Mädchen und las in einem Buch. Vielleicht war sie auch darüber eingenickt, denn ihre Zigarette hatte sich auf der Marmorplatte in einen langen Aschestengel verwandelt...
Pirx setzte sich, stellte die Uhr nach Ortszeit, und schlagartig wurde es spät: zehn Uhr abends. An Bord war noch vor wenigen Minuten Mittag gewesen. Dieses ewige Ringelspiel mit der Zeit war immer noch genauso anstrengend wie zu Anfang, als er eben erst Fliegen lernte. Er aß sein Mittagessen, das sich nun auf einmal als Abendbrot entpuppte, und trank Mineralwasser dazu, das wärmer war als die Vorsuppe. Der Ober, der trübsinnig und verschlafen wirkte wie ein wasch-

echter Mondsüchtiger, verrechnete sich zu seinen Ungunsten — ein bedenkliches Zeichen. Pirx riet ihm, Urlaub auf der Erde zu machen, und stahl sich leise hinaus, um das Mädchen am Büfett nicht aufzuwecken. Dann holte er sich beim Portier den Schlüssel und fuhr in sein Zimmer. Er guckte nicht gleich auf die Blechmarke, doch als er unterwegs einen Blick auf die Nummer warf, beschlich ihn ein seltsames Gefühl: 173. In diesem Zimmer hatte er früher schon mal gewohnt, damals, als er zum erstenmal „auf die andere Seite" flog. Aber nachdem er die Tür aufgemacht hatte, stellte er fest, daß es entweder doch ein anderes Zimmer war oder daß man es völlig umgebaut hatte. Nein, er mußte sich wohl geirrt haben, seinerzeit war der Raum größer gewesen. Er knipste überall Licht an, weil er die Dunkelheit satt hatte, sah in den Schrank, zog die Schublade des kleinen Schreibtisches heraus, packte aber den Koffer nicht erst aus, sondern warf nur den Schlafanzug aufs Bett und legte Zahnbürste und Paste aufs Waschbekken.

Er wusch sich die Hände. Das Wasser war hier immer höllisch kalt, das reinste Wunder, daß es nicht gefror. Er drehte den warmen Hahn auf — ein paar Tropfen, dann war Schluß. Er ging zum Telefon, die Rezeption anzurufen, aber er ließ es dann doch bleiben. Ein Skandal war das allerdings, immerhin wurde der Mond schon seit langem bewirtschaftet, und man konnte schließlich verlangen, daß es in einem Hotelzimmer immer warmes Wasser gab! Er schaltete das Radio ein. Es liefen gerade die Abendnachrichten vom Mond. Er hörte nur mit halbem Ohr hin, während er überlegte, ob er dem Armator nicht ein Telegramm schicken sollte. Auf dessen Kosten, versteht sich! Aber heraus kam dabei auch nichts. Sie lebten nicht mehr in den idyllischen Zeiten der Weltraumfahrt. Die waren längst passé, jetzt war man bloß ein Fuhrmann und von denjenigen abhängig, die einem die Ware aufluden! Fracht, Versicherung, Standgeld ... Im Radio brabbelte es undeutlich. Halt mal — was war das? Er beugte sich übers Bett und drehte an einem Knopf.

„... aller Wahrscheinlichkeit nach Reste des Leonidenschwarms ..." Der weiche Bariton des Sprechers füllte den Raum. „Lediglich ein Wohngebäude wurde direkt getroffen und büßte seine hermetische Abdichtung ein. Glücklicherweise befanden sich zu diesem Zeitpunkt alle Bewohner an ihrem

Arbeitsplatz. Die übrigen Meteoriten richteten keinen größeren Schaden an, bis auf einen, der die Schutzscheibe der Magazine traf. Berichten unseres Korrespondenten zufolge wurden sechs für Arbeiten auf dem Baugelände vorgesehene Universalautomaten völlig zerstört. Beschädigt wurde auch die Hochspannungsleitung. Die Telefonverbindung konnte schon nach drei Stunden wiederhergestellt werden. Und hier noch einmal die wichtigsten Meldungen: Heute morgen wurde der panafrikanische Kongreß eröffnet ..."

Er schaltete das Radio aus und setzte sich. Meteoriten? Irgendein Schwarm? Richtig, es war ja die Zeit der Leoniden, aber die Prognosen hatten doch ... Diese Meteorologen pfuschen vielleicht was zusammen, genau wie die Synoptiker auf der Erde ... Das Baugelände? Damit war sicherlich das im Norden gemeint. Atmosphäre blieb eben Atmosphäre, es machte einem mächtig zu schaffen, wenn die fehlte. Sechs Automaten — ziemlich happig. Gut, daß wenigstens die Leute mit heiler Haut davongekommen waren. Trotzdem — eine dumme Geschichte, daß es die Scheibe durchgehauen hatte. Na, der Projektant, das ist vielleicht ein ...

Er war müde. Sein Zeitgefühl war völlig durcheinandergeraten. Zwischen Mars und Erde mußten sie den Dienstag geschluckt haben. Dem Montag war gleich der Mittwoch gefolgt, und im Endeffekt fehlte ihm auch eine Nacht. Vor allem mal gründlich ausschlafen, sagte er sich, stand auf und stolperte instinktiv auf das winzige Badezimmer zu, aber als ihm das eisige Wasser wieder einfiel, erschauerte er, drehte sich auf dem Absatz um und lag eine Minute später in der Falle. Für die Koje brauchte er sich nicht erst zu waschen! Seine Hand suchte wie von selbst nach den Gurten, um die Decke festzuschnallen. Er schmunzelte, als er sie nicht fand — er war ja in einem Hotel. Hier bestand keine Gefahr, daß die Schwerkraft unversehens aussetzen würde ... Mit diesem Gedanken schlief er ein. Als er die Augen aufschlug, hatte er keine Ahnung, wo er war. Ägyptische Finsternis ringsrum. Tyndall! wollte er rufen, und plötzlich mußte er daran denken, wie dieser einmal aus der Kajüte gestürzt war, nur in Schlafanzughosen, und den Wachhabenden ganz außer sich angefleht hatte: „Du! Ich bitte dich! Sag mir, wie ich heiße!" Der Ärmste war sternhagelblau gewesen, er hatte sich irgendeine Magengeschichte eingebildet und eine ganze Buddel Rum hinter die Binde gegossen ...

Diese Gedankenabschweifung verhalf Pirx sofort in die Wirklichkeit zurück. Er stand auf, knipste die Lampe an und trat unter die Dusche. Vorsichtshalber drehte er den Hahn nur wenig auf — das Wasser war lauwarm. Er seufzte, denn er sehnte sich nach einem heißen Bad, aber bald darauf rann ihm das Wasser in Strömen über Gesicht und Körper, und er begann sogar, vor sich hin zu summen.

Er zog gerade ein sauberes Hemd an, als der Lautsprecher — nanu, daß es so was hier überhaupt gab! — in tiefem Baß losdröhnte: „Achtung! Achtung! Eine wichtige Durchsage. Alle Männer, die befähigt sind, eine Waffe zu tragen, werden gebeten, sich unverzüglich in der Hafenleitung, Zimmer 318, bei Chefingenieur Achanian zu melden. Ich wiederhole. Achtung, Achtung ..." Pirx war so überrascht, daß er eine Weile reglos dastand, nur in Socken und Hemd. Was sollte das heißen? Ein Aprilscherz? Die befähigt sind, eine Waffe zu tragen? Träumte er? Aber während er mit den Armen herumfuchtelte, um das Hemd schnell herunterzuziehen, stieß er so heftig mit der Hand gegen die Tischkante, daß ihm heiß wurde. Nein, das war kein Traum. Aber was dann? Eine Invasion? Die Marsbewohner erobern den Mond? Unsinn! Jedenfalls mußte er hin...

Als er in die Hosen fuhr, war ihm, als flüstere ihm eine Stimme zu: Das mußte ja so kommen, ausgerechnet, wenn du hier bist. Du hast nun mal so 'n Glück, du ziehst die Abenteuer an...

Die Uhr zeigte acht, als er das Zimmer verließ. Den ersten besten, der ihm über den Weg lief, wollte er fragen, was eigentlich los sei, aber der Korridor war leer und die Rolltreppe ebenfalls, so als sei die allgemeine Mobilmachung schon im Gange, als ob sich alle schon irgendwo, wo, das wußten die Götter, an vorderster Front tummelten ... Er rannte die Treppe hoch, obwohl sie ohnehin ziemlich flott rollte, in einem Tempo, als meinte er wirklich, die Chance zu großen Heldentaten zu verpassen. Oben angelangt, erblickte er einen hell erleuchteten Glaskiosk. Er lief an das Fenster, um endlich Genaueres zu erfahren, aber der Kiosk war unbesetzt. Die Zeitungen verkaufte ein Automat.

Pirx erstand also ein Päckchen Zigaretten und eine Tageszeitung, deren Seiten er, ohne seine Schritte zu verlangsamen, überflog — doch außer der Beschreibung des Meteoriteneinschlags fand er nichts. Vielleicht war es das? Aber wozu dann die Waffen? Nein, weiter! Endlich erreichte er die Hafenleitung. Hier bekam er zum erstenmal Menschen zu Gesicht. Eben trat jemand in das Zimmer 318, ein anderer steuerte darauf zu — vom anderen Ende des Korridors.

Jetzt erfahre ich nichts mehr — zu spät! dachte er, zog sich das Jackett zurecht und trat ein. Es war ein kleines Zimmer mit drei Fenstern, vor denen eine künstliche Mondlandschaft von der unangenehmen Farbe erhitzten Quecksilbers loderte. Im schmaleren Teil des trapezförmigen Raumes standen zwei Schreibtische, davor hatte man mehrere Reihen Stühle aufgestellt, die wohl in aller Eile herbeigeschleppt worden waren, denn kaum einer glich dem anderen. Etwa vierzehn oder fünfzehn Männer hatten sich hier versammelt, zumeist im mittleren Alter, aber auch ein paar junge Burschen mit den Tressen der Raumfahrtkadetten waren darunter. Ein älterer Kommandant saß etwas abseits, die übrigen Stühle waren leer.

Pirx setzte sich neben einen Kadetten, der ihm sofort erzählte, daß sie am Vortag zu sechst hier angekommen seien, um ihr Praktikum „auf dieser Seite" zu machen, man hätte ihnen aber nur eine kleine Maschine, einen sogenannten Floh, zur Verfügung gestellt, die mit Mühe und Not drei Mann mitnehmen konnte, die anderen mußten auf die nächste Tour warten, und nun auf einmal die Geschichte hier. Ob der Herr Navigator nicht vielleicht wüßte ...? Aber der Herr Navigator wußte selber nichts. Man sah den Mienen der Versammelten an, daß auch sie von der ungewöhnlichen Durchsage überrumpelt worden waren — alle kamen geradewegs aus dem Hotel. Der Kadett, dem inzwischen eingefallen war, daß er sich hätte vorstellen müssen, vollführte ein paar akrobatische Verrenkungen, wobei er fast den Stuhl umgerissen hätte. Pirx bekam ihn gerade noch an der Lehne zu fassen, da tat sich die Tür auf, und ein nicht sehr großer, schwarzhaariger Mann mit leicht ergrauten Schläfen trat ein. Er hatte glattrasierte, blauschwarze Wangen, struppige Augenbrauen und kleine stechende Augen. Wortlos durchschritt er die Stuhlreihen, ließ hinter dem Schreibtisch eine aufgerollte Landkarte der „hiesigen Seite" von der Decke herab, Maßstab 1 : 1 000 000, rieb sich mit dem Handrücken die kräftige, fleischige Nase und sagte ohne jede Einleitung: „Guten Tag, meine Herren, ich heiße Achanian und bin kommissarisch von der Vereinigten

Leitung Luna I und II mit der Aktion beauftragt, den Setaurus unschädlich zu machen."
Unter den Zuhörern breitete sich leichte Unruhe aus, und Pirx verstand nach wie vor kein Wort von alledem, er wußte nicht mal, was ein Setaurus war.
„Wer von den Herren Radio gehört hat, der weiß, daß hier" — Achanian umriß mit dem Lineal die nähere Umgebung von Hypathia und Alfraganus — „gestern ein Meteoritenschwarm eingedrungen ist. Von allen anderen Folgen abgesehen, hat ein Meteorit, vermutlich der größte, die Schutzscheiben der Magazine B 7 und R 7 zertrümmert, wobei sich in letzterem eine Lieferung von Setauren befand, die erst vor vier Tagen von der Erde eingetroffen ist. In den Nachrichten wurde bekanntgegeben, diese Setauren seien dabei zerstört worden, und das, meine Herren, entspricht nicht ganz der Wahrheit."
Der Kadett neben Pirx lauschte mit feuerroten Ohren, er sperrte sogar den Mund auf, als befürchtete er, nicht alles mitzubekommen. Achanian fuhr fort: „Fünf dieser Roboter wurden von der einstürzenden Decke erschlagen, der sechste hat die Sache heil überstanden oder ist nur beschädigt worden. Das schlußfolgern wir aus der Tatsache, daß er sich aus den Trümmern des Magazins befreit hat und sich seither aufführt wie ... wie ..."
Achanian fand nicht das passende Wort und sprach weiter, ohne den Satz zu beenden: „Die Magazine liegen am Anschlußgleis der Schmalspurbahn, fünf Meilen vom provisorischen Landeplatz entfernt. Sofort nach dem Unglück wurde eine Rettungsaktion gestartet, die in erster Linie feststellen sollte, ob niemand verschüttet worden ist. Die Aktion dauerte rund eine Stunde, wurde dann aber, als sich in der Zwischenzeit ergab, daß die Gebäude für die Zentralsteuerung der Arbeiten nicht mehr ganz hermetisch abgedichtet waren, bis Mitternacht weitergeführt. Gegen ein Uhr wußte man bereits, daß die Havarie des Verstärkernetzes für das gesamte Baugelände sowie die Unterbrechung der Telefonverbindung nicht durch den Meteoriteneinschlag verursacht wurde — die Leitungen wurden mit Laserstrahlen durchgeschnitten ..."
Pirx blinzelte. Er hatte das unwiderstehliche Gefühl, einer Zirkusvorstellung beizuwohnen, einer Art Maskerade. So etwas konnte es doch gar nicht geben! Laserstrahlen! Nein, wirklich! Die hatte wohl ein Spion vom Mars eingeschmuggelt!

Andererseits sah der Chefingenieur nicht wie ein Mann aus, der in aller Herrgottsfrühe die Hotelgäste zusammentrommelte, um ihnen ein paar dumme Witzchen aufzutischen.
„Die Telefonleitungen wurden vorrangig repariert", erklärte Achanian, „aber dafür ging die Funkverbindung zwischen dem Luna-Stab und dem kleinen Transporter der Havariebrigade verloren, der bis zu der Stelle vorstieß, wo die Kabel durchschnitten waren. Gegen drei Uhr morgens erfuhren wir, daß der bewußte Transporter mit Laserstrahlen beschossen worden und nach mehreren Treffern in Flammen aufgegangen war. Der Chauffeur und sein Beifahrer fanden dabei den Tod, die beiden anderen Männer der Besatzung, die glücklicherweise den Skaphander anhatten, weil sie das Fahrzeug gerade verlassen wollten, um die Leitung zu flicken, konnten noch rechtzeitig abspringen und in der Wüste in Deckung gehen, das heißt im Mare Tranquilitatis, ungefähr hier ..." Achanian wies mit dem Lineal auf einen Punkt im Meer der Ruhe, etwa vierhundert Kilometer vom kleinen Arago-Krater entfernt. „Soviel ich weiß, hat keiner von ihnen den Angreifer zu Gesicht bekommen. Sie verspürten nur einen heftigen Wärmestoß, und der Transporter fing an zu brennen. Rasch sprangen sie ab, bevor die Container mit dem komprimierten Gas explodierten. Die fehlende Atmosphäre war ihre Rettung, denn es explodierte nur der Teil des Treibstoffs, der sich im Innern des Fahrzeugs mit dem Sauerstoff verbinden konnte. Einer der beiden Männer starb unter bisher ungeklärten Umständen, dem anderen gelang es nach der Bewältigung von etwa hundertvierzig Kilometern, das Gelände der Baustelle zu erreichen. Da er im Skaphander gelaufen war, hatte er seine ganze Luftreserve aufgebraucht und erlitt eine Anoxie — zum Glück wurde er aber entdeckt. Zur Zeit liegt er im Krankenhaus. Unsere Informationen über die einzelnen Ereignisse basieren lediglich auf seinem Bericht, sie werden folglich noch überprüft werden müssen."
Totenstille trat ein. Pirx schwante schon, was das alles zu bedeuten hatte, aber er glaubte es noch nicht, er wollte es einfach nicht glauben ...
„Wahrscheinlich ahnen Sie bereits, meine Herren", fuhr der dunkelhaarige Mann fort, dessen Gestalt sich kohlrabenschwarz von der quecksilbernen Mondlandschaft abhob, „daß derjenige, der die Telefonkabel und die Hochspannungsleitung

durchgeschnitten und auch den Transporter angegriffen hat, der überlebende Setaurus war. Wir haben es hier mit einer noch wenig bekannten Konstruktion zu tun, die erst vor knapp einem Monat in die Serienfertigung gegangen ist. Ursprünglich sollte Ingenieur Klarner, einer der Projektanten, mit mir hierherkommen, um Ihnen die Verwendungsmöglichkeiten dieses Modells im Detail zu erläutern und Sie auch darüber aufzuklären, wie der Roboter außer Gefecht zu setzen beziehungsweise zu vernichten ist..."

Der Kadett neben Pirx seufzte leise. Es war ein Seufzer des höchsten Entzückens, keine Spur von Entsetzen, nicht einmal von gespielter Besorgnis. Der junge Mann bemerkte den strafenden Blick des Navigators nicht. Im übrigen sah und hörte keiner etwas anderes als die Stimme des Chefingenieurs.

„Ich bin kein Intellektroniker und kann Ihnen deshalb nicht viel über den Setaurus sagen. Aber unter den Anwesenden müßte Doktor McCork sein. Ist er hier?"

Ein schlanker Mann mit Brille erhob sich von seinem Platz.

„Ja. Ich war allerdings an der Projektierung des Setaurus nicht beteiligt, ich kenne lediglich unser englisches Modell, das dem amerikanischen ähnelt, aber nicht mit ihm identisch ist. Die Abweichungen sind jedoch unerheblich. Bitte sehr, ich stehe Ihnen zu Diensten..."

„Ausgezeichnet. Darf ich Sie zu mir nach vorn bitten, Doktor? Vorher noch ein paar Worte zur aktuellen Situation. Der bewußte Setaurus befindet sich etwa hier..." — Achanian umfuhr mit der Linealspitze die Küste des Meeres der Ruhe —, „das heißt dreißig bis vierzig Kilometer vom Gelände der Baustelle entfernt. Er war, wie auch alle anderen Setauren, für Bergbauarbeiten unter erschwerten Bedingungen, bei hohen Temperaturen und starker Einsturzgefahr vorgesehen, deshalb sind die Modelle massiv gebaut und besitzen einen dicken Panzer. Näheres dazu wird Ihnen Doktor McCork gleich noch sagen. Was die Mittel betrifft, über die wir verfügen, um ihn außer Gefecht zu setzen, so haben uns die Leitungsgremien sämtlicher Mondbasen vor allem eine bestimmte Menge von Explosivstoffen, Dynamit und Oxyliquiten sowie Handlaser mit Direktfeuerkraft und Bergbaulaser zur Verfügung gestellt, wobei natürlich weder die Sprengstoffe noch Laser ausgesprochene Kampfmittel sind. Zur Fortbewegung werden die

Operativgruppen, die für die Vernichtung des Setaurus vorgesehen sind, mit Transportern des kleinen und mittleren Wirkungsbereichs ausgerüstet; zwei von ihnen haben einen leichten Meteoritenschutzpanzer. Nur derartige Panzer können einem Laserbeschuß aus etwa einem Kilometer Entfernung standhalten. Diese Daten beziehen sich allerdings auf die Erde, deren Atmosphäre eine stark energieabsorbierende Wirkung hat. Hier bei uns fehlt die Atmosphäre, die beiden gepanzerten Transporter sind also kaum weniger gefährdet als die anderen auch. Darüber hinaus bekommen wir noch eine genügende Anzahl von Skaphandern sowie Sauerstoff, aber das ist, so fürchte ich, auch schon alles. Gegen zwölf Uhr trifft aus dem sowjetischen Sektor der ‚Floh' mit drei Mann Besatzung ein. Für kürzere Flugstrecken kann er eventuell auch vier Mann an Bord nehmen, um sie in das Gebiet zu befördern, wo der Setaurus ausgemacht wurde. Das wär's fürs erste. Ich gebe Ihnen jetzt ein Blatt Papier, auf das Sie bitte deutlich Ihren Namen sowie Ihre berufliche Qualifikation schreiben wollen. Unterdessen ist Doktor McCork vielleicht so freundlich, uns ein paar Worte über den Setaurus zu sagen. Das wichtigste ist, glaube ich, daß Sie seine Achillesferse kennenlernen ..."

McCork stand bereits neben Achanian. Er war noch magerer, als es Pirx vorhin erschienen war, hatte abstehende Ohren, einen dreieckigen Schädel, kaum sichtbare Augenbrauen und einen Haarschopf von undefinierbarer Farbe. Dennoch wirkte er merkwürdig sympathisch.

Bevor er zu sprechen begann, setzte er seine stahlgefaßte Brille ab und legte sie, als würde sie ihn beim Vortrag behindern, vor sich auf den Schreibtisch.

„Ich müßte lügen, wenn ich behaupten wollte, daß wir je an einen solchen Vorfall gedacht hätten, wie er sich hier ereignet hat. Neben Mathematik muß ein Kybernetiker auch noch eine Prise Intuition im Kopf haben. Und aus ebendiesem Grund haben wir uns bisher noch nicht entschlossen, unser Modell in Serienfertigung zu geben. Die Labortests haben gezeigt, daß ‚Mephisto' — so heißt unser Modell — enorm leistungsfähig ist. Der Setaurus unterscheidet sich von ihm angeblich durch eine bessere Synchronisation von Hemmung und Erregung. Wenigstens war ich bisher dieser Meinung, soviel hatte ich der einschlägigen Literatur entnehmen können. Jetzt bin ich mir meiner Sache nicht mehr ganz so sicher. Setaurus — das riecht nach Mythologie, ist aber lediglich aus dem Begriff ‚Selbstprogrammierender Dreierelektronenrechenautomat' entstanden, denn zur Konstruktion seines Hirns werden sowohl rechts- als auch linksdrehende pseudokristalline Monopolymere verwendet. Aber das ist wohl im Augenblick nicht von Bedeutung. Der Automat ist mit einem Laser für Bergbauarbeiten ausgerüstet, mit einem Violettlaser, und die Energie für die Ausstrahlung der Impulse liefert ein Mikroreaktor, der nach dem Prinzip der kalten Kettenreaktion arbeitet, wodurch der Setaurus, wenn ich mich recht erinnere, eine Leistung von fünfundvierzigtausend Kilowatt pro Impuls entwickeln kann."

„Für wie lange?"

„Nach unserem Ermessen bis in alle Ewigkeit", entgegnete der magere Doktor sofort. „Jedenfalls viele Jahre lang. Was kann nun mit diesem Setaurus passiert sein? Ich vermute, schlicht gesagt, er hat eins über den Schädel gekriegt. Es muß ein außerordentlich wuchtiger Schlag gewesen sein, aber letzten Endes kann auch ein einstürzendes Gebäude dieses Chrom-Nickel-Gehäuse beschädigen. Derlei Versuche haben wir allerdings nie durchgeführt, sie wären zu kostspielig gewesen" — McCork lächelte unvermittelt und zeigte dabei zwei Reihen kleiner, regelmäßiger Zähne —, „aber es dürfte allgemein bekannt sein, daß die genau lokalisierte Beschädigung eines kleinen, das heißt relativ einfachen Hirns oder einer gewöhnlichen Rechenmaschine einen totalen Ausfall aller Funktionen zur Folge haben kann. Je mehr wir uns jedoch bei der Imitation von derlei Prozessen einem menschlichen Hirn annähern, in desto größerem Umfang wird so ein kompliziertes Hirn auch dann noch funktionieren, wenn es teilweise beschädigt ist. Das Hirn eines Tieres, zum Beispiel einer Katze, hat bestimmte Zentren, die auf einen Reiz von außen her mit einem aggressiven Wutausbruch reagieren. Das Hirn des Setaurus ist anders gebaut, aber es besitzt auch einen Hauptantrieb, einen Motor für seine Aktivität, die auf verschiedene Weise gesteuert und abgeleitet werden kann. Vermutlich ist also eine Art Kurzschluß dieses Aktivitätszentrums erfolgt und ein Destruktionsprogramm eingeschaltet worden. Das ist natürlich alles furchtbar simpel ausgedrückt."

„Aber woher diese Destruktion?" fragte dieselbe Stimme wie vorhin.

„Weil der Automat für Bergbauarbeiten vorgesehen ist", erläuterte McCork. „Er hat die Aufgabe, Stollen und Gänge zu schlagen, Felsgestein zu durchbohren und besonders harte Mineralien zu zertrümmern, ganz allgemein gesagt — kompakte Materie zu zerstören, natürlich nicht immer und nicht überall, aber durch den Unfall muß es zu einer derartigen Generalisation gekommen sein. Im übrigen braucht meine Hypothese durchaus nicht zu stimmen. Diese rein theoretische Seite wird für uns erst dann an Bedeutung gewinnen, wenn wir den Automaten aktionsunfähig gemacht haben. Das wichtigste ist zunächst einmal, uns darüber klarzuwerden, was der Setaurus alles zu leisten vermag. Er kann sich zum Beispiel mit einer Geschwindigkeit von rund fünfzig Stundenkilometern vorwärts bewegen, und zwar in jedem beliebigen Gelände. Er besitzt keinerlei Schmierstellen, alle Gelenke und Reibungsflächen arbeiten auf Teflon-Basis. Er hat magnetische Aufhängungen, sein Panzer ist unempfindlich gegen Pistolen- oder Maschinengewehrkugeln. Derlei Versuche wurden zwar nicht gemacht, aber ich nehme an, daß erst ein Panzerabwehrgeschoß ... Aber so was haben wir nicht — oder?"
Achanian schüttelte verneinend den Kopf. Er nahm die Liste, die mittlerweile zurückgekehrt war, überflog sie und machte hinter die einzelnen Namen kleine Zeichen.
„Natürlich würde ihn eine Sprengstoffladung in Stücke reißen", fuhr McCork seelenruhig fort, als spräche er von der harmlosesten Sache der Welt. „Aber zu diesem Zweck müßte man die Ladung erst einmal in seine Nähe bringen, und ich fürchte, das dürfte nicht so einfach sein."
„Wo hat er eigentlich seinen Laser? Im Kopf?" wurde aus dem Auditorium gefragt.
„Er hat gar keinen Kopf, sondern nur eine Art Wölbung zwischen den Schultern. Das soll ihn widerstandsfähiger gegen Verschüttungen machen. Der Setaurus ist zweihundertzwanzig Zentimeter groß, er feuert demnach aus einer Höhe von etwa zwei Metern. Die Lasermündung ist durch eine Schiebeklappe abgeschirmt. Bei unbeweglichem Rumpf hat er einen Schußwinkel von dreißig Grad; braucht er ein größeres Schußfeld, dreht sich der Rumpf mit. Der Laser hat eine Höchstleistung von fünfundvierzigtausend Kilowatt. Jeder Fachmann weiß, daß man damit mühelos eine mehrere Zentimeter dicke Stahlplatte durchbohren kann ..."

„Und wie groß ist der Wirkungsbereich?“
„Es handelt sich um einen Violettlaser, also hat das Lichtbündel einen sehr kleinen Streuwinkel ... Der Wirkungsbereich ist praktisch durch das Gesichtsfeld begrenzt. Da der Horizont hier in der Ebene etwa zwei Kilometer entfernt ist, wird der Vernichtungsbereich folglich mindestens ebenso groß sein.“
„Wir bekommen Spezialbergbaulaser mit einer Leistung, die sechsmal so hoch ist“, warf Achanian ein.
„Ach, das ist nichts anderes als Overkill, wie es die Amerikaner nennen“, erwiderte McCork lächelnd. „Die höhere Leistung bietet uns in einem Gefecht mit dem Setaurus keinerlei Vorteile...“
Jemand wollte wissen, ob sich der Automat nicht von Bord eines Raumschiffes vernichten ließe. McCork hielt sich für nicht kompetent genug, darauf eine Antwort zu geben, und Achanian warf einen Blick auf die Liste und sagte: „Unter uns befindet sich Herr Pirx, Navigator der ersten Klasse ... Wären Sie vielleicht so freundlich, uns diese Frage zu beantworten, Herr Pirx?“
Pirx erhob sich.
„Theoretisch gesehen, könnte ein Raumschiff mittlerer Tonnage wie mein ‚Cuivier‘, also ein Schiff mit einer Ruhemasse von sechzehntausend Tonnen, diesen Setaurus sicherlich vernichten, wenn er ihn in seinen Rückstoß bekäme. Die Ausstoßtemperatur übersteigt sechstausend Grad bei einer Entfernung von neunhundert Metern, das dürfte doch wohl genügen...?“
McCork nickte.
„Aber das ist reine Spekulation“, nahm Pirx den Faden wieder auf. „Das Raumschiff müßte den Automaten ansteuern, und einem so kleinen Ziel wie dem Setaurus, der doch kaum größer ist als ein Mensch, würde es immer gelingen, dem Rückstoßstrahl zu entwischen. Die Seitengeschwindigkeit eines Schiffes, das über einem Planeten, also in seinem Gravitationsfeld manövriert, ist nämlich sehr gering, und von einer plötzlichen Verfolgungsjagd kann gar keine Rede sein. Bliebe also nur die Möglichkeit, eventuell kleinere Einheiten einzusetzen, sagen wir die eigene Mondflottille. Allerdings haben diese Schiffchen nur einen schwachen Rückstoß mit keiner sonderlich hohen Temperatur, es sei denn, man benutzte sie als Bomber ... Doch

zu einer präzisen Bombardierung müßten sie mit Zielobjektiven ausgerüstet sein, über die wir auf Luna nicht verfügen. Sonst sehe ich keinerlei Möglichkeit. Freilich, diese kleinen Maschinen sollten ruhig eingesetzt werden, aber nur zu Erkundungszwecken, das heißt zur Lokalisierung des Setaurus."

Pirx wollte sich schon setzen, als ihm plötzlich noch ein Gedanke kam.

„Ach ja, richtig!" sagte er. „Die Sprungpatronen! Die könnte man verwenden. Das heißt, verwenden können sie nur Leute, die damit umzugehen wissen."

„Sind das diese kleinen Einmannraketen, die auf dem Rücken befestigt werden?" erkundigte sich McCork.

„Ja. Man kann damit Sprünge ausführen und sich sogar reglos in der Luft halten. Auch minutenlange Flüge sind möglich, bis zu einer Höhe von fünfzig oder auch vierhundert Metern, das hängt vom jeweiligen Modell und vom jeweiligen Typ ab."

Achanian stand auf.

„Das scheint mir wichtig zu sein. Wer von den Anwesenden hat ein Training an diesen Apparaten mitgemacht?"

Zwei Hände gingen in die Höhe. Dann noch eine.

„Nur drei Mann?" fragte Achanian. „Ah ja, und Sie auch", fügte er hinzu, als er sah, daß Pirx wohl ein bißchen spät geschaltet hatte und deshalb erst jetzt die Hand hob. „Also vier. Tja, das ist nicht gerade üppig ... Wir werden uns noch unter der Besatzung des Flugplatzes umsehen. Meine Herren! Es handelt sich natürlich um eine freiwillige Aktion. Eigentlich hätte ich damit beginnen müssen. Wer von Ihnen möchte an den Operationen teilnehmen?"

Es entstand ein kleines Durcheinander, denn alle Versammelten erhoben sich von ihren Plätzen.

„Ich danke Ihnen im Namen der Leitung", sagte Achanian. „Ausgezeichnet ... Also siebzehn Freiwillige. Wir erhalten noch Verstärkung durch drei Einheiten der Mondflottille, darüber hinaus stehen uns zehn Kraftfahrer und Funker zur Bedienung der Transporter zur Verfügung. Ich bitte die Anwesenden, vorerst hierzubleiben, und Sie, meine Herren", er wandte sich an McCork und Pirx, „wollen mir bitte in die Leitung folgen ..."

Gegen vier Uhr nachmittags saß Pirx im Turm eines großen Raupenfahrzeugs, das von heftigen Stößen geschüttelt wurde. Er steckte in einem kompletten Skaphander, auf seinen Knien lag der Helm, bereit, beim ersten Alarmsignal seinen Kopf zu schützen; quer über der Brust hing das schwere Lasergerät, dessen Kolben unbarmherzig drückte. In der linken Hand hielt der Navigator das Mikrofon, mit der rechten drehte er am Periskop und beobachtete die zu einer langen Kette aufgereihten anderen Transporter, die wie Kähne über die geröllübersäten Flächen des Meeres der Ruhe schaukelten. Dieses Wüstenmeer gleißte im Sonnenlicht, es war öde und leer, so weit das Auge reichte, von einem schwarzen Horizont bis zum anderen. Pirx nahm die Meldungen entgegen und gab sie weiter, er sprach mit Luna I, mit den Kommandanten der anderen Maschinen, mit den Piloten der kleinen Erkundungsschiffe, deren winzige Rückstoßflämmchen zwischen den Sternen am schwarzen Firmament aufblitzten, und er konnte sich des Eindrucks nicht erwehren, all dies sei nur ein wirrer, verrückter Traum.

Die Ereignisse überstürzten sich. Nicht nur er hatte das Gefühl, daß die Bauleitung in eine Art Panik verfallen war, denn was konnte ein wild gewordener Automat schließlich schon ausrichten, selbst wenn er mit einem Lichtwerfer bewaffnet war?

Als während der zweiten Beratung „auf höchster Ebene", Punkt zwölf Uhr, davon gesprochen wurde, man wolle sich an die UNO oder zumindest an den Sicherheitsrat wenden, um „Sondersanktionen" zu erwirken — das heißt die Erlaubnis, Artillerie (am besten Raketenwerfer) oder sogar Atomgeschosse einsetzen zu dürfen —, hatte er zusammen mit anderen Protest eingelegt und erklärt, daß sie sich auf diese Weise, noch ehe sie etwas erreicht hatten, vor der ganzen Erde bis auf die Knochen blamieren würden. Im übrigen war vorauszusehen, daß sie auf eine Entscheidung eines solchen internationalen Gremiums mindestens mehrere Tage, wenn nicht gar Wochen warten müßten, während derer sich der „verrückte Roboter" Gott weiß wo verstecken konnte, so daß man ihn, wenn er sich erst einmal in einer unzugänglichen Schlucht der Mondrinde verkrochen hatte, selbst mit allen Kanonen der Welt nicht mehr erreichen würde.

Es galt also, entschlossen und rasch zu handeln. Dabei stellte

sich heraus, daß ihnen die Nachrichtenübermittlung am meisten zu schaffen machen würde, die schon immer ein Sorgenkind bei Mondunternehmungen gewesen war. Es gab nicht umsonst an die dreitausend patentierte Erfindungen, die das Nachrichtenwesen verbessern sollten, von seismischen Telegrafen (unter Verwendung von Mikroexplosionen) bis zu stationären „trojanischen" Satelliten. Diese Satelliten waren schon vor Jahresfrist auf eine Umlaufbahn gebracht worden, was die prekäre Situation jedoch keineswegs verbessert hatte. Praktisch wurde das Problem durch Systeme von UKW-Relais gelöst, die auf Masten angebracht waren. Das erinnerte stark an die alten irdischen Sendeleitungen in der Ära des satellitenlosen Fernsehens. Dieses Verfahren war sogar sicherer als die Übermittlung über Nachrichtensatelliten, weil sich die Ingenieure noch immer den Kopf darüber zerbrachen, wie die Orbitalrelais gegen „Sonnenstürme" unempfindlich zu machen seien. Jeder Sprung der Sonnenaktivität und die damit einhergehenden „Hurrikane" elektrisch geladener Teilchen mit hoher Energie, die den Raum durchdrangen, riefen sofort Störungen hervor, die den Nachrichtenaustausch manchmal tagelang erschwerten. Gerade jetzt herrschte ein solcher „Sonnentaifun", deshalb liefen alle Nachrichten zwischen Luna I und der Baustelle über stationäre Relais.
Der Erfolg der „Operation Setaurus" hing weitgehend davon ab, daß es den „Rebellen" nicht etwa danach gelüstete, diese Relais zu zerstören: Allein fünfundvierzig Gittermaste standen nämlich in einer Wüste, die Luna-Stadt mit dem Kosmodrom vom Baugelände trennte. All diese Überlegungen basierten selbstverständlich auf der Voraussetzung, daß der Setaurus weiterhin in dieser Gegend sein Unwesen trieb. Er hatte ja absolute Manövrierfreiheit, brauchte weder Treibstoff noch Oxygen, weder Schlaf noch Ruhepausen — er war so autark, daß so manchem der Ingenieure erst jetzt klar wurde, welch vollkommene Maschine hier von Menschenhand gebaut worden war: eine Maschine, deren Schritte niemand mehr voraussehen konnte. Natürlich dauerten die bereits im Morgengrauen eingeleiteten Direktgespräche Mond—Erde noch an, die Gespräche zwischen dem Operativstab sowie der Firma „Cybertronics" und dem Projektierungsstab des Setaurus, aber man erfuhr nichts, was der kleine Doktor McCork nicht schon dargelegt hätte. Nur noch Laien versuchten die Spezialisten

zu überreden, doch mit Hilfe eines großen Kalkulators die Taktik des Automaten vorauszusagen. War er intelligent? O ja, allerdings auf seine Art! Jene „überflüssige", im Augenblick sogar äußerst schädliche „Klugheit" des Roboters ärgerte viele Teilnehmer der Aktion — sie konnten einfach nicht begreifen, warum zum Teufel die Ingenieure eine Maschine, die ausschließlich für Bergbauarbeiten bestimmt war, mit einer solchen Freizügigkeit und Autonomie des Handelns ausgestattet hatten. McCork setzte ihnen klipp und klar auseinander, daß das „intellektronische Übermaß" beim derzeitigen technischen Entwicklungsstand nichts anderes sei als ein Kapazitätsüberschuß, über den in der Regel alle konventionellen Maschinen und Motoren verfügten — eine Havariereserve sozusagen, die die allgemeine Funktionssicherheit und -zuverlässigkeit erhöhte. Schließlich war es unmöglich, alle Situationen a priori zu bestimmen, in die eine Maschine — sei es nun eine energetische oder eine Informationsmaschine — geraten konnte. Wozu der Setaurus nun wirklich imstande war, davon hatte im Grunde genommen niemand auch nur einen blassen Schimmer. Natürlich übermittelten die Fachleute, auch die von der Erde, telegrafisch ihre Gutachten, das Schlimme war nur, daß manche einander diametral entgegengesetzt waren. Die einen nahmen an, der Setaurus werde versuchen, Objekte „künstlichen" Charakters zu zerstören, wie eben Nachrichtenrelais oder Hochspannungsmasten, andere wiederum vermuteten, er werde seine Energie unproduktiv verpulvern, das heißt, alles unter Beschuß nehmen, was ihm in den Weg kam, ganz gleich, ob es sich um das Felsgestein des Mondes oder um einen bemannten Transporter handelte. Manche plädierten für die Konzeption eines sofortigen Angriffs, um den Setaurus außer Gefecht zu setzen, andere rieten zur Taktik des Abwartens. Einig waren sie sich nur in einem Punkt: Die Bewegungen des Automaten müßten unbedingt überwacht werden.

Und so patrouillierten die zwölf kleinen Einheiten der Mondflottille im Meer der Ruhe und schickten regelmäßig ihre Meldungen an den Verteidigungsstab des Baugeländes, der wiederum ständigen Kontakt mit der Leitung des Kosmodroms aufrechterhielt. Es war beileibe kein Kinderspiel, den Setaurus ausfindig zu machen: ein Metallkrümel inmitten einer riesigen Felswüste, in der es von Geröllhalden, Schründen und

halbverschütteten Spalten nur so wimmelte und die zudem von winzigen Kratern übersät war — die ganze Gegend wirkte aus der Höhe wie mit Pockennarben übersät. Wenn also die Meldungen wenigstens negativ gewesen wären! Aber die Patrouillen hatten das Bodenpersonal schon mehrere Male mit der Nachricht alarmiert, sie hätten den „Verrückten" aufgestöbert. Anschließend stellte sich stets heraus, daß es entweder ein ungewöhnlich geformter Felsbrocken oder auch ein Stück Lava war, das in der Sonne glitzerte, und selbst die Verwendung von Radar mit Ferroinduktionszeigern nutzte nicht viel, weil von den Explorationsaktionen aus der Anfangszeit der Monderkundung in den Felsenwüsten eine Unmenge von Metallbehältern, ausgeglühten Raketenpatronenhülsen und diverses Blechgerümpel zurückgeblieben war, was nun in gewissen Abständen immer wieder zu einem blinden Alarm führte. Schließlich wünschte sich der Operationsstab nichts sehnlicher, als daß der Setaurus wieder einmal irgendein Objekt angreifen möge, damit man endlich seinen Standort erfuhr — aber der Automat hatte sich zum letztenmal neun Stunden zuvor bemerkbar gemacht, als er einen kleinen Transporter des elektronischen Hilfsdienstes angriff, und seither war er wie vom Mondboden verschluckt.
Da man jedoch ein weiteres Abwarten nicht für ratsam hielt, vor allem weil die Elektroenergiezufuhr für die Baustelle wiederhergestellt werden mußte, beschränkte sich die ganze Aktion darauf, ein Gebiet von nahezu neuntausend Quadratkilometern aus zwei entgegengesetzten Richtungen — von Norden und von Süden — mit aufeinander zustrebenden Fahrzeugketten zu durchkämmen. Die eine Gefechtslinie unter dem Kommando des Haupttechnologen Strtibr schwärmte von der Baustelle aus, die zweite vom Kosmodrom der Luna. Pirx hatte die Rolle des Koordinators übernommen, der die Aktionen beider Seiten aufeinander abzustimmen hatte und der seinerseits dem Kommandanten der Aktion unterstand, dem Commander-Navigator Pleydar. Pirx wußte sehr gut, daß sie jederzeit an dem Versteck des Setaurus vorbeikommen konnten und daß er ihnen, falls er sich in einem der zahlreichen tiefen tektonischen Gräben verborgen hielt oder sich auch nur mit dem hellen Mondsand getarnt hatte, leicht durch die Lappen gehen konnte. McCork, den er als „intellektronischen Berater" zur Seite hatte, war derselben Auffassung.

Der Transporter wurde fürchterlich hin und her geschleudert, denn sie fuhren in einem Tempo, bei dem, wie der Fahrer ihnen seelenruhig ankündigte, „einem über kurz oder lang die Augen auslaufen" würden. Sie befanden sich im östlichen Sektor des Meeres der Ruhe, eine knappe Stunde von dem Gebiet entfernt, in dem sich der Automat aller Wahrscheinlichkeit nach aufhielt. Wenn sie jene vereinbarte Grenze erreichten, sollten sie unverzüglich die Helme aufsetzen, um bei einem unvermittelten Angriff, bei Verlust der hermetischen Abdichtung oder im Falle eines Brandes sofort das Fahrzeug verlassen zu können.

Der Transporter war in ein Kampffahrzeug verwandelt worden — die Mechaniker hatten auf seinem kuppelartigen Turm ein Hochleistungs-Bergbaulasergerät montiert, um dessen Treffsicherheit es aber recht dürftig bestellt war. Pirx hielt diese Bewaffnung für absolut unzureichend. Der Roboter hatte ein automatisches Visier, denn seine fotoelektrischen Augen waren mit dem Lasergerät gekoppelt, er konnte also alles blitzschnell unter Beschuß nehmen, was sich im Zentrum seines Gesichtskreises befand. Sie hingegen verfügten über ein sehr merkwürdiges Objektiv, das wohl von einem alten kosmonautischen Entfernungsmesser stammte. Sie hatten es ausprobiert, indem sie ein paarmal auf Felsblöcke am Horizont schossen, bevor sie Luna verließen. Es waren ganz ansehnliche Brocken gewesen, und die Entfernung hatte nicht mehr als eine Meile betragen — dennoch hatten sie erst beim vierten Versuch getroffen. Auch hierbei machten ihnen wieder einmal die spezifischen Mondverhältnisse zu schaffen, denn ein Laserstrahl ist nur in einem streuenden Medium, zum Beispiel in der Erdatmosphäre, als greller Lichtstreifen sichtbar. Im Vakuum hingegen wird ein Lichtbündel, wie stark es auch immer sein mag, erst dann sichtbar, wenn es auf ein materielles Hindernis trifft. Auf der Erde kann man daher mit Laser ebenso schießen wie mit jeder beliebigen Feuerwaffe: Man braucht sich nur nach der sichtbaren Fluglinie des Geschosses zu richten. Ein Laser ohne Visier war auf dem Mond jedoch praktisch wertlos. Pirx hielt mit seiner Meinung nicht hinterm Berg. Als sie nur noch wenige Minuten von der hypothetischen Gefahrenzone entfernt waren, unterbreitete er sie McCork.

„Daran habe ich noch gar nicht gedacht", gestand der Inge-

nieur. Und dann fügte er lächelnd hinzu: „Warum sagen Sie mir das eigentlich?“
„Um Ihnen die Illusionen zu nehmen“, erwiderte Pirx, ohne vom Periskop aufzuschauen. Obwohl die Gläser schaumgummigepolstert waren, spürte er, daß er — falls er die ganze Geschichte lebend überstand — längere Zeit mit blutunterlaufenen Augen herumlaufen würde. „Außerdem wollte ich Ihnen damit erklären, weshalb wir den Krempel dort hinten mitschleppen.“
„Die Flaschen?“ fragte McCork. „Ich hab gesehen, wie Sie die Dinger aus dem Magazin geholt haben. Was ist denn drin?“
„Ammoniak, Chlor und irgendwelche Kohlenwasserstoffe“, entgegnete Pirx. „Ich denke, wir werden sie vielleicht brauchen können...“
„Eine Gas-Rauch-Wand?“ riet der Ingenieur.
„Nein, eigentlich mehr, damit wir zielen können! Wenn keine Atmosphäre da ist, muß man sie eben schaffen, zumindest vorübergehend...“
„Ich fürchte nur, dazu wird uns keine Zeit bleiben.“
„Vielleicht nicht ... Jedenfalls hab ich das Zeug mitgenommen. Gegen Verrückte eignen sich verrückte Methoden am besten.“
Sie verstummten, denn der Transporter sprang auf und nieder wie ein Ball. Die Stoßdämpfer stöhnten und kreischten, ihr Öl schien jeden Augenblick ins Sieden zu geraten. Sie jagten ein abschüssiges Gelände hinunter, das mit scharfkantigen Steinen übersät war. Der Hang gegenüber leuchtete weiß wie Bimsstein.
„Wissen Sie, wovor ich mich am meisten fürchte?“ begann Pirx wieder, als die Stöße des Fahrzeugs etwas nachließen. Er war merkwürdig redselig. „Nicht vor dem Setaurus, keineswegs — sondern vor diesen Transportern von der Baustelle. Denn wenn uns nur ein einziger für den Setaurus hält und seinen Laser zieht, dann wird's gemütlich!“
„Ich sehe, daß Sie an alles gedacht haben“, murmelte der Ingenieur. Der Kadett neben dem Funker beugte sich über die Lehne seines Sessels und reichte Pirx einen in aller Eile hingekritzelten, kaum leserlichen Funkspruch.
einfahren in gefahrenzone bei relais nummer zwanzig — stop — vorläufig nichts — stop — strzibr — stop — ende, las Pirx laut. „Na, da werden wir auch bald die Helme aufsetzen müssen.“

Der Transporter drosselte ein wenig das Tempo, während er die Anhöhe emporkletterte. Pirx bemerkte, daß er das Nachbarfahrzeug zu seiner Linken nicht mehr sah. Nur der Transporter rechts von ihnen schob sich als dunkler Fleck den Hang hinauf. Er ließ das vermißte Fahrzeug über Funk rufen, bekam aber keine Antwort.
„Wir verlieren allmählich die Tuchfühlung", sagte er ruhig. „Genauso hab ich mir das vorgestellt. Können wir die Antennen nicht höher ausfahren? Nein? Na, dann eben nicht."
Sie hatten den Kamm der leichten Anhöhe bereits erklommen. Am Horizont schoß jäh der gezackte, sonnenüberflutete Grat des Toricelli-Kraters auf, der sich scharf vom schwarzen Firmament abhob. Die Ebene des Meeres der Ruhe lag nun schon fast hinter ihnen. Tiefe tektonische Gräben tauchten auf, hier und da ragten erkaltete Magmaplatten aus dem Sand, über die der Transporter nur mit Mühe hinwegkroch, indem er sich erst aufbäumte wie ein Boot auf den Wellen und dann schwerfällig nach unten plumpste, als wollte er Hals über Kopf in einen bodenlosen Abgrund stürzen. Pirx erspähte den nächsten Relaismast, warf einen Blick auf die an seinem Knie festgeschnallte Tasche mit der Karte unter der Zelluloidscheibe und befahl allen, die Helme aufzusetzen. Von nun an konnten sie sich nur noch über die Bordanlage verständigen. Das Fahrzeug stuckerte noch schlimmer als bisher — Pirx' Kopf rutschte im Helm umher wie ein Nußkern in einer hohlen Schale.
Als sie die Anhöhe überquert hatten und wieder etwas tiefer fuhren, verschwanden die Zacken des Toricelli-Kraters; sie wurden von den nächstgelegenen Erhebungen verdeckt. Beinahe zur gleichen Zeit vermißten sie ihren rechten Nachbarn. Ein paar Minuten noch hörten sie seine Rufzeichen, doch dann verzerrten sich die von den Felsplatten reflektierten Wellen immer mehr, und schließlich trat völlige Funkstille ein. Es erwies sich als sehr unbequem, mit dem Helm auf dem Kopf am Periskop zu hocken. Pirx fürchtete ständig, entweder die kleine Scheibe einzudrücken oder aber die Optik zu zerquetschen. Er gab sein Bestes, um das Gesichtsfeld nicht aus den Augen zu verlieren, das im Takt der Sprünge des Fahrzeugs auf und ab hüpfte. Von dem Gewirr der pechschwarzen Schatten und der grell beleuchteten Steinflächen flimmerte es

ihm vor den Augen. Plötzlich schoß ein kleines orangefarbenes Flämmchen in die Düsternis des fernen Himmels, es flackerte, schrumpfte zusammen und verschwand. Dann ein zweiter, etwas stärkerer Blitz. Pirx schrie: „Achtung! An alle! Ich sehe irgendwelche Explosionen!" und drehte fieberhaft an der Kurbel des Periskops. Von der durchsichtigen, auf Glas aufgezeichneten Skala las er den Azimut ab.

„Kursänderung!" brüllte er. „Siebenundvierzig Komma acht — voller Schub!"

Eigentlich bezog sich dieses Kommando auf ein Raumschiff, aber der Fahrer begriff auch so. Die Bleche und Verstrebungen des Transporters erbebten wie im Krampf, und nachdem sie fast auf der Stelle gewendet hatten, brauste das Fahrzeug weiter geradeaus. Pirx erhob sich von seinem Sitz, weil ihm die Stöße den Kopf von der Optik rissen. Wieder blitzte es auf, diesmal war es eine rotviolette, fächerartige Flamme. Doch die Quelle dieser Entladungen oder Explosionen lag außerhalb seines Gesichtsfeldes, verdeckt von dem Bergkamm, den sie hinauffuhren.

„Achtung! An alle!" sagte Pirx. „Handlaser fertigmachen! Doktor McCork! Bitte an die Luke! Sobald ich es sage oder im Falle eines Treffers öffnen Sie! Kraftfahrer! Geschwindigkeit drosseln!"

Der Höhenzug, den das Fahrzeug nun erklomm, ragte aus der Wüste auf wie das Schienbein eines Mondungeheuers, das bis zur Hälfte im Sand versunken war. Das Felsgestein erinnerte durch seine Glätte tatsächlich an ein poliertes Skelett oder an einen riesigen Totenschädel. Pirx befahl dem Fahrer, bis auf den Kamm hinaufzufahren. Die Raupenketten kreischten auf, als scheuerten sie über Glasscheiben. „Stopp!" schrie Pirx, und der plötzlich abgebremste Transporter schlug mit dem Bug vornüber aufs Gestein. Er schwankte, die Stoßdämpfer quietschten unter der Überbelastung, dann stand das Fahrzeug still.

Pirx schaute in einen flachen Talkessel hinunter, der zu beiden Seiten von strahlenförmig auseinanderlaufenden, abgerundeten Wällen alter Magmaströme eingefaßt war. Zwei Drittel dieser ausgedehnten Senke lagen im grellen Sonnenlicht, über das andere Drittel war das Leichentuch undurchdringlicher Schwärze gebreitet. In dieser samtenen Finsternis glühte wie ein unheimliches Kleinod das zur Hälfte aufgeschlitzte Skelett eines Fahrzeugs und verglomm rubinrot. Nur der Chauffeur und Pirx konnten es sehen, denn die Panzerluken waren herabgelassen. Um es offen zu sagen: Pirx wußte nicht, was er machen sollte. Das ist einer von den Transportern! dachte er. Wohin zeigt sein Bug? Nach Süden? Scheint also einer von der Baustelle zu sein. Aber wer hat ihn aufs Korn genommen — der Setaurus? Dann stehe ich hier wie ein Idiot, weithin sichtbar — wir müssen in Deckung gehen! Doch wo sind die anderen Fahrzeuge, die von der Baustelle und meine?

„Da ist er!" schrie der Funker. Er schloß den Apparat des Transporters ans Bordnetz an, so daß alle die Signale in ihren Helmen mithören konnten.

„Aximo-Portativ-Geschiebefeld — Gewebsumschlossene Wand — Wiederholung bei Umkehr hinfällig — Zielerreichung nach Azimut — Polykristalline Metamorphisierung ...", sagte eine Stimme in Pirx' Kopfhörer deutlich, monoton und ohne jegliche Intonation.

„Das ist er!" brüllte Pirx. „Der Setaurus! Hallo, Funker! Peilen, schnell peilen! Bitte Peilung durchgeben! Los, zum Donnerwetter! Schnell, solange er noch sendet!"

Er brüllte so laut, daß der eigene Schrei, durch den geschlossenen Raum des Helms noch verstärkt, ihn fast betäubte. Ohne abzuwarten, bis der Funker reagierte, sprang er vom Sitz, duckte sich unter dem kleinen Kuppeldach, packte den Doppelgriff des schweren Lasergeräts und begann ihn zusammen mit der Kuppel zu drehen, während er die Augen schon am Visier hatte. Die tiefe, gleichsam traurige, eintönige Stimme in den Kopfhörern sprach weiter: „Komplizierte viskosale Doppelglühschwachfärbung — nicht abgerundete Segmente ohne neuerliche Satteleinschlüsse ..." Dann schien das sinnlose Gestammel schwächer zu werden.

„Was ist denn mit der Peilung, verdammt noch mal?"

Ohne die Augen vom Visier loszureißen, hörte Pirx ein undeutliches Rumoren — McCork war nach vorn gekommen, schob den Funker beiseite, irgendwas polterte...

Auf einmal vernahm er die ruhige Stimme des Kybernetikers in den Kopfhörern: „Azimut 39,3 ... 40,0 ... 40,1 ... 40,2..."

Er bewegt sich! sagte sich Pirx. Die Kuppel mußte mit einem Drehgriff bewegt werden, fast sprang ihm der Arm aus dem Gelenk, so schnell kurbelte er. Die kleinen Ziffern krochen nur

träge vorwärts. Die rote Linie überschritt die Vierzig.
Plötzlich schrumpfte die Stimme des Setaurus zu einem gellenden Piepen zusammen und verstummte dann vollends. Im selben Augenblick drückte Pirx auf den Abzug, und einen halben Kilometer tiefer, unmittelbar an der Grenze zwischen Licht und Schatten, versprühten die Felsen ultravioletten Feuerschein.
Es überstieg fast eines Menschen Kraft, in den dicken Handschuhen die Hebel unbeweglich zu halten. Eine Flamme, heller als das Sonnenlicht, bohrte sich in die Finsternis des Talkessels, Dutzende Kilometer von dem verglimmenden Fahrzeugwrack entfernt; sie verharrte auf der Stelle und drang dann, nachdem sie zweimal Funkengarben in die Luft geschleudert hatte, als glutspeiende Linie weiter vor. Ein Plärren erklang in den Kopfhörern, doch Pirx schenkte dem keine Beachtung. Er schoß unaufhörlich weiter mit dieser unheimlich feinen, furchtbaren Feuerlinie, so lange, bis sie auf einem Felspfeiler auftraf und in Tausende von zentrifugalen Querschlägern zerstob. Vor Pirx' Augen ballten sich rotwirbelnde Kreise, doch durch diesen Strudel hindurch sah er ein grelleuchtendes blaues Auge, kleiner als ein Nadelöhr, das sich tief im Grunde der Finsternis auftat, irgendwo seitwärts, nicht dort, wohin er schoß. Doch ehe er noch die Hebel packen konnte, um das Lasergerät mitsamt dem Drehkreuz neu einzustellen, verspritzte das Felsgestein dicht vor dem Fahrzeug flüssige Sonnenmasse.
„Zurück!" brüllte Pirx und ging unwillkürlich in die Knie, aber er hätte ohnehin nichts weiter gesehen als jene roten, träge dahinkriechenden Kreise, die abwechselnd eine schwärzliche und goldene Farbe annahmen.
Der Motor dröhnte auf. Der Transporter wurde so sehr durchgeschüttelt, daß Pirx ganz nach unten rutschte und gleich darauf nach vorn rollte, zwischen die Knie des Kadetten und des Funkers. Die Flaschen, die sie auf dem Verdeck mitführten, klirrten entsetzlich, obwohl sie doch gut befestigt waren. Sie jagten rückwärts, unter den Raupenketten knirschte es scheußlich, das Fahrzeug drehte sich um die eigene Achse, dann wurden sie auf die andere Seite geschleudert, und einen Moment lang sah es so aus, als wollte der Transporter umkippen ... Der Fahrer nahm das Gas weg, trat verzweifelt auf Bremse und Kupplung, und schließlich gelang es ihm, die

heftige Schlingerbewegung abzufangen. Ein langes Beben durchlief die Maschine, dann stand sie still.
„Funktioniert die hermetische Abdichtung noch?“ schrie Pirx, während er sich hochrappelte. Ein Glück, daß der Boden gummiert ist! durchfuhr es ihn.
„Ja.“
„Na, das war ja ziemlich nahe dran“, sagte er in einem ganz anderen Ton, stand auf und reckte sich. Und mit leisem Bedauern fügte er hinzu: „Zwei Hundertstel mehr nach links, und ich hätte ihn gehabt...“
McCork ging an seinen Platz zurück.
„Danke, Doktor!“ rief Pirx, der schon wieder vor dem Periskop saß. „He, Fahrer, bitte fahren Sie so zurück, wie wir hinaufgekommen sind. Da waren einige kleine Felstrümmer, eine Art Tor. Ja, da, da! Fahren Sie in den Schatten dort und halten Sie an...“
Das Fahrzeug schob sich langsam, scheinbar übertrieben vorsichtig, zwischen die teilweise vom Sand verschütteten Felsblöcke und blieb unsichtbar in ihrem Schatten stehen.
„Ausgezeichnet!“ sagte Pirx beinahe vergnügt. „Jetzt brauche ich zwei Mann für einen kleinen Spähtrupp...“
McCork und der Kadett meldeten sich gleichzeitig.
„Schön ... Achtung!“ Er wandte sich an die übrigen Mitglieder der Besatzung. „Ihr bleibt hier. Rührt euch nicht aus dem Schatten! Selbst wenn der Setaurus direkt auf euch zusteuert, verhaltet ihr euch still. Es sei denn, er steigt euch richtig aufs Dach, dann müßt ihr euch verteidigen. Aber das ist ziemlich unwahrscheinlich. Und Sie“ — er meinte den Funker — „rufen Luna, den Kosmodrom, die Baustelle und die Patrouillenfahrzeuge, und dem ersten, der sich meldet, sagen Sie, daß der Roboter einen Transporter zerstört hat, vermutlich einen von der Baustelle, und daß drei Mann von unserem Fahrzeug Jagd auf ihn machen — damit uns dort niemand mit Laser dazwischenpfuscht, blindlings draufloshallert und so weiter. Und jetzt ab!“
Da jeder von ihnen nur eine Flasche tragen konnte, gingen sie zu viert. Pirx führte seine Gefährten nicht zum Gipfel des „Totenschädels“, sondern etwas weiter, wo eine flache, leicht ansteigende kleine Schlucht auszumachen war. Sie stiegen so weit wie möglich hinauf, stellten die Flaschen unter einem großen Felsblock ab, und Pirx befahl dem Fahrer, umzukehren.

Er selbst lehnte sich über den Block und untersuchte mit dem Fernglas das Innere des Talkessels. McCork und der Kadett kauerten neben ihm. Nach geraumer Weile ließ sich Pirx vernehmen: „Ich sehe ihn nicht. Hatte das, was er da gesagt hat, eigentlich irgendeinen Sinn, Doktor?“
„Kaum. Einzelne Wortfetzen. Eine Art Schizophrenie...“
„Das Wrack ist fast ausgeglüht“, sagte Pirx.
„Warum haben Sie denn geschossen?“ fragte McCork. „Es hätten doch Menschen dort sein können.“
„Niemand war dort.“
Pirx rückte das Fernglas Millimeter um Millimeter weiter und suchte jeden Winkel des von der Sonne beleuchteten Gebietes ab.
„Sie konnten nicht mehr rechtzeitig abspringen.“
„Woher wissen Sie das?“
„Weil er die Maschine förmlich in der Mitte durchgesägt hat. Das kann man sogar jetzt noch erkennen. Sie müssen wohl direkt auf ihn zugefahren sein. Er hat sie aus ein paar Dutzend Metern abgeschossen. Außerdem sind beide Luken geschlossen geblieben ... Nein“, setzte er nach ein paar Sekunden hinzu, „in der Sonne ist er nicht. Und entwischt sein kann er auch nicht ... Versuchen wir, ihn aus seinem Versteck zu locken.“
Er bückte sich und zog die schwere Flasche auf den Felsblock hinauf. Während er sie vor sich her schob, brummte er: „Das sind genau die Indianergeschichten, von denen ich immer geträumt habe...“
Die Flasche senkte sich, er hielt sie an den Ventilen fest. Bäuchlings auf den Steinen ausgestreckt, sagte er: „Wenn ihr eine blaue Flamme seht, gebt sofort Feuer, schießt in sein Laserauge...“
Mit aller Kraft stieß er die Flasche hinab, die zunächst langsam, dann immer schneller den Abhang hinunterrollte. Die drei Männer lagen schußbereit, die Flasche hatte schon eine Strecke von etwa zweihundert Metern zurückgelegt und kullerte jetzt langsamer, weil das Gefälle abnahm. Mehrmals schien es, als würde sie an Steinen hängenbleiben, aber sie überrollte sie schließlich doch und näherte sich, nun schon als kleiner, dunkel glänzender Fleck, der Sohle des Talkessels.
„Nichts?“ fragte Pirx enttäuscht. „Entweder ist er schlauer, als ich dachte, oder er hat sie nicht bemerkt. Oder aber...“
Er brachte den Satz nicht zu Ende. Auf dem Hang unter ihnen

zuckte ein greller Blitz auf. Die Flamme wurde augenblicklich zu einer schweren, schmutziggelben Wolke, deren Zentrum noch in einem düsteren Feuer glühte, während die Ränder schon an Gestalt verloren und sich mit ihren Ausläufern ins Gestein krallten.

„Das Chlor", sagte Pirx. „Warum habt ihr nicht geschossen? Habt ihr nichts gesehen?"

„Nein", antworteten der Kadett und McCork wie aus einem Munde.

„So ein Halunke! Er hat sich in einer Schlucht verkrochen, oder er schießt aus der Flanke. Jetzt fange ich wirklich schon an zu zweifeln, ob das Ganze überhaupt einen Sinn hat. Aber versuchen wir's noch mal..."

Er hob die zweite Flasche an und schickte sie der ersten hinterdrein.

Sie rollte zunächst genauso den Hang hinunter, kam aber etwa auf halber Höhe ins Schlingern und blieb liegen. Pirx schenkte ihr keine Beachtung, er richtete sein ganzes Augenmerk auf die dunkle dreieckige Fläche, in der irgendwo der Setaurus lauern mußte. Die Sekunden krochen dahin. Da, eine Explosion! Das genaue Versteck des Automaten hatte Pirx nicht ausmachen können, doch er sah die Schußlinie, vielmehr einen Teil davon, weil sie sich zu einem sonnenhell glühenden Faden materialisierte, als sie die Reste der ersten Gaswolke durchdrang. Sofort stellte er den Sucher längs dieser Lichttrajektorie ein, die bereits erlosch, und als er die Hell-Dunkel-Grenze im Fadenkreuz hatte, drückte er ab. Zur gleichen Zeit mußte McCork wohl dasselbe getan haben, und wenig später folgte auch der Kadett ihrem Beispiel. Drei Sonnendolche bohrten sich in die schwarze Sohle des Talkessels, und im selben Moment schien dicht vor ihnen ein riesiger, heißer Deckel zuzuklappen — der Felsblock, der ihnen Deckung gewährte, erbebte, und von seinen Kanten stoben Myriaden von glitzernden Regenbogen empor, glühender Quarz fiel ihnen auf Skaphander und Helme und erkaltete im Handumdrehen zu tränenförmigen Kügelchen. Die drei Männer lagen lang ausgestreckt im Schatten des Felsens, und über ihre Köpfe zischte gleich einer weißglühenden Klinge eine zweite und dritte Feuergarbe hinweg, ihr Atem strich über das Gestein, das im Nu gläsern erstarrte Blasen warf.

„Niemand verletzt?" fragte Pirx, ohne den Kopf zu heben.

„Nein." — „Ich auch nicht!" bekam er zur Antwort.
„Bitte laufen Sie zum Fahrzeug und sagen Sie dem Funker, er soll Verstärkung anfordern. Wir hätten den Setaurus gestellt und bemühten uns, ihn so lange wie möglich aufzuhalten", wandte sich Pirx an den Kadetten, der zurückrobbte und dann geduckt auf die Felsen zurannte, zwischen denen das Raupenfahrzeug stand.
„Wir haben noch zwei Flaschen. Für jeden eine. Wechseln wir jetzt den Standort, Doktor. Aber seien Sie bitte vorsichtig und gehen Sie in volle Deckung, er hat sich nämlich schon auf unseren kleinen Hügel eingeschossen ..."
Mit diesen Worten packte Pirx eine Flasche und rannte los, so schnell ihn die Beine trugen, wobei er sich immer im Schatten der großen Felsblöcke hielt. Etwa zweihundert Meter weiter gingen sie in der Scharte eines Magmawalles in Stellung. Der Kadett, der vom Transporter zurückkehrte, hatte einige Mühe, sie zu finden. Er keuchte, als wäre er mindestens eine Meile gerannt.
„Immer mit der Ruhe, es brennt doch nicht!" sagte Pirx. „Na, was gibt's Neues?"
„Die Verbindung ist da ..." Der Kadett hockte sich neben Pirx auf den Boden, und Pirx sah, wie der Blick des Jungen hinter der Helmscheibe flackerte. „In dem verunglückten Fahrzeug ... waren vier Mann von der Baustelle. Das zweite mußte umkehren, weil es einen Laserdefekt hatte ... und die anderen haben nichts bemerkt." Pirx nickte, als wollte er sagen: Genauso hab ich mir das vorgestellt.
„Und weiter? Wo sind unsere Leute?"
„Fast die ganze Gruppe hat sich zwanzig Meilen von uns entfernt versammelt. Dort hat es blinden Alarm gegeben. Eine Patrouille meldete, sie hätte den Setaurus gesichtet, und daraufhin sind alle dorthin abgezogen worden. Drei weitere Fahrzeuge beantworteten unser Rufzeichen nicht."
„Wann sollen sie hier sein?"
„Vorläufig funktioniert nur der Empfang ...", erwiderte der Kadett schüchtern.
„Nur der Empfang? Wieso?"
„Der Funker sagt, entweder wäre irgendwas mit dem Sender nicht in Ordnung, oder die Rufzeichen würden an dem Punkt, wo wir uns befinden, gelöscht. Er läßt fragen, ob er den Standort wechseln darf, um es noch mal zu probieren ..."

„Soll er ihn wechseln, wenn's sein muß", entgegnete Pirx. „Aber rennen Sie nicht wieder so! Passen Sie auf, wo Sie hintreten!"
Der junge Mann hatte wohl nicht richtig hingehört, denn er galoppierte schon wieder zurück.
„In einer halben Stunde können sie bestenfalls hier sein, falls die Verbindung zustande kommt", sagte Pirx. McCork schwieg. Pirx dachte über die nächsten Schritte nach. Sollte er die Ankunft der anderen Fahrzeuge abwarten? Den Talkessel mit Transportern anzugreifen hätte sicherlich Erfolg gehabt, aber das wäre nicht ohne Verluste abgegangen. Im Gegensatz zu dem Setaurus waren die Transporter ja große, schwerbewegliche Ziele, und sie hätten schon im Verband vorgehen müssen, denn ein Zweikampf mit dem Roboter wäre genauso ausgegangen wie der mit dem Raupenfahrzeug von der Baustelle. Pirx suchte nach einem Weg, wie er den Setaurus auf das beleuchtete Gelände locken könnte. Wenn man nun einfach einen unbemannten, ferngesteuerten Transporter als Köder vorschickte, um den Automaten dann irgendwie von oben aufs Korn zu nehmen...
Da fiel ihm ein, daß er doch gar nicht zu warten brauchte, er hatte ja einen Transporter. Aber der Plan wollte keine konkrete Gestalt annehmen. Und das Fahrzeug nur so aufs Geratewohl loszuschicken hatte keinen Sinn. Der Setaurus würde es in Stücke reißen, ohne sich auch nur vom Fleck zu rühren. Ob er sich darüber im klaren war, daß ihm die Schattenzone, in der er steckte, diese Überlegenheit verlieh? Aber sie hatten es doch nicht mit einer Maschine zu tun, die zu einem von Strategie und Taktik bestimmten Kampf geschaffen war, dieser Wahnsinn hatte immerhin Methode! Bloß was für eine? Die beiden Männer kauerten geduckt am Fuß der Steinplatte, in ihrem dunklen, kühlen Schatten. Plötzlich konnte sich Pirx des Eindrucks nicht erwehren, daß er sich wie ein ausgewachsener Hornochse benahm. Wenn er sich an der Stelle des Setaurus befände, dort unten — was würde er dann tun? Und sogleich wurde ihm sehr unbehaglich zumute, weil er überzeugt war, daß er dann zum Angriff übergehen würde. Passiv die Dinge auf sich zukommen zu lassen, das brachte nichts ein. Vielleicht war der Automat also schon im Anmarsch, jetzt, in diesem Augenblick... Er konnte doch bis zum Westhang vordringen, ohne ein einziges Mal die schützende

Dunkelheit verlassen zu müssen, und dann kam ein Gewirr von riesigen Felsblöcken und geborstenem Lavagestein, ein Labyrinth, in dem man sich Gott weiß wie lange verbergen konnte...

Er war schon beinahe sicher, daß der Setaurus so und nicht anders handeln würde und daß sie jeden Moment mit seinem Auftauchen rechnen mußten.

„Ich fürchte, er wird uns hier womöglich überraschen, Doktor", sagte er hastig und sprang auf. „Was meinen Sie?"

„Glauben Sie, daß er uns aus dem Hinterhalt überfällt?" fragte McCork zurück und lächelte. „Ich habe auch schon daran gedacht. Freilich, das wäre sogar logisch. Aber geht er logisch zu Werke? Das ist hier die Frage..."

„Wir müssen's eben noch mal probieren", knurrte Pirx. „Die Flaschen müssen bis ganz runter, mal sehen, was er dann macht..."

„Ich verstehe. Gleich?"

„Ja — Achtung!"

Sie schleppten die beiden Metallzylinder auf den Gipfel der Anhöhe und stießen sie fast gleichzeitig hinunter, immer bemüht, vom Grunde des Talkessels aus nicht gesehen zu werden. Leider war durch das Fehlen der Atmosphäre nicht zu hören, ob und wie sie den Hang hinunterrollten. Pirx faßte sich ein Herz, legte sich platt aufs Felsgestein und reckte behutsam den Kopf vor, wobei er sich merkwürdig nackt und bloß und beileibe nicht so vorkam, als hätte er auf dem Kopf eine Stahlkugel und am ganzen Körper einen dreischichtigen, durchaus nicht leichten Skaphander.

Im Tal hatte sich nichts verändert. Lediglich das Fahrzeugwrack war jetzt nicht mehr zu sehen, weil seine erkalteten Trümmer mit der Dunkelheit verschmolzen. Der Schatten bedeckte noch immer dasselbe Gebiet, eine Fläche von der Form eines ungleichmäßigen, sehr in die Länge gezogenen Dreiecks, das mit seiner Hypothenuse im Westen an die Steilwand des höchsten Kamms grenzte. Eine der beiden Flaschen blieb hundert Meter unterhalb von ihnen liegen, weil sie gegen einen Stein gestoßen und aufrecht stehen geblieben war. Die andere rollte weiter, immer langsamer, immer kleiner werdend, bis auch sie liegenblieb. Daß damit alles sein Bewenden haben sollte, schmeckte Pirx ganz und gar nicht. Der ist wirklich nicht auf den Kopf gefallen, dachte er. Er hat keine Lust, auf ein Ziel zu schießen, das ihm als Köder vorgesetzt wird ... Pirx versuchte, die Stelle wiederzufinden, wo sich der Setaurus etwa zehn Minuten zuvor das letztemal durch das Aufblitzen seines Laserauges zu erkennen gegeben hatte, aber das war alles andere als einfach.

Vielleicht ist er gar nicht mehr dort, überlegte Pirx. Er kann sich ja ohne weiteres nach Norden zurückziehen, er kann auch auf der Talsohle weitergehen oder einem dieser Risse im Magmastrom folgen ... Wenn er bis zu der Steilwand kommt, bis in dieses Labyrinth, dann verschwindet er wie eine Stecknadel im Heuhaufen ...

Langsam, tastend hob er den Laserkolben und entspannte die Muskeln.

„Doktor McCork!" sagte er. „Bitte kommen Sie mal her!" Und als der Doktor herangerobbt war, fuhr er fort: „Sehen Sie die beiden Flaschen? Eine direkt unter uns, die andere ein Stück weiter hangabwärts ..."

„Ja, ich sehe sie."

„Sie schießen zuerst auf die vordere und dann auf die andere. In einem Abstand von, sagen wir, vierzig Sekunden ... Aber nicht von hier aus!" fügte er rasch hinzu. „Sie müssen sich einen günstigeren Platz aussuchen. Schauen Sie mal!" Er streckte die Hand aus. „Die Stelle dort in der Mulde wäre nicht übel. Und wenn Sie geschossen haben, robben Sie bitte sofort zurück. Gut?"

McCork stellte keine Fragen, sondern lief schon geduckt in die angegebene Richtung. Pirx wartete ungeduldig. Wenn dieser Roboter auch nur ein Quentchen Menschenähnlichkeit hatte, dann mußte ihn die Neugier packen. Jedes intelligente Wesen ist neugierig, und diese Neugier drängt zum Handeln, wenn etwas Unverständliches geschieht ... Er sah den Doktor nicht mehr. Er verkniff sich auch, zu den Flaschen hinunterzublikken, die unter den Schüssen des Doktors explodieren sollten. Seine ganze Aufmerksamkeit richtete sich auf den sonnenbeschienenen Streifen der Geröllhalde zwischen der Schattenzone und dem Steilabfall. Er hielt das Fernglas an die Augen und suchte das Gebiet am Lavasturz ab. Langsam glitten groteske Gestalten vorbei, die aus der Werkstatt eines abstrakten Bildhauers zu stammen schienen: gestreckte, spiralenartig gedrehte kleine Obelisken sowie Felstafeln, von den Schlangenlinien der Risse zerfurcht — ein Gewirr grell beleuchteter Flächen und gezackter Schatten, das einem förmlich die Netzhaut kitzelte. Aus dem Augenwinkel erfaßte er tief unter sich eine sich ausbreitende Flamme. Geraume Zeit später schoß eine zweite Stichflamme in die Höhe. Stille. Nur der Pulsschlag hämmerte im Helm, durch den sich die Sonnenstrahlen in seinen Schädel zu bohren schienen. Er prüfte diesen Gürtel chaotisch übereinandergetürmter Geröllbrocken durch das Glas.

Irgend etwas rührte sich dort. Er erstarrte. Über den rasiermesserscharfen Grat einer Felsplatte, die der gespaltenen Schneide einer riesigen Steinaxt ähnelte, schob sich ein halbkugelförmiges Etwas, das farblich ganz dem dunklen Felsgestein angepaßt war. Aber dieses Etwas besaß Arme, die den Block von beiden Seiten umklammerten, und — jetzt sah er es vollständig — einen Rumpf. Die Gestalt wirkte bei alledem nicht wie ein Monstrum ohne Kopf, sondern wie ein Mensch mit der Maske eines afrikanischen Medizinmannes, die Gesicht, Hals und Nacken verdeckte und gleichsam platt gedrückt und deshalb irgendwie unförmig schien ... Pirx spürte den Laserkolben am rechten Ellenbogen, doch er dachte gar nicht daran, zu schießen. Das Risiko war viel zu groß, und es gab kaum eine Chance, mit dieser verhältnismäßig schwachen Waffe aus einer solchen Entfernung zu treffen.

Der Roboter stand reglos da; er schien mit seinem Schädel, der kaum über die Schultern hinausragte, auf die Überreste der beiden Gaswolken zu starren, die hangabwärts glitten und sich nur noch zaghaft ausdehnten. Dieses Bild änderte sich längere Zeit nicht. Es sah aus, als wüßte der Setaurus nicht, was passiert sei, und als zögerte er, etwas zu unternehmen. In diesem Zögern, dieser Unsicherheit, die Pirx sehr gut nachvollziehen konnte, lag etwas so unheimlich Vertrautes, Menschliches, daß es ihm die Kehle zuschnürte. Was würde ich an seiner Stelle tun, was würde ich denken? Daß jemand auf die gleichen Gegenstände geschossen hat, so wie ich vorher, daß es sich demnach wohl nicht um einen Gegner handeln kann, sondern um einen Verbündeten. Aber ich, Pirx, wäre mir doch darüber im klaren, daß ich keinen Verbündeten habe ... Und wenn es nun jemand war, der mir glich?

Der Automat rührte sich. Seine Bewegungen waren fließend und enorm schnell. Auf einmal zeigte er sich in voller Größe, hoch aufgerichtet stand er auf jenem steil emporragenden

Stein, als wäre er noch immer damit beschäftigt, die Ursache jener beiden geheimnisvollen Explosionen zu ergründen. Dann drehte er sich plötzlich um, machte einen Satz hangabwärts und begann leicht vornübergebeugt zu laufen. Ab und zu entschwand er Pirx' Blicken, aber nie länger als für einige Sekunden, und tauchte dann wieder in einem der Arme des Magmalabyrinths ans Sonnenlicht. So näherte er sich Pirx, nur daß er sich die ganze Zeit auf der Talsohle vorwärts bewegte. Lediglich der Bergstock trennte sie voneinander, und Pirx überlegte, ob er nicht doch schießen solle. Aber der Roboter huschte nur ab und zu durch die schmalen Lichtstreifen und verschmolz immer wieder mit der Finsternis, und da er vermutlich ständig die Richtung änderte, weil er sich einen Weg durchs Geröll bahnen mußte, war es unmöglich vorauszusehen, wo seine Schultern — die wie bei einem laufenden Menschen ruderten, um das Gleichgewicht zu halten — und sein kopfloser Rumpf das nächste Mal auftauchen, metallisch aufleuchten und abermals verschwinden würden.

Plötzlich zerschnitt die Zickzacklinie eines Blitzes das Mosaik der Halde und schlug lange Funkenbüsche aus dem Gestein, genau dort, wo der Setaurus rannte. Wer hatte geschossen? Pirx konnte McCork nicht sehen, doch der Feuerschweif war aus der entgegengesetzten Richtung gekommen. Das konnte höchstens der Kadett gewesen sein, dieser Grünschnabel, dieser Idiot! Pirx verfluchte ihn und war wütend, weil dieser Beschuß natürlich nicht das mindeste erreicht hatte — der Metallbuckel glitt im Bruchteil einer Sekunde daran vorbei und war nun endgültig verschwunden. Noch dazu hinterrücks auf ihn zu schießen! schäumte Pirx innerlich und war sich gar nicht bewußt, wie sinnlos dieser Vorwurf war. Der Setaurus hatte das Feuer nicht erwidert — warum nicht? Pirx hielt noch einmal nach dem Roboter Ausschau, aber umsonst. Verdeckte ihn schon die Wölbung des Bergstocks? Durchaus möglich ... Dann konnte man sich hier jetzt sicher und frei bewegen ... Pirx rutschte von seinem Felsblock herunter, weil er einsah, daß er von dieser Stelle aus nichts mehr erspähen würde. Er setzte sich in Trab und rannte leicht gebeugt auf dem Grat entlang, und als er an dem Kadetten vorbeikam, der wie im Schießstand dalag, die Beine von sich gestreckt und die Füße gegen den Fels gestemmt, hatte er nicht übel Lust, ihm einen Tritt in den Hintern zu geben, der so komisch hervorstand, aufgebauscht

von dem zu großen Skaphander. Für einen Augenblick im Lauf innehaltend, rief er ihm zu: „Wag es nicht, noch mal zu schießen, kapiert? Leg das Lasergerät weg!“
Und bevor der Kadett sich auf die Seite wälzte und fassungslos nach ihm Ausschau hielt, weil ihn die Stimme aus den Kopfhörern angesprochen hatte, ohne daß er etwas über Standort oder Richtung des Sprechers wußte, war Pirx schon weiter. Er durfte keine Zeit verlieren, deshalb rannte er, so schnell ihn die Beine trugen, bis sich vor ihm ein breiter Riß auftat, der den Blick bis hinunter auf die Sohle des Talkessels freigab.
Es war so etwas wie ein tektonischer Graben; seine Ränder, altersmorsch, hatten ihre Schärfe verloren und ähnelten nun einem von starker Erosion erweiterten Gebirgskar. Pirx zögerte. Vom Setaurus keine Spur. Im übrigen hätte er ihn von dieser Stelle aus wohl auch gar nicht sehen können. Mit schußbereitem Lasergerät stieg er also in das Kar hinab, und er war sich sehr wohl bewußt, wie wahnwitzig sein Vorhaben war. Irgend etwas jedoch trieb ihn dort hinunter, er konnte der Versuchung einfach nicht widerstehen. Er redete sich ein, daß er den Setaurus nur noch ein einziges Mal sehen wolle und daß er an dem erstbesten Punkt haltmachen würde, von dem aus er den letzten Abschnitt des Steilabfalls und das ganze Labyrinth der Geröllhalde überblicken könne. Und während er immer tiefer stieg, noch immer geduckt, und ganze Steinhagel unter seinen Schuhen hervorstiebten, glaubte er vielleicht selbst daran. Im übrigen hatte er in diesen Sekunden auch gar keine Muße, gründliche Überlegungen anzustellen. Er war auf dem Mond, wog folglich nur knappe fünfzehn Kilogramm, und doch riß ihm das zunehmende Gefälle die Beine weg. Mit Acht-Meter-Sätzen jagte er vorwärts, bremste ab, so gut er konnte, und hatte bereits die Hälfte des Hanges hinter sich gelassen. Das Kar mündete in eine flache, sonnenbeschienene Mulde. Etwa hundert Meter tiefer türmten sich die ersten Lavablöcke, schwarz auf der sonnenabgekehrten Seite, glitzernd und funkelnd auf der anderen. Da hab ich mir ja was Schönes eingebrockt! ging es ihm durch den Sinn. Die Zone, in der sich der Setaurus aufhalten mußte, lag zum Greifen nahe. Fieberhaft schaute er nach rechts und links. Er war allein — hoch über ihm ragte der Bergrücken als glühender Steilhang in den schwarzen Himmel. Eben noch hatte er wie aus der Vogelperspektive die Lücken zwischen den Felsblöcken

einsehen können, nun aber verdeckten ihm die allernächsten Gesteinsbrocken den Blick auf das Netz der Felsspalten. Alles Blödsinn, dachte er, ob ich nicht lieber umkehre? Aus irgendeinem unerfindlichen Grunde wußte er, daß er das nicht tun würde.
Es erschien ihm nicht ratsam, länger so stehenzubleiben. Ein paar Dutzend Schritte tiefer lag ein einsamer Magmabrocken, offensichtlich das Ende jener Lavazunge, die sich einst als feuriger Strom von den großen Überhängen des Toricelli-Fußes ergossen und mit ihrem letzten Ausläufer diese Senke erreicht hatte. Als Versteck war es gar nicht so übel, ein besseres gab es weit und breit nicht. Mit einem Satz erreichte er den Brocken, wobei ihm das lange Schweben, dieser traumähnliche Flug im Zeitlupentempo, an den er sich auf dem Mond übrigens nie so richtig hatte gewöhnen können, auch jetzt wieder besonders unangenehm war. Geduckt hockte er hinter dem scharfkantigen Block, und als er vorsichtig dahinter hervorspähte, erblickte er den Setaurus, der eben hinter zwei gezackten Zinnen auftauchte, dann eine dritte umging, wobei er sie mit seinem Metallkreuz streifte, und schließlich stehenblieb.
Pirx sah ihn von der Seite und nur zum Teil beleuchtet, denn lediglich seine rechte Schulter glänzte dunkel und fettig wie ein gutgeöltes Maschinenteil — der übrige Rumpf lag im Schatten. Im Nu hatte er das Lasergerät an die Augen gehoben, aber da war der Roboter auch schon fort — wie weggeblasen, als hätte er jählings Lunte gerochen. Doch vielleicht ... vielleicht stand er sogar noch immer dort und hatte sich bloß in den Schatten zurückgezogen ... Sollte man einfach diesen Schatten aufs Korn nehmen? Pirx hatte ihn schon genau über Kimme und Korn, aber er legte den Finger nicht an den Abzug. Im Gegenteil. Er entspannte die Muskeln und ließ den Laserlauf sinken. Er wartete.
Der Setaurus blieb verschwunden. Unten dehnte sich wie ein höllisches Labyrinth die Schutthalde, man hätte darin Verstecken spielen können, stundenlang; die zu Glas erstarrte Lava war gesprungen und zerplatzt, und dabei war es zu geometrischen und zugleich unheimlichen Formen gekommen. Wo mag er bloß sein? dachte Pirx. Wenn man wenigstens etwas hören könnte, aber diese verdammte luftleere Gegend hier ... es ist wie in einem Alptraum. Wenn ich runterklettere, könnte

ich Jagd auf ihn machen. Nein, ausgeschlossen, schließlich bin nicht *ich* hier der Verrückte ... Aber in Gedanken darf man alles. Der Abgrund mißt nicht mehr als zwölf Meter — das ist wie ein Sprung aus zwei Meter Höhe auf der Erde. Dann wäre ich im Schatten unter der Wand, könnte mich daran entlangschieben und wäre die ganze Zeit über im Rücken durch den Felsen gedeckt. Früher oder später würde ich ihn bestimmt vor den Lauf kriegen ...

In dem steinernen Labyrinth passierte nichts. Auf der Erde wäre die Sonne in dieser Zeit schon ein ordentliches Stück weitergewandert, doch hier herrschte der lange Mondtag. Der Sonnenball schien noch immer am selben Fleck zu stehen, er löschte die Sterne in seiner nächsten Umgebung aus, so daß er von einer schwarzen Leere umgeben war, verwoben in einem orangefarbenen, buschigen Dunstschleier. Pirx schob sich halb hinter seinem Lavablock hervor. Nichts. Langsam stieg Ärger in ihm hoch. Warum kamen die anderen nicht? Unmöglich, daß die Funkverbindung noch immer nicht hergestellt sein sollte ... Können sie ihn nicht endlich aus diesen Trümmern aufscheuchen? Er sah auf die Uhr unter dem dicken Glas an seinem Handgelenk und war verblüfft — seit seinem letzten Gespräch mit McCork waren erst dreizehn Minuten vergangen.

Gerade wollte er sein Versteck verlassen, als plötzlich zwei Ereignisse eintraten, die gleichermaßen unverhofft kamen. In dem Felsentor zwischen den beiden Magmarücken, die den Talkessel im Osten abschlossen, sah er eine lange Kette von Transportern. Sie waren noch weit entfernt, vermutlich mehr als einen Kilometer, fuhren mit Höchstgeschwindigkeit und zogen lange, scheinbar starre Staubschweife hinter sich her. Zur gleichen Zeit erschienen dicht am Rande des Steilabfalls zwei große Hände, die aussahen wie die eines Menschen, nur daß sie in riesigen Metallhandschuhen steckten — und so schnell, daß Pirx nicht mehr zurückweichen konnte, folgte ihnen der Setaurus nach. Kaum zehn Meter lagen zwischen ihnen. Pirx erkannte deutlich die den Kopf ersetzende massive Wölbung zwischen den mächtigen Schultern, in der unbeweglich die Gläser der Optik glänzten wie zwei schwarze, weit auseinanderstehende Augen. Und dann das mittlere, dritte, schreckliche unter dem momentan geschlossenen Lid des Laserwerfers! Pirx hielt seinen Werfer zwar schußbereit in der

Hand, aber der Roboter besaß ein ungleich schnelleres Reaktionsvermögen als er. So versuchte Pirx erst gar nicht, in Deckung zu gehen — er erstarrte einfach im grellen Sonnenlicht mit eingeknickten Knien, so wie ihn der andere überrascht hatte, als er sich gerade aufrichten wollte. Und nun schauten sie einander an: die Statue eines Menschen und die Statue einer Maschine, beide in Metall gehüllt.

Plötzlich zerriß ein entsetzlicher Feuerschein den Raum vor Pirx, ein glühender Schlag riß ihn von den Beinen, er wurde rücklings zu Boden geschleudert. Pirx verlor nicht das Bewußtsein, und im Sekundenbruchteil des Sturzes empfand er nur Verwunderung, denn er hätte schwören mögen, daß nicht der Setaurus auf ihn geschossen hatte — dessen dunkles und blindes Laserauge hatte er ja ständig beobachtet.

Er fiel auf den Rücken, denn der Blitz zuckte seitlich an ihm vorbei, aber ganz offensichtlich war auf ihn gezielt worden, weil der entsetzliche Feuerstrahl einen Augenblick danach erneut aufblitzte und einen Teil der Felsnadel wegriß, die ihm vorher Schutz geboten hatte. Flüssiges Mineral spritzte umher und verwandelte sich noch im Fluge in ein gleißendes Spinngewebe. Aber diesmal rettete ihn der Umstand, daß sie auf einen Punkt in Mannshöhe zielten — sie, die Besatzung des ersten Transporters. Pirx wälzte sich auf die Seite, und da erblickte er den Rücken des Setaurus, der reglos und starr, wie aus Bronze gegossen, zweimal seine violette Sonne aufblitzen ließ. Selbst aus dieser Entfernung war zu erkennen, wie es dem Transporter die ganze Raupenkette mit den Rollen und dem Antriebsrad wegriß. Eine riesige Wolke aus Rauch und leuchtenden Gasen wurde hochgewirbelt — der nächste Transporter war geblendet und konnte nicht mehr schießen.

Der Zweieinhalbmeterriese sah ruhig auf den Mann herab, der zu seinen Füßen lag und seine Waffe umklammerte; er drehte sich um und ging leicht in die Knie, um mit einem Satz dorthin zurückzukehren, woher er gekommen war. Aber da schoß Pirx. Eigentlich wollte er den Setaurus nur zu Fall bringen, doch in dieser äußerst unbequemen Haltung — seitlich auf den Ellenbogen gestützt — zitterte er sehr, als er den Abzug betätigte, und eine Feuerklinge schlitzte den Riesen von oben bis unten auf, so daß er nur noch als glühender Eisenkoloß auf den Grund der Geröllhalde hinunterpolterte.

Die Besatzung des zerstörten Transporters war mit heiler Haut, ja sogar ohne Verbrennungen davongekommen, und Pirx erfuhr, allerdings erst viel später, daß sie auf ihn geschossen hatten, weil sie den Setaurus vor dem dunklen Hintergrund der Steilwand gar nicht bemerkt hatten. Dem wohl noch unerfahrenen Richtschützen war nicht einmal aufgefallen, daß die Gestalt, die er aufs Korn nahm, die helle Farbe eines Aluminiumskaphanders hatte. Pirx war fast sicher, daß ihm der nächste Schuß den Garaus gemacht hätte. Der Setaurus hatte ihn gerettet — aber war er sich dessen bewußt gewesen? Immer wieder kehrte Pirx in Gedanken zu diesen letzten Sekunden zurück, und es wurde ihm mehr und mehr zur Gewißheit, daß der Roboter an einer Stelle gestanden hatte, von der aus er sehr wohl beurteilen konnte, auf wen da geschossen wurde. Hieß das, daß der Setaurus ihn retten wollte? Darauf konnte ihm niemand eine Antwort geben. Die Intellektroniker hielten das Ganze für ein „Zusammentreffen verschiedener Umstände", doch keiner vermochte diese leere Behauptung mit Fakten zu beweisen. So etwas war eben noch nicht vorgekommen, die Fachliteratur vermerkte nicht einen einzigen ähnlichen Fall. Alle waren der Auffassung, Pirx hätte gehandelt, wie er hätte handeln müssen — aber das genügte ihm nicht. Noch lange Jahre blieb ihm jenes Bild im Gedächtnis haften, jene Sekundenbruchteile, da er dem Tode nahe gewesen und ihm schließlich doch noch entronnen war.
Aber er würde niemals die ganze Wahrheit erfahren, und die Erkenntnis war bitter, daß er seinen Lebensretter auf ebenso hinterhältige wie verdammenswerte Weise getötet hatte — durch einen Schuß in den Rücken.

Invasion vom Aldebaran

Kürzlich geschah es — mir ist, als wäre es gestern gewesen. Zwei Bewohner des Aldebaran, von vernunftbegabter Rasse, die im Jahre 2685 entdeckt werden und die Neirarch, der Linné des 30. Jahrhunderts, als Untertyp der Gruppe Coelestiaca in der Ordnung Megalopterygia klassifizieren wird — kurzum, die beiden Vertreter der Gattung Megalopteryx Ambigua Flirx, die durch die Synctialversammlung des Aldebaran (auch Oberste Ratschaft genannt) zur Untersuchung der kolonisatorischen Möglichkeiten der Planeten im Bereich der VI. Partiellen Peripherischen Liquefaktion (PPL) ausgesandt wurden, waren zunächst in die Gegend des Jupiter gelangt, wo sie Proben von dessen Andromedakulastern nahmen. Als sie feststellten, daß sich diese Proben zur Fütterung ihres Telepathikus eigneten, beschlossen sie, auch gleich den dritten Planeten des Systems, einen kleinen Himmelskörper, zu untersuchen, der auf einer uninteressanten Bahn das Zentralgestirn umkreiste.
Nachdem die beiden Aldebaraner ihren Astromaten auf den singulären hyperspatialen Metaschritt im Überraum eingestellt hatten, erschienen sie mit ihrem nur schwach glühenden Raumschiff dicht über der Atmosphäre des Planeten und ließen sich mit mäßiger Geschwindigkeit auf ihn herab. Die Ozeane und die Kontinente schwammen immer langsamer unter ihrem Astromaten vorüber. Vielleicht sollte man erwähnen, daß die Aldebaraner im Gegensatz zu den Menschen nicht in Raketen reisen, sondern umgekehrt: die Raketen reisen in ihnen — abgesehen von einer winzigen Spitze. Da der Planet den beiden Ankömmlingen fremd war, bestimmte ein reiner Zufall ihren Landeplatz. Als strategisch denkende Wesen und echte Söhne einer hochentwickelten parastatischen Zivilisation lassen sie sich am liebsten auf der Linie des planetaren Terminators nieder, das heißt dort, wo die Tageshemisphäre des Planeten an die nächtliche grenzt.
Sie setzten ihr kosmisches Fahrzeug auf der Säule der retrogravitativ ausgestoßenen Bralderone nieder, verließen es, das heißt, sie schwammen von ihm herunter und nahmen eine

konzentrische Form an, was bei allen Metapterygia üblich ist, sowohl bei denen der Unterklasse der Polyzoa als auch der Monozoa.

An dieser Stelle wäre es nun angebracht, die Ankömmlinge zu beschreiben, aber ihr Äußeres ist nur zu gut bekannt. Nach Auffassung aller Autoren haben die Aldebaraner — ebenso wie die anderen hochorganisierten Wesen aus dem Bereich der Milchstraße — zahlreiche sehr lange Greifarme, von denen jeder in eine sechsfingrige Hand ausmündet, ungeheuer große, abstoßende Krakenköpfe sowie Beine, die den Greifarmen gleichen und sechs Zehen aufweisen. Der ältere der beiden, der Kybernetor der Exkursion, hieß NGTRX, der jüngere, ein in seiner Heimat berühmter Polysiater — PWGDRK.

Gleich nach der Landung schnitten sie von den merkwürdigen Gewächsen, die sie rings um ihr kosmisches Gefährt vorfanden, einen Haufen Äste ab und deckten damit den Raumkörper zu, um ihn zu tarnen. Dann luden sie die unentbehrlichen Apparate aus — den Eintank-Teremtak, das geladene und somit einsatzfähige Aldolicho sowie den peripathetischen Telepathikus, von dem schon anfangs die Rede war.

Der peripathetische Telepathikus, Pe-Te genannt, ist ein Gerät, das zur Verständigung mit den vernunftbegabten Wesen anderer Planeten dient, das aber auch imstande ist, dank des hyperspatialen Anschlusses an den Univermantischen Supracereber, auf dem Aldebaran sämtliche Aufschriften in einhundertsechsundneunzigtausend galaktische Dialekte und Jargons zu übersetzen. Dieser Apparat unterscheidet sich, ebenso wie die anderen, insofern von den irdischen, als die Aldebaraner — das wird vom Jahre 2685 an bekannt sein — ihre Maschinen und Geräte nicht produzieren, sondern aus Samenkörnern oder Eiern ziehen, die entsprechend genetisch gesteuert werden.

Der peripathetische Telepathikus erinnert durch sein Äußeres, aber nicht nur durch sein Äußeres, an einen Skunk, denn er ist innen ganz mit fleischigen Zellen der Semantischen Erinnerung ausgefüllt und außerdem mit dem Trieb eines Alveolaren Translators sowie einer massiven Mnemonisch-Mnestischen Drüse ausgestattet. Darüber hinaus hat er vorn und hinten jeweils eine Eigentliche Luke (EL) seines Interglokokoms, das heißt des Interplanetaren Glossolalisch-Kohärent-Kontemplativen Kommunikators.

Mit dem Unentbehrlichsten ausgerüstet, machten sich die beiden auf den Weg. Den Peripathetikus hielten sie am Orthoriemen, den Teremtak ließen sie vorangehen mit dem Massiv des Aldolicho, das sie ihm über die Taster gehängt hatten.
Der Ort der ersten Erkundung hätte nicht besser sein können, es war ein mit dichtem Buschwerk bewachsenes Gelände, über das abendliche Wolken hinwegzogen. Kurz vor der Landung war es ihnen gelungen, in der Ferne eine Art Linie auszumachen, die sie für einen Verkehrstrakt hielten.
Als sie den unbekannten Globus in großer Höhe umkreist hatten, waren ihnen schon andere Zivilisationsspuren aufgefallen, zum Beispiel ein matt leuchtender Ausschlag auf der dunklen Halbkugel, wahrscheinlich das nächtliche Bild der Städte. Das nährte in ihnen die Hoffnung, auf hochentwikkelte Lebewesen zu treffen, denn solche wollten sie ja finden.
In jener Zeit — vor dem Untergang des nichtswürdigen Syncytium, dessen Aggressivität sich nicht einmal Hunderte von Planeten erwehren konnten, die vom Aldebaran weit entfernt waren —, in jener Zeit griffen die Aldebaraner am liebsten bewohnte Planeten an, weil sie das für ihre historische Mission hielten. Außerdem wurde die Kolonisierung unbewohnter Planeten ungern gesehen, zumal solche Unternehmungen gewaltige bauliche, industrielle und andere Investitionen erforderlich machten.
Die beiden Kundschafter gingen oder, richtiger gesagt, kämpften sich einige Zeit durch dichtes Gestrüpp, und die Bisse unbekannter fliegender kleiner Ungeheuer von der Gattung Gliedfüßiger Membranflügeliger Saugmünder machten ihnen viel zu schaffen. Obendrein sahen sie kaum etwas, und je länger ihre Wanderung währte, um so heftiger peitschten die elastischen Ruten der Sträucher ihre krakenähnlichen Köpfe, weil sie mit ihren ermatteten Greifarmen das Geflecht gar nicht so schnell auseinander halten konnten.
Natürlich hatten sie nicht die Absicht, allein den Planeten zu unterwerfen — das lag nicht in ihrer Macht —, sie waren lediglich die Vorhut, nach deren Rückkehr die Vorbereitungen zur Großen Invasion getroffen werden sollten.
Das Aldolicho blieb immer häufiger im Dickicht stecken, sie konnten es nur mit großer Mühe wieder herausholen. Dabei mußten sie darauf achten, daß der Abzugshahn nicht berührt wurde, denn durch das weiche Fell des Aldolicho war nur allzu

deutlich die Ladung der Pfeile zu fühlen, die im Innern schlummerte. Die Bewohner des Planeten würden ihnen zweifellos schon sehr bald zum Opfer fallen.
„Irgendwelche Spuren der hiesigen Zivilisation sind nicht zu erkennen“, zischte PWGDRK nach etwa einer Stunde NGTRX zu.
„Aber ich habe Städte gesehen“, erwiderte NGTRX. „Übrigens ... Warte mal, dort drüben wird es hell ... Das ist sicherlich die Straße. Ja, sieh nur, eine Straße!“
Sie waren auf eine Lichtung gestoßen, doch ihrer harrte eine Enttäuschung. Der relativ breite, gerade Streifen, der einer Straße ähnelte, entpuppte sich plötzlich als ein breiiger Sumpf aus einer klebrigen, glucksenden Substanz, die sich nach beiden Seiten über einen kompliziert geformten Unterbau von kreisförmigen und länglichen Vertiefungen und Erhebungen ausbreitete. Viele von ihnen waren von großen Steinen durchsetzt.
PWGDRK, der Polysiater, Spezialist für planetare Fragen, verkündete, sie hätten die Exkremente eines Gigantosauriers vor sich. Eine Straße sei das auf keinen Fall. Kein Aldebaraner Radfahrzeug würde ein solches Gelände befahren können.
An Ort und Stelle analysierten sie Bodenproben, die der Teremtak entnommen hatte, und lasen von seiner Stirn das phosphoreszierend leuchtende Resultat ab Die klebrig-breiige Substanz war ein Gemisch aus Wasserstoffoxyd, Aluminium und Siliziumoxyd mit erheblichen Beimengungen von Schtz (Schmutz).
Es war also nichts mit dem Gigantosaurier.
Sie wateten weiter und versanken dabei bis zu den obersten Greifarmen. Plötzlich hörten sie hinter sich in der immer schneller einfallenden Dunkelheit seltsame ächzende Laute.
„Achtung!“ zischte NGTRX.
Etwas Stöhnendes, Schwankendes jagte von hinten auf sie zu — ein Riesengeschöpf mit abgeflachter Stirn, buckligem Rumpf und lockerer Haut.
„Ist das nicht ein Syncitium?“ fragte NGTRX erregt. Der schwarze Koloß kroch an ihnen vorbei — die beiden glaubten Räder zu erkennen, die furienhaft wie bei einer eigentümlichen Maschine hüpften. Sie wollten eine Ausfallposition einnehmen, als sich eine wahre Schmutzflut über sie ergoß. Halb betäubt und von oben bis unten besudelt, standen sie da. Nachdem sie

sich vom gröbsten Schmutz befreit hatten, eilten sie zum Telepathikus, um zu erfahren, ob das Brüllen und Knurren, das die Maschine von sich gegeben hatte, so etwas wie einen artikulierten Charakter besäße.
„Unrhythmische Laute eines primitiven Kohlenwasserstoff-Sauerstoff-Energoschraubers, der unter Bedingungen arbeitet, für die er nicht geschaffen ist", entzifferten sie und sahen einander an.
„Sonderbar", sagte PWGDRK. Nach kurzem Überlegen — er neigte ein wenig zu voreiligen Hypothesen — fügte er hinzu: „Sadistoidale Zivilisation. Reagiert ihre Instinkte an den von ihr geschaffenen Maschinen ab."
Dem Telepathikus war es gelungen, auf dem Ultraskop ein perfektes Abbild des zweibeinigen Wesens zu registrieren, das sich in dem verglasten Gehäuse über dem Kopf der Maschine befand. Mit Hilfe des Teremtak, der mit einer besonderen Imitativen Drüse ausgestattet war, formten sie aus einer bestimmten Menge eilig zutage geförderten Lehms das genaue Abbild eines Zweibeiners von natürlicher Größe, schmolzen den Lehm in Plastefolien um, so daß die Puppe eine natürliche blaßrosa Farbe annahm, und modellierten entsprechend den Hinweisen des Teremtak und des Peripathetikus seinen Unterteil. All das nahm nicht mehr als zehn Minuten in Anspruch. Aus dem auseinandergefalteten Stoff fertigten sie einen Anzug, der jenem ähnelte, den der Zweibeiner in der Maschine getragen hatte. Sie kleideten die Puppe an, und NGTRX kroch gemächlich in ihr hohles Inneres — den Telepathikus nahm er mit hinein und brachte die vordere EL von innen in der Mundöffnung an. So getarnt, bewegte NGTRX mal das linke, mal das rechte Bein der Puppe und schritt weiter auf dem breiigen Pfad aus, während PWGDRK, beladen mit dem Aldolicho, in gewissem Abstand folgte. Beiden eilte der Teremtak am Protoriemen voraus.
Diese Operation war typisch. Die Aldebaraner hatten solche Maskeraden schon auf Dutzenden Planeten erprobt, immer mit bestem Erfolg. Die Puppe sah einem gewöhnlichen Bewohner des Planeten täuschend ähnlich und hätte, wäre sie Passanten begegnet, nicht den geringsten Verdacht erweckt. NGTRX bewegte ungehindert seine Extremitäten und seinen Körper, und er war imstande, sich mittels des Telepathikus fließend mit anderen Zweibeinern zu verständigen.

Dunkelheit war hereingebrochen, am Horizont glänzten hier und da die fernen Lichter von Häusern. NGTRX war in seiner Verkleidung auf etwas gestoßen, was in der Finsternis einer Brücke glich. Er hörte das Murmeln des Wassers, das unten floß. Der Teremtak kroch als erster vor, aber gleich war ein alarmierendes Pfeifen zu vernehmen, ein Zischen und Kratzen, das mit einem lauten Plumpser abbrach.
Für NGTRX war es zu anstrengend, unter die Brücke zu gelangen, und so tat es PWGDRK, doch gelang es nur mit Mühe, dem Teremtak aus dem Wasser zu helfen. Er war trotz aller Vorsicht durch ein Loch, das sich in der Brücke befand, in den Fluß gefallen. Von der Existenz des Loches hatte er nichts geahnt, denn die Maschine der Zweibeiner war ja gerade erst über diese Brücke gefahren.
„Eine Falle!" schlußfolgerte PWGDRK. „Sie haben bereits von unserer Ankunft erfahren!"
NGTRX hegte in dieser Hinsicht ernste Zweifel. Langsam gingen sie weiter, überquerten die Brücke und entdeckten sehr bald, daß sich der sumpfige Streifen, auf dem sie sich bewegten, zwischen den schwarzen Sträuchern gabelte. In der Mitte stand ein schräger Pfahl mit einem Brett daran. Der Pfahl steckte nur leicht im Boden, das Brett wies mit dem spitzen Ende auf den westlichen Teil des nächtlichen Himmelszelts.
Der Teremtak richtete auf Befehl das grünliche Licht seiner sechs Augen auf den Pfahl; sie erblickten die Aufschrift

UNTERSCHMUDORF
5 km

Das Brettchen war angefault, die Aufschrift kaum zu entziffern.
„Relikt einer vergangenen Zivilisation", vermutete PWGDRK. NGTRX richtete aus der Tiefe seiner Behausung die Luke des Telepathikus auf das Brett. RICHTUNGSWEISER — las er hinten an der Luke. Er sah PWGDRK an. Sonderbar ...
„Material des Pfahls — zellulosoidales Holz, zerfressen von einem Schimmel der Art Arbaketulia Papyraceata Garg", sagte PWGDRK nach einer kurzen Analyse.
„Das wiese ja auf eine Zivilisation aus der Vorsteinzeit hin!"
Sie beleuchteten den unteren Teil des Pfahls. Unten, im

Schlamm, fanden sie den Fetzen eines dünnen, zellulosoidalen Stoffes, der mit Werten bedruckt war. Es war nur ein kleiner Streifen.

Über unserer Sta...
heute früh ein Spu...
um sieben Uhr vierz...

war darauf zu lesen. Der Telepathikus übersetzte, und sie sahen sich erstaunt an.

„Die Tafel weist in Richtung Himmel", sagte NGTRX. „Hm, das würde ja stimmen."

„Ja. Dieses UNTERSCHMUDORF wird der Name ihrer Dauersputniks sein."

„Unsinn. Wie können die hier Sputniks haben, wenn sie nicht einmal ein Stück Brett geradeschneiden können?" fragte NGTRX aus dem Innern des künstlichen Zweibeiners.

Eine Zeitlang stritten sie sich über diesen Punkt. Dann beleuchteten sie den Pfahl von der anderen Seite und entdeckten eine undeutliche, schwach eingeritzte Aufschrift: *Mariechen is dufte ...*

„Sicherlich ist das die Abkürzung der elliptischen Daten ihres Sputniks", sagte PWGDRK.

Er rieb gerade den folgenden Teil der Aufschrift mit phospektorischer Paste ein, um die verwischten Buchstaben sichtbar zu machen, als der Teremtak plötzlich im Dunkeln ein schwaches, warnendes Ultrazischen ausstieß.

„Achtung! Verstecken!" sendete NGTRX. Sie schalteten den Teremtak ab. PWGDRK wich mit dem Aldolicho und dem Warner an den Rand des sumpfigen Streifens zurück; NGTRX war ebenfalls ein wenig von der Mitte des Weges zurückgetreten, um nicht aufzufallen.

Erwartungsvolles Schweigen.

Jemand nahte. Zunächst schien es, als sei dieser Jemand ein vernunftbegabter Zweibeiner, denn er bewegte sich aufrecht. Das seltsame zweibeinige Wesen, man konnte das immer deutlicher erkennen, ging jedoch nicht in gerader Richtung, sondern beschrieb komplizierte krumme Bahnen von einem Rand des klebrigen Streifens zum anderen. PWGDRK begann sogleich, diese Kurve zu registrieren, doch das erwies sich als äußerst kompliziert. Das Geschöpf machte ohne ersichtlichen

Anlaß einen Taucher. Ein Plumpsen war zu hören, dann ein finsteres Knurren. Eine Weile kroch die Gestalt — kein Zweifel, sie kroch! — auf allen vieren, aber dann erschien sie wieder in ihrer vollen Größe. Sie zog lärmend eine sinusoidale Bahn auf dem klebrigen Streifen und kam immer näher. Dabei stieß sie bald heulende, bald stöhnende Laute aus.

„Notiere! Notiere das und dolmetsche! Worauf wartest du?" zischte NGTRX ärgerlich dem Telepathikus zu, denn er selber war ja in dem künstlichen Zweibeiner eingeschlossen. Verblüfft lauschte er dem Gebrüll des Nahenden.

„U ha ha! U ha ha! 'n Stock her! U ha ha!" tönte es schaurig widerhallend durch die Finsternis. Die hintere Luke des Telepathikus zitterte nervös, zeigte aber noch immer Null an.

„Warum zieht er solche Schleifen? Ist er ferngesteuert?" fragte PWGDRK, der sich am Rande des Streifens über sein Aldolicho beugte.

Das Wesen war nun unmittelbar vor ihnen. Es hatte schon den angefaulten Pfahl passiert, da tauchte von der Seite plötzlich NGTRX auf, ging auf den Telepathikus zu und schaltete auf Sendung.

„Guten Abend", sagte der Telepathikus einschmeichelnd in der Sprache des Zweibeiners, wobei er seine Stimme mit unvergleichlichem Einfühlungsvermögen modulierte, während NGTRX die Sprungfedern spannte und der Maske geschickt ein freundliches Lächeln aufsetzte. Das gehörte ebenfalls zu dem diabolischen Plan der Aldebaraner. Sie hatten Routine in der Unterwerfung fremder Planeten.

„Waa? E — hepp!" erwiderte das Geschöpf und hielt inne in seiner Schwenkung. Langsam näherten sich seine Augen dem Gesicht des künstlichen Zweibeiners. NGTRX zitterte nicht einmal.

Eine hohe Intelligenzstufe, jetzt bekommen wir Kontakt! dachte PWGDRK, der sich am Rande des Streifens verbarg und krampfhaft die Seiten seines Aldolicho preßte. NGTRX stellte den Telepathikus auf Translative Bereitschaft und begann in seiner Hülle fieberhaft, mit den Greifern die Instruktion für den Ersten Taktischen Kontakt auseinanderzufalten, die auf diaphanem Urdoment gedruckt war.

Die stämmige Gestalt hielt nun ihre Augen ganz dicht an den künstlichen Zweibeiner, und seiner kommunikativen Öffnung entrang sich der Ruf: „Frrranek! Daß dich der...!"

NGTRX vermochte gerade noch zu denken: Ist er etwa im Stadium der Aggression? Weshalb? Verzweifelt drückte er auf die Drüse am Interglokokom des Telepathikus und fragte, was der Ankömmling sage.

„Nichts“, signalisierte der Peripathetikus zögernd.

„Wieso nichts? Ich habe doch was gehört!“ zischte NGTRX, ohne das leiseste Geräusch von sich zu geben. In gleichen Augenblick packte der Bewohner des Planeten mit beiden Händen den angefaulten Wegweiser, riß ihn unter entsetzlichem Krachen aus der Erde und schlug damit dem künstlichen Zweibeiner aufs Haupt. Der gepanzerte Plastefoliumüberzug hielt dem fürchterlichen Hieb nicht stand. Die Puppe stürzte kopfüber in den schwarzen Schlamm und mit ihr NGTRX, der nicht mehr das durchdringende Heulen hörte, mit dem der Feind seinen Sieg verkündete. Der Telepathikus, den das Pfahlende nur gestreift hatte, wurde mit ungeheurer Gewalt in die Luft geschleudert und fiel durch einen glücklichen Zufall wieder auf seine vier Pfoten, dicht neben PWGDRK, der nun gänzlich erstarrt war.

„Er greift an!“ stöhnte PWGDRK und zielte mit letzter Kraft aus dem Aldolicho in die Finsternis.

Seine Greifarme zitterten, als er auf den Hahn drückte — und eine Unmenge leise heulender Pfeile jagte in die Nacht, um Tod und Verderben zu säen. Plötzlich hörte er, wie sie zurückkamen und sich, wütend umherschwirrend, in die Ladezyste des Aldolicho zwängten.

Prüfend zog er die Luft in seine Sepianüstern und erbebte. Er hatte begriffen: Das Geschöpf hatte sich mit einem unüberwindlichen Schutzdamm aus Äthylwasserstoffoxyd umgeben! Er war machtlos.

Mit seinem Fühler, dem fast die Kraft versagte, versuchte er erneut, das Feuer zu eröffnen, aber die Pfeile schwirrten nur brummend in der Ladeblase umher, keiner wagte auch nur, seinen mörderischen Stachel herauszustecken. Er fühlte, er hörte, daß das Wesen auf ihn losstakste — erneut zerschnitt schrilles Pfeifen die Luft, erschütterte den Boden und zermalmte den Teremtak im Schlamm. PWGDRK packte den Telepathikus mit seinen Fühlern und sprang ins Dickicht.

„Töle dammichte, mit der Deichsel getaufte!“ dröhnte es hinter ihm her. Die Luft, die mit dem ätzenden Gestank des Gifts erfüllt war, das das Wesen unaufhörlich aus seinen

kommunikativen Öffnungen ausstieß, verschlug PWGDRK den Atem.
Mit letztem Einsatz übersprang er den Graben, duckte sich hinter einem Busch und erstarrte. Er war nicht besonders kühn, aber er vergaß nie seine Berufspflichten. Die maßlose Neugier des Gelehrten war sein Verderb. Gerade hatte er mit Mühe an der Luke des Telepathikus den ersten gedolmetschten Satz des Geschöpfes gelesen: „Vierbeiniges Säugetier weiblichen Geschlechts, mit einem Teil eines vierrädrigen Fahrzeugs im Rahmen eines religiösen Ritus traktiert ..." — da heulte es über seinem Sepiakopf auf, und ihn traf ein tödlicher Hieb.

Um die Mittagszeit fanden die ersten Pflüger aus Schmudorf im Graben am Waldrand den Franek Jołas, der in einen todesähnlichen Schlaf versunken war. Als er erwachte, erklärte er, er habe am Tage zuvor einen Streit mit Franek Pajdrak gehabt, dem Leiter der Maschinenstation, und außerdem mit ein paar schleimigen Brüdern. Zur gleichen Zeit fast eilte Józek Guśkowiak aus dem Wald herbei und schrie, an der Weggabelung lägen verprügelte und verstümmelte Gestalten.
Nun zog das ganze Dorf dorthin.
Und in der Tat, an der Wegkreuzung fanden sie zwei Ungeheuer — das eine hinter dem Graben, das andere vor dem Loch, in dem der Pfahl gesteckt hatte, und daneben eine große Puppe mit zerschlagenem Kopf. Einige Kilometer weiter, im Erlenhain, entdeckten sie bald darauf die Rakete.
Ohne viel Gerede gingen die Dörfler an die Arbeit. Bald war von den Astronauten keine Spur mehr zu sehen. Mit der Anamargoprateksinlegierung flickte der alte Jołas das Dach seines Schweinestalls, das schon lange auf eine Ausbesserung gewartet hatte; die Haut des Aldolicho ergab, nach Hausmacherart gegerbt, achtzehn Paar leidliche Schuhsohlen; mit dem Telepathikus, dem universalen Interglokokommunikator, wurde das Kleinvieh gefüttert, ebenso mit den Resten des Warners Teremtak. Die sterblichen Hüllen der beiden Aldebaraner wagte keiner dem Vieh vorzuwerfen — es hätte krank werden können. So wurden sie, mit Steinen beschwert, in den Teich geworfen.
Am längsten beratschlagten die Einwohner von Schmudorf wohl darüber, was sie mit dem Ultrapenetronenmotor des

Astromaten anfangen sollten, bis endlich Jędrek Barciok, der gerade zur Heumahd gekommen war, diese hyperspatiale Einrichtung zum Brennen von ganz annehmbarem Schnaps verwandte. Anka, Józeks Schwester, leimte geschickt den geborstenen Kopf der Puppe mit Eiweiß und brachte die Figur ins Kommissionsgeschäft der Kleinstadt. Sie verlangte dafür dreitausend Złoty, aber dem Geschäftsführer war diese Summe zu hoch, zumal sich der Sprung im Kopf nicht verbergen ließ.

So war das einzige, was das wachsame Auge des Reporters vom „Echo“ entdecken konnte, als er am selben Tage nachmittags mit dem Wagen der Redaktion zur Reportage erschien, der neue, recht solide Anzug des Jołas, den man dem künstlichen Zweibeiner ausgezogen hatte. Der Journalist befühlte sogar eine Falte des Stoffs und staunte über dessen hervorragende Qualität.

„Den habe ich von meinem Bruder in Amerika“, erwiderte Jołas seelenruhig, nach der Herkunft des Gewebes befragt. So berichtete der Reporter in dem Artikel, der abends seiner Feder entsprang, nur von dem erfolgreichen Verlauf der Aufkaufaktion — erwähnte aber mit keinem Wort den Fehlschlag der Invasion der Aldebaraner auf die Erde.

Die Ratte im Labyrinth

Ich legte die Mappen mit den Versuchsprotokollen in die Fächer und schloß den Spind. Hängte den Schlüssel an den Nagel und ging zur Tür. Meine Schritte hallten laut in der aufgeheizten Stille. Ich streckte die Hand nach der Klinke aus und verharrte mit erhobenem Kopf: Ich hatte ein feines, hastiges Rascheln gehört.

‚Die Ratte', durchfuhr es mich. ‚Ist sie aus dem Käfig entwischt? Unmöglich.'

Das Labyrinth, das auf den Tischen aufgebaut war, konnte ich mit einem Blick überschauen. Die verschlungenen Gänge unter der Glaskuppel lagen leer. Wohl eine Täuschung. Dennoch rührte ich mich nicht vom Fleck. Wieder das Geräusch vom Fenster her. Deutliches Kratzen von Krallen. Ich drehte mich um, ging rasch in die Hocke und sah unter die Tische. Nichts. Erneut das Rascheln, diesmal von der anderen Seite. Ich lief zum Ofen. Hinter meinem Rücken vernahm ich ein aufdringliches, kurzes Scharren. Ich blieb wie angewurzelt stehen, wandte langsam den Kopf und sandte aus dem Augenwinkel einen Blick dorthin. Es war hell und still. Wieder Knistern, ein zweites, ein drittes Mal, von der gegenüberliegenden Seite. Mit einem Ruck schob ich die Tische auseinander. Nichts. Dicht neben mir ein freches Schaben, ein Geräusch, wie wenn an Holz genagt wird. Starr wie eine Statue beobachtete ich das Zimmer. Nichts. Plötzlich drei, vier scharfe Geräusche, ein Scharren unter den Tischen. Ein Ekelschauer überlief mich.

‚Aber, aber du wirst dich doch nicht vor Ratten fürchten!' tadelte ich mich.

Vom Spind her, den ich soeben geschlossen hatte, kam das energische Knirschen kleiner Zähne. Ich stürzte zu der Tür — es ging etwas dahinter um, wirbelte weich, drückte dagegen. Ich rüttelte am Schloß ... und ein grauer Klumpen prallte mir voll vor die Brust. Von grauenhafter Angst gewürgt, atemlos, einen abscheulichen Krampf in der Kehle, wachte ich auf, derart angespannt, als hätte ich eine auf meinem Körper

liegende Steinplatte hochzustemmen.
Es war dunkel im Auto. Im grünen Licht des Armaturenbretts konnte ich Roberts Profil kaum erkennen. Er saß lässig nach hinten gelehnt, die Hände über dem Lenkrad gekreuzt. Diese Pose hatte er sich irgendwo abgeguckt, wahrscheinlich von einem Berufskraftfahrer.
„Was ist los mit dir? Hast du kein Sitzfleisch? Gleich sind wir da."
„Schwül in der Kiste", knurrte ich, kurbelte das Fenster herunter und hielt den Kopf hinaus in den schneidenden Wind. Die Dunkelheit glitt nach hinten weg, nur der Straßenabschnitt vor uns vibrierte bei dem rasanten Tempo im Scheinwerferlicht.
Eine Kurve, noch eine — die Lichtgarben legten lange Schneisen zwischen den hohen Kiefernstämmen frei. Wie kleine weiße Irrlichter sprangen die Meilensteine aus der Finsternis und tauchten wieder unter. Mit einem Mal war der Asphalt zu Ende. Der Chevrolet setzte über die Bodenwellen hinweg und hopste in rasender Fahrt einen schmalen Waldweg entlang, mich überlief es kalt bei dem Gedanken, wir könnten auf einen nicht gerodeten Stubben auffahren. Trotzdem sagte ich nichts. Die Bäume vor uns lichteten sich, traten beiseite, wir waren an Ort und Stelle. Wie zu erwarten gewesen war, ging Robert am Rande der Lichtung nicht mit der Geschwindigkeit herunter und hielt mit kreischenden Bremsen erst dicht vor der blaß schimmernden Zeltwand. Die Vorderreifen streiften fast die Heringe, an denen die Seile befestigt waren. Ich wollte schon eine bissige Bemerkung machen über dieses alberne Draufgängertum, da fiel mir ein, daß dies unser letzter Abend war.
In Albany hatte auf Robert postlagernd die Nachricht gewartet, er habe sich in zwei Tagen in der Redaktion zu melden. Gerade soviel Zeit würde draufgehen, die rund tausend Kilometer zurückzulegen, die unser Biwak von Ottawa trennten: nach Albany mit dem Auto, weiter per Schiff, dann wieder Autobahn. Robert hatte mir vorgeschlagen, allein an dem See zu bleiben bis Ende September, so wie geplant, und natürlich hatte ich abgelehnt.
Kurz vor dem Städtchen, als wir in der Dämmerung auf die Autobahn abbogen, hatten wir einen Hasen überfahren. Das war unsere einzige Jagdbeute, die Forellen nicht mitgerechnet.

Wir hatten ihn im Wagen verstaut, und jetzt machten wir uns daran, ihn zum Abendbrot zuzubereiten. Der Hase war alt und trotzte folglich lange dem Feuer; beißen ließ er sich erst gegen Mitternacht. Der Kampf mit dem zähen Braten lockerte unsere Grabesstimmung ein wenig auf, auch das Bier trug dazu bei, das wir für eine besondere Gelegenheit im Kofferraum aufbewahrt hatten. Wir fanden, sie sei nun gekommen. Robert fielen plötzlich die Zeitungen wieder ein, die wir aus dem Städtchen mitgebracht hatten, und er ging zum Wagen, um sie zu holen. Das verlöschende Feuer spendete nicht genügend Licht, also schaltete er das Standlicht ein.
„Mach aus!" rief ich.
„Sofort."
Er faltete die Zeitungen auseinander.
„Du verdienst es nicht, in dieser ehrwürdigen Wildnis zu weilen", sagte ich und steckte mir eine Pfeife an. „Du bist und bleibst ein Stadtmensch."
„Hör lieber zu."
Robert beugte sich über eine Zeitung.
„Dieser Meteor, über den sie vorige Woche berichtet haben, erinnerst du dich? Er ist wieder aufgetaucht."
„Spinnerei."
„Nicht doch, hör zu:

‚Heute in den frühen Morgenstunden' — das ist die gestrige Zeitung — ‚näherte er sich zum dritten Mal der Erde, erhitzte sich, in die oberen Schichten der Atmosphäre eintretend, bis zur Weißglut, darauf entfernte er sich und erlosch. Auf einer Pressekonferenz in Toronto dementierte Professor Merrywheather von der dortigen Sternwarte die von amerikanischen Zeitungen verbreitete Version, nach der es sich bei dem Objekt um ein Raumschiff handelt, das unseren Planeten vor der Landung umkreise. Es handelt sich um einen Meteor, erklärte der Professor, der, von der Erdanziehungskraft erfaßt, als neuer Mond die Erde auf elliptischer Umlaufbahn umkreist. Auf die Frage unseres Korrespondenten, ob mit dem Niedergang besagten Meteors auf der Erde zu rechnen sei, erwiderte Professor Merrywheather, dies wäre nicht auszuschließen, da sich der Meteor mit jeder Umkreisung der Erde nähere und dabei einem durch die Luftreibung hervorgerufenen Bremsvorgang unterliege. Dieses Problem, das zur Zeit von zahlreichen Sternwarten untersucht wird, dürfte in Kürze geklärt sein...‘

Hier hab ich Zeitungen aus den Staaten von vor drei Tagen. Die toben sich dort vielleicht aus:

‚Sternschiff aus dem Kosmos im Anflug‘, ‚Elektronenhirne übersetzen Sprache unbekannter Wesen‘, ‚Gäste aus dem Weltraum...‘

Ja, ja“, fügte er mit einer Spur von Bedauern hinzu, „und ich hocke hier im Wald herum.“

„Das sind doch alles Enten“, sagte ich, „schalt die Scheinwerfer aus und schmeiß diese Schmierereien weg.“

„Na schön, aus der Traum...“

Robert kam im Halbdämmer ans Feuer zurück, das sich in einen Haufen roter Glut verwandelt hatte, warf Zweige nach, und als die Flammen sie erfaßten, setzte er sich ins Gras und sagte leise: „Vielleicht war es ein Raumschiff ... Was lachst du da?“ setzte er hinzu.

„Weil ich wußte, daß dir das keine Ruhe lassen würde.“

„Ach, du Seelenkenner, du“, brummte Robert und stocherte mit einem Zweig im Feuer, das gereizt Funken spie und gefährlich knisterte.

„Und wieso kann es kein Raumschiff gewesen sein? Na, sag doch selbst.“

„Das werd ich dir sagen. Wo ist die Decke? Es kommt verdammt kalt von unten. Wir werden Bodenfrost kriegen. Also, mein Lieber, in den sechstausend Jahren irdischer Zivilisation ist nicht ein einziges Raumschiff bei uns gelandet. Ein solches Ereignis würde zweifellos seine Spur in den historischen Chroniken hinterlassen haben ... Und es gibt sie nicht. Tja, und die Wahrscheinlichkeit eines Geschehens läßt sich nach der Häufigkeit seines Auftretens beurteilen, kapierst du? Große Meteore gehen in gewissen Zeitabständen auf der Erde nieder — einmal oder zweimal in hundert Jahren. Und Raumschiffe gab es nicht ... Deshalb ist die Wahrscheinlichkeit, daß dieses glühende Objekt eine Rakete war, praktisch gleich Null.“

„Ja, aber es steht doch fest“, wandte Robert lebhaft ein, „daß es bewohnte Planeten gibt. Wenn nicht in unserem Sonnensystem, dann in anderen. Also könnte irgendwann einmal so ein Raumschiff bei uns landen...“

„Tja, das wäre möglich. Sagen wir mal, in zwei Millionen Jahren. Vielleicht auch schon in hunderttausend. Ich will dich nicht betrüben, wie du siehst."
„Was für ein unerhörtes Ereignis das wäre ...", träumte Robert laut. „Wie du weißt, gehen die Ansichten in dieser Frage auseinander: Die einen meinen, solch ein Kontakt mit einer anderen Welt würde uns Gutes bringen, die anderen, dies wäre der Anfang von einem ‚Krieg zwischen den Welten'. Für welche Seite bist du?"
„Für gar keine. Das wäre so was wie ein Besuch der Schnecken bei den Eichhörnchen, und die Ergebnisse wären die gleichen: gar keine. Die Unterschiede in der Struktur lassen sich nicht überbrücken."
„In der Struktur des Gehirns?"
„Nicht nur. In der Lebensstruktur überhaupt. Selbst wenn sie eine Sprache besäßen, was durchaus nicht feststeht, würden wir uns nicht mit ihnen verständigen können..."
„Nach einiger Zeit ließe sich das doch bewerkstelligen."
„Das bezweifle ich sehr."
„Wieso?"
„Wir Menschen sind visuelle Typen; eine Vielzahl unserer Begriffe entstammt optischen Eindrücken. Ihre Wahrnehmungen können auf einem anderen Prinzip beruhen ... Zum Beispiel auf dem Geruchssinn. Oder eine unbekannte oder ganz andere, meinetwegen chemische Grundlage haben. Es wird merklich frisch. Wirf noch was ins Feuer. Also, selbst wenn wir die sinnlichen Unterschiede außer acht ließen — die wären letztlich zu überwinden —, dann würden wir sehen, daß wir einander nichts zu sagen wüßten ... Wir sind Erzeuger und Vervollkommner von Hüllen und Behältern — für das Wohnen, das Bedecken unseres Körpers, für das Reisen ... Darüber hinaus befassen wir uns mit der Ernährung und Reinigung unserer Körper, damit, uns auf eine vereinbarte Art und Weise zu bewegen — ich meine die Sportarten —, nun, und auf allen diesen Gebieten gäbe es keine gemeinsame Sprache..."
„Was redest du da, Charles? Sie kämen doch nicht zu uns, um über Mode oder über Sport zu plaudern."
„Und worüber dann?"
„Nun ... über allgemeine Probleme..."
„Welche?"
„Was verhörst du mich so?! Über die Wissenschaft, über die

Physik, die Technik ...“
„Ich will dir beweisen, daß du dich irrst. Hast du mal ein Stück Draht zur Hand? Meine Pfeife ist verstopft. Danke dir. Nun, erstens kann sich ihre Zivilisation in völlig anderer Richtung entwickelt haben, in dem Falle wäre eine Verständigung über die Maßen kompliziert. Aber selbst wenn sie sich, mal angenommen, wie bei uns, auf eine vervollkommnete Technik gründet, würde ein Gespräch unvorstellbare Schwierigkeiten bereiten. Wir sind noch nicht imstande, den Raum zwischen den Gestirnen zu überwinden, nicht wahr, und sie würden, wenn sie hierherkämen, damit beweisen, daß sie dazu imstande sind. Folglich wären sie uns überlegen, wären uns technisch voraus und gleichzeitig auch wissenschaftlich, weil das eine mit dem anderen Hand in Hand geht. Nun stell dir vor, ein moderner Physiker, ein de Broglie oder Lawrence, würde einem irdischen Kollegen begegnen, der vor hundertfünfzig oder vor zweihundert Jahren gelebt hat. Der eine erzählt was von irgendwelchen Phlogistonen, der andere redet von kosmischer Strahlung, von Atomen ...“
„Na, schön, aber wir wissen doch heute schon über die Atome Bescheid, und zwar recht gut.“
„Einverstanden, aber sie wissen wesentlich mehr. Atom ist vielleicht ein total veralteter Begriff für sie, oder sie haben ihn überhaupt übersprungen, haben das Problem der Materie anders gelöst ... Nein, ich glaube nicht, daß das fruchtbare Gespräche wären, nicht mal auf dem Gebiet der exakten Wissenschaften. Und in den Dingen des Alltags gäbe es erst recht nichts Gemeinsames. So daß wir uns, außerstande, uns in konkreten Dingen zu verständigen, schon gar nicht in der Sphäre der Verallgemeinerungen, die sich von diesen Konkreta herleiten, verständigen könnten. Andere Planeten, eine andere Physiologie, ein anderes Geistesleben ... Es sei denn, daß ... Aber das ist ein Märchen ...“
„Es sei denn was? Heraus mit der Sprache.“
„Ach, nichts. Es ging mir nur durch den Kopf, daß sie uns scheinbar sehr ähneln und dennoch eine unbegreifliche Welt verkörpern könnten ...“ Ich brach ab.
„Ich verstehe nicht ganz. Was wolltest du sagen?“
„Es geht darum“, setzte ich ihm auseinander, während ich den Pfeifenkopf an einem Stein ausklopfte, „daß auf der Erde der Mensch als einziger eine hohe geistige Entwicklungsstufe er-

reicht hat. Unter anderen Bedingungen hätten sich zur gleichen Zeit zwei vernunftbegabte Arten entwickeln können, die sich voneinander unterscheiden ..."

„Und der Kampf zwischen ihnen wäre ausgebrochen, meinst du das?"

„Nein. Das hieße, die Sache immer noch aus irdischer, anthropozentrischer Sicht betrachten. Aber lassen wir das. Es ist bald zwei, komm schlafen."

„Du bist gut. Jetzt schlafen? Nein, du mußt mir schon alles sagen."

„Sei's drum. Ich werd es dir sagen, obwohl ich mich da auf eine haltlose Spinnerei eingelassen habe. Die eine von diesen vernunftbegabten Arten hätte ein menschliches Aussehen, stünde aber auf einer niedrigen Entwicklungsstufe ... Und die zweite Art würde sie beherrschen und ... Stell dir folgende Situation vor: Auf der Erde landet ein Raumschiff, wir entdecken darin Wesen, die uns ähnlich sind, wir feiern sie als Bezwinger des Alls, dabei handelt es sich einfach um niedere Formen aus einer anderen Welt, weißt du, die von den eigentlichen Konstrukteuren der Rakete in das Vehikel gesetzt und in den Kosmos hinauskatapultiert worden sind ... So wie wir Affen in Raketen auf Fahrt schicken ..."

„Nicht übel, die Story. Warum schreibst du nicht solche Geschichten. Du hast eine blühende Phantasie."

„Ich schreibe keine Märchen, weil ich was anderes mache. Aber jetzt gehen wir unwiderruflich schlafen. Morgen früh gondeln wir noch ein bißchen auf dem See herum, ich wollte ... Aber warte mal, was ist denn da los?"

„Wo?"

„Dort, über dem Wald."

Robert sprang von der Erde auf. Der Himmel, der bislang nicht sichtbar gewesen war, wurde hell. Um die Ränder der Wolken stand ein flammendes Leuchten.

„Soll das der Mond sein? Aber das Licht ist zu grell ... Sieh nur."

Das Leuchten nahm unaufhörlich zu. Noch ein Augenblick, und die umstehenden Bäume warfen Schatten. Da zerriß eine blendende Feuersäule die Wolken. Ich mußte die Augen schließen. Eine jäh aufkommende Glut streifte sengend Gesicht und Hände. Die Erde unter mir erschauerte, bäumte sich auf und sank in sich zusammen. Dann war ein durchdringen-

des, aus allen Himmelsrichtungen heraneilendes Donnergetöse zu hören, das anschwoll und in Kaskaden wieder abklang. Durch das schwächer werdende Dröhnen hindurch vernahmen wir das entsetzliche Krachen und Bersten stürzender Bäume. Ein heißer Luftzug traf uns wie ein Schlag, er fegte über unser Feuer hinweg, ich verspürte einen brennenden Schmerz im Bein: Ich hatte ein glühendes Holzscheit abbekommen. Hustend und prustend inmitten der Aschewolken taumelte ich zur Seite. Das Gesicht ins Gras gepreßt, verharrte ich zehn lange Sekunden. Allmählich trat Stille ein, ein unsteter Wind rauschte in den Zweigen der verschont gebliebenen Bäume, das Dunkel kehrte zurück, und nur über dem nördlichen Horizont zuckte ein rötlicher Feuerschein.
„Der Meteor! Dieser Meteor!" rief Robert, ganz aus dem Häuschen. Er drehte auf dem Absatz um, sprang ins Auto und schaltete die Scheinwerfer ein. In ihrem Licht tauchten die platt zu Boden geschleuderten Zeltwände auf, unsere verknäulte und mit erloschener Glut bestreute Lagerstatt, und Robert rannte hin und her und berichtete mir aufgeregt: „Die Frontscheibe des Wagens ist zersprungen ... Die große Kiefer hat es mitsamt den Wurzeln herausgerissen ... Ein Glück bloß, daß uns die Bäume abgeschirmt haben ... Warte, ich hole das Fernglas, wir gucken uns vom Ufer aus an, was dort vor sich geht ..."
Wir ließen die Lichter des Wagens hinter uns und gelangten auf einem schmalen Pfad an das sanft abfallende Ufer der kleinen Bucht. In dem dämmrigen Glanz in der Ferne zeichneten sich schwach die Umrisse dunkler, aus dem Wasser ragender Gesteinsbrocken ab. Robert suchte das Dunkel nach allen Seiten hin mit dem Feldstecher ab, aber er entdeckte nichts — außer dem gleichbleibenden roten Schimmer am nördlichen Horizont.
„Komm, wir gehen dorthin. Sehen uns das aus der Nähe an. Mann, das gibt einen Knüller!" rief Robert. Berauscht von seinem Einfall, hastete er zum Rastplatz.
„Für deine Zeitung?" fragte ich ernst, obwohl schon ein Lachen meine Kehle kitzelte.
„Was denn sonst!"
„Es ist zwei durch. Nacht. Wir gehen schlafen."
„Was sagst du da!"
„Wir gehen schlafen!" erklärte ich mit Nachdruck. „Faß mal

auf der anderen Seite an, wir ziehen die Zeltplane straff. Die Matratzen sind durchlöchert wie ein Sieb ... Wir müssen die Polster aus dem Auto herschleifen. Wenn das ein Meteor war, läuft er uns bis zum Morgen nicht davon. Bei Tage können wir einen Abstecher in diese Richtung machen, auf dem See, denn der Wagen kommt da nicht durch. Das scheint am Nordufer zu sein, in den Sümpfen. Ist der Wagen o. k.?"

„Ja, es war nur die Frontscheibe."

„Wenigstens etwas. Und jetzt komm schlafen."

Robert murmelte etwas von Spießbürgern, die selbst zum Weltuntergang noch ihre Filzlatschen anziehen müßten, stellte mit mir zusammen das Zelt auf und schaffte die Autositze hinein. Den Abwasch verschoben wir in Anbetracht der außergewöhnlichen Umstände auf morgen. Ich war schon im Einschlafen, da sagte Robert: „Charles, statistisch gesehen war die Wahrscheinlichkeit, daß dieser Meteor ausgerechnet hier niedergehen würde, gleich Null. Was sagst du dazu? Hörst du mich?" Er hob die Stimme.

„Ich höre!" erwiderte ich wütend. „Laß mich endlich in Frieden!"

Ich zog mir die Decke über den Kopf und schlief sofort ein. Das Brüllen der Autohupe weckte mich. Ich warf einen Blick aus dem Zelt. Es war heller Tag. Robert hantierte am Auto. Er erklärte mir weitschweifig, er habe aus Versehen auf die Hupe gedrückt. Ich ließ ihn nicht ausreden und ging zum See. Unser Biwak befand sich auf dem äußersten Zipfel einer großen Halbinsel. Der See umgab sie wie eine schwarze, fast reglose Fläche, in der sich die geschlossene Wand des Waldes spiegelte. Hier und da gähnten Kerben darin. Das Nordufer, das sich für gewöhnlich als feine Linie am Horizont abhob, war nicht zu sehen; dort erstreckte sich eine Bank aus weißen Nebelschwaden. Gleich hinter den großen Steinen tat sich die Tiefe auf; ich sprang ins Wasser, es verschlug mir sofort den Atem, so kalt war es, und schwamm um die Landzunge herum; dann kehrte ich, auf dem Rücken liegend und mit den Beinen arbeitend, ans Ufer zurück. Robert hatte das Boot schon ins Wasser geschoben, doch er mußte warten, bis ich gefrühstückt hatte, weil ich nicht auf ihn hören und während der Fahrt essen wollte. Dann sprang der kleine Motor nicht gleich an, wir mußten den Vergaser durchpusten, so daß wir erst nach zehn abstießen.

Die zerklüftete Linie der bewaldeten Ufer dehnte sich hinter uns; als wir genügend weit entfernt waren, spürten wir eine leichte Brise aus Ost, die Wellengang brachte. Der Motor arbeitete vernehmlich in der klaren Luft, und wir kamen rasch voran. Nach einer knappen Viertelstunde war das Ufer nur noch ein grauer Streif, dafür schien sich die Nebelwand zu heben, milchige Dünste schwebten daraus empor, die bis an den bewölkten Himmel reichten. Da ich nichts zu tun hatte, saß ich, ohne mich zu rühren, auf dem Bänkchen, und meine Zweifel am Sinn dieser Fahrt wuchsen.
Ich versuchte, mir alles in Erinnerung zurückzurufen, was ich irgendwann einmal über Meteore gelesen hatte, insbesondere über den großen sibirischen Meteoriten. Jahrelang hatte man die Stelle, wo er niedergegangen war, vergeblich gesucht, dabei war es den Bewohnern der Landstriche, die er überflogen hatte, gewesen, als sei er in unmittelbarer Nähe heruntergekommen. Falls „unser" Meteor ebenso groß war, konnte er ein Dutzend Meilen weiter nördlich niedergegangen sein, und die Suche war für die Katz. Trotzdem, dieser Nebel ... Noch nie hatte ich so dichten Nebel über einem so großen Gebiet gesehen. Plötzlich fiel mir ein, daß wir uns womöglich darin verirren konnten ohne Kompaß. Ich sah zum Heck: Die Ufer waren versunken, uns umgab die schwarze, gefältelte, das Boot gleichmäßig wiegende Wasserfläche. Selbst wenn der Meteor verhältnismäßig nahe niedergegangen sein sollte ... wäre der Weg zu ihm durch die Sümpfe dennoch nicht leicht.
Im Auto lag eine Karte von der Umgebung, wir hätten sie mitnehmen sollen, aber wie das gewöhnlich so ist, hatten wir sie vergessen. Das Zentrum der Katastrophe zeigen die umgestürzten Bäume mit ihren Wurzeln an ... Jedenfalls theoretisch. An dem Ufer, das wir ansteuerten, war kein leichtes Vorwärtskommen, nicht mal bei guter Sicht ... Das ganze Unterfangen erschien mir schon jetzt sinnlos, doch ich schwieg, weil ich nur allzu gut wußte, daß Robert taub sein würde für die Argumente der Vernunft.
Wir waren vor der Nebelwand angelangt. Sie streckte uns ihre flach über das Wasser kriechenden, langen Ausläufer entgegen. Milchige Helle umfloß uns. Noch einmal, in einem Durchblick zwischen zwei Dunstknäueln, sah ich den schwarzen Wasserspiegel, dann schlossen sich die wandernden Nebelzungen sanft, und wir schwammen in einer warmen, feuchten Wolke

dahin. Ein merkwürdiges Gefühl befiel mich — nicht Furcht, sondern der übermächtige Eindruck, wir führen etwas Ungeheuerlichem entgegen, das jeden Augenblick aus der undurchsichtigen Helle hervortreten konnte. Ich drückte den Motorhebel herunter und holte die vibrierende Schraube aus dem Wasser.

„Was machst du da!“ rief Robert.

Ich tauchte mit der anderen Hand das Ruder ein, weil mir war, als ginge hier etwas nicht mit rechten Dingen zu. Statt um das Ruderblatt aufzuschäumen, blieb das Wasser unbewegt.

„Robert;“ schrie ich. „Uns treibt die Strömung. Vorher gab es hier keine!“

Weiße Dunstwogen überfluteten den Kahn und verwischten die Konturen des Bugs; ich ruderte energisch und brachte das Boot seitlich, dann mit dem Heck zur Strömung, ließ die Schraube ins Wasser zurück, das Wasser am Heck wirbelte auf, aber obwohl uns der Motor jetzt in die entgegengesetzte Richtung stieß, fuhren wir noch immer, mit dem Heck voran, mitten hinein in die Wolke.

„Die Ruder! Robert, die Ruder!“ brüllte ich.

Das Boot schaukelte nicht mehr so stark wie vorher. Leise bebend, aber so, daß man in diesen kaum merklichen Bewegungen die unbezwingbare Kraft der Strömung spürte, schoß es dahin und durchschnitt den Nebel. Es wurde dunkler, und dort, wo der Nebel dünner war, schimmerte das Wasser, von den Rudern gepeitscht, durch die flüchtigen Dünste merkwürdig braun. Unsere Anstrengungen blieben ohne Erfolg, im Gegenteil, von dem wahnsinnigen Tempo zitterte die kleine Bank unter mir wie eine gespannte Saite. Da plötzlich ertönte die Baßstimme eines Motors dicht über uns. „Ein Flugzeug!“ riefen wir voller unvernünftiger Hoffnung und hoben den Blick. Wir sahen nichts. Das Motorengeräusch entfernte sich, bis es endgültig verstummte, dafür war nun durch das Bellen unseres kleinen Motors hindurch ein gleichmäßiges, dumpfes Tosen zu hören, wie von einem Wasserfall. Uns gegenüber tauchte ein abscheulicher Buckel aus dem Nebel auf, das Boot bäumte sich und raste in die Tiefe. Mit verzweifelten Ruderschlägen versuchten wir es im Gleichgewicht zu halten, umsonst. Ich spürte, wie das Bänkchen unter mir wegglitt; eine Welle warf mich mit kaltem Anprall zur Seite, ich verlor Robert aus den Augen, unwillkürlich

begann ich zu schwimmen, kämpfte darum, mich an der Oberfläche zu halten, ich fühlte, wie meine Kräfte nachließen. Ich sauste eine steile, schwarze Krümmung hinab, von allen Seiten stürzten die Wasser in einen entsetzlich gurgelnden Trichter. Es sog mich hinein. Zog mich tiefer und tiefer. Nach Luft ringend, dem Ersticken nahe, gewahrte ich rotpulsierende Lichter und verlor das Bewußtsein.
Ich erlangte es wieder, von Brechanfällen geschüttelt. Ich lag bäuchlings auf etwas Elastischem, Gespanntem, Wasser drang mir aus Mund und Nase. So lag ich lange. Etwas Plattes, Glitschiges stieß mich in die Seite, die Bewegung erstarb und war nach einer gewissen Zeit von neuem da: Dieses Flattern, wie von einem lebendigen Wesen, brachte mich zur Besinnung. Ich stützte mich auf die Arme und setzte mich auf. Ich begann zu sehen. Rundum war es dunkel, aber neben mir lag ein sehr schwacher, gräulicher Schimmer. Ganz in der Nähe ruhte ein großer, fahlglimmender Gegenstand. Immer noch hustend, hob ich die Hände ans Gesicht, um es abzuwischen, und erstarrte. Hemd und Shorts klebten naß, wie ausgewrungen, an meinem Körper und leuchteten trübe. Meine Hände, die Finger, die nackten Oberarme verströmten einen gräulichen Phosphorglanz. Mein ganzer Körper glimmerte in einem trüben, kalten Licht. Ich rieb mir krampfhaft die Augen, weil mir schwindelte. Es ist nichts, das bildest du dir nur ein, sagte ich mir. Ich riß die Augen auf. Das Bild wich nicht, im Gegenteil, ich entdeckte immer neue Einzelheiten. Die Gestalt in meiner Nähe war Robert. Sein Körper leuchtete wie der meine. Unter größten Anstrengungen rappelte ich mich hoch und kroch auf den Knien zu ihm hin. Ich rüttelte ihn am Arm, einmal und noch einmal, er schrak hoch, ich sah seine Augen, die nicht glänzten und sich daher als dunkle Flecken im Gesicht abhoben. Er begann tiefer zu atmen, würgte heftig und spuckte Wasser. Zu schwach, um ihm auf die Beine zu helfen, saß ich geduldig und wartete, bis er vollends bei sich war.
„Was ist das ... Charles? Wo ... sind wir?" ließ er sich schließlich heiser vernehmen. Schweigend sah ich zu, wie er taumelnd aufstand, wie auch er das Phänomen des Leuchtens entdeckte, das mich kurz zuvor so schockiert hatte. Langsam kehrten meine Kräfte zurück. Ich atmete tief und spürte, wie es in meinem Kopf lichter wurde. Ich stellte mich neben Robert. Wir sahen einander an; das verschwommene fahle Flimmern der

Haut ließ die vertrauten Züge fremd erscheinen.
„Was ist das?“ sagte Robert, trat einen Schritt vor und schwankte: Unter seinen Füßen schnellte laut klatschend etwas hervor. Ich bückte mich, und durch meine Finger glitt eine zuckende, glitschige Masse.
„Ein Fisch“, sagte ich verwundert.
„Ein Fisch? Aber ... der leuchtet ja ...“, stammelte Robert. Wahrhaftig, der Fisch sandte einen blaß schimmernden Lichtschein aus, der durch die Schuppenhaut zu dringen schien.
„Wie wir ... Nur schwächer ...“, bemerkte ich und schaute mich um. Überall diese schwach phosphoreszierenden Flecke — Fische, die unbeholfen gegen den Boden schlugen. Ich entdeckte, daß dieser Boden leicht unter meinen Schritten nachgab. Ich wollte ihn untersuchen und bückte mich tief hinunter. In regelmäßigen Abständen gähnten runde Öffnungen darin, so groß, daß ich die Hand hindurchzwängen konnte.
„Wo sind wir ...?“ vernahm ich die Stimme von Robert, der regungslos zusah, wie ich den Arm bis zur Schulter in so ein Loch steckte. Ich stieß auf keinerlei Widerstand, darunter war Leere.
„Ich weiß nicht. Ich verstehe überhaupt nichts. Wir müssen uns umschauen ... Sofern das hier möglich ist“, sagte ich und erhob mich. „Da wir hier hereingekommen sind, muß es ja einen Eingang geben, den müssen wir finden ...“
Ich weiß selber nicht, weshalb ich nicht an das glaubte, was ich da sagte.
„Dann laß uns gehen“, willigte Robert ein. Er riß sich das nasse Hemd von der Brust, strich sich ein paarmal mit den Fingern über die schimmernden Schenkel.
„Was kann das bloß sein?“ murmelte er.
Ich brach auf. Tappend bewegten wir uns vorwärts durch die tiefe Finsternis, die unsere glimmernden Körper nur dürftig erhellte. Uns vorsichtig vorwärts tastend, die Knie eingeknickt, die Arme ausgestreckt, weil die schwankende Substanz unter unseren Füßen wenig vertrauenerweckend war, stießen wir ein paar Schritte weiter auf mehrere Fische, die nur noch schwache Lebenszeichen von sich gaben. Einer, schon tot, leuchtete überhaupt nicht. Das fiel mir auf. Wir gingen eine saft ansteigende Schräge hinauf. Plötzlich traf Robert auf eine Wand oder vielmehr auf eine nach innen gebuchtete glatte Fläche. Während ich sie von unten nach oben abtastete, ge-

langte ich zu dem Schluß, daß wir uns im Innern einer großen Nische oder einer ovalen Höhle befänden. In der Folge verschwanden die Löcher im Untergrund, und wir kamen ein wenig rascher voran. Robert überholte mich. In dem Lichtschimmer, den seine Erscheinung warf, bemerkte ich gegenüber eine zweite Wand, die ebenso gewölbt war.

„Das ist irgendein rundes unterirdisches Flußbett oder so was ...", ließ er sich vernehmen. Ich gab keine Antwort. Robert holte ein Klappmesser hervor, hielt es an die matte Oberfläche und stieß zu. Die Schneide drang fast bis ans Heft ein, so daß er sie nur mit Mühe wieder herausziehen konnte. In einer Anwandlung sinnloser Wut stach er noch ein paarmal in die geschmeidige Substanz.

„Laß das!" sagte ich schroff. „Das hat keinen Zweck."

„Bitte sehr, wie du meinst." Robert steckte das Messer weg und ging weiter. Fahlschimmernd bewegte sich seine Gestalt in der Dunkelheit vor mir. Er hielt inne, bückte sich; wieder aufgerichtet, rief er mich aufgeregt: „Hier ist was ... Eine Art Weg ..."

In der Wand des Stollens, dem wir bisher gefolgt waren, tat sich ein weiter Trichter auf oder vielleicht auch die Mündung eines wer weiß wohin führenden Rohrs — das konnten wir nicht gleich feststellen, aber wie ich da in die finstere Tiefe starrte, bis mir die Augen brannten, war mir, als glimme dort, in der Ferne, ein farbiges Fünkchen. Der Boden des Trichters lag höher als unser Stollen. Wir traten hinein. Unter unseren Füßen wippte noch immer der gleiche elastische Untergrund. Das Lichtlein rückte näher, bis es dicht über unseren Köpfen funkelte. Die gewölbte Decke entlang lief eine glühende Linie, zunächst fadendünn, sodann zusehends dicker werdend, bis sie in eine bläuliche Ader überging, die ins Innere des Gangs führte. Seitlich erschien eine Öffnung in der Wand. Ein feines leuchtendes Äderchen reichte daraus hervor und verband sich mit jenem Strang, der unter der Decke entlanglief. Wie auf Verabredung blieben wir stehen.

„Weißt du, wo wir sind?" ließ sich Robert leise vernehmen.

„Ich ahne es."

„Im Innern ... des Meteors ..."

„Ja."

„Das war kein Meteor ..."

„Nein."

„Sondern ein ...“
Er sprach nicht zu Ende. Ich schwieg. Dieser wahnwitzige Gedanke bedrängte mich, seit ich die Augen aufgeschlagen hatte. Nun, da er ausgesprochen war, nahm ich ihn gelassen auf. Wir befanden uns — wie hatte ich daran zweifeln können? — im Wirkungsbereich andersartiger, vernunftbegabter Wesen, wir würden sie kennenlernen, sie zu Gesicht bekommen, das war unvermeidlich. Robert dachte wie ich. Sein Flüstern schlug an mein Ohr:
„Sie müssen hier irgendwo sein ...“
Dort, wo sich zu dem Hauptstrang die andere Ader hinzugesellte, machte der Gang eine sanfte Biegung. Wir gingen weiter, den Kopf eingezogen, mit den Beinen leicht in dem zähen Grund versinkend ... Diese Wesen gehen vermutlich nicht hier entlang, durchfuhr es mich plötzlich ... Oder sie haben keine Beine ... Noch eine Ader und noch eine. Ihr schlängelnder Verlauf legte den Gedanken an ein organisches Gebilde nahe, Kabel würden doch wohl gerade verlaufen ... Robert berührte mit den Fingerkuppen den zuckenden Strang über seinem Kopf.
„Kalt ...“, flüsterte er. Wieder blieben wir stehen. Die Wand vor uns war von einem flackernden Licht übergossen. Ich spürte einen leisen Luftzug — dort tat sich ein Raum auf. Wir standen wie erstarrt. Robert preßte meinen Arm.
„Ich denke ... wir sind gefangen!“ hauchte er mir ins Ohr.
„Quatsch!“ erwiderte ich sofort, gleichfalls flüsternd.
„Wenn ich dir's sage.“
„Woher willst du das wissen?“
„Paß auf: Wir können doch atmen!“
Diese Worte brachten mir die Erleuchtung. Robert hatte recht. Es war nicht denkbar, daß das Innere einer Rakete von einem anderen Planeten mit irdischer Luft angefüllt war, nicht nur ebensolcher Luft, sondern derselben, denn ich spürte deutlich den feuchten, frischen Geruch des Sees.
„Sie haben für uns gesorgt“, flüsterte Robert.
Ein dickes Lichtkabel pulste über uns. Ich war mir nicht sicher, ob sich hinter seinen Worten nicht Angst verbarg. Ich selbst empfand keine.
„Komm!“ Ich hob absichtlich die Stimme.
„Das ist kein Traum, nicht wahr?“ fragte er, ohne sich vom Fleck zu rühren.

„Es gibt keine Träume, die man gemeinsam träumt. Komm!" wiederholte ich. Der Stollen gewann hinter der Biegung an Breite und lief schließlich in einem Mundloch aus, das von dicken Wällen umrandet war. Dahinter dehnten sich Räume von nicht zu erfassenden Ausmaßen, halbdunkel, voller tief und hoch kreisender Lichter. Buntschillernde Adern von der Dicke eines menschlichen Rumpfes kamen aus allen möglichen Richtungen und verbanden sich zu gewundenen Kanälen; in ihrem Geflecht herrschte eine pausenlose Zirkulation zottiger, länglicher Lichter. Im Innern zeichneten sich Höhlungen aus einer dunklen, glitzernden Materie ab, durch die Lichtreflexe hindurchglitten, welche sich in immer ferneren und schwächeren Blitzfolgen wiederholten. Gleichzeitig dehnte sich dieser ganze Raum abwechselnd und schrumpfte wieder zusammen, die leuchtenden Leitungen wurden schmaler, streckten sich mit schlangenhafter Grazie, in die Lichter trat eine dunklere Schraffierung, sie zerfielen zu einzelnen Wölkchen, um alsbald unmerklich, schläfrig wieder heller zu werden und in immer größerem Glanz zu schwimmen und zu kreisen. Tief drinnen in der starken Leitung über uns, die sich hoch hinaufschwang und mit dem Gewirr weiterer, ebensolcher Stränge verband, flossen ovale, bläuliche Lichter träge vorüber. Der graue Phosphorschein unserer Körper war jetzt kaum sichtbar, wie verdunkelt. Mit den Schultern aneinandergelehnt, beobachteten wir das umliegende Gelände.
„Sieh mal!" zischte Robert.
Eine bauschige Lichtmasse, streifig durch dunkle Einschnürungen, schob sich auf uns zu; mit ihrem Leuchten brachte sie unsere Gesichter restlos zum Erlöschen und segelte nach oben, wurde in der Entfernung kleiner und kleiner.
„Charles ...", flüsterte Robert, „vielleicht ... sind sie das?"
„Diese Lichter?"
„Ja, wir haben doch auch ... Offenbar hat dieser Raum solche Eigenschaften. Und die Fische! Sie haben auch geleuchtet ... Von allem, was lebt, geht hier so ein Glanz aus ..."
Schweigend sah ich mir den Reigen der kriechenden Lichter an. Ich holte tief Luft. Sie war kühl und rein. Ja, das konnte kein Zufall sein. Und bei dieser Erkenntnis begann mein Herz langsam und schwer zu schlagen.
„Charles ...", stieß Robert flüsternd hervor.
„Was ist?"

„Was werden wir tun?"
Diese ratlose Frage rief mir etwas in Erinnerung.
„Vor allen Dingen müssen wir uns den Weg einprägen, auf dem wir hierhergekommen sind", sagte ich und blickte zurück. In sanft nach hinten abfallenden Nischen dunkelten die Mündungen von Gängen, die dem ähnelten, der uns hierhergeführt hatte.
„Unser" Gang unterschied sich durch die Ausmaße, aber auch durch den ihn umgebenden Wall.
„Wir versuchen da durchzukommen ...", sagte ich und lenkte meine Schritte mitten hinein in den Raum. Robert kam gehorsam hinter mir her. In der anhaltenden Totenstille rotierten die Lichter, schwammen heran, überholten uns, zottig, sanft wogend im Innern der gläsernen Leitungen ... Zugleich schien das ganze Gelände regelmäßig zu atmen, als läge es im Schlaf. Merkwürdig, derselbe Gedanke mußte auch in Robert erwacht sein.
„Charles!"
„Was ist?"
Ich sah, wie er versuchte, seiner Furcht Herr zu werden. Er schluckte lange, ehe er sagte: „Vielleicht ist das nicht das Innere eines Raumschiffes, sondern .."
„Sondern was?"
„Eines Organismus!"
Ich fuhr zusammen.
„Eines einzigen Organismus?"
„Ja. Das Raumschiff braucht ja nur einen ... einen einzigen Insassen gehabt zu haben. Vielleicht ist es ein Metallpanzer, von einem einzigen großen Organismus ausgefüllt, der...
„Der schläft, gleich aufwachen wird und dich verschlingt", sagte ich höhnisch. „Wir stecken also in seinen Eingeweiden, ja? Das ist der Bauch Leviathans?"
„Warum nicht?"
„Ausgeschlossen!"
„Wieso?"
„Wo käme hier die Luft her? Im übrigen genug davon, du hast die allzu blühende Phantasie, nicht ich. Komm."
Während ich unter den sich kreuzenden Leitungen dahinschritt und senkrechten, aus dem Boden aufragenden Rohren auswich, versuchte ich mich an den Gedanken zu gewöhnen, daß die länglichen Lichter lebende Wesen seien, aber ich konnte mich

nicht damit abfinden. Sie schenkten uns — soweit sich das beurteilen ließ — nicht die geringste Beachtung. So gingen wir denn, immer dem gewundenen, verschlungenen Weg folgend, weiter. Unsere Wanderung dauerte schon etwa eine Stunde. Allmählich veränderte sich die Umgebung. Der Untergrund, bisher glatt, fältelte sich nun und bildete langgezogene flache Rinnen. Durst quälte mich. Wenn wir wenigstens ein Tröpfchen Wasser gehabt hätten! Der eisige Strudel des Sees fiel mir ein, in dem wir beinahe ertrunken wären, und eine hämische Grimasse verzog mir den Mund. O Jammer der menschlichen Existenz, die ewig zwischen Mangel und Überfluß pendelt. Ich rügte mich sofort für diese blöde Philosophiererei. Aus dem Augenwinkel spähte ich zu Robert. Bald beschleunigte er den Schritt, bald blieb er stehen und schaute sich nach allen Seiten um, beleckte sich die Lippen, einmal setzte er sich sogar hin, aber als ich zu ihm hinsah, stand er schweigend auf und kam hinter mir her. Plötzlich versperrte er mir den Weg.

„Charles, das hat keinen Sinn. Laß uns umkehren."

„Wohin?"

„Dorthin, wo wir hergekommen sind. Dort sind ... die Fische..."

Ich hatte verstanden.

„Hast du Hunger?"

„Einen Durst hab ich, daß ich kaum sprechen kann. Ich hab genug. Laß uns zurückgehen. Vielleicht gelingt es uns, diese komischen Gummiwände mit dem Messer zu zerschneiden."

„Wir gehen dorthin zurück, aber wir sollten zuerst den Raum hier untersuchen. Vielleicht finden wir einen Ausgang. Ich glaube nicht, daß wir dort einen finden, in der Finsternis."

„Laß uns sofort umkehren. Ich kann nicht mehr ... Ich ... Ich sage dir, wir werden beobachtet."

„Beobachtet? Von wo?"

„Ich weiß es nicht. Ich fühle es."

„Robert, das ist ein Hirngespinst. Um als Sieger aus dieser Geschichte hervorzugehen, müssen wir versuchen..."

„Hör auf, mich zu belehren!" Robert schrie diese Worte mit verzerrtem Gesicht. „Ich weiß, ich weiß, wir müssen vernünftig handeln, ich habe umsichtig und sachlich zu sein..."

„Du vergeudest unnötig deine Kräfte, wenn du schreist", warf ich ein. „Bisher gibt es keinen Grund zur Verzweiflung. Uns ist nichts Schlimmes zugestoßen und..."

„Natürlich. Ja, ich weiß, sie sind um uns besorgt. Bitte, gib ihnen zu verstehen, daß wir ohne Wasser und Nahrung nicht leben können. Wir werden hier krepieren, und sie leuchten dazu."

„Robert!"

Ich rang meinen wachsenden Zorn nieder.

„Begreif doch, Robert, sie können uns nicht ähnlich sein. Sich vorzustellen, der Kosmos könnte haargenau den gleichen Weg der Evolution wiederholen, mit den gleichen Erscheinungsformen, Gehirnen, Öffnungen für Augen und Mund, den Muskeln, das ist Humbug. Wir müssen einen kühlen Kopf bewahren."

„Ja und? Und?" unterbrach er mich wieder. „Will ich vielleicht, daß sie uns ähnlich sehen, will ich überhaupt irgendwas? Bitte sehr, sei vernünftig, spiel doch den genialen Denker, den Newton, den Einstein, führ ihnen menschliche Würde und Weisheit vor."

Robert verstummte plötzlich. Seine Lippen flatterten. Er preßte sie zusammen und ging geradeaus, ohne sich umzusehen, ob ich ihm folgte. Noch immer flossen die Lichter über uns hinweg. Wir bewegten uns in der Mulde einer langen Rinne voran, deren Ränder mählich anstiegen. In den Lichtflecken, die die glühenden Wolken aussandten, ging ich gleichmäßig voran, immer weiter hinter Robert zurückbleibend, der streckenweise rannte — ich versuchte nicht, ihn aufzuhalten, es erschien mir zwecklos. Der Lichterdschungel pulste und flakkerte, neigte sich uns langsam entgegen. Hier senkten sich große Rohre herab, von einem bläulichen Geriesel erfüllt, in dem immer häufiger feine Streifen eines zuckenden Rots auftauchten und sich im Innern dieser glasigen Säulen zu Kolonien verdichteten. Ich sah deutlich, wie sich in einer vor mir dieser Stau verdickte, von innen rubinrot erleuchtet, bis eine kräftigere Welle aus Licht und Bewegung heranrollte und die blutroten Gerinnsel forttrug. Wieder glühte die milchigblaue Helle im Innern der Säule. Gebannt jenes Wechselspiel von blutroten Verdunklungen und weißen Blitzen verfolgend, verlor ich Robert für kurze Zeit aus den Augen. Suchend blickte ich um mich: Er stand ein paar Schritte weiter ab, wie versteinert. Plötzlich wich er langsam zurück, berührte mit dem vorgestreckten Bein etwas zu seinen Füßen und stürzte mit einem entsetzlichen Schrei auf und davon.

„Halt!" schrie ich ihm hinterher. „Robert! Robert!"
Ich setzte ihm nach. Er entriß sich mir mit einer solchen Kraft, daß ich hinschlug. Im Moment des Zusammenpralls bemerkte ich in seinen Augen glasige Bestürzung; ich rappelte mich von den Knien hoch und rief ihn ein zweites Mal, ohne Hoffnung, daß er gehorchen werde. Als schimmernde, kleiner und kleiner werdende Gestalt jagte er vornübergebeugt durch den Wust der träge vorbeigleitenden, wolkenweichen Lichter. Ich sah ihn noch einmal, wie er irgendein Hindernis übersprang, dann war er verschwunden. Ich stand allein. In einer ersten Anwandlung wollte ich ihm nachrennen, aber ich blieb sofort wieder stehen. Womöglich irrte ich noch stundenlang in diesem Lichterlabyrinth umher, um ihn zu suchen. Ich machte kehrt ... Was hatte ihn so erschreckt? Mit den Augen fand ich jene Stelle wieder und ging darauf zu. In einer flachen Einbuchtung in der Wand hockte geduckt eine menschliche Gestalt. Vor dem dunklen Hintergrund der Umgebung glomm sie fahl wie ich. Den Kopf vorgeneigt, Knie und Arme an die Brust gezogen, saß dieser Mensch, ohne sich zu rühren. Die über uns hinwegfließende leuchtende Masse übergoß uns mit ihrem Schein. Ohne auch nur das geringste zu begreifen, die Kehle zusammengeschnürt von einer abscheulichen Angst, riß ich die reglose Gestalt an den Armen hoch. Ich spürte etwas Hartes unter meinen Fingern — dieser Mensch war mit einer feinen Glasur überzogen! Eine Mumie? Unwillkürlich ließ ich ihn fahren. Er kippte zurück und lehnte sich mit den Schultern gegen die Wand, so daß sein Gesicht, schwach in der Finsternis schimmernd, in das meine blickte.
Was war das für ein Schlag! Ich kannte diese Züge. Ich vermochte mir nicht sogleich darüber klarzuwerden, an wen sie mich erinnerten ... Aber ja doch, das war Roberts Gesicht, wenngleich es auch dem meinen ähnelte ... Noch einmal packte ich den Körper ... Leicht ... Hohl ... Das war kein lebendiger Mensch, er hatte niemals gelebt, das war überhaupt kein Mensch, sondern eine Puppe, eine tote Puppe ...
Ich war nahe daran, durchzudrehen. Ich betrachtete die ringsum rotierenden länglichen, züngelnden Lichter, als erhoffte ich mir eine Antwort ... Noch einmal untersuchte ich gewissenhaft die glitzernde, steife Gestalt. Ein Chaos drohte mir den Schädel zu sprengen. Ich stand auf, graste die Stelle mit den Augen ab, als suchte ich etwas. Da wurde mir plötzlich

bewußt, daß Robert verschwunden war. Ich gab mir alle Mühe, mich zur Ruhe zu bewegen, so wie ich vorher Robert zugeredet hatte, doch ich war keines Gedankens, keiner Worte fähig. Ich schleppte mich in die Richtung, aus der ich gekommen war. Ich ging wie im Fieber, die Lichter kribbelten mir vor den Augen, zogen vorüber, ich biß die Zähne zusammen, so fest ich konnte, und sagte mir wieder und wieder: „Ruhig ... ruhig ..." Der Durst hatte meine Eingeweide ausgedörrt, ich konnte mir nicht die Lippen befeuchten. Bei dem unverhofften Gedanken an das saftige, frische Fleisch der Fische verspürte ich einen stechenden Schmerz in den Kiefern. Ich dachte an nichts anderes mehr, nur daran, sie wiederzufinden. Immer rascher lief ich unter den großen, pulsierenden Leitungen dahin, bis ich am Ausstieg des großen Ganges anlangte, und unter der blauen Deckenader hastete ich stolpernd, nach Luft schnappend, vorwärts. Der Atem zerschnitt mir schmerzhaft Kehle und Lungen. Als mich das Dunkel einhüllte, mußte ich langsamer gehen. Nur mein Körper warf einen schütteren Schein. Mit ausgestreckten Armen schritt ich voran, von Zeit zu Zeit die federnden Wände streifend — schließlich ertastete ich mit dem Fuß den Rand einer kleinen Öffnung. Hier irgendwo mußte es gewesen sein. Ich schmiß mich auf die Knie, und so mit Gesicht und Händen die Umgebung beleuchtend, suchte ich fieberhaft, das Herz voll Verzweiflung. Es war nichts da. Plötzlich berührte ich etwas Schlüpfriges, Rundes. Ein Fisch! Er war ziemlich groß, aber platt, bestand mehr aus Flossen und Schwanz denn aus Fleisch, nicht mal das Blut spürte ich auf der Zunge. Ich suchte weiter: nichts. Da durchfuhr mich der Gedanke, sie könnten hinuntergefallen sein in die Leere, die sich hinter diesen runden Öffnungen auftat. Doch ich suchte weiter, bis ich noch so ein Lichtchen entdeckte, das schon verglomm. Ich griff schnell nach dem Fisch, er leuchtete schwach ... Eine geraume Weile hielt ich ihn wie versteinert dicht vor meinen Augen, dann brach ich in ein fürchterliches Gelächter aus. Es war das Abbild eines Fisches, eine gläserne Attrappe, genau wie jene menschliche in dem Raum der kreisenden Lichter ... Ich konnte mein Lachen nicht zügeln, ich lachte und lachte, bis mir die Tränen das Gesicht hinunterrannen. Der geschlossene Raum hallte dumpf davon wider. Plötzlich verstummte ich. Ich setzte mich hin in die Finsternis, preßte meinen Kopf zwischen den Händen und dachte nach, so angestrengt, als höbe ich Gewichte. Dieses Anzeichen von Systematik in ihren Überlegungen, der Umstand, daß sie den Fischen eine Fischattrappe und uns die eines Menschen untergeschoben hatten, zeugte von einer so totalen Unkenntnis der irdischen Welt, daß es wahrhaftig keinen Grund zur Fröhlichkeit gab. Und wo waren sie überhaupt? Unter meinen geschlossenen Lidern erschien das Bild jenes lichterkreisenden Raums. Konnte das wirklich ein einheitlicher Organismus sein, seine Eingeweide? Unwahrscheinlich. Doch mit welchem Recht durfte ich diese Hypothese verwerfen? Das Vorhandensein von Luft gestattete es. Ein Organismus aus einer anderen Welt, angefüllt mit irdischer Luft, das ergab kein sinnvolles Ganzes. Die Ähnlichkeit mit einem Leibesinneren war an den Haaren herbeigezogen und primitiv.

Mit Analogien komme ich nicht weit, dachte ich. Doch etwas muß ich verstehen, bei irgendwas muß ich beginnen, sonst laufe ich Gefahr, nicht nur vor Hunger und Durst, sondern auch in völliger Unwissenheit zu sterben; ich werde umherirren, hier, mitten im Kern des Rätsels, und bis zum Schluß überhaupt nichts begreifen. Was für ein Hohn! Ich krepiere wie die aus dem Wasser gefischten Fische, die neben ihrer diskret beigefügten Nachbildung erstickt sind...

Ich fand einen Ausgangspunkt. Das war wohl ein Beweis für meine Benommenheit oder dafür, daß ich die Fähigkeit logisch zu denken eingebüßt hatte, jedenfalls sah ich als Entdeckung, als Leitstern in der Finsternis die offensichtliche Tatsache an, daß *sie* auf die Erde gekommen waren. Mit einem Raumschiff gekommen, das sich in der Atmosphäre bis zur Weißglut erhitzt hatte und folglich aus einem harten, gegen hohe Temperaturen widerstandsfähigen Material gebaut sein mußte. Aber nicht das war in diesem Moment das Ausschlaggebende. Ausschlaggebend war, daß sie, bevor sie hierhergekommen waren, ihren Flug gewollt haben mußten, und in diesem Akt wurden sie uns ähnlich, weil auch wir unsere Weltraumflüge planen. Sie hatten also eine Expedition unternommen. Zu welchem Zweck? Zu Zwecken der Forschung vermutlich. Von wo? Das wußte man nicht. Es war übrigens auch nicht wichtig. Was für Anhaltspunkte besaß ich noch? Die Attrappen. Also der Versuch, Kontakt anzuknüpfen? Das war nicht gewiß. Man mußte außerordentlich vorsichtig sein, um nicht durch voreilige Schlüsse in die Irre zu gehen. Wozu hatten diese Puppen dienen sollen? Um unsere Reaktionen zu testen? Die der Menschen und ... die der Fische? Aber diese Reaktionen würden sie nicht verstanden haben, sie konnten sie nicht ablesen, weil sie weder unsere Sprache noch die Bedeutung unserer Gebärden, Bewegungen, unseres Verhaltens kannten. Gar nichts kannten. Sie selbst wußten sicherlich nichts über uns — daß sie die Fische und uns analog behandelt hatten, bezeugte das wohl zur Genüge? Es gab jedoch einen wesentlichen Faktor: das Vorhandensein von Luft. Wieso hatten sie Luft bereitgestellt für uns und für die Fische Wasser, nicht wahr? Ich hatte das unbestimmte Gefühl, irgenwo hier liege, wenn schon nicht die Lösung des Rätsels, so doch der Anfang eines Fadens verborgen, dem man würde folgen können. Noch einmal ging ich die Etappen meines bisherigen Gedankengangs durch. Die Luft ... Die simpelste Antwort lautete: Sie füllt diesen Raum aus, weil die Rakete mit der Atmosphäre in Verbindung steht — oder eine Zeitlang in Verbindung stand. Vielleicht offene Luken zu Durchlüftungszwecken? Unsinn. Vielleicht hatte man sie also aus irgendwelchen Gründen geöffnet, die ich nicht kannte, die aber nichts mit der irdischen Luft zu tun hatten, und sie war ins Innere des Raumschiffs eingeströmt und hatte es ausgefüllt, rein zufällig? Wenn sich die Sache so verhielt, dann konnte ich mir meine logische Analyse sparen.

Aus dem zufälligen Vorhandensein von Luft folgte nichts, wenigstens nichts, was die Intelligenz und die Gepflogenheiten jener Wesen betraf. Sie brauchten möglicherweise überhaupt nicht zu atmen, und die Art des Gases, die das Raumschiff ausfüllte, konnte ihnen völlig gleichgültig sein. Das war durchaus vorstellbar. Nicht da entlang ging der Weg, da gab es zu viele Möglichkeiten, und obendrein brachte mich der Zufall als die durchaus wahrscheinliche Ursache für alle diese rätselhaften Ereignisse gänzlich aus dem Konzept. Immerhin durfte ich dank der Geschichte mit den Attrappen die Vorstellung von der Allwissenheit der Wesen, davon, daß sie über die irdischen Verhältnisse im Bilde seien, begraben. Wo waren sie? Entweder wir befanden uns tatsächlich im Bauche Leviathans, mit dem Strom des von ihm eingesaugten Wassers hineingezogen, oder aber die Lichter ... Was war passiert mit dem Wasser? Falls es diesen Raum ausgefüllt hatte, war es später durch die runden Öffnungen abgelaufen, in die die Fische gefallen waren. Die Fische waren ins Wasser zurückgekehrt? Sollten sie auch für die Fische Sorge getragen haben? Dieses ganze Kapitel der Analyse beschloß ich mit einem Seufzer.

Der Kopf tat mir immer heftiger weh, und ich war genauso schlau wie am Anfang. Noch immer quälte mich Durst. Da flimmerte es fahl in der Dunkelheit, ich sprang auf die Beine. Die langgestreckte lichte Gestalt war schon in Reichweite. Ich erkannte Robert. Ich rührte mich nicht von der Stelle. Er kam zu mir heran und blickte sich um. Ich hatte verstanden.

„Fische sind keine da. Den einzigen, den ich gefunden habe, habe ich aufgegessen. Die anderen müssen hinuntergefallen sein."

Wortlos lenkte er seine Schritte in die Richtung, wo die gläserne Fischattrappe glitzerte.

„Gib dir keine Mühe", sagte ich kurz. In wenigen Worten erklärte ich ihm die Erscheinung. Er stieß das leblose Abbild mit dem Fuß zur Seite und stand dann ein Weilchen darüber gebeugt. Als er sich zu mir umwandte, fuhr mir der Schreck in die Glieder: so eingefallen war sein Gesicht. Er wirkte um Jahre gealtert.

„Was hast du gemacht? Wo warst du?" fragte ich mit unterdrückter Stimme.

Er zuckte die Achseln und setzte sich bedächtig. Ich folgte seinem Beispiel.

„Hast du was Neues entdeckt?" fragte ich.

Er schüttelte den Kopf.

„Wo hast du das Messer?"

„In der Tasche."

„Gib es mir."

Er gab es ohne Widerstand her.

„Hast du dich beruhigt?" fragte ich.

„Hör auf ...", bat er heiser.

Plötzlich tat er mir leid.

„Na, Junge, Schwamm über das, was war", sagte ich, „obwohl du Gott weiß was hättest anrichten können ..."

„Ich kann nicht sprechen ... Mein Mund ist so ausgetrocknet ...", flüsterte er.

Schweigend nahm ich das Messer in die Hand, klappte es auf und setzte es, nachdem ich mit der Fingerkuppe seine Schneide

geprüft hatte, am Rand der nächstgelegenen Öffnung an. Das federnde Material gab zuerst nach, aber als ich fester zudrückte, ließ es sich schneiden. Ich fing an zu sägen und gelangte bis zu nächsten Öffnung, dort änderte ich die Schnittrichtung. Auf die Weise hatte ich schließlich einen Lappen von annähernd quadratischer Form aus dem Untergrund herausgesäbelt, jetzt schlug ich diesen Teil zurück und beugte mich über das entstandene große Loch. Dort gähnte bodenlose Finsternis. Ich zögerte noch, was nun weiter zu tun sei, da kam mir Robert zu Hilfe. Er hob die leuchtende Imitation auf, und ich schleuderte sie, nachdem ich verstehend genickt hatte, sofort hinunter. Kniend, mit stockendem Atem, schauten wir dem bläulichen Streif ihrer Flugbahn nach.
In der schwarzen Tiefe tauchte ein ebenso leuchtender Funke auf, der aber in die Höhe jagte, jenem entgegen, der herabkam: Als sich beide trafen, hörte ich ein leises Aufklatschen, und das fahle Fünkchen der Fischattrappe verharrte reglos.
„Wasser! Dort unten ist Wasser!" riefen wir beide wie aus einem Munde.
„An die vier, vielleicht auch fünf Meter", versuchte ich die Entfernung zu schätzen.
Robert machte eine Bewegung, als wollte er hinunterspringen. Ich packte ihn am Arm.
„Mach keine Zicken!"
„Wir müssen dorthin!"
„Sachte. Springen geht nicht, wer weiß, ob wir zurückkämen, warte, ich hab's!"
Das war ein guter Einfall. Hastig fing ich an, einen langen Streifen aus dem elastischen Untergrund herauszutrennen, indem ich von Öffnung zu Öffnung schnitt. Ich kam nicht so rasch mit der Arbeit voran, wie ich es mir gewünscht hätte; die Schneide blieb in der teigig-wippenden Masse stecken. Als Robert erfaßt hatte, was ich vorhatte, ging er mir zur Hand. Einander ablösend, hatten wir schließlich einen fast bis zur Wand reichenden, einen halben Meter breiten und etwa vier Meter langen Streifen herausgeschnitten, dessen lose herabbaumelndes Ende den schwarzen Wasserspiegel berührte. Dank der an den Seiten belassenen Unebenheiten konnte man an ihm hinabsteigen wie an einer Leiter. Ich riß einmal daran und noch einmal: Er schien ausreichend stabil, um unser Gewicht zu tragen. Wir ließen uns vorsichtig daran hinunter,

bis unsere Füße die kalte Fläche berührten; da tauchten wir sofort bis zum Hals in sie ein. Ohne die schräg gespannte Bahn aus den Händen zu lassen, tranken und tranken wir, bis es in unseren Bäuchen gluckerte.
Nachdem ich mir das Gesicht abgewaschen hatte, fühlte ich mich sofort frischer. Schlagartig kehrten meine Kräfte zurück. Was für eine Wohltat! Robert, der plötzlich fröhlich war, als hätte ein Zauberstöckchen ihn angerührt, ließ den Streifen fahren und schwamm drauflos; nach zwei Stößen war er an der Wand. Wir erkundeten diesen abgeschlossenen Raum genau. Es war ein Schacht mit einem Durchmesser von vier, fünf Metern. Nun versuchte ich zu tauchen, aber obwohl ich mich mit aller Kraft nach unten drückte, bis es mir wie wild in den Schläfen hämmerte und ich einen schmerzhaft anwachsenden Druck in den Ohren spürte, fand ich, die Hände an den Wänden entlangführend, weder den Grund des Schachtes, noch stieß ich auf irgendeine Lücke.
Bis an den Hals im Wasser, uns locker an dem aus der Höhe herabhängenden Streifen festhaltend, bemerkten wir erst jetzt beide das gleiche: daß unsere Körper aufgehört hatten zu leuchten, lediglich der künstliche Fisch, der dicht neben uns schwamm, glitzerte blaßbläulich.
„Vielleicht ist das schon die Grenze dieses Raums, meinst du nicht?" sagte Robert wie im Fieber. „Und das hier ist womöglich ein Ausstiegsschacht. Das Raumschiff liegt teilweise unter Wasser, und genau hier ist der Spiegel!"
„Des Sees?"
„Aber ja! Wenn man ... Wenn man bis zum Ende dieses verfluchten Schachtes durchtauchen und nach draußen kommen könnte!"
Ich hörte, wie er tief einatmete, um sich die Lungen zum Tauchen zusätzlich voll Luft zu pumpen. Dann stieß er sich kräftig ab, glitt, ein kaum zu erkennender weißlicher Streif, hinunter und verschwand mehr und mehr in der Tiefe; nur die Wasseroberfläche dicht neben mir schäumte leise von den Atembläschen. Ich fing schon an, mir um ihn Sorgen zu machen, als er wieder auftauchte. Er schnappte krampfhaft nach Luft.
„Aussichtslos, verdammt!" sagte er mit stockender Stimme.
Dann faßte er mit einer Hand unser Tau, hob sich an und lehnte sich, bis zum Gürtel aus dem Wasser ragend, zum Hieb

ausholend nach hinten. Ich fühlte, wie er sich wand, als er wieder und wieder zuschlug.
„Was machst du da?!"
„Ich versuche, die Wand mit dem Messer ...", fauchte er. Aber obwohl er es bis ans Heft hineinstieß, traf er nicht auf hohlen Raum, die Schachtwände waren dick.
„Paß auf, du läßt das Messer noch fallen", sagte ich. „Und laß uns hier raussteigen. Es ist verteufelt kalt."
Ohne weitere Worte kletterten wir hinauf. Hier erst überfiel uns die Kälte; wir schüttelten uns und drückten uns das Wasser aus den Haaren, während wir unser Blut durch energische Bewegungen schneller zu kreisen zwangen. Unsere Körper leuchteten wieder grau in der Finsternis. Das mußte eine Besonderheit dieses Raumes sein.
„Wir fangen gut an", ließ sich Robert vernehmen. „Wir haben ihnen diesen Schlauch durchlöchert..."
Ich bemerkte ein Aufblitzen an seinem Handgelenk.
„Geht deine Uhr?"
„Ja. Sie ist wasserdicht."
Er sah auf das Zifferblatt.
„Wir hocken schon seit acht Stunden hier ... Hast du Hunger?"
„Ich glaub schon."
„Ich auch. Was wollen wir tun?"
„Laß uns noch einmal zu diesen Lichtern gehen. Dort müssen noch andere Gänge sein, wir sollten sie untersuchen..."
„Ich war in einem", sagte Robert. „Er wurde immer enger, bis ich nicht mal mehr auf allen vieren kriechen konnte. Aber ich bin auch am anderen Ende gewesen, wo die meisten Lichter sind, dort ist eine große Senke und ein schräger Stollen, etwa wie der hier, aber schmaler. Ich bin nicht hineingegangen, weil ich Angst hatte, ich würde womöglich nicht zurückkommen. Dort gibt es irgendwelche Spiegel oder so was Ähnliches..."
„Spiegel?"
„Ich weiß nicht, ich habe aus einer bestimmten Entfernung mich selbst gesehen, aber verschwommen, wie durch Nebel."
Wir standen ein Weilchen unentschlossen.
„Weißt du, was mir für eine Idee gekommen ist?" hob Robert wieder an. „Diese verdammte Attrappe hat mich völlig aus dem Gleichgewicht gebracht. Ich gebe es zu, ich hatte den Kopf verloren. Hinterher mutete mich das wie ein Mißver-

ständnis an, aber ein so absurdes..."
„Ein kosmisches", warf ich ein.
„Ja, ja. Aber es kann noch etwas anderes sein. So ein Mißverständnis wäre ja im Grunde genommen belanglos, aber nicht immer ist das, was harmlos erscheint, auch tatsächlich harmlos ... Erinnerst du dich, was du über diese Affen in den Raketen gesagt hast? Mir ist das Foto von diesem Makaken wieder eingefallen, dem sie so ein hübsches, pelzgefüttertes Jäcken angezogen hatten, und einen Pilotenhelm hatten sie ihm auf den Kopf gesetzt ... Das Äffchen dachte bestimmt, das wäre so ein Spiel, dabei haben sie es in einer Rakete auf Höhe fünfhundert gebracht!"
„Du meinst, unsere Situation...?"
„Das sage ich nicht. Aber ich hatte plötzlich die Vorstellung..."
„Für unseren augenblicklichen Bedarf hast du eine entschieden zu blühende Phantasie", sagte ich. „Was soll's, führ mich schon dorthin, zu dieser Senke und diesem Schacht, wir nehmen ihn unter die Lupe..."
Wie es gewöhnlich zu sein pflegt: Der Weg durch den Gang erschien mir weit kürzer, nun, da wir ihn schon zum dritten Mal zurücklegten; bald war der Stollen zu Ende, und die wimmelnden Lichter umgaben uns.
„Das sind vermutlich nicht ... sie", sagte Robert mit gesenkter Stimme und blieb stehen, den Blick auf eine an uns vorbeiziehende Lichtwolke geheftet. „Obwohl ... Dieses dauernde Abblenden des Lichts könnte ihre Sprache sein. Wie? Was meinst du, ob der Makak viel von den Lauten verstanden hat, die die Menschen von sich gaben, als sie ihn in die Rakete steckten?"
„Laß endlich diesen unseligen Affen aus dem Spiel!" entrüstete ich mich.
Robert marschierte voran. Er führte mich in eine Richtung, in der ich zuvor nie gewesen war. Das Lichterdickicht blieb hinter uns zurück; wir schritten zwischen ungefähr mannshohen, gedrungenen birnenförmigen Gebilden hindurch. Ich berührte sie: Ihre Oberfläche faßte sich hart und glatt an.
„Hier!" sagte Robert unvermittelt und blieb stehen.
Wir befanden uns auf dem Grunde einer trichterartigen Vertiefung; ringsum ragten jene birnenähnlichen Bildungen auf, die aus aufeinandergesetzten und miteinander verklebten

knolligen Klumpen geformt zu sein schienen; über uns, in schwer abschätzbarer Höhe, kreisten dicht an dicht Lichter, die gewissermaßen das Firmament dieses Raumes abgaben. In ihrem Schein, uns gerade gegenüber, hob sich der gähnende, von einem runden Wulst eingefaßte Ausgang eines Schachtes ab, der schräg nach unten abfiel. Ich konnte nur ein paar Meter weit die Wände erkennen, dann verloren sie sich im Dunkel. Ich wartete, bis sich meine Augen angepaßt hatten, und nach etwa einer Minute konnte ich tatsächlich mit dem Blick tiefer vordringen; den Schacht beschloß eine flache schwarze Fläche, über die dann und wann ein dünnes Blinken hinweghuschte. Ich durchsuchte meine Taschen nach einem entbehrlichen Gegenstand, und als ich nichts fand, riß ich einen Hemdenknopf ab und warf ihn hinunter. Er rutschte die Schräge hinab und verschwand mit dem Widerhall eines feinen Aufklatschens in dem schwarzen Spiegel.

„Da unten ist Wasser!“ sagte ich verblüfft.

„Vorher war keins dort“, erwiderte Robert, nicht minder erstaunt.

„Es kommt mir vor, als wären wir hier bedeutend höher als dort, in dem dunklen Schacht ... Demnach ... Sollte sich der Wasserspiegel gehoben haben?“

„Vielleicht gibt es gar keinen einheitlichen Spiegel, sondern in manchen Leitungen heben sie ihn an, und in anderen lassen sie Wasser ab“, bemerkte Robert. Wir standen eine geraume Weile vor dem dunklen Mündungsloch.

„Ein bißchen später schauen wir wieder hier nach“, sagte ich, „dann werden wir sehen, ob sich etwas verändert. Aber jetzt ... Wo ist ... Du sagst, du hättest noch etwas entdeckt?“

„Das ist keine Entdeckung“, entgegnete Robert. „Komm hier entlang.“

Soweit ich es überblickte, war dies das zentrale Gelände des großen Raums. In der Nähe der Wände verlief das Lichtergeflecht so tief, daß es einem beim Gehen mitunter den Weg versperrte, aber hier bildete es ein hohes, unausgesetzt flimmerndes Gewölbe. In dieser schwankenden, aber starken Beleuchtung tat sich eine kreisförmige Grube vor uns auf, deren Boden etwa einen Meter tiefer lag als die Stelle, wo wir stehenblieben. Mittendrin ragte ein weitläufiges Gebilde auf, unähnlich allem, was ich je zu Gesicht bekommen hatte. Überdacht war es von einer Art bauchig gewölbten

Spiegelscheibe, die die Lichter in der Höhe verkleinert zurückwarf; besagte Scheibe wurde von stengelförmigen Säulen getragen, die so eng miteinander verschlungen waren, daß man nur mit Mühe die Finger dazwischenzwängen konnte. Sie gaben einen gelblichen, trüben Glanz ab.
„Warst du dort unten?“ wandte ich mich an Robert.
„Nein.“
„Laß uns hinuntersteigen.“
Über eine schräg nach unten geneigte Mulde rutschten wir auf den Grund der Vertiefung. Sie erschien mir nun als kreisförmige Rinne, von der ich nur einen Teil überschauen konnte, weil der Rest im Schatten des Zentralgebildes lag; ich beschloß, es im Bogen zu umgehen. Nach ein paar Schritten blieb Robert stehen und klagte über Schwindelgefühle. Auch ich fühlte mich irgendwie sonderbar. Einander stützend traten wir an die bernsteinfarben glimmenden Säulen heran und ließen uns an ihrem Fuße nieder. Robert drückte sich das Metallheft des Messers gegen die Stirn.
„Mir ist schon besser ...“, sagte er und öffnete die Augen.
„Es kann nicht sein, daß wir durch Zufall hierhergeraten sind ...“, fügte er hinzu, während er das Messer neben sich legte. „Deine Ratten haben auch, wenn sie in das Labyrinth kamen ...“ Er erstarrte mit offenem Mund.
„Ein Labyrinth! Ein Labyrinth!“ wiederholte er atemlos.
Ich brach absichtlich in lautes Gelächter aus.
„Robert, du bist unverbesserlich. Wo siehst du hier ein Labyrinth? In dieser runden Rinne? Wo kann man sich hier verirren? Einen Weg wählen? Du kommst nur fortwährend mit Analogien, zuerst der Makak, jetzt die Ratten, nein, mein Lieber ... Was ist das?!“ rief ich plötzlich.
Robert hatte gerade nach dem beiseite gelegten Messer gegriffen, wir sahen beide dorthin; es war ein langes Federmesser mit einem Metallgriff, und nun erglühte dieser Gegenstand, der in dem gelben Licht am Fuß einer Säule lag, die jetzt merklich heller wurde, und die Klinge spiegelte diesen Glanz, wurde dann grau, zusehends durchsichtiger und zerstob. Das Messer war verschwunden, und Robert, der versucht hatte, es zu fassen, schloß die hohle Hand. Ohne einen Laut von uns zu geben, starrten wir wie verzaubert auf den Fleck. Wieder hatte ich das unangenehme Gefühl, als sei ich nahe daran, seekrank zu werden. Das bernsteinfarbene Glühen der Säule wurde

allmählich blasser, und an der gleichen Stelle tauchte ein dünner länglicher Schatten auf, färbte sich silbrig ... Und da lag wieder das Messer im Licht, wie vorher ruhig schimmernd. Robert zögerte, ob er es anfassen sollte, ich kam ihm zuvor. Das Metall war lauwarm, wie von der Berührung eines Körpers erwärmt. Langsam sahen wir uns an.

„Eine optische Täuschung ...", sagte ich mühsam, ohne an die eigenen Worte zu glauben. Robert betrachtete schweigend die Säule, berührte sie mit der Hand, dann wandte er sich jäh zu mir um, Entsetzen im Gesicht.

„Was ist..."

„Hör mal!"

Ich vernahm ein schwaches Klopfen ... Der Widerhall von Schritten. Robert stand sekundenlang reglos, lauschend, aus welcher Richtung das Echo kam, und ging dorthin. Ich folgte ihm. Die Schritte vor uns rissen kurz ab und kehrten dann wieder, eilig, als liefe jemand vor uns davon. Wir rannten beide. Robert drei Schritte vor mir. Plötzlich tauchten hinter einer Biegung die Rücken zweier Gestalten auf, die ebenso rannten wie wir. Es waren Menschen. Der eine, einen halben Kopf größer, zog den anderen an der Hand, der schien sich zu widersetzen. Die Verblüffung lähmte mich regelrecht, ich wurde langsamer, blieb stehen. Jene beiden drehten sich um. Wir sahen einander an. Der Kleinere war Robert. Der ihn führte, ich selbst. Robert, jener Robert dort, stieß einen gräßlichen Schrei aus und ergriff die Flucht, und der, der zwei Schritt vor mir stand, jagte ihm hinterher. Jener, der blieb, mir ähnlich wie ein Spiegelbild, stand noch immer da; als Robert an ihm vorbeikam, versuchte er, ihn an der Schulter zu packen, und schrie etwas, das ich nicht verstand, aber Robert entwischte ihm und verschwand hinter der Kurve, da drehte er um und setzte ihm nach. Vielleicht zehn Sekunden stand ich allein, dann stürzte ich in die Richtung, in die sie verschwunden waren. Ich hatte noch keinen Schritt getan, als ich Geräusche eines Kampfes, ein unterdrücktes Ächzen und ein Poltern vernahm. Die weinerliche, entstellte Stimme des Echos kam hallend aus allen Richtungen zugleich. Ich erblickte Robert. Er lag zusammengekrümmt am Fuße der gelblichglimmenden Säule und faßte sich an den Hals. Ich stolperte über einen Gegenstand — das Messer. Ich bückte mich und hob es auf, ohne mir etwas dabei zu denken. Etwas Klebriges,

Dunkles überzog die Klinge. Ich sah zu Robert. Er hockte noch immer da und massierte sich die Kehle. Er versuchte zu sprechen. Hustete und spuckte, dann stammelte er, den Blick flehentlich auf mich gerichtet: „Er ... Er hat mich gewürgt..."

„Was ist passiert?"

„Ich wollte das nicht! Ich dachte, es wäre ein Phantom, eine Maskierung. Ich wollte ihn mir nur aus der Nähe ansehen, ihn fassen ..."

Wieder bekam er einen Hustenanfall. Plötzlich sprang er auf die Beine und kam langsam, geduckt auf mich zu. Mit glasigen Augen sah er mir lange ins Gesicht.

„Wer bist du?! Wer bist du!?" schrie er unvermittelt mit furchtbarer Stimme. Ich packte ihn bei den Armen, er wollte sich losreißen. Wir rangen miteinander. Als er zu beißen versuchte, schlug ich ihm ins Gesicht. Er sackte in die Knie.

„Reiß dich zusammen, du Jammerlappen!" schrie ich. Noch immer hielt ich ihn bei den Schultern. Seine Muskeln erschlafften.

„Schnell von hier weg ... Schnell von hier weg", murmelte er, ohne mich anzuschauen.

„Gleich gehen wir. Sofort! Aber nimm dich zusammen, Robert! Kopf hoch! Erzähle, wie das gewesen ist, aber ruhig, verstanden?"

„Ich rannte hinter ihm her, ich war schneller, hier holte ich ihn ein ... Erwischte von hinten sein Hemd, da packte er mich an der Gurgel. Ich bekam keine Luft mehr und ... und ..."

„Weiter!"

„Ich stach zu ..."

„Mit dem Messer?

„Ja. Er fiel hin, da kamst du angerannt und hobst ihn auf ..."

„Wieso ich?"

„Na, du! Du kamst an, nahmst ihn auf den Arm und gingst dorthin", er deutete in die entgegengesetzte Richtung, „und dann kamst du wieder, aber ohne ihn ..."

„Das war nicht ich, der ... Im übrigen haben wir jetzt keine Zeit dafür. Steh auf! Wie fühlst du dich? Kannst du laufen?"

„Ich kann ... Ja, ich kann."

Robert schluckte krampfhaft.

„Es schnürt mir die Kehle zu.“
„Zeig her.“
Ich untersuchte seinen Hals; an beiden Seiten seines Kehlkopfes schimmerten rote Fingerabdrücke. Vielleicht ist das ein Traum, durchzuckte es mich. Ich wischte das Blut von der Messerschneide, setzte sie an meinem Schenkel an und drückte zu. Als der Schmerz stechend wurde, nahm ich das Messer weg. Nein, das war kein Traum!
„Es wird dunkel ...“, sagte Robert.
Ich hob den Kopf. Wirklich hatten sich die Lichter hoch über uns rot gefärbt, und im Innern der Säule, vor der wir standen, in ihren stengelartigen Verdickungen glühten unregelmäßige Herde von honiggelbem Glanz, der sich mehr und mehr verstärkte. Ich vermag nicht zu sagen, weshalb mir dieses wachsende Leuchten wie ein Feuer erschien, das hinter einer Glasschicht wütete.
„Komm!“ rief ich, und gleichzeitig fühlte ich, wie mir schwindelte. Ich konnte meine Beine nicht rühren, so schwer waren sie.
„Ich hab keine Kraft ... Charles ...“, hörte ich Roberts belegte Stimme. Er hielt sich mit beiden Händen an der klobigen Säule fest; er schwankte mit dem ganzen Körper, glitt an ihr hinunter und landete auf den Knien. Eine Gluthitze schien mir die Schläfen auseinanderzudrücken; ich mußte mich rasch setzen, stürzte beinahe, weil mir war, als schwinde mir der Boden unter den Füßen, als trüge es mich fort. Alles tanzte vor meinen Augen.
Die Rakete startet! ging es mir blitzartig durch den Sinn. Sie fliegen ab ... Nehmen uns mit!
Aber ich empfand keine Angst in dieser lastenden, merkwürdigen Starre, die mich befallen hatte. Ich war nun zu keinem Gedanken mehr fähig. Ich lag neben Robert, fühlte, wie mein Herz raste, es drohte, mir die Brust zu sprengen. Der Lichtschein über uns wurde mächtiger, das ganze wuchtige Gebäude loderte, wie von Flammen erfaßt. Ich schloß die Augen und verlor meinen Orientierungssinn restlos. Dann kam ich allmählich wieder zu mir. Ich war von Kopf bis Fuß schweißüberströmt; neben mir glänzte Roberts Gesicht, der mit offenem Mund atmete.
„Weg! Komm weg von hier!“ krächzte ich und rappelte mich unter größten Anstrengungen hoch. Meine Muskeln zuckten

noch immer, aber ich konnte schon gehen. Robert war schwächer. Ich hakte ihn unter, wir strebten der abschüssigen Wand zu. Ein Höhenunterschied von einem Meter trennte uns von dem Raum, aus dem wir gekommen waren, doch ich bezweifelte, ob es uns in dieser Verfassung gelingen würde, ihn zu überwinden. Das Lodern hatte nachgelassen und war zu einem schwachen Glühen geworden, als ich von hinten Schritte vernahm. Eine gräßliche Angst riß mich fort, ich zerrte Robert weiter, der den Kopf hob und lauschte.

„Fliehen!" keuchte er.

Wir begannen zu rennen. Die Schritte hinter uns wurden gleichfalls schneller. Sie waren dicht hinter uns. Robert, der meine Hand hielt, drehte sich plötzlich um. Auch ich schaute zurück. Dort standen zwei Männer. Noch ehe ich ihre Gesichter ausgemacht hatte, erriet ich, daß ich uns selber erblikken würde: daß Roberts Doppelgänger die Verfolgung meines Gefährten aufnehmen, daß sich — nur mit vertauschten Rollen! — die ganze Szene, die ich bereits erlebt hatte, noch einmal abspielen würde. All das durchzuckte mich wie ein Blitz der Erleuchtung, da ergriff „mein" Robert mit verzerrtem Gesicht die Flucht, der andere hetzte ihm nach. „Halt! Halt!" schrie ich und streckte die Arme aus, aber er entwischte mir. Jener andere schaute mich an und ich ihn, und mit einemmal wurde mir bewußt, daß ich, als ich dort gestanden hatte, wo er jetzt stand, gesehen hatte, wie mein Doppelgänger unmerklich schwankte. Die folgenden beängstigenden Ereignisse hatten die Erinnerung an jene Erscheinung verwischt, die ich damals nicht begriff. Da durchfuhr mich schneidend ein neuer Gedanke, der Gedanke an Robert, und ich stürzte in die Richtung, in der er samt seinem Verfolger verschwunden war. Ich fand die beiden ineinander verkrallt vor der Säule. Einer taumelte mir in die Arme — sein Hemd war blutgetränkt. Ich hob ihn hoch wie eine Feder, drückte ihn aus Leibeskräften an mich und rannte weiter. Ich jagte voran wie von Sinnen, mir schien, wenn ich ihn nur hier heraustrug, wenn ich diesem Teufelskreis entkam, sei noch alles zu retten, deshalb preßte ich, während ich auf einknickenden Beinen vorwärts taumelte, den reglosen Robert an mich, als könnte ich so sein Blut zum Stillstand bringen, das mir durch das Hemd hindurch den Körper versengte. Eine Weile lang hörte ich Trappeln hinter mir, dann trat völlige Stille ein. Ich war am Ende meiner

Kräfte. Taumelnd legte ich den erschlaffenden Körper am Fuße einer Säule nieder. Die Wunde blutete nicht mehr. Dennoch riß ich mir das Hemd vom Leib, schliß es in Stücke und fing an, Robert die Brust zu verbinden. Das ging mir nur schwer von der Hand, ich konnte mit meinen zitternden Fingern keinen Knoten schlingen. Plötzlich schlug er die Augen auf.

„Bist du es?" sagte er schwach. „Nimm die Maske ab..."

„Was sagst du da!? Nicht sprechen, lieg still!" rief ich.

„Ich bitte dich, nimm die Maske ab ...", wiederholte er und schloß abermals die Augen. „Im Labor ... Charles hat eine Maske getragen ... damit die Ratte im Labyrinth ... nicht erraten konnte, ob sie auf dem richtigen Weg ist. Aber ich ... Ich muß nicht ... Nimm sie ab, ich bitte dich..."

„Das ist ein Trugbild, Robert ... Ich habe keine Maske auf, und wir sind nicht im Labor, sondern in diesem Raumschiff ... Du weißt doch ... Du hast einen Unfall gehabt, aber keine Angst ... Alles wird gut", stieß ich hastig hervor, während ich mich über ihn beugte.

Er schwieg, die Augen geschlossen. Ich legte den Kopf an seine Brust. Hörte nichts. Wieder und wieder preßte ich das Ohr an den nackten Körper. Nichts. Ich hob ihn an. Rüttelte ihn an den Schultern, sein Kopf rutschte haltlos zur Seite. Ich legte ihn wieder hin. Als ich die Hände an seine Schläfen drückte, fühlte ich, daß sie erkalteten. Ich setzte mich neben ihn, das Kinn auf die Fäuste gestützt, und blieb reglos sitzen. Das Lichtfirmament über uns war am Erlöschen, und die Säulen sandten einen roten Schimmer aus, der immer dunkler wurde; es war, als tauchte ich in eine blutige Wolke ein; der Glanz gerann allmählich, wurde fahl, als würde er zu Asche. Aus der Ferne hörte ich ein gleichmäßiges Rauschen, aber ich beachtete es nicht ... Da berührte plötzlich etwas meine Fußsohlen und wich zurück. Die Berührung wiederholte sich nach einer Weile, ich spürte Kälte. Abwesend schaute ich auf. Es war Wasser. Millimeter um Millimeter ansteigend, überschwemmte es bereits den Boden der Senke. In stumpfer Bestürzung sah ich auf den glänzenden, gezackten, näher rückenden Saum. Das Wasser stieg stetig, es bedeckte schon meine Schenkel, ich wollte Robert aufheben, damit es ihn nicht überspülte, aber ich tat es nicht, ich rührte mich nach wie vor nicht vom Fleck, das Wasser aber kroch langsam höher hinauf, umfloß mit kitzelnder Kälte meinen Bauch, reichte mir bis zur Brust ... Das Leuchten der mit dem Sockel im Wasser stehenden Säule nahm wieder zu. Nur sie allein glühte noch in der alles umhüllenden Finsternis. Ich mußte die Augen schließen, schmerzhaft geblendet. Mein Herz hämmerte wie wild, eine fürchterliche Last benahm mir die Luft, drückte mich nieder ... Plötzlich saugte mich ein eisiger schwarzer Strudel ein und riß mich mit sich fort. An mehr erinnere ich mich nicht...

Ich erwachte — ohne zu wissen, wieviel Zeit inzwischen verstrichen war, Wochen, wie ich später erfuhr — im Städtischen Krankenhaus von Montreal. Pioniere, die mit Motorbooten das Nordufer des Sees zwei Tage nach der Naturkatastrophe absuchten, hatten einen vom Wasser getragenen, halbnackten bewußtlosen Menschen bemerkt. Das war ich gewesen. Von Robert hatte man keine Spur gefunden. Einige Tage später entdeckten Fischer im Schilf des Westufers die Reste unseres Bootes; diese Stelle lag in gerader Linie ...zig Kilometer von der Zone des Sees entfernt, die wir durchfahren hatten. Lange Zeit erlaubten mir die Ärzte nicht, meine Erlebnisse zu erwähnen. Sie sagten, ich hätte einen schweren Schock erlitten und in der Bewußtlosigkeit phantasiert.

Während meines ganzen Krankenhausaufenthaltes interessierte mich meine Umgebung wenig, ich mußte gehen lernen: In dem Grade hatte ich die Gewalt über den eigenen Körper verloren. In den letzten Tagen begann ich Fragen zu stellen; um meine Neugier zu stillen, beschaffte man mir einen Stapel Zeitungen, aus denen ich Einzelheiten über die Katastrophe erfuhr.

Der Meteor, den wir in der Nacht vom sechsundzwanzigsten zum siebenundzwanzigsten September gesehen hatten, war in den Sümpfen niedergegangen, die sich am Nordufer des Sees über ein Gebiet von vielen tausend Hektar erstrecken. Es wurden keinerlei Überreste von ihm gefunden; die Wissenschaftler erklärten das damit, daß die riesige Energie des Aufpralls die glühende Masse in Gas verwandelt habe, das, sich ausdehnend, den Wald im Umkreis von vielen Meilen gefällt und zahlreiche Brände verursacht hatte. Darum hatte man sich lange nicht dem Katastrophenzentrum nähern können; Erkundungen waren mit Hubschraubern und Flugzeugen durchgeführt worden. Eines von ihnen mußten Robert und ich gehört haben, als wir in die Nebelwolke eintauchten, die den Nordteil des Sees einhüllte. Die Meteoritologen kamen einmütig zu dem Schluß, hier habe sich die Geschichte des berühmten sibirischen Boliden wiederholt. Der in Gas verwandelte Meteor habe sich als Feuersäule in die obersten Atmosphäreschichten gebohrt und restlos darin aufgelöst. Gleichzeitig habe die von der Explosionskraft zusammengepreßte Oberfläche des Moorgebiets eine weitläufige Depression gebildet, die innerhalb von vierundzwanzig Stunden den See ausgefüllt und einen neuen Arm entstehen lassen habe, so daß sich die Stelle des Aufpralls augenblicklich Dutzende von Kilometern unter der Wasseroberfläche befinde, umgeben von sumpfigen Inseln.

Was ich über meine Erlebnisse erzählte, hielt man für die Ausgeburt von Halluzinationen. Als wir auf den See hinausfuhren, so erklärte man mir, habe uns die starke Wasserströmung mitgerissen, die den bei dem Aufprall entstandenen Trichter füllte, das Boot sei gekentert, und wir wären zum Spielball der Wellen geworden. Robert sei ertrunken, mich hingegen habe die Zentrifugalkraft des Strudels ans Ufer geschleudert. Ich versuchte zu widersprechen. Ich blieb dabei, daß es für einen bewußtlosen Menschen ein Ding der Unmöglichkeit sei, sich reichlich zehn Stunden an der Wasseroberfläche zu halten — denn nach dieser Zeit hatten sie mich herausgefischt —, die Ärzte täuschten Interesse vor und gaben einmütig nach; da begriff ich endlich, daß niemand meine Worte ernst nahm. Bis zum Frühling hielt ich mich im Süden auf und machte von meinem Genesungsurlaub Gebrauch, den mir Rektor Blasbury wohlmeinend verschafft hatte.

Kurz bevor mein Urlaub zu Ende ging, im zeitigen Frühjahr, setzte ich mich in den Zug und fuhr nach Richmond, wo einige Meilen vor der Vorstadt, fern der Autobahn, Professor Gadshill wohnt, mein alter Lehrer, der Stolz der kanadischen Psychologie. Ich hatte meinen Besuch telegrafisch angekündigt, und an einem frühen Aprilmorgen traf ich dann in dem kleinen Haus des Professors ein.

In einem schmalen Schaukelstuhl aus Rohrgeflecht sitzend, erzählte ich ihm von meinem Abenteuer. Der Professor hatte davon gehört. Schritt für Schritt, Stunde um Stunde berichtete ich ihm alles. Nachdem ich geendet hatte, wartete ich mit zusammengebissenen Zähnen darauf, was er sagen würde.

„Du willst meine Meinung hören?“ fragte er leise. „Sag zuerst du, was du selbst davon hältst!“

„Ich glaube, das alles hat stattgefunden“, sagte ich mit Nachdruck und starrte auf meine über dem Knie verschränkten Hände.

„Natürlich. Aber hast du versucht, es irgendwie zu ordnen?“

„Ja. Ich habe viel gelesen. In Büchern gesucht ... Ich habe mich mit Physikern unterhalten, und ich erahne den Mechanismus bestimmter Erscheinungen ... Jedenfalls ihren physikalischen Mechanismus. Nur unter bestimmten Bedingungen, solchen, wie sie auf der Erde herrschen, ist der Zeitfluß gleichförmig und eindimensional. Veränderungen der Anziehungskraft können ihn beschleunigen oder verzögern. Vielleicht ist für diese Wesen die Zeit so etwas wie für uns der Raum. Sie sind imstande, sie zu formen, ihren Verlauf zu gestalten ... Eine Art Architektur der Zeit ... So stelle ich mir das vor...

Ich nehme an, wir haben uns in einem Zeitlabyrinth befunden. Der Zwischenfall mit dem Messer beruhte darauf, daß im Bereich eines stärker werdenden Gravitationsfeldes der Zeitstrom schneller zu fließen begann, aber nur an einer Stelle, und sich das Messer gewissermaßen durch einen Sprung in die Zukunft von uns entfernte, und danach, als das Phänomen auch uns einbezog, ‚holten wir es ein‘ ... Später las ich bei Weyl von der theoretischen Möglichkeit der Entstehung einer sogenannten Zeitschleife. Normalerweise existiert nur eine Gegenwart, die unaufhörlich zur Vergangenheit wird, zunächst zur nahen, dann zu einer immer weiter entfernten Vergangenheit. Nun, innerhalb dieser Zeitschleife kann man einmal erleben, daß es sieben Uhr ist, dann acht Uhr ... Hier geht die Zeit langsam zurück, wieder, noch einmal, ist es sieben Uhr, und wenn man sich an demselben Ort befindet, an dem man um sieben gewesen ist, kann man sich selbst begegnen...

In dem Moment gibt es zwei Querschnitte der Gegenwart ... den einen, früheren, den zweiten, späteren. Und wir waren ja zu zwei Zeiten an genau demselben Ort: das eine Mal, als wir in die Zeitschleife hineingerieten und uns selbst begegneten, die wir dort um eine Stunde älter waren, und dann, als die Schleife sich gekreuzt hatte, zum zweiten Mal ... Älter geworden um die eine Stunde, sahen wir uns wieder selbst. Einmal von der einen Seite, dann von der anderen ... Die Folgen und die Ursachen hatten sich geschlossen, hatten einen Kreis gebildet ... Das Gefühl der Schwere, des Kräfteverlustes, der Hitze muß das plötzliche Anwachsen der Gravitation ausgelöst haben, das den Lauf der Zeit krümmte. So erkläre ich mir das. Aber wozu das dienen sollte, was es bedeutete, weiß ich nicht."

„Ja ... Ich dachte auch an so etwas", sagte der Professor. „Aber was ist mit dem Raumschiff passiert? Und wie bist du da herausgekommen?"

„Das weiß ich nicht. Vielleicht sind sie einfach ... abgeflogen. Nachdem sie festgestellt hatten, daß die Erde, sagen wir mal, kein Objekt für sie ist, das längere Untersuchungen wert wäre. Vielleicht haben sie uns verschmäht ... Hielten uns für ungenügend entwickelte Geschöpfe ..."

Der Professor sah mich mit seinen leuchtendblauen Augen an, denen das Alter nichts angehabt hatte.

„Nein, so kann es nicht gewesen sein, Charles ... Wenn diese Rakete abgeflogen wäre, hätte das vor den Augen der Pioniertrupps geschehen müssen, die den See umschifften. Über der ganzen Gegend flogen unaufhörlich Flugzeuge und Hubschrauber Patrouille, und am Südufer arbeiteten Radarstationen, die den Nebel sondierten. Wenn die Landung heftig verlief, als Kataklysmus, begleitet von Feuer, Explosionen, Erdbeben, dann hätte auch der Start nicht unbemerkt bleiben können! Und trotzdem schwiegen die Seismographen, die Registrierapparate. Es wurde nichts bemerkt ... Ich habe mich genau informiert, Charles. Das steht fest."

Ich senkte den Kopf.

„Ich verstehe. Sie sind also auch der Ansicht, Professor, daß ich ..."

„Nein, mein Bester. Es gibt noch eine Möglichkeit. Eigentlich ist es die einzige. Eine andere sehe ich nicht."

Ich hob den Blick. Der Professor strich, ohne mich anzusehen, glättend mit den Fingerspitzen über den Tisch.

„Wie sagte dein Freund, als er starb? ‚Nimm die Maske ab', ja? Geb ich es richtig wieder? Und dann noch: ‚Charles hat eine Maske getragen im Labor, aber das waren Ratten ...' Hast du verstanden, was er wollte?"

Ich schwieg verdutzt.

„Wirklich nicht? Du dachtest, er redet ungereimtes Zeug? Er phantasierte, gewiß, und doch lag in seinen Worten ein tiefer Sinn. Er sprach zu jenem Wesen, bat es, ihm sein wahres Antlitz zu zeigen, er wollte nicht sterben, ohne zu begreifen ... Wie eine Ratte ... Ich glaube, ich weiß, welches das wahre Gesicht dieses Wesens war ... Wenigstens in jenen Stunden, als ihr dort umherirrtet, in der Dunkelheit. Ich bin bereit, die Vorstellung deines Freundes zu akzeptieren. Ich meine den Bauch Leviathans. Ja, es kann ein einheitlicher Organismus gewesen sein, der in einem Metallpanzer eingeschlossen war. Das ist keine unabdingbare Voraussetzung für das, was ich sagen will, aber es erscheint mir als das einfachste. Dieser Schacht, den ihr entdeckt hattet ... Der dunkle Schacht mit dem Wasserspiegel ... Dieser zweite, schräge Stollen, in dem das Wasser stieg, bis es die Senke überflutete, in der du dich zuletzt aufhieltest ... Dieses Ansteigen des Wassers gibt zu denken. Und dann die gewissen Besonderheiten, die du in jener Lichterwelt beobachtet hast ... Du sprachst von einem schläfrigen Pulsieren der Lichter ... Vom langsamen Verlöschen ... Erinnerst du dich?"

„Ja, ja. Allmählich schwant mir etwas. Sie glauben, Professor, daß ... daß das Raumschiff beschädigt war? Daß es eine Havarie gehabt hatte?"

„Eine Havarie? Mehr noch. Ein Wesen von einem anderen Planeten, riesengroß, in seiner Rakete eingeschlossen, das den Impetus der Landung nicht ausgehalten hat ... Vielleicht die unvorhergesehenen Folgen des Zusammenstoßes mit der Atmosphäre ... Oder die schlagartige Abkühlung in den Wassern des Sees. Der Panzer, vorher durch die Reibung bis zur Weißglut erhitzt, hatte eine undichte Stelle bekommen. Und was war durch den Riß ins Innere eingedrungen?"

„Wasser ..."

„Nein, mein Lieber. Luft! Ihr konntet doch atmen! Und dann ... Wasser ... Das Moor gab langsam nach unter der ungeheuren Masse, verschlang sie ... Verstehst du? Die erlöschenden Lichter ... Ihre wechselnden Farben ... Nun, ich nehme an, diese Wunder sind nicht euch zu Ehren dort geschehen ..."

„Was denn ... und ... und die Attrappen?" stieß ich hervor.

„In der Tat rätselhaft. Aber auch dort trat eine bestimmte Sequenz zutage: Die Attrappe war euch ähnlich. Dann ...

traft ihr euch selbst. Was bedeutete das? Ich hätte Bedenken gegenüber einem Versuch, diese Elemente zu einem übermäßig logischen Ganzen zusammenzusetzen ... Sie leiteten sich vielleicht aus der Kenntnis irgendwelcher Wesen her, die an irdische erinnerten ... Aber vielleicht funktionierten nur noch untergeordnete Organismen oder Apparaturen, die dem Hauptorganismus unterstellt waren, der aber bereits die Macht über sie verloren hatte ... Vielleicht hatte er selbst den Versuch unternommen ... Vielleicht war das auch nur ein Anfang, sozusagen die ersten Buchstaben, die ersten Worte, nach denen keine weiteren mehr erklangen, weil der, der hatte sprechen wollen, nicht mehr dazu imstande war. Dieses Ungetüm ertrank langsam im Sumpf, die Lichter variierten immer mehr, sie wurden rot, grau, war es nicht so? Diese märchenhafte Szenerie, so unähnlich allem, was wir kennen, diese unfaßbaren Züge fügen sich doch zu einem Bild, das uns so vertraut, so bekannt ist! Er lag im Sterben, Charles. Das war der Todeskampf."

Ich brachte keinen Ton hervor, so schnürte es mir die Kehle zu, der Professor indessen fuhr mit feinem Lächeln fort: „Sternenwesen stellen wir uns als Sieger vor, die auf unserem Planeten landen, als alles vorhersehende, unendlich weise Bezwinger der Leere des Alls, dabei sind es lebendige und fehlbare Wesen wie wir, und so wie wir sind sie der Kunst des Sterbens mächtig ..."

Ein langes Schweigen trat ein.

„Und wie kam ich dort heraus?" fragte ich schließlich.

„Der nahende Tod potenzierte die Veränderungen und Prozesse, beschleunigte plötzlich den Lauf der Zeit, und kurz bevor sein Verlies versank, rettete er dich, weil du weit in die Zeit hinausgeworfen wurdest, um Stunden nach vorn ... Und als diese Stunden, die für dich nur Augenblicke dauerten, verflossen waren, befandest du dich auf den Wellen. Verstehst du?"

„Er ist also ...?"

„Ja. Hinabgesaugt von dem zähflüssigen Moor, dort, in der Tiefe der Wasser, unter einer dicken Schlammschicht, unter Schichten faulender Pflanzenreste, ruht in seinem zerschmetterten Raumschiff der Ankömmling von den Sternen."

Weltuntergang um acht

(Ein amerikanisches Märchen)

1

Der Redakteur des „Evening Star" blätterte in der von Druckerfarbe noch feuchten Ausgabe seiner Zeitung. Mit nicht geringem Behagen las er den Leitartikel, der aus der eigenen Feder stammte, beifällig überflog er den Sportteil und die letzten Nachrichten, sein Gesicht verzog sich erst bei der letzten Seite. Das Foto, das eine Versammlung des Klubs der Einstigen Senatoren zeigte, sah aus wie eine Kolonie auf dem Papier zerquetschter Schaben.

„Verdammt, was ist denn das für ein Abzug!" fauchte der Redakteur und streckte unwillkürlich die Hand nach dem Hausapparat aus. Er fand indes, daß es zu heiß sei für eine Unterhaltung mit dem Umbruchredakteur, und statt den Hörer abzunehmen, drückte er auf den zweiten Knopf der Klimaanlage. Sein Auge, das gleichgültig über die Finanzspalten hinging, blitzte plötzlich auf und weitete sich. Der Redakteur stöhnte auf, beugte sich vor und begann die fettgedruckte Rubrik „Vergossenes Blut" zu lesen. Er las eine Minute, dann hieb er jäh mit der Faust auf den Tisch, sprang in die Höhe, knöpfte sich den Hemdkragen auf und stürzte sich, nachdem er weitere zehn Zeilen gelesen hatte, auf den Hausapparat.

„Hallo! Verwaltung! ... Miss Eileen, bitte schicken Sie Roughton zu mir. Nein, sagen Sie bitte nicht, er wäre nicht da. Den ganzen Tag macht er Ihnen schöne Augen, anstatt zu arbeiten, wie sich's gehört! Er soll sofort herkommen, verstanden?!"

Ohne die Antwort abzuwarten, knallte er den Hörer auf und wandte sich erneut dem Artikel zu. Er las ihn noch einmal, Flüche murmelnd, als ein Klopfen ertönte.

„Herein! Seit wann klopfen Sie an?! Und was hat *das* hier zu bedeuten!?" Er klatschte mit der Hand auf die aufgeschlagene Zeitung. „Da haben Sie mir ja was Schönes eingebrockt! Danke sehr!"

Roughton war klein von Statur, hatte ein graues, wie eingetrocknet wirkendes Gesicht; darin leuchteten kleine kalte, schläfrig blickende Augen. Er trug einen grauen Anzug, auf seinem Kopf saß ein grauer Hut, der aussah, als wäre er an den Haaren festgewachsen. Er kaute so langsam an einem Kaugummi, als sei er im Begriff, einzudämmern.

„Chef? Was ist, eine Leberattacke?"

„Lassen Sie das! Warum haben Sie in der Gerichtsnotiz geschrieben, die Olle hätte sich Kerle mit auf Bude genommen?"

„Sie haben gesagt, in letzter Zeit hätten wir wenig pikante, scharfe Sachen gehabt."

„Schweigen Sie, sonst springe ich Ihnen an die Gurgel! Deshalb also haben Sie die achtzigjährige Greisin zur Geliebten dieses Mörders gemacht?"

„Wem schadet das? Er wird sowieso hängen, und sie ist über den Jordan, folglich wird uns keiner verklagen."

„Und die anderen Zeitungen?! Sie ziehen uns durch den Dreck, verhöhnen uns..."

„Einen Businessman lassen die Verleumdungen der Konkurrenz kalt. Sie haben gesagt: eine ergiebige Soße anrühren, ein bißchen Pfeffer dazu, da haben Sie den Pfeffer und die Soße. Dabei bin ich noch durchaus zartfühlend gewesen, denn ich habe geschrieben, der Würger hätte ehrliche Liebe für sie empfunden."

„Schluß jetzt! Hören Sie auf zu palavern! Ich sage Ihnen das eine" — der Redakteur schlug rhythmisch mit der Faust auf den Tisch —, „wenn Sie die Zeitung noch einmal so reinreiten — der Richter weiß doch Bescheid und kann eine Berichtigung schicken —, dann verpasse ich Ihnen Flügel! Binnen vierundzwanzig Sekunden fliegen Sie im hohen Bogen raus! Sensationen muß man organisieren und nicht sich zurechtspinnen! Uff, ist das heiß!"

Der Redakteur wischte sich den Schweiß von der Stirn.

„Genug jetzt. Hier hab ich was für Sie."

Roughton setzte sich in den Sessel, warf die Beine quer über die Armlehne, stützte sich auf den Schreibtisch und griff nach der kleinen Schublade, in der der Redakteur seine Zigarren aufbewahrte. Er befingerte eine, eine zweite, schließlich wählte er eine gut abgelegene aus, biß die Spitze ab, ließ sein Feuerzeug klicken und sank in den Sessel zurück, wobei er eine betont lässige Haltung annahm.

„Ich gebe Ihnen eine Chance. Eine große Chance. Ich habe da eine interessante Geschichte erfahren. Das kann eine Goldader für uns werden. Wir lassen sämtliche Maschinen auf Hochtouren laufen, erhöhen die Auflage, sie brauchen nur Ihren Grips anzustrengen. Und ohne jede Lügenmärchen! Hören Sie?!" fragte er kurz, weil der Reporter die Augen geschlossen hatte und den Rauch mit einem so wohligen und abwesenden Gesichtsausdruck ausstieß, als säße er an Bord seiner Privatjacht.

„Also passen Sie auf. In ein paar Tagen soll eine Physikerkonferenz über die Entdeckung eines gewissen Professors Farragus stattfinden. Angeblich handelt es sich um eine enorme Erfindung — Todesstrahlen, Raketen, Monde oder was in der Art. Genaues weiß man nicht, aber die Konferenz ist streng geheim. Es werden an die dreißig Wissenschaftler dort sein. Die Presse hat keinen Zutritt, hören Sie?"

„Ja doch."

„Sie müssen sich dort einschmuggeln. Aber ohne krumme Touren!"

Er sah den Reporter streng an, der dies, da er die Augen geschlossen hielt, gar nicht bemerkte.

„Ich werde Ihnen nicht aus der Patsche helfen. Sie müssen schon allein fertig werden. Sie müssen intelligent — sofern Ihnen das möglich ist — und diplomatisch vorgehen. Die Zeitung kommt auf den Hund, das ist Ihnen bekannt. Das da ist unsere gemeinsame Chance. Also, Roughton ..."

Der Reporter streckte schweigend die Hand aus, die der Redakteur herzlich zu schütteln versuchte, aber aus diesem Akt des Gefühlsüberschwangs wurde nichts. Roughton drückte, einen Ausdruck von Widerwillen im Gesicht, die Zigarre aus, legte sie in eine flache Blechschachtel, die ihm als Zigarrenkiste diente, und fing wieder an zu kauen.

„Witze bei dieser Hitze?" sagte er. „Nur nicht sentimental werden, Chef. Ich dachte, Sie würden mir einen Scheck geben."

„Einen Scheck, Sie wissen ja noch nicht einmal, wo das ist? Kommen Sie mal her!"

Sie traten vor eine große Landkarte an der Wand. Der Redakteur beschrieb mit einem Rotstift einen kleinen Kreis.

„Sie fahren schnurstracks nach Los Angeles. Vor der Stadt, im östlichen Teil, liegt die Zentrale Versuchsstation des

Physikalischen Instituts der Universität. Dort müssen Sie in Erfahrung bringen, wo und wann die Konferenz stattfindet."

„Und wer blecht? Die Mormonen?"

Nach längerem Suchen förderte der Redakteur ein lädiertes Scheckbuch aus seiner Tasche zutage und begann einen Scheck auszuschreiben; bei der Zahl zögerte er.

„Nur Mut, nur Mut!" spornte ihn Roughton an. „Haben Sie einen Begriff, was das Flugzeug nach Los Angeles kostet? Ich werde meine Zeit schließlich nicht auf der Bahn vertrödeln. Und was für ein teures Pflaster das ist!"

Er warf einen Blick auf den Scheck, der ihm da ausgehändigt wurde, stieß leise die Luft aus, indem er den Mund spitzte wie zu einem Pfiff und kratzte sich am Kopf, ohne den Hut abzusetzen.

„Das reicht nicht mal für die Apotheke, im Falle von Mißverständnissen", bemerkte er. „Aber sagen wir, es ist für die Reise. Und jetzt rücken Sie das Honorar für mich raus."

Sullivan schien tödlich verletzt ob solch bodenloser Dreistigkeit.

„Honorar? Und wofür? Woher weiß ich denn, ob Sie ihre Reise nicht auf irgendeinem Kommissariat beschließen. Machen Sie eine Sensation daraus, dann kriegen Sie ... kriegen Sie..."

„Drei Tausender", half ihm der Reporter ein.

Sein Chef verschluckte sich. Mit stummem Lächeln drehte sich Roughton an der Tür um.

„Im übrigen", fügte er im Tone tiefen Nachdenkens hinzu, „die ‚Chicago Sun' würde mir so viel geben, wie ich verlange. Die schwimmen doch im Geld."

Am Nachmittag des folgenden Tags entdeckte Sullivan beim Postdurchsehen ein Telegramm, das mit dem Buchstaben R unterschrieben war, und zerriß hastig die Banderole.

Gelandet irrsinnige Teuerung riesige Ausgaben schickt Geld
— meldete mittels des elektrischen Stromes der begabte Reporter.

Sullivan schaltete den Hausapparat ein.

„Hallo! Miss Eileen, bitte telegrafieren Sie: Roughton, Los Angeles, 33 Avenue. Wie geht's der Tante? Wozu Geld? Sullivan. Haben Sie notiert? Bitte als Blitztelegramm."

Gegen Abend stürzte der Redakteur in die Redaktion. Ein Telegrammzettel wartete bereits auf ihn. Wieder Roughton! Wie sich herausstellte, hatte die Sekretärin aus Schwäche für den Reporter ein Telegramm mit bezahlter Rückantwort geschickt, es waren insgesamt zehn Worte, und sie lauteten:

„*Tante im Sterben einzige Rettung Geld Geld Geld Geld Geld.*"

Sullivan stöhnte auf und faßte sich ans Herz; in dessen Gegend ruhte das Scheckheft.

2

Nachdem er sich eine „Ausgangsbasis" in einem kleinen Hotel geschaffen hatte, begann Roughton durch die Universitätsgebäude zu streunen. Zuvörderst hatte er sich mehrere Ordensbänder sorgfältig an das Revers genäht und das Abzeichen einer berühmten Baseballmannschaft ins Knopfloch geschraubt. Das erleichterte ihm den Kontakt zu Studenten und Pförtnern.

Das Semester hatte vor kurzem begonnen, und Ströme junger Leute füllten den Komplex der ehrwürdigen, von alten Lärchen umstandenen Ziegelgebäude. Der Reporter richtete sein ganzes Augenmerk auf das Physikalische Institut. Er hatte eine Vorlesungsliste erstanden, ja er war — kaum zu glauben — drauf und dran, sich für das erste Jahr in der Mathematischen Fakultät immatrikulieren zu lassen. Auch studierte er geflissentlich sämtliche Aushänge an den Wänden, jene, in denen Zimmer mit Separateingang gesucht oder zur Rückgabe der von den Ferien ausgeliehenen Skripten aufgefordert wurde, nicht ausgenommen.

Über solcherart Beschäftigung verstrichen zwei Tage, und noch immer war er auf keine Fährte gestoßen. Er hoffte darauf, daß der Professor, sobald die Konferenz stattfände, die Vorlesungen oder Seminare absagen würde; die Sitzung konnte jedoch an einem freien Tag oder an einem Sonntag sein, und darauf lief es wohl auch hinaus, denn es gelang ihm nicht, irgendeine Bekanntmachung, die die Vorlesungen absagte, zu entdecken. Was schlimmer war — es stellte sich heraus, daß Farragus nur dienstags und donnerstags las. Roughton besuchte eine Vorlesung über die Wellenmechanik, und dank seines eisernen Willens stand er zwei Stunden eines total unverständlichen Geschwafels durch (als das er im stillen die Vorlesung des Professors bezeichnete), und das nur, um die interesse- und intelligenzsprühenden Augen aus der ersten Bank auf den alten Gelehrten zu heften und eifrig in einem eigens dafür eingerichteten Heft mathematische Formeln zu notieren, übrigens in eher freier Interpretation.

Nach der Vorlesung ging er zum Katheder und fragte schüchtern — ein guter Reporter muß sogar, wenn es erforderlich ist, Schüchternheit aufbringen können —, ob der Professor ihn am nächsten Nachmittag empfangen könne, es handele sich um ein bestimmtes theoretisches Problem, das ihm in letzter Zeit aufgegangen wäre.

„Die Sache ist mir bei der Lektüre Ihrer ‚Transmutation der stereometrischen Invarianten der allgemeinen Feldtheorie' eingefallen, Herr Professor", sprudelte er, ohne steckenzubleiben, den Titel von Farragus' Arbeit hervor, die er ein paar Stunden vorher in der Universitätsbibliothek in der Hand gehalten hatte.

Dem alten Professor gefiel dieser fleißige Student, und obwohl er offensichtlich in Eile war, begann er sich zu rechtfertigen: Er könne ihn am nächsten Tag nicht empfangen, weil er Nachprüfungen habe.

„Dann vielleicht am Freitag?" fragte Roughton, durch sein ganzes Wesen tiefste Enttäuschung und Niedergeschlagenheit verratend.

„Leider auch am Freitag nicht ... Früh muß ich mich vorbereiten ... Ich habe da so ein kleines ... Also, hm, ich habe keine Zeit, und auch der Nachmittag ist besetzt. Es sei denn am späten Abend, aber ich kann nicht genau sagen, wann die Sitz ... Wann ich nach Hause komme. Vielleicht besuchen Sie mich am Sonnabend im Labor."

Roughton bedankte sich strahlend, verabredete sich für Sonnabend und schloß sich pfeifend einem Trupp von Studenten an, der die Treppe hinuntergaloppierte.

Das brave Alterchen, wie ihm doch alles auf der Zunge liegt, dachte er. Ich wette um meinen Kopf, daß die Sitzung am Freitagnachmittag stattfindet. Richtig schade, daß alles so glattgegangen ist. Na, weiter so. Für alle Fälle muß ich die Sache nachprüfen.

Wie ein Komet umschwirrte er die Institute und Labors der Physikalischen Fakultät. Es stellte sich heraus, daß alle für Freitagnachmittag vorgesehenen Lehrveranstaltungen auf den Sonnabend oder Montag verlegt worden waren. Was konnte das bedeuten? Nur das eine, daß die Zeit der Dozenten und Professoren ausgefüllt war — und womit?
Entweder ist es diese Konferenz, oder ich heiße Archibald, dachte Roughton und belohnte sich für seine intellektuelle Findigkeit mit einem exzellenten Mittagsmahl auf Sullivans Kosten. Er hatte ohnehin schon genug gespart, weil er nicht im Hotel wohnte, sondern in einem Zimmer, das er bei der Witwe eines mexikanischen Politikers gemietet hatte; eigentlich war es ein mit altem Gerümpel, vor allem mit aus dem Leim gehenden voller Wanzen steckenden Sesseln angefülltes Loch. Aber das wußte Roughton nicht, als er das Zimmer mietete. Jetzt verbrachte er schlaflose Nächte, was es ihm leichter machte, seinen Feldzug vorzubereiten, und von der Ausdauer der Insekten, mit denen er das Lager teilte, zur Verzweiflung getrieben, spazierte er beim Mondenschein im Zimmer auf und ab und brummte: „Drei Mathematiker werden da sein, acht Physiker und ein Chemiker. Außerdem kommen bestimmt noch Fachleute aus anderen Städten, und nun: Wie schmuggle ich mich da ein?"
Zuerst hatte er die ernsthafte Absicht, vor der geschätzten Versammlung im Turban zu erscheinen, als greiser indischer Gelehrter, mit vom Friseur gepflegtem, onduliertem Graubart, mit Goldrandbrille, begleitet von einem Neger, der über ihm den Wedel hielt, aber das war wohl eher eine hirnverbrannte Idee, wie er es selber nannte. Die Wanzen, die ihn kein Auge zutun ließen, beschleunigten das Heranreifen des richtigen Plans, und so hatte er sich bereits gegen drei Uhr morgens herauskristallisiert und endgültig Gestalt angenommen.
Die Schlacht war geplant, sie brauchte nur noch geschlagen zu werden, aber das dünkte Roughton ein Kinderspiel. Er setzte sich an seine Universitätsnotizen. Darin hatte er die Gewohnheiten und besonderen Merkmale sämtlicher Fakultätsangehöriger festgehalten. Er wußte, daß Professor Farragus der Älteste unter ihnen war, daß er als alter Junggeselle allein mit seinem ebenso betagten Diener in einem kleinen rosa, von großen Kastanienbäumen beschatteten Hause lebte, das sich einen Kilometer vom Institut für Physik entfernt befand.

In entsprechenden Rubriken waren sogar Hinweise von Studenten zu finden, daß man ausschließlich bei hohem Barometerstand Kontakt zu dem Professor aufnehmen sollte, da er an allen möglichen Zipperlein litt und bei Tiefs völlig unausstehlich und unmenschlich würde: und überhaupt, darin waren sich die Studenten einig, gehörte Farragus zu den Prüfungskujonen und erfreute sich trotz seines Alters des glänzend erhaltenen Schwungs eines Cholerikers.
Nachdem er das alles erwogen hatte, erschien der Reporter vor sieben Uhr in der Nähe des Professorenhauses, eine Aktentasche unter dem Arm, deren Inhalt fähig war, selbst eine nicht allzu blühende Phantasie zu entflammen. In mehr als erstaunlicher Eintracht lagen darin nebeneinander: der zweite Band der „Theorie der Kernkräfte" von Efferson und Webster, ein Handbuch „Wie züchte ich Hühner", ein Päckchen Kautabak, Handschellen, der Ausweis eines Inspektors der Wasserwerke in Milwaukee, drei Spielkarten, ein Stück Kreide, ein hohles Plastikei sowie ein sehr, sehr schweres, in ein schmutziges Taschentuch geknotetes Päckchen, welches einen bleigepanzerten Gummihandschuh, wie ihn die Röntgenologen benutzen, und eine hermetisch verschlossene, gleichfalls bleierne Tube mit der Aufschrift: „Radioaktives Isotop des Kaliumjodids — nur für den Gebrauch in geschlossenen medizinischen Einrichtungen bestimmt" enthielt.
So bewaffnet kam Roughton in die Vorstadtgegend, in der die Häuschen der Universitätssiedlung standen, stellte mittels seines scharfen Auges fest, daß die Rouleaus an den Fenstern von Farragusens Heimstatt noch heruntergelassen waren, worauf er im Dickicht der Büsche daran ging, sich die Äpfel einzuverleiben, die er unterwegs von den unmäßig belasteten und über die Gartenzäune hängenden Zweigen gepflückt hatte.
Soeben hatte er diese gesunde, wenngleich etwas eintönige Mahlzeit beendet, als der Professor auftauchte, der wie gewöhnlich um sieben Uhr dreißig in Richtung Physikalisches Institut strebte. Er war ein hochgewachsener und hagerer Greis mit stark gebeugten Schultern; sein Gesicht war bläulich, die Haut schlappte unterm Kinn herab. Ohne es zu ahnen, defilierte er an dem im Strauchwerk versteckten Reporter vorbei. Als er aus dem Blickfeld verschwunden war, hob Roughton mit dem Taschenmesser eine kleine Grube in der

Erde aus, pflanzte ein gutes Dutzend Apfelbäumchen, worauf er, sich das Haar glattstreichend, zum Kampfe schritt. Es ging ihm ganz einfach um den alten Diener. Dieser, wie es schien, gutmütige Alte mit dem imposanten grauen Backenbart, der seine gesunden roten Wangen prächtig zierte, spazierte gemächlich in dem Gärtchen am Haus umher und goß die Blumen. Roughton, der sich im Kopf bereits die ersten Sätze des Gesprächs zurechtgelegt hatte, donnerte gegen das Gartentürchen wie ein Sportwagen mit Doppelkompressor.
„Guten Tag", sagte er und beugte sich über den Gartenzaun.
Er sah aus wie ein abgezehrter grauer Kater, ein alter Haudegen, der katzbuckelt.
„Guten Tag."
Die himmelblauen Äuglein des alten Dieners ruhten verwundert auf dem Fremdling.
„Ist der Herr Professor da?" fragte Roughton.
„Nein, er ist zur Vorlesung gegangen. Er verläßt immer um diese Zeit das Haus."
„Habe ich das Vergnügen, mit seinem Bruder zu sprechen?"
Der Lakai biß wohl an. Roughton erkannte es an der Gebärde, mit der der Alte die Gießkanne wegstellte.
„Nein, ich führe dem Professor den Haushalt. Was wünschen Sie denn?"
Der Reporter wußte genau, daß der alte Diener bis voriges Jahr Hausmeister am Lehrstuhl für Physik gewesen war. Als er wegen seines hohen Alters nicht mehr die Apparate schleppen und bei den Vorführungen behilflich sein konnte, hatte ihn Professor Farragus, der seit gut einem Vierteljahrhundert an der Universität las, zu sich genommen, nicht ohne zuvor, nach einem Heidenkrach, seine Haushälterin davongejagt zu haben. Der Professor ist ein richtiger Giftzahn, dachte der Reporter, und dieser Opa eine wundenheilende Salbe. Nur Mut!
„Es handelt sich um eine Sache von unerhörter Wichtigkeit", sprach er vernehmlich und setzte hinzu: „Ich bin vom FBI, ansonsten beim State Departement in Washington beschäftigt."
Der Diener bat den bedeutenden Gast schleunigst herein. Wenig später, in einer reizenden kleinen Laube inmitten von Blumen sitzend, begann Roughton, wie es sich für einen waschechten Demokraten geziemte, ein herzliches Gespräch

mit dem Diener. Offenbar war dies nicht unter der Würde eines Außerordentlichen Bevollmächtigten der Regierung.
„Hm, ich bin soeben in Sachen dieser ... eh ... Veranstaltung hier eingetroffen, die morgen stattfinden soll", sagte er. „Ich weiß nicht, ob Sie eingeweiht sind ... ?" fügte er rasch hinzu und mimte Mißbehagen, daß er sich verplappert hatte.
Der alte Diener strich sich zu beiden Seiten den grauen Backenbart.
„Ich weiß Bescheid, mein Herr. Weiß über alles Bescheid. Der Herr Professor hat keinerlei Geheimnisse vor mir. Wir leben siebzehn Jahre miteinander", setzte er vertraulich hinzu. Das „wir leben miteinander" gefiel dem Reporter über die Maßen.
„Na, ausgezeichnet. Und Sie wissen, wo die Sitzung stattfinden wird?"
„Ja, aber!"
Der Reporter spielte den Ungläubigen.
„Und das haben Sie auch vom Professor? Mein Gott, das ist doch beinahe ein Staatsgeheimnis. Sie sind in der Lage, sich in so komplizierten Dingen zurechtzufinden? Obwohl ... offenbar ... wenn Sie einen so bedeutenden Mann wie Farragus betreuen ..."
Der Diener strich sich immer zärtlicher den grauen Backenbart.
„Nun ja ... gewiß, das eine und das andere versteht man schon. Zu Lebzeiten des seligen Herrn Rektors Hoveri, als er über die Grundlagen der Relativitätstheorie las ... und das war damals eine Neuheit, mein Herr ... war ich noch Gehilfe. Dann, als Tarleton zu uns kam, der ja heute Dozent in New York ist, war ich schon allein am Lehrstuhl, hatte drei Leute unter mir. Nun, und neun Jahre später kam mein Professor ... der war noch Assistent damals. Immer so ein Nervenbündel. Nach der Dekanatsresolution tauchte er die Kreide ins Tintenfaß und schrieb quer darüber: ‚Nicht einverstanden.' Er war damals so um die Zwanzig ..."
„Warum denn ins Tintenfaß?" erkundigte sich der Reporter, um etwas zu sagen, er hörte nur mit halbem Ohr zu.
„Ich weiß nicht, scheinbar, damit es dicker wurde? Ein sehr begabter Mann, so schnell wie er sich habilitierte. Ich habe ihm geholfen. Und seine Vorlesungen! Wenn er über die Matrizenrechnung sprach, da sind sogar noch die Studenten aus den

höheren Semestern gekommen, und wie wir die Vorführungen eingerichtet haben, solche gab es nirgendwo."
„Ah ja, ja", sagte der Reporter, ohne bei den unverständlichen Worten auch nur mit der Wimper zu zucken. „Und diese Erfindung des Professors, wie?" versuchte er sein Glück.
Der Fisch biß an.
„Oho, das ist eine große, eine sehr große Sache..."
„Wie, Sie kennen die Einzelheiten? Nein, das glaube ich Ihnen nicht. Das ist doch eine sehr vertrackte Geschichte."
Der Alte lächelte bescheiden.
„Und die Integralrechnung oder die Matrizenrechnung, meinen Sie, die wäre nicht schwierig? Und trotzdem kennt sich unsereiner darin aus. Bei den Prüfungen haben mich die Jungs immer gebettelt: John, stell dich nahe an die Tür, und wenn der Professor die Themen verteilt, sag uns vor ... Hilf uns, die Aufgabe zu lösen ... Und dies ... Und jenes ... Hihihi ... Ja, so war das, mein Herr ... Aber, aber wozu sind Sie hergekommen, wenn man fragen darf? Denn Sie wollen doch wohl nicht auf den Professor warten? Er kommt erst um zwölf zurück."
„Nein, natürlich nicht. Ich bin hier, wissen Sie, weil es Verdachtsgründe ... Vermutungen gibt, daß der Professor sozusagen in ... Gefahr schwebt."
„Was Sie nicht sagen?" erschrak der alte Hausdiener.
„Es ist leider so. Nun, es handelt sich um die Aktion eines gewissen ... eh ... Geheimdienstes, müssen Sie wissen. Auf der Konferenz wird außer den Wissenschaftlern niemand anwesend sein, nicht wahr?" preschte er plötzlich scharf vor.
„Nein ... Der Professor hat mir gesagt, ausschließlich Fachleute."
„Von der Presse auch niemand, hoffe ich? Dieses Pack darf da nicht hinein."
„Bestimmt nicht."
„Eben darum dreht es sich", sagte der Reporter, „daß wir den Professor unter unsere Fittiche nehmen müssen. Nimmt er eine Aktentasche oder so was mit auf die Sitzung?"
„Ja ... Die Papiere ... Gewiß doch, seine Arbeit."
„Eben darum handelt es sich", sprach der Reporter, „das ist sehr wichtig. Und wo steht der Wagen des Professors? Er geht doch wohl nicht so weit zu Fuß?"
„Wieso weit? Kennen Sie die Stadt nicht? Ach, richtig, Sie

sind ja fremd hier. Nein, wir haben keinen Wagen. Der Professor mag so was nicht."
„Ich muß mir diesen Weg ansehen ...", sagte der Reporter, wie zu sich selbst. „Wie komme ich denn da hin?"
„Sie meinen wo hin?"
„Nun, zu der Konferenz morgen."
„Sie wissen nicht, wo das Physikalische Institut liegt?" fragte mit unverhohlener Verwunderung der Bediente.
„Ach, stimmt ja. Ich habe soviel um die Ohren. Ich weiß schon, ich habe es auf dem Stadtplan gesehen."
Der Bediente begann des langen und breiten zu erklären, malte mit dem Finger auf den Tisch, derweil der Reporter fieberhaft überlegte.
Was mache ich jetzt? Ich weiß selber nicht, wie ich auf diesen Einfall mit dem State Departement gekommen bin ... Jetzt muß ich auf diese Tour reisen, solange es geht.
„Mein Herr", sprach er ernsthaft, beinahe finster, „ich sehe, ich habe es mit einem vernünftigen, intelligenten Manne zu tun, und Sie können einschätzen, was Professor Farragus für unser amerikanisches Vaterland bedeutet. Deshalb werde ich kein Blatt vor den Mund nehmen. Unser Departement verfügt über Informationen, daß Agenten fremder Mächte versuchen werden, die Früchte der Mühen von Professor Farragus zu klau ..., das heißt zu entwenden. Die größte Gefahr besteht nun morgen, wenn sich der Professor zu dieser Konferenz begibt. Sie können ein Mikrofon in die Wand einlassen oder eine Zeitzünderbombe legen oder über die Leitungsrohre eine bestimmte verformbare Substanz ..."
Der Reporter unterbrach sich, weil ihm, als er hier zusammenfaselte, was ihm gerade über die Lippen kam, plötzlich bewußt wurde, daß der Mann, mit dem er da sprach, in der Physik bewandert war.
„Nun" — er verließ schleunigst das unsichere Terrain —, „unser Departement wollte zuerst den Professor über das alles unterrichten und ihm für die kritische Zeit ein paar Leute zur Abschirmung schicken, aber wir befürchteten, daß er die Warnungen auf die leichte Schulter nehmen würde. Sie kennen ihn ja ... Oder? Wir können indessen nicht zulassen, daß einem Manne wie ihm überhaupt eine Gefahr droht, und aus dem Grund wurde ich per Flugzeug mit Sondervollmachten hierher entsandt. Nur gut, daß ich Ihnen in die Arme gelaufen bin.

Der Professor ist ein bedeutender Mann, aber doch na ... etwas nervös, nicht wahr?"
„O ja", seufzte der Bediente, „er ist eine Seele von Mensch, aber wenn er sich einmal etwas in den Kopf gesetzt hat, dann muß es so sein, und wenn er in Wut gerät, dann gnade Gott."
„Eben! Wir wissen Bescheid. Das ist unsere Pflicht. Nun, es macht sich notwendig, daß ich auf der Konferenz zugegen bin, denn ich muß ja beständig ein Auge auf den Professor haben, aber er darf nichts davon wissen. Sie verstehen?"
„Ich verstehe ..." Der Diener zupfte jetzt an seinem Backenbart und wickelte ihn sich um den Finger.
„Gewiß, so müßte es sein, aber ..."
„Es gibt kein Aber, wenn es um eine große Sache geht. Um wieviel Uhr verläßt der Professor morgen das Haus?"
„Um sechs Uhr abends."
„Aha. Klar, die Konferenz soll ja um sechs Uhr dreißig beginnen."
„Nein, um sechs Uhr fünfundvierzig."
„Ganz recht, ein falscher Zungenschlag. Da der Professor mich nicht kennt, müßte ich mich im Saal verstecken, damit mich niemand sieht, Sie verstehen. Ich nehme einen Spezialapparat und meinen automatischen Revolver mit." Roughton klatschte sich auf die abstehende Gesäßtasche seiner Hose, wo die Zahnbürstenhülle steckte.
„Tja, was machen wir denn da?"
„Sie kennen nicht zufällig jemanden, der mich in den Saal einlassen könnte?"
„Ja, richtig! Ja, wahrhaftig!" freute sich der Bediente. „Gewiß kenne ich wen. Stevens, er ist jetzt Hauptportier im Gebäude und hat alle Schlüssel."
Der Reporter erhob sich.
„Bleibt der Professor den ganzen Nachmittag über zu Hause?"
„Nein ... Er wird bei seiner Schwester sein, in der Stadt. Er hat mir gesagt, er verlasse um fünf das Haus, und zu der Sitzung gehe er gleich aus der Stadt und käme erst zur Nacht zurück."
„Ausgezeichnet. Um halb sechs bin ich mit dem Auto hier und fahre Sie ins Physikalische Institut, dort unterhalten wir uns mit diesem ... Wie hieß er doch gleich? Ste ..."

„Stevens, Stevens. Er war bis vor einem Jahr noch Gehilfe am Lehrstuhl."
„Ihr Untergebener?"
„Nun ja."
„Ich fahre also mit dem Wagen vor und nehme Sie mit", wiederholte der Reporter, stand lässig auf, legte den Finger an die Hutkrempe und trat eilends auf die Straße hinaus. Der Diener sah ihm bewundernd nach. So etwas passierte ihm im Leben zum ersten Mal.
Beschwingt pfeifend, in frühlingshafter Stimmung, fuhr Roughton mit dem Bus in die Stadt, hinterlegte in der Garage eine Kaution für einen Mietwagen bis zu zwei Stunden, wählte einen nachtschwarzen Buick mit Kompressor, ließ sich hinten eine neue Sitzbank anbringen und rümpfte die Nase, weil in der kleinen Vase keine taufrischen Blumen mehr steckten; schließlich setzte er sich ans Steuer, eine 30-Cent-Zigarre zwischen den Zähnen, und raste, was der Motor hergab, aus der Stadt.
Die frühe Herbstdämmerung sank hernieder, da kreischten die Bremsen des großen Wagens, brutal niedergetreten, dicht vor dem Häuschen des Professors auf. In fiebernder Erregung ob der bevorstehenden ungewöhnlichen Fahrt saß der alte Diener bereits auf der Gartenbank, angetan mit seinem besten Anzug. Der Reporter wartete im Wagen, bis der Lakai sämtliche Türen im Haus abgeschlossen hatte und zu ihm herauskam. Schließlich fuhren sie los. Die Verhandlung mit Stevens verlief glatt. Mit größter Ehrerbietung beobachtete er den Außerordentlichen Bevollmächtigten der Regierung für Fragen von besonderer Bedeutung.
Als sie in dem kleinen Raum saßen, der das Dienstzimmer des Hausmeisters war, öffnete der schweigende Gentleman mit der Zigarre, während der alte Diener Stevens den Sachverhalt darlegte, plötzlich seine Aktentasche, kramte einen kleinen schwarzen Ausweis mit Goldwappendeckel daraus hervor (so schöne Ausweise stellten die Wasserwerke in Milwaukee her), ließ ihn blitzschnell aufschnappen und zog ihn am Gesicht des verblüfften Stevens vorbei. Wenn ein Schatten von Mißtrauen im Herzen dieses redlichen Mannes genistet hatte — jetzt war er endgültig verflogen. Er suchte aus einem großen verglasten Spind den richtigen Schlüssel heraus und zeigte ihn dem Abgesandten der Regierung.

„Okay. Ich komme eine Stunde vor Beginn", sagte der Reporter, „das heißt morgen, und jetzt zeigt mir den Saal, damit ich mir den entsprechenden Überblick verschaffe. Vielleicht stelle ich dort einen Komprimator auf." (Vor Unverschämtheit wuchsen ihm regelrecht Flügel. Er duzte Stevens bereits und streute von Zeit zu Zeit unverständliche Wörter ein.)
Das Gebäude war um diese Zeit beinahe leer. Über lange, finstere Korridore gingen die drei Verschwörer in den Seitenflügel, wo sie vor einer hohen, tief in die dicken Mauern eingelassenen Tür haltmachten. Stevens, der die Tragweite des Augenblicks spürte, fuhrwerkte gebührend lange mit dem Schlüssel im Schloß, bis die Tür nachgab.
Es war ein kleiner, mit Stühlen vollgestellter Saal; in der ersten Reihe standen Sessel. Vor ihnen erhob sich ein kleines Podium, darauf ein Tisch, mit grünem, bis auf die Dielenbretter herabfallendem Tuch bedeckt. Der Reporter nahm die ganze Einrichtung eingehend in Augenschein. Er lüpfte das Tuch und besichtigte genau den Raum darunter. Nachdem er die Inspektion beendet hatte, räusperte er sich befriedigt.
„Hier werde ich sitzen", sprach er entschieden.
„Ach ja, noch eines", wandte er sich an die wie angewurzelt dastehenden Hausmeister, „was habt ihr für Anweisungen für den Einlaß der Gäste?"
„Jeder muß seine Einladung vorzeigen, selbst wenn ich ihn kenne", sagte Stevens.
„Wer stellt die Einladungen aus?"
„Das Dekanat der Physikalischen Fakultät ... ja aber ... und wenn nun der Professor oder ein anderer von den Herren etwas merkt, was ist dann? Werden sie mich nicht hinauswerfen?" beunruhigte sich Stevens plötzlich, dem es nicht in den Kopf wollte, daß eine von der Regierung entsandte Person drei Stunden lang unter dem Tisch kauern sollte.
„Nur ruhig Blut! Sie schmeißen dich nicht hinaus, und falls etwas passieren sollte, dann, das sage ich dir" — der Reporter lächelte gütig wie Rockefeller —, „verschaffen wir dir einen Posten, dem der hier nicht das Wasser reichen kann."
„Wo ich doch aber hierbleiben will, an der Universität."
„Na, bleibst du doch, keine Bange. Wo ich bin, kann niemandem ein Haar gekrümmt werden. Na, dann hätten wir ja alles erledigt. Morgen abend bin ich hier." Während er sich zum Gehen wandte, blinzelte er noch rasch dem ernsten

Franklin zu, der von seinem Porträt aus der Höhe auf den Saal herabsah.
Der liebenswürdige Regierungsbeauftragte ließ es sich nicht nehmen, den alten Diener nach Hause zu chauffieren.
„Daß der Professor bloß nichts erfährt“, sprach er mit Nachdruck, als er den Greis aus dem Wagen setzte. „Wir wollen nicht, daß er sich unnötig aufregt. Das könnte ihm schaden. Na, dann good-bye. Dank Ihnen wird alles seinen Gang gehen. Sie haben sich sehr um die Vereinigten Staaten verdient gemacht.“
Er gab Gas, und der schwarze Wagen verschwand wie weggepustet im Abenddämmer. Der Bediente stand noch lange Zeit reglos und schaute, wie die roten Lichter allmählich erloschen. Die Worte des Reporters hatten ihn tief gerührt.

3

Roughton schwitzte. Unter der Tuchdecke war es scheußlich stickig, und in dem vollen Saal wurde es zunehmend heißer. Er hörte, als säße er in einer Tonne, das Gewirr zahlreicher Stimmen. Das dauerte so lange, daß er, den Türkensitz nicht gewohnt, ein paarmal die Position wechseln mußte; Ameisen kribbelten ihm die Beine hinauf.
Endlich begann die Sitzung. Jemand schüttelte dicht über seinem Kopf eine asthmatische Glocke. Er fuhr mächtig zusammen, weil sich unter das Tuch, fünf Zentimeter von seinem Knie entfernt, eine schwarze Halbschuhspitze schob.
„Verehrte Kollegen“, ließ sich über dem Tisch eine hallende Greisenstimme vernehmen, „ich eröffne unsere außerordentliche, geschlossene Sitzung. Das Referat hält der Kollege Farragus. Bitte, Herr Kollege...“
Ein ziemlich lautes Stuhlrücken, Husten, die Dielen knarrten, der Redner legte etwas auf dem Tisch zurecht, vermutlich die Mappen mit den Unterlagen. Im Saal war ein echt professorales, dröhnendes, langes Räuspern und Schniefen zu hören.
„Hochgeschätzte Kollegen!“
Roughton hatte einen kleinen Stenoblock unter dem Tisch bei sich und einen Spezialfüllfederhalter mit unter der Stahlfeder eingebautem Glühlämpchen, das das Schreiben im Dunkeln

erleichterte. Kaum hatte der Professor zu sprechen begonnen, da flog die Feder auch schon schwungvoll, in scharfen Kurven über das weiße Blatt. Doch, o Jammer! Der Professor hörte alsbald auf zu reden und begann zu rechnen. Er drehte sich um, trat vom Tisch weg, und Kreide quietschte über die Tafel.

Roughton, der geborene Draufgänger, konnte nicht stillsitzen. Ungeachtet dessen, daß sich seine mathematischen Kenntnisse auf die vier Hauptrechenarten beschränkten und die Dollarnoten der Bundesbank seine einzige Fachliteratur auf diesem Gebiet darstellten, wollte er unbedingt sehen, was Farragus da an die Tafel schrieb. Also begann er dicht über dem Boden ein Endchen des grünen Vorhangs zu lüften. Als er einen winzigen Spalt hergestellt hatte, zerbrach plötzlich die Kreide, flog durch die Gegend, und ein Bröckchen davon traf ihn mitten ins Auge.

Kaum konnte er einen Fluch zurückhalten. Er wischte sich mit dem Taschentuch das vertränte Auge aus, verzichtete nunmehr darauf, aufzutauchen, und wachte wie ein Unterseeboot in den Tiefen des Ozeans, verdeckt durch die grünen Tuchwellen. Aus den gräßlich komplizierten Auslassungen des Professors ging — soweit er da folgen konnte — hervor, daß Farragus bei gewissen Untersuchungen einen mathematischen Ausdruck entdeckt hatte, „dessen Materialisierung gleichbedeutend sei mit dem Weltuntergang". So wie der Professor es gesagt hatte, so hielt es Roughton auch getreulich fest, ohne übrigens im mindesten zu begreifen, inwieweit eine mathematische Formel imstande sei, auf die Geschicke der Menschheit Einfluß zu nehmen. Im weiteren Fortgang der Rede stellte sich jedoch heraus, daß dies möglich war.

„Ich habe nach Bedingungen gesucht", sagte der Professor, „die diesem theoretisch vorgezeichneten Programm gerecht werden könnten. Zunächst wollte mir scheinen, als sei dies unmöglich. Aber meine mühevolle, zweiundzwanzig Jahre dauernde Suche wurde schließlich von einem positiven Ergebnis gekrönt. Verehrte Kollegen!"

Farragus versagte die Stimme.

„Es ist mir gelungen, die Verbindung herzustellen, deren Existenz die hier an die Tafel geschriebene Formel vorausgesagt hatte ... Und diese Verbindung ... ist die fürchterlichste, gewaltigste Kraft, die dem Menschen von der Natur in die Hand gegeben wurde ... Und diese Verbindung, die sämtliche Lebewesen auf unserer Erde vernichten, alles, was auf ihr lebt, in Asche verwandeln kann und im Endeffekt den Erdball zerstören, ihn in ein Knäuel glühender Gase verwandeln kann ... und im weiteren über eine Kettenreaktion zum Zerfall des gesamten Sonnensystems ... der gesamten Galaxis ... von Millionen Sternen und Sonnen ... des gesamten Weltalls führen kann ... diese Verbindung ... diese Verbindung haben wir hier!"

Farragus pochte mit etwas Hartem auf den Tisch, was den Reporter hochhüpfen ließ, weil er glaubte, der ungestüme Experimentator habe vor, durch eine sofortige Probe aufs Exempel die Richtigkeit seiner apokalyptischen Prophetien zu beweisen.

„In diesem Reagenzglas befindet sich jenes weiße Pulver, das, solange es unter niedriger Temperatur gehalten wird, völlig neutral und ungefährlich ist, mehr noch, keinerlei chemische Verbindung eingeht: weder Säuren noch Basen noch andere chemische Körper greifen es an!"

Der Professor hob immer mehr die Stimme.

„Aber bis zu einer Temperatur von achthundert Grad Celsius, bis zu dieser relativ niedrigen Temperatur erhitzt, verwandelt sich das Präparat auf grauenhafte Weise. Das ist keine chemische Reaktion, hochgeschätzte Kollegen, wie in einer mit Dynamit gefüllten Granate ... Das ist keine Kernspaltungsreaktion wie in einer Atombombe ... denn hier wie dort haben wir es mit einer Detonation begrenzten Charakters zu tun, selbst wenn ihre Wirkung, wie bei der Wasserstoffbombe, Dutzende von Kilometern weit reicht. Was bedeutet diese Entfernung angesichts der ungeheuren Masse an Festland und Meeren?

Mein Präparat, welches Sie hier, meine Herren, in Form dieses leichten, weißen, körnigen Pulvers sehen, wird, auf eine Temperatur von achthundert Grad gebracht, zum DETONATOR DER MATERIE! Was bedeutet das, Detonator der Materie? Es bedeutet dies: Während sich in einer Atombombe der hundertste Teil der Masse in Explosionsenergie umwandelt, spaltet mein Präparat die Materie in die zwei entgegengesetzten Pole auf: in Materie und Antimaterie, und die Folge ist, daß diese sofort aufeinanderprallen und vernichtet werden, wobei fürchterliche Energiemengen frei werden ... Die Protonen senden, indem sie sich mit den Antiprotonen verbinden, eine Strahlung mit der Intensität von Hunderten von Milliarden Elektronenvolt aus ... Vom Explosionszentrum aus greift dieser Prozeß mit der größten Geschwindigkeit um sich, die in der Natur bekannt ist ... Mit der Geschwindigkeit des Lichtes ...

Falls also irgendwer irgendwann an irgendeinem Ort des gesamten sichtbaren Sternenraums einmal eine solche Reaktion auslöst, jemand den DETONATOR DER MATERIE in Gang setzt, dann wird das Ende der Welt — das wirkliche, unwiderrufliche und endgültige Ende der Welt, verstanden als vollständige Umwandlung jeglicher Substanzen in bloße Energie in Gestalt einer unablässigen kosmischen Explosion —, zur unaufhaltbaren und endgültigen Wirklichkeit...

So würde also, brächte man eine Prise dieses weißen Pulvers ins Feuer, eine Explosion der in den Materieteilchen geballten Energiereserven ausgelöst ... die Temperatur würde auf Milliarden und Trillionen von Graden ansteigen ..., und demzufolge ist dieses Krümchen, diese harmlose weiße Prise imstande, die Vernichtung des Weltalls zu bewirken!"

Der redet nicht schlecht! Die Feder des Reporters flog wie toll, und der Stapel der vollgeschriebenen Blätter wuchs. Roughton war so hochgemut, als hätte der Professor das ewige Paradies auf Erden verkündet.

„Meine Erfindung ... mein Präparat habe ich Geneton genannt, das heißt Urheber ... Warum Urheber? Darum, hochgeschätzte Kollegen, weil es von nun an keine Kriege mehr geben wird, denn jeder Krieg würde buchstäblich den vollständigen und endgültigen Untergang der Welt bedeuten, denn jeder Krieg würde zur Vernichtung dieser Erde führen, über die wir unsere Füße setzen, mitsamt allen Sonnen und Gestirnen, die in heiteren Nächten über unseren Häuptern leuchten ... Und dessen dürfen wir gewiß sein: Kein Mensch, kein Volk und kein Staat wird sich je zu einer so abscheulichen Tat erkühnen! Deshalb glaube ich, daß mein Geneton allein durch die Tatsache seiner Existenz eine Ära ewigen Völkerfriedens einleiten wird..."

Ein allgemeines Papierrascheln, Sesselknarren, Räuspern war im Saale zu hören; jemand schneuzte sich in der Nähe so dröhnend und ostentativ, daß der Reporter förmlich zusammenschrak.

Das ist mir ja ein Leichenschmaus! dachte er noch, als das Läuten der Glocke und die krächzende Stimme des Vorsitzenden erschollen.
„Wer möchte das Wort ergreifen?"
„Ich bitte darum ...", ließ sich ganz in der Nähe eine tiefe, majestätische Stimme vernehmen.
„Liebe Kollegen!" donnerte derselbe Baß kurz darauf dicht über dem Reporter. „Es gibt eine bestimmte treffende Redewendung in unserer Sprache, welche besagt, daß nur allzuoft der Wunsch und nicht die Wirklichkeit der Vater des menschlichen Gedankens ist ... Kollege Farragus hat uns hier eine gewisse Hypothese vorgetragen. Sie ist ebenso kühn wie interessant. Interessant nämlich für die Literaten, die sich mit der science fiction befassen ... Aber auch nur für die Literaten! Ein Wissenschaftler hingegen darf nicht mit Behauptungen vor die Öffentlichkeit treten, die nicht durch Versuche abgestützt sind. Ich sehe eine Formel an der Tafel. Und ich behaupte, daß diese Formel nicht realisiert werden kann, daß nichts in der Wirklichkeit ihr entspricht, weil die Indikatoren der Gleichung auf ebenso kunstvolle wie willkürliche Weise festgesetzt wurden. Weil diese Formel lediglich ein Art Kalauer, eine mathematische Spielerei darstellt ..."
„Wie können Sie sich unterstehen!" ertönte Farragusens Ausruf in der Nähe.
Der Redner tat, als hätte er ihn nicht gehört.
„Aus theoretischen Voraussetzungen, die bis ins Letzte, ja bis über ein apokalyptisches Ende hinaus überspannt sind, wurde eine willkürliche, voreilige, ja sogar leichtfertige Schlußfolgerung gezogen ..."
Ein Murmeln lief durch den Saal.
„Ein solcher Körper" — hier war das Pochen eines Fingers gegen die Tafel zu hören — „ist nicht imstande, zum Zerfall der Materie zu führen ... und schon gar nicht zur Erzeugung von Protonen- und Antiprotonenpaaren ... Was sehen wir hier? Wir sehen hier die Vermischung von Wärmemengen und Temperaturhöhen. Und der zweite Grundsatz der Thermodynamik? Ich glaube, liebe Kollegen, alles ist klar. Für mich hat sich der Fall Geneton erledigt."
„Wie, Sie meinen, das sei Humbug?! Betrug?!" rief, den Lärm im Saal überschreiend, Farragus. „Zweiundzwanzig Jahre Forschung seien ein einziger großer Irrtum gewesen? Und was

ist dann das, was ich hier, in diesem Reagenzglase, habe? Das Präparat, das die Herren sehen?!"
„Das, was Sie da synthetisiert haben", erwiderte der bislang donnernde Baß mit geschmeidiger Eleganz, „falls es auch tatsächlich synthetisiert worden ist, stellt nur noch eine weitere von den fünfzehntausend neuen, nicht sonderlich brauchbaren chemischen Verbindungen dar, welche alljährlich in den Almanachen der Experimentalchemie notiert werden."
Er verließ langsam das Podium. Ein vernehmliches Murren war zu hören.
„Und der exakte Beweis, und die Rechnung ist also gar nichts für Sie?!" kreischte Farragus, der gänzlich die Gewalt über sich verloren hatte. „Wie könnte ich Sie überzeugen? Wohl nur, indem ich dieses Reagenzglas in die Flamme einer Kerze hielte, und nur eine solche Katastrophe vermöchte den Nachweis zu erbringen, daß ich einen Großteil meines Lebens nicht unnütz vergeudet habe?"
„Ja, nur ein solches Experiment ... Ich fürchte jedoch, daß mein verehrter Kollege die Gefahr eines derartigen Versuchs erheblich überschätzt. Darf ich Ihnen mit meinem Feuerzeug dienen?"
Ein allgemeines Gelächter ertönte. Der Saal dröhnte.
„Lassen Sie mich sofort hinaus!" rief Farragus mit dünner, zittriger Stimme. „Ich werde Ihnen zeigen, daß ich recht habe, selbst wenn mich das alles kosten sollte!"
Man hörte das Poltern eines umgestoßenen Stuhles, dann schlug krachend eine Tür zu.

4

Doktor Gray, Physikassistent am Universitätsinstitut in Los Angeles, erster Mitarbeiter von Professor Farragus, hatte sich verspätet. Er rannte immer schneller durch die Straßen, strebte in Richtung Universität, die hinter den ausladenden Kronen alter Bäume verborgen lag. Als er auf den Washington-Platz hinaustrat, bemerkte er schon von weitem die Menschenmenge, die sich vor den Staketen der Umzäunung drängte. Manche standen friedlich da, andere schienen mit den Fäusten zu den dunklen Institutsfenstern hinaufzudrohen. Verdutzt verlangsamte der Assistent den Schritt.

Eine Demonstration? Hier? dachte er. Dann fiel er fast in Trab.
Er fand nun, daß sich das glänzend fügte: Der Professor, der ihn sonst bei der geringfügigsten Verspätung mit bissigen Seitenhieben traktierte, würde es heute wohl nicht bemerken: Es war ja etwas Außergewöhnliches passiert.
Mit einiger Mühe zwängte er sich bis an das Tor mit den vergoldeten Staketen durch, die an eiserne Lanzen erinnerten. Dicht dahinter standen Stevens, der Hausmeister, und vier seiner Gehilfen, und neben ihnen — der Assistent mußte zweimal hingucken — ein Polizeioffizier in Uniform.
„Guten Tag, Herr Doktor", sagte der Türhüter. „Wir lassen Sie sofort rein, aber seien Sie so nett und machen Sie sich ein bißchen dünn."
Sie schoben das schwere Gatter auf, und unter den feindseligen Rufen der Menge schlüpfte der Assistent hinein. Die Leute in der Nähe verhielten sich eher passiv und schauten ihn nur finster an, von hinten erreichten ihn dafür bedrohliche Schreie, sogar ein Stein schwirrte durch die Luft, zum Glück folgte ihm keiner mehr nach.
„Um Gottes willen, was ist denn das? Arbeitslose? Was wollen sie hier?" begann Doktor Gray, an den Offizier gewandt.
„Sie sind also Doktor Gray?" fragte der Offizier. „Gut, daß Sie gekommen sind."
„Was geht hier vor sich, Inspektor? Was wollen diese Leute? Irgendein Unfall?" fragte der Doktor erschreckt.
Der Inspektor schien gleichzeitig böse und verlegen zu sein.
„Nein, ach was ... Das kommt alles von diesem verfluchten Artikel, wissen Sie."
„Was für ein Artikel?"
„Haben Sie die heutige Morgenzeitung nicht gesehen?"
„Nein."
„Na, dann lesen Sie mal!"
Der Offizier holte einen zerknitterten, vierfach gefalteten „Evening Star" aus seiner Tasche. Gray warf einen Blick auf die erste Seite und war baff. Dort prangte in Riesenlettern, mit Ausrufezeichen versehen, die Schlagzeile:

EHRGEIZIGER PROFESSOR
SPRENGT AMERIKA IN DIE LUFT!

Und darunter, nicht viel kleiner:

GENETON — schrecklicher Explosionsstoff
MILLIARDENFACH stärker als Wasserstoffbombe!

Und danach:

SENSATIONELLE REPORTAGE
VON DER GEHEIMKONFERENZ DER LEUCHTEN
DER INTERNATIONALEN WISSENSCHAFT

Bericht unseres Korrespondenten

Diese hübsche Story war üppig mit Zahlen und Gott weiß wo ergatterten Fotos von den Teilnehmern der Versammlung ausgeschmückt, welche in ihrer ganzen Grauenhaftigkeit geschildert war. Man muß zugeben, daß Roughton sich die Gelegenheit nicht hatte durch die Lappen gehen lassen. Er hatte eine plastische, blutvolle Epopöe geschaffen, deren Helden Professor Farragus und sein Hauptwidersacher waren (der Reporter hatte es geschafft, seinen Namen zu ermitteln). Er hatte sie als sich gegenseitig zerfleischende Fanatiker dargestellt, die, um die Richtigkeit ihrer Thesen zu belegen, bereit seien, in ihrer Verbohrtheit den gesamten Kosmos zu vernichten. Die Worte, die Farragus, aus der Versammlung rennend, geäußert hatte, waren dem talentierten Journalisten als nicht kernig genug und die fürchterliche Bedrohung der Welt ungenügend widerspiegelnd erschienen, deshalb hatte er sie veredelt, indem er reinen Gewissens schrieb:
... Professor Farragus stürzt, das Gefäß mit dem Geneton hochhebend, zur Tür und ruft: „Bald wird sich die Welt davon überzeugen, daß mein Präparat der schrecklichste Zerstörer ist, den die Geschichte der Menschheit kennt."
„Mein Gott, das Geneton! ...", sagte Gray entsetzt.
„Soll es wirklich wahr sein? Ich habe mit dem Professor gesprochen, er behauptet, *diese* Worte hätte er nicht gesagt. Waren Sie auf der Versammlung?"
„Was? Ach, nein, ich war nicht in Los Angeles ... Mein Gott, was soll das nur werden? Also die Leute ..."
„Hören Sie, Doktor ... Taugt dieses Präparat was?" fragte der Inspektor und faßte Gray vertraulich beim Arm.

„Was? Wie meinen Sie?"
„Nun, explodiert es wirklich, wenn man es ins Feuer legt? Haben Sie es gesehen?"
„Was reden Sie da?! Gott bewahre ... Ich habe es nicht gesehen, weil ich sonst nie mehr etwas im Leben sehen würde! Was hat er da zusammengeschmiert, dieser Reporter? Das Präparat bewirkt eine symmetrische Teilung der Materie ... verstehen Sie? Nein? Die Entzündung der Materie ist nur noch die unmittelbare Folge ... Das ist wie ein Fünkchen in einem Pulverfaß, es entsteht ein größer und größer werdendes Feuer, und nichts ist imstande, es einzudämmen. Ein Gramm dieses Pulvers würde genügen, ach was, ein Zehntelgramm, ein Kerzenstummel und eine Schachtel Streichhölzer, um diese Welt auszulöschen."
„Sie sind also ganz sicher, daß ..."
„Ob ich sicher bin? Hören Sie auf, ich bitte Sie! Wo ist der Professor?"
Gray zitterte vor Erregung.
„Wo ist er?" wandte er sich an Stevens. Plötzlich faßte er sich an den Kopf.
„Mein Gott, aber er hat das doch nicht im Ernst gesagt!"
„Der Professor? Sie wollten ihn lynchen, als er heute morgen ins Institut kam, alles wegen dieses verdammten Reporters, der das ausposaunt hat."
„Ich habe sieben Jahre daran gearbeitet, gemeinsam mit dem Professor ... Das ist ja furchtbar ...", murmelte Gray.
Die Menge wurde dichter und drängte gegen die Staketen an. Ein besonders Hitziger brüllte: „He da, Leute, geht auseinander dort!!!"
In einem schmalen Durchgang zwischen den dichtgedrängten Köpfen tauchte ein gutes Dutzend langer Kerle auf, die einen abgebrochenen Telegrafenmast schleppten und ihn wie einen Mauerbrecher gegen die Zaunstaketen richteten.
Der Inspektor stürzte ans Tor, mit einer Hand nach der Trillerpfeife greifend, mit der anderen nach dem Griff seiner Dienstpistole.
„Wagt nicht, das Tor einzuschlagen!" brüllte er. „Hört ihr? Hopkins!" rief er nach dem Polizisten, der, auf sein Gewehr gestützt, dastand und Maulaffen feilhielt. „Lauf ans Telefon, sie sollen uns ein paar Beamte schicken, einen Wasserwerfer, und noch zwei sollen sie aktionsbereit halten."

Gray, noch immer benommen, als hätte er ein Glas starken Weins auf nüchternen Magen in sich hineingekippt, ging in das Gebäude. Im Arbeitszimmer des Professors herrschte Stille. Er klopfte an – es kam keine Antwort. Er drückte die Klinke herunter. Der Professor drehte sich nicht einmal auf sein Räuspern hin um. Er saß im Sessel, den Kopf tief vornübergebeugt, und trommelte mit den Fingern der rechten Hand auf die Schreibtischplatte. Dort türmten sich Riesenstapel eng und kleinbeschriebener Blätter. Erst als Gray ganz dicht vor ihm stehenblieb, zwinkerte der Professor mit den kurzsichtigen, müden und von der Schlaflosigkeit verschwollenen Augen.

„Ah, Gray, Sie waren gestern nicht auf der Sitzung, wie?"

„Herr Professor, ein fatales Zusammentreffen der Umstände ...", begann Gray, „meine Nichte ..."

„Ach, lassen Sie das. Können Sie sich vorstellen, daß Coonor mein Werk einen sinnlosen Humbug genannt hat? Meine Werte als falsch bezeichnet und die geschätzte Versammlung mich ausgelacht hat ... Diese Bande, diese verfluchte Herde!"

„Jede neue, große Entdeckung ...", hob Gray schüchtern an.

„Ja, ich weiß, ich weiß: ... wurde feindselig und unwillig aufgenommen. Was habe ich davon?"

„Polemik, Herr Professor, ist etwas ganz Natürliches. Coonors Stimme hat kein Gewicht angesichts der Tatsachen. Eine Bagatelle ...".

„Wie, eine Bagatelle?" Der Professor sprang auf beide Beine. „Wenn Coonor mich beleidigt, meine Arbeit beleidigt, dann ist das eine Bagatelle? Wenn er mein Präparat ein harmloses Pülverchen nennt, wenn ihm die, wie es scheint, kompetentesten Leute Beifall klatschen, ist das eine Bagatelle?!"

Farragus stützte sich plötzlich gegen den Tisch, erbleichte und faßte sich an die Brust.

Gray fuhr der Schreck in die Glieder.

„Wo ist das Nitroglyzerin? Hier? Sofort ... Ich werde sofort ..."

Er reichte dem Greis ein Glasröhrchen, rannte nach Wasser, füllte mit fliegenden Händen ein Glas und kehrte zum Schreibtisch zurück. Farragus saß wie gelähmt im Sessel. Auf seine gelblichen Wangen waren ziegelrote Flecken getreten.

„Das Herz ... Das Herz ...“, hauchte er kaum hörbar.
Er winkte mit der Hand ab, als Gray ihm das Wasser geben wollte. Er kam wieder zu sich, stand auf, trat schwankend ans Fenster und schaute in den Park hinab, wo hinter dem Blättervorhang dumpfe Schreie zu hören waren.
„So eine Gemeinheit“, knurrte er. „Heute morgen wollten sie mich totschlagen, als ich hierherkam. Ich habe aus Geneton ein Symbol und eine Garantie des Friedens machen wollen, und so ein Coonor, der der Wissenschaft ... mit Verlaub ... Sie wissen schon, was gegeben hat ... erdreistet sich, weil er in Washington gut angeschrieben ist ...“
In diesem Augenblick ertönte ein diskretes Klopfen, und in das Arbeitszimmer huschte ein Mann mittleren Alters, dessen Augen schlagartig die gesamte Umgebung erfaßten. Aus der Gesäßtasche seiner abgewetzten grauen Hose förderte er einen dicken Stenografieblock zutage, und damit bewaffnet, näherte er sich dem Professor und machte eine anmutige Verbeugung vor ihm.
Der Professor wandte sich vom Fenster ab, und da erst bemerkte er den Eindringling.
„Was ist das? Was wollen Sie hier?“
„Roughton vom ‚Evening Star‘“, sagte der Ankömmling und verneigte sich abermals. „Reporter für Angelegenheiten von besonderer Bedeutung“, fügte er mit diskretem Lächeln hinzu. „Herr Professor“, hob er an, „ich habe mir gestattet, gestern einen kleinen Artikel herauszubringen ...“
„Ach, Sie haben dieses Tohuwabohu angerichtet“, schrie Farragus in höchster Rage und trat mit einem solchen Schwung an den Reporter heran, als wollte er ihn zur Tür hinauswerfen. „Ja und, Sie trauen sich noch, mich zu behelligen?!“
„So gestatten Sie doch. Es gibt da ein Problem: Sie, Herr Professor, geruhten sich dahingehend auszudrücken, daß dieses Präparat, dieses Geneton, wenn es in eine Flamme gehalten oder auch auf anderem Wege bis zu einer Temperatur von achthundert Grad erhitzt wird, sozusagen den Untergang der Welt verursachen würde. In diesem Zusammenhang habe ich nicht verabsäumt, Professor Coonor um ein Interview zu bitten ... Heute morgen, in seiner Privatwohnung. Ich habe ihn gefragt, was er glaube, welche Folgen es hätte, wenn man Ihr Präparat, Herr Professor, ins Feuer brächte.“
„Aha? Nun, und was hat er geantwortet?“ fragte Farragus,

die Hand an die Ohrmuschel gelegt, um besser zu hören.
„Professor Coonor" — der Reporter zwitscherte beinahe seine Antwort, die Augen auf seinen Stenoblock geheftet wie auf ein Gebetbuch — „erwiderte mir, die Wirkung wäre die gleiche, wie wenn man eine Prise Tabak in Feuer legte. Möglicherweise würde der Experimentierende niesen... Und das wäre alles, sagte Professor Coonor. Nun wollte ich Sie fragen, welches ist Ihre Meinung, hochverehrter Herr Professor?"
Farragus lief blau an.
„Der Experimentierende würde niesen ...", stieß er flüsternd hervor, „niesen ..."
Die Finger an seiner Hand krampften sich nervös zusammen und öffneten sich wieder.
„Sie ... Sie wollen meine Meinung wissen?" fragte er. Seine Stimme war belegt und zitterte, aber etwas Stählernes schwang darin. „Gut. Sagen Sie Ihren Lesern, sagen Sie diesen vernagelten Dickschädeln, diesen Holzköpfen ... daß ich heute um acht Uhr abends, mit dem letzten Glockenschlag, mein Präparat in die Flamme bringe ... Und dann gnade Gott Professor Coonor ... allen, allen Menschen ... und diesen großkotzigen Wichtigtuern, die mich verhöhnt! verlacht! hinausgejagt haben!!!"
Eine Sekunde herrschte Totenstille; dann verzog der Professor entsetzlich das Gesicht, schnappte sich den Schlüssel und rannte aus dem Zimmer. Das Schloß, in dem der Schlüssel von außen umgedreht wurde, knirschte. Gray stand einen Augenblick wie versteinert, dann sah er sich fassungslos im Raum um.
„Herr ... Herr Professor!" krähte er plötzlich.
Der Reporter schrieb immer noch. Sodann schraubte er sorgsam den Füllhalter zu, steckte den Notizblock in die Tasche, als wäre er etwas sehr Kostbares, und sprang, ohne auch nur versucht zu haben, die Tür auszuheben, gewandt aufs Fensterbrett. Vier Meter Luft trennten ihn von der Erde. Er schwang die Beine nach draußen, und Gray triumphierend zulächelnd, rief er: „Extrablatt!"
Darauf war er verschwunden.
Gray rannte wie wild im Zimmer umher, stieß verzweifelte Schreie aus, schließlich packte er einen Stuhl und mühte sich, damit die Tür zu zertrümmern. Das gelang ihm natürlich nicht, aber der Lärm lockte den Inspektor herbei. Da der

Professor den Schlüssel im Schloß steckengelassen hatte, drehte der Polizist ihn herum und trat ein, sogleich zur Seite springend, weil Gray mit einem Bruchstück des zertrümmerten Stuhls nach ihm ausholte.
„Was soll das? Was machen Sie da?" fragte der Ordnungshüter gestreng, als er das zerraufte Haar, den irren Blick und das bleiche, verschwitzte Gesicht des Assistenten sah, der über rundum verstreuten Papieren und einem Strom von Tinte, welcher dem Tintenfaß entwich, herumfuchtelte.
„Dieser Reporter ... Professor ... Farragus ... Geneton ... er ist geflohen ...", stammelte Gray.
„Na, beruhigen Sie sich doch endlich. Wo ist der Professor?"
„Mein Gott, was soll das werden!"
„So reden Sie doch!"
Gray sank auf einen Stuhl.
„Der Reporter kam von Coonor, er hat den Professor gereizt, brachte ihn bis zur Weißglut, weil Coonor gesagt hat, das Geneton würde nie explodieren ... wäre wertlos ... Da rief der Professor ... daß er heute um acht das Geneton ins Feuer werfen will."
Der Inspektor stieß einen durchdringenden Pfiff aus. Sah sich blitzschnell im Raum um.
„Wo ist der Professor?"
„Er ist weggelaufen, ich weiß nicht, wohin. Vielleicht nach Hause."
„Wo ist dieses Pulver?"
„Der Professor hatte es in einem Glasröhrchen."
„Wo ist dieses Röhrchen?"
„Es war hier, im Schubfach."
Sie stürzten zum Schreibtisch. Das Schubfach war leer.
Plötzlich rief der Inspektor aus: „Mein Gott, wo steckt nur dieser Reporter?"
„Er ist zum Fenster hinausgesprungen!"
Der Inspektor schnappte nach Luft.
„Tja", sagte er, „das ist nun wirklich der Weltuntergang."
Er rannte auf den Gang hinaus, es war zu hören, wie er eine Telefonnummer wählte und in den Hörer brüllte, solcherart sein gesamtes Kommissariat auf die Beine stellend.
„Nehmt ihn fest; sobald ihr ihn seht!" rief er.
„Was? Was? Okay."
Er wollte schon den Hörer auflegen, da fiel ihm etwas ein.

„Hallo, Bradley? Hör mal, falls euch dieser Roughton, dieser Reporter vom ‚Evening Star' in die Arme läuft, zieht ihm ein paarmal mit der ‚Banane' eins über und ab in den Bunker, damit er auskühlt ... Er ist genauso gefährlich wie der Professor!"

Gray saß auf der vorletzten Treppenstufe und spielte mit dem Schlüssel.

„Und Sie, warum hocken Sie hier herum?" fragte der Inspektor, der nach oben jagte wie eine Rakete.

Der Assistent hob gleichgültig den Blick.

„Ich wollte zum Mittagessen gehen, aber lohnt sich das?"

„Wieso?"

„Na, weil wir ab acht Uhr nicht mehr zu essen brauchen."

„Hol Sie der Teufel!" brüllte der Inspektor und sauste weiter.

5

Der Staatssekretär rückte den Löscher links neben die kleine Silberstatue, die die Freiheit verkörperte, sodann rechts neben sie und schließlich vor sich selbst hin und starrte eine geraume Weile auf den Kristallgriff.

Er hob den Kopf.

„Nun?"

General Harvey, der eben den Hörer auflegte, schluckte.

„Wir haben alles getan, was wir tun konnten."

„Gar nichts habt ihr getan."

„Um zwei wurden sämtliche Bahnhöfe umstellt, die Stationen der Stadtbahn und der Metro, die Straßen, die Plätze; Patrouillenwagen fahren mit dem Foto des Professors durch die Stadt. Sie stehen in ständiger Funkverbindung mit dem Hauptquartier. Die Universitätsgebäude sind umstellt ... Haussuchungen in den Wohnungen der Professoren wurden durchgeführt ... Um drei haben wir Bekanntmachungen anschlagen lassen und fünftausend Dollar Belohnung für die Mitteilung von Farragus' Aufenthaltsort ausgesetzt. Kein Auto, kein Flugzeug, kein Mensch kann ohne unser Wissen Los Angeles verlassen ..."

Der Staatssekretär pochte derart erbittert mit dem Lineal auf den Löscher, als sei dieser Gegenstand an allem schuld.

„Ja und?" explodierte er. „Ja und?"

Harvey rieb sich die Nase.
„Jeden Augenblick bekommen wir Nach..."
Das Telefon klingelte, der Staatssekretär hob den Hörer ab.
„Was?" sagte er. „Aha. Für Sie."
Er übergab den Hörer an den General. Der preßte ihn ans Ohr. Er hörte etwa eine Minute zu, dann lief sein Nacken rot an.
„Was? Folston aus Los Angeles? Was? Was?? Was??? Verbieten! Zurückholen! Machen Sie sämtliche Reserven mobil!"
Er deckte mit der Hand die Sprechmuschel ab.
„Das war unausbleiblich", sagte er mit unterdrückter Stimme. „In der Stadt ist Panik ausgebrochen ... Das heißt Unruhen ...", korrigierte er sich. „Die Leute drängen in Scharen überall aus der Stadt."
„Was geht mich das an?" brauste der Staatssekretär auf. Der Kristalllöscher hauchte sein Leben aus und zersprang unter dem Schreibtisch in tausend Stücke.
„Da kann man nichts machen, Mister Davies ... Die Polizeikräfte reichen nicht aus. Ich sehe mich gezwungen, die Army um Hilfe zu bitten."
Der Sekretär zog ein Taschentuch aus der Tasche.
„Die Army? Aber das geht doch nicht..."
Er stand auf und lief ans Fenster.
„Was für ein abscheulicher Skandal. Anrufe aus der britischen Botschaft ... Anfragen ... Die Börsenkurse sinken sechzehn Dollar pro Aktie ab ... Außerdem Verhandlungen über ... Nein, ausgeschlossen ... Das müssen Sie schon mit eigenen Kräften."
Der General kehrte zum Telefonhörer zurück.
„Folston? Inspektor? Hören Sie, was ich Ihnen sage. Ziehen Sie die Ortspolizisten aus Pasadena und San Diego, überhaupt aus dem ganzen Bezirk ab. Sie können die Autobusse beschlagnahmen ... Was? Was?"
Er wurde noch ein bißchen violetter als vorher.
„Dort ... ist es das gleiche?" stammelte er. „Sollen sie doch kontrollieren. Warum rühren sie sich nicht, die Hornochsen? Absperrungen schaffen, die Papiere kontrollieren und den Rundfunk einschalten. Daß das alles ein Bluff ist. Leute, die Autos haben, könnt ihr ja durchlassen, sollen sie fahren, von mir aus zur Höl ... Was? Verkleidet. Er kann sich verkleidet

haben? Soll ich mich auch noch damit befassen? Dann zieht doch alle an den Bärten, aber verschont mich mit solchem Mumpitz! Das kann Sie teuer zu stehen kommen, möchte ich Sie nur erinnern. Okay, okay."

Er schmiß den Hörer auf die Gabel.

„Nun?"

Der Staatssekretär hielt auf seinem Marsch durch das Zimmer vor dem Schreibtisch inne.

„Seit heute morgen sind sechshundertachtzehn Leute festgenommen worden", hob der General an.

„Sie brauchen nicht weiter zu reden, ich verstehe, lauter Farragusse. Well, noch irgendwelche Erfolge?"

Das zweite Telefon klingelte. Der Staatssekretär hob den Hörer ab.

„Was? Das Weiße Haus? Ach ... gut, ich warte."

„Die Kanzlei des Präsidenten", zischte er mit einem zermalmenden Blick in Harveys Richtung. Sofort setzte er eine heitere Miene auf.

„Mister Präsident? Ja, das bin ich. Ich höre. Aber das ist doch absolut sicher. Wir dürfen nicht allzu viel Staub aufwirbeln, deshalb arbeiten wir mit beschränkten Kräften, aber es sind ausgesuchte Einheiten. Ja. Wir werden ihn bis zum Abend haben, das steht fest. Ich lasse es Sie sofort wissen."

Er legte den Hörer weg. Die Selbstsicherheit verschwand von seinem Gesicht wie durch einen Zauberspruch.

„Tja, da haben wir schon das Weiße Haus. Das wird mich mein Amt kosten. Bedenken Sie doch, der dritte Anruf seit heute morgen. So eine Blamage. Die Leute wüten auf den Straßen."

Wieder klingelte das Telefon.

„Wie, meine Dame? Von der britischen Botschaft? Sagen Sie bitte, ich wäre auf einer Konferenz beim Präsidenten, ich bin in einer Stunde zurück. Ja, bitte bestellen Sie das, und basta."

Das Telefon schepperte.

„Das hätte uns gerade noch gefehlt ...", begann der Staatssekretär, aber er verstummte unter dem merkwürdigen, starren Blick des Generals.

„Warum gucken Sie so?"

„Sie gestatten ... Aber wenn, wovor Gott uns behüte, es nicht gelänge, ihn zu fassen, dann geht es doch wohl nicht um den

Posten, sondern um Leben und Tod."
„Was?"
Der Staatssekretär stand eine lange Weile wie vom Donner gerührt. Plötzlich brach er in ein unangenehmes Gelächter aus.
„Darauf bin ich gar nicht gekommen", gestand er. „Eine schöne Bescherung", ließ er sich nach einer Weile vernehmen. „Dreißigtausend Polizisten, dreieinhalbtausend Patrouillen auf Funkwagen, Hunde, Sonderbrigaden, Flugzeuge, Hubschrauber ... Und nicht imstande, einen einzigen alten herzkranken Mann zu finden ..."
Das Telefon läutete abermals. Der General hörte sich den Rapport an, als springe aller Augenblicke eine Schusterahle aus dem Hörer und steche ihn ins Ohr, mit der anderen Hand preßte er die Sprechmuschel, daß seine Finger weiß anliefen.
„Nun, ich habe keinen anderen Ausweg", sagte er mit einem Mal und hob den Blick zum Sekretär. „Es hilft alles nichts, ich brauche die Army, sonst garantiere ich für nichts."
Der Sekretär ließ sich auf dem Schreibtisch nieder und verschränkte in napoleonischer Gebärde die Arme über der Brust.
„Bitte sehr. Tun Sie, was Sie für richtig halten." Er sah auf den Schreibtisch hinunter. Er war mit den neuesten, von der Druckfarbe noch glänzenden Zeitungen übersät, auf denen riesige rote und schwarze Schlagzeilen prangten.
Jetzt wählte der General Nummer auf Nummer.
„Hallo? General Wilby? Herr General, ich spreche aus dem Arbeitszimmer von Staatssekretär Davies ... Sie sind über die Lage im Bilde, nicht wahr? ... Panik ist ausgebrochen ... Es kann zu Tumulten kommen, zu Plünderungen ... Ich habe keine Leute mehr, um der Situation Herr zu werden. Ich benötige ... Ja, Sie verstehen mich sehr richtig. Nein, keine Infanteristen. Ich würde motorisierte Einheiten vorziehen. So wird es wohl besser sein, nicht wahr. Was sagen Sie? All right."
„Was ist denn das?" Der Staatssekretär blickte auf seine Uhr. „Schon sechs? Noch zwei Stunden ...?"
Er zog eine Schublade auf und suchte nach einer Kopfschmerztablette. Als er sie schluckte, legte der General den Hörer auf.
„Ein Irrsinn", sagte er. „Ein einziger Irrsinn. Wenn man

wenigstens wüßte, was wirklich los ist mit diesem verdammten Geneton."

„Die eine Hälfte der Experten behauptet, das sei Humbug, und die andere Hälfte, die Reaktion sei denkbar", sagte der Staatssekretär.

„Und was meint Coonor?"

„Ich will nichts von ihm hören. Im Grunde genommen haben wir das doch alles ihm zu verdanken."

„Genau betrachtet hat dieser Reporter den Stein ins Rollen gebracht ... Wie heißt er doch gleich?"

„Roughton", sagte der General kurz, der den Hörer abnahm, auf die Wählscheibe starrte und mit dem Finger an ihr herumspielte.

„Richtig. Haben sie ihn endlich?"

„Ich weiß nicht. Ich rufe sofort an."

Abermals begann er eine Nummer zu wählen.

6

Seine ersten Schritte lenkte Roughton in eine öffentliche Fernsprechzelle. Schon nach acht Minuten hatte er Verbindung mit seiner Redaktion. Nachdem er den Rotationsmaschinen den Ballast der jüngsten Nachrichten übermittelt hatte, fühlte er sich frei und leicht. Erfüllt von Zuversicht und den rosigsten Hoffnungen, trat er auf die Straße und betrachtete die Schatten, die sich schon mächtig streckten.

Es war kurz vor sechs.

Vor allem, sagte er sich, muß ich den Professor auftreiben. Dann kann ich ein zusätzliches Interview mit ihm machen. Zwar wäre die Story mit der Explosion an sich schon ein Knüller, aber wenn das tatsächlich den Weltuntergang bedeutet, gäbe es ja niemanden mehr, der die Sonderausgaben lesen könnte. Nein, das lassen wir nicht zu! Daß mir bloß die Polizei nicht in die Quere kommt ...

Roughton sah sich auf der Straße um. Seit dem Verschwinden des Professors waren knapp ein paar Stunden vergangen, und schon wimmelte die Stadt von motorisierten Patrouillen und Fußtruppen. An jeder Ecke mußten sich Leute, die älter als vierzig wirkten, ausweisen.

Der Reporter betrat eine kleine Konditorei. Beim Eis hatte er

immer die besten Einfälle. Er bestellte sich also ein Pistazieneis mit Schlagsahne und fing an zu überlegen.
Eigentlich hätte ich Farragus nachrennen können. Durch meinen Fenstersprung war ich den anderen voraus, dachte er. Aber ich mußte ja meine Reportage aufgeben. Na, noch ist alles drin. Die Creme wird das ihre tun.
Nachdem er seine Überlegungen mit dieser geheimnisvollen Schlußfolgerung beendet hatte, verschob er zunächst die Frage der Auffindung des Professors. Es gab noch andere Probleme zu lösen.
„Hallo, Süße, wo habt ihr hier ein Telefon?" fragte er die Bedienung am Buffet und leckte seinen Löffel ab.
„Dort ist die Kabine."
Der Reporter machte nicht mal die Tür hinter sich zu. Er wählte die Privatnummer von Doktor Gray und wartete geduldig. Endlich meldete sich im Hörer eine weit entfernte Stimme.
„Hallo, Doktor Gray? Gut, daß ich Sie erwische. Hier spricht Professor Humpty aus Texas. Herr Kollege, ich bin eigens wegen dieses fatalen Geneton mit dem Flugzeug hergekommen ... Sie kennen mich nicht? Wir können uns nicht alle untereinander kennen. Aber ... aber meine Zeit ist kostbar. Sagen Sie mir bitte, Herr Kollege, wie sah dieses Röhrchen aus, in dem der Alte ... ich meine, Professor Farragus das Pulver aufbewahrt. ... Was? Ja, es ist wichtig. Es genügt doch wohl, wenn *ich* Ihnen sage, daß es wichtig ist? Ah ja ... aus Glas ... Und wie lang? Okay. Und das Pulver war weiß, wie? Mit einer anderen Farbschattierung oder ganz weiß? Wie Salz? Ausgezeichnet."
Jetzt begann Gray sehr lange zu reden.
„Leider kann ich mich nicht mit Ihnen treffen, Herr Kollege. Ich spreche aus dem Hauptquartier des Polizeichefs ... Ja. Ich bin gleichfalls erschüttert. Aber in so betagtem Alter wie mein ... Nein, nein. Leben Sie wohl."
Die Frau am Buffet glotzte den Reporter an, der nicht im geringsten darauf achtete. Er warf einen Dollar auf die Marmorplatte, und an der Tür blieb er stehen, um zu fragen:
„Wo ist hier die nächste Apotheke?"
„Um die Ecke."
„Und ein Lebensmittelladen?"
„Hier, gleich nebenan."

„Auf Wiedersehen. Und panschen Sie mir nicht beim Eis, sonst vernichtet Sie die PRESSE."
Er kaufte an einem Automaten zwei Kaugummi, in einem Kiosk erstand er eine Zigarre und das Abzeichen des Klubs der Pfeifenraucher, weil es ganz golden und sehr massiv war: er heftete es also an die Innenseite seines Revers und rannte weiter. In der Apotheke hielt er sich nicht lange auf. Er erwarb nur ein Reagenzglas mit patentiertem Schraubverschluß, dann bat er im Laden um etwas Salz, schüttete ein Gramm in das Röhrchen und warf den Rest weg.
„Die Armeen stehen mit wehenden Fahnen in der Ebene", sagte er zu sich, „jetzt wird zur Attacke geblasen."
In einem Buchladen kaufte er sich einen Stadtplan, schaute sich rasch um und entdeckte etwas weiter weg die große Reklame eines Geschäfts für elektronische Geräte. Er warf einen Blick auf die elektrische Uhr über dem Metroeingang. In dreißig Minuten war es sieben.
Wir legen einen Zahn zu, entschied er und stürmte fast im Laufschritt in den Laden. Bei seinem Anblick erhob sich hinter dem Ladentisch im Hintergrund ein rothaariger junger Mann in elegant geschnittenem weißem Kittel mit Perlmuttknöpfen.
„Reichen Sie mir mal so einen kleinen radioaktiven Monitor rüber, so ein Geigerapparätchen, wissen Sie?" sprach der Reporter und sah sich pfiffig in dem vor Nickel und kostbaren Inkrustationen blitzenden Geschäftsinnern um.
Der rothaarige Verkäufer schüttelte bedauernd den Kopf.
„Leider alle ausverkauft ... Heute nachmittag war eine große Nachfrage danach ..."
„Nichts da?"
„Nichts da", echote der elegante Verkäufer.
Roughton musterte ihn mit einem gutmütigen Lächeln.
„Vielleicht haben Sie wirklich nichts da, für gewöhnliche Leute", sagte er sehr leise und ruhig, „aber für mich wird sich doch was finden. Na, ein bißchen flott, junger Mann ... Haben Sie nicht was für sich selbst zurückgestellt, für eine schwarze Stunde? Oder sollte ich zu außergewöhnlichen Mitteln greifen müssen?"
Er lüftete ein wenig den Jackettaufschlag. Das Abzeichen blitzte kurz golden auf und verschwand. Der Verkäufer ging wortlos nach nebenan in einen kleinen Raum, der durch eine

Samtportiere abgetrennt war, und kehrte mit einem nicht sehr großen, aber offenbar schweren Päckchen zurück, das er auf den Ladentisch stellte.
„Sechsundzwanzig Dollar.“
„Hier sind die Scheine, und nun viel Glück, mein Freund. Die Gebrauchsanweisung ist drin?“
„Ja, mein Herr. Auf Wiedersehen, ich danke Ihnen.“
„Keine Ursache ... Mit Geigerzähler oder ohne, beim Weltuntergang nimmt sich das nicht viel“, warf der Reporter noch im Hinausgehen hin. Auf der Straße packte er den Apparat in die Aktentasche um und blieb mit leicht eingeknickten Knien stehen, als hätte er vor, auf den eben vorbeifahrenden Autobus aufzuspringen.
„Und nun Akt Nummer zwei“, sagte er zu sich und betrat einen Spielzeugladen.
Dort vertrödelte er nicht seine Zeit, eine Minute später stand er wieder draußen, einen wunderhübschen Panzer unter dem Arm. Besagter Panzer, imstande, die Leidenschaft jedes Mannes bis zu vierzehn Jahren zu entflammen, besaß einen kleinen Elektromotor, eine Batterie und ließ sich fernsteuern.
„Jetzt brauchen wir noch ein Medium“, sprach Roughton nachdenklich.
Er schlenderte die Straße entlang und warf einen Blick in die Toreinfahrten. Endlich entdeckte er auf einem weiten Hof das, was er suchte.
„Harry, komm mal einen Moment her“, rief er und stellte sich in den Schatten der Treppe. Ein etwa sechsjähriger Junge, der in langen Jeans auf dem Hof herumgaloppierte, eine Atompistole aus Holz in der Hand, einen blutrünstigen Tiger auf dem zitronengelben T-Shirt, blieb beim Klang seiner Stimme stehen, dann machte er ein paar Schritte in Richtung Treppe.
„Ich heiße nicht Harry“. sagte er finster und schielte zu dem fremden Mann hinauf.
„Sondern wie?“
„Tom.“
„Sieh mal an, Tommy. Möchtest du nicht so einen Panzer haben, wie?“
Tom machte drei weitere Schritte, und nun stand er schon zu dicht vor dem herrlichen Spielzeug, um noch an einen Rückzug zu denken. Auf seinem Gesicht malte sich Erregung.

„Für wen ist der?“ fragte er leise.
„Für dich“, erwiderte Roughton. „Du mußt mir nur helfen, weißt du. Ich bin ein berühmter Detektiv. Du hast bestimmt schon von solchen Leuten gehört, oder? Nun also, so einer bin ich. Ich verfolge einen Verbrecher mit Hilfe radioaktiver Strahlen, aber allein schaff ich es nicht. Wenn du mir hilfst, gehört der Panzer dir.“
Ein spannungsgeladenes Schweigen trat ein.
„Und Sie veralbern mich nicht?“ fragte kaum hörbar der Junge.
„Ich veralbere dich nicht. Der Atomblitz soll mich treffen, wenn ich dich reinlegen will, Tommy.“
„Ehrenwort?“
„Ehrenwort.“
„Und was soll ich machen?“
„Zuerst schließen wir einen Pakt“, sprach der Reporter. Er machte die Aktentasche auf und holte den Geigerzähler heraus.
„Siehst du, mein Kleiner“, sagte er und riß das Papier ab, „das ist unser Spürhund. Dem Verbrecher, dem ich auf der Fährte bin, habe ich ein radioaktives Präparat in die Schuhcreme gemischt, dadurch können wir ihn mit Hilfe dieses Geigerzählers überall finden. Kapiert?“
„Klar.“
„Na, siehst du. Ich kann nur nicht mit heraushängendem Apparat durch die Straßen rennen, verstehst du. Die Komplizen des Gangsters würden mich sofort abknallen. Deshalb brauche ich unbedingt deine Hilfe. Den Geiger setzen wir in den Panzer ein ... Da, so ... Du gehst vorneweg, und ich gucke auf den Zeiger auf dem Zifferblatt hier. Keinem wird was auffallen. Das Merkwürdigste an dieser Geschichte ist, daß ich sie mir keineswegs ausgedacht habe. Und jetzt gehen wir auf den Hof ... Aber ist deine Mami nicht irgendwo in der Nähe?“
„Sie ist zu meinem Onkel gefahren und hat gesagt, sie kommt in einer Stunde zurück.“
„Genau richtig für uns. Hier breiten wir erst mal den Stadtplan aus; weißt du?“
Roughton breitete auf dem Deckel einer Müllkiste die Karte aus.
Geraume Weile betrachtete er sie schweigend.

Der Professor muß sich den Ort der Handlung noch in seinem Arbeitszimmer überlegt haben, sinnierte er. Das ist das Wahrscheinlichste. Ich nehme an, er hatte das schon manchmal geplant, aber er hat sich immer vorgemacht, das sei nur pro forma, es muß ein Ort in der Nähe sein, der gleichzeitig so gelegen ist, daß niemand ihn dort stören kann. Tja, unter den Verkehrsmitteln hatte er die Wahl zwischen Auto — das entfällt wohl; Fahrrad, das entfällt auch, weil ich ihm zum Wohle der Menschheit die Schläuche durchgeschnitten habe; den Beinen ... Bleiben wir bei den Beinen.

„Komm, Junge", sprach er laut, „wir fahren mit dem Auto zur Höhle des Verbrechers. Aber hast du auch keine Angst?"

Der Kleine sah den Reporter zugleich entrüstet und bewundernd an. An der nächsten Ecke schnappten sie sich ein Taxi. Nachdem er Tom und den Panzer verstaut hatte, sprang Roughton auf den Vordersitz neben dem Fahrer.

„Physikalisches Institut, aber schnell."

An der Ecke des Platzes, in gebührender Entfernung vom Institut, bezahlte er und stieg mit Tom aus. Bedauerlicherweise war es noch ziemlich hell, deshalb mußte er zu der Maskerade mit dem Panzer und dem Kind Zuflucht nehmen; andernfalls wäre die Polizei binnen weniger Minuten auf seine ungewöhnlichen Manipulationen aufmerksam geworden. Der Panzer, zum Ruhme seiner Herstellerfirma in Gang gesetzt, rollte wacker rasselnd über den Asphalt, und Roughton rannte zusammen mit dem Kleinen, von dem er sich Onkel nennen ließ, hinter ihm her und schaute aller Augenblicke auf die Scheibe des Strahlenmessers. Alsbald zeigte ihm dessen charakteristische Oszillation an, daß sie auf der richtigen Fährte waren. Der Professor, Spuren des radioaktiven Kaliumjodids zurücklassend, hatte das Institut in Richtung City verlassen. Das beunruhigte und verwunderte Roughton gehörig, und seine Unruhe erreichte ihren Höhepunkt, als die Spuren deutlich der nächsten Metrostation zuzustreben begannen.

„Da hat er uns angeschmiert, der hinterhältige Alte", fauchte der Reporter wütend. „Mit dem Panzer kommen wir nicht in die Metro. Es hilft alles nichts, wir müssen unsere Denkmaschine wieder anwerfen."

Auf einer Bank in einer nahe gelegenen Anlage analysierte er neuerlich die Situation auf der Karte, während sich Tom, der seine Existenz total vergessen hatte, mit dem Panzer auf dem Rasen tummelte.

Inzwischen war es schon ziemlich dunkel geworden, jedenfalls brach der Abend mehr und mehr herein. Roughton holte nach tiefem Grübeln das Apparätchen aus dem Panzerturm, drückte dem Jungen den leeren Panzer in die Hand, tätschelte ihm die Wange und entfernte sich im Laufschritt in Richtung Straße, wo er durch Armefuchteln und durchdringende Schreie gleich zwei Taxen auf einmal anhielt.

„Bahnhof!" befahl er dem Fahrer. „Aber Güterbahnhof, nicht Personenbahnhof", fügte er im gleichen Moment hinzu.

„Mit dem Güterzug wollen Sie sich aus dem Staub machen? Zu spät, in einer halben Stunde ist es acht", sprach der Chauffeur.

„Für jeden Ratschlag ziehe ich fünf Cent vom Preis ab", sagte der Reporter unhöflich. „Fahren Sie, wohin ich sage, andernfalls garantiere ich für gar nichts."

Vor dem Güterbahnhof schmiß er dem Fahrer das bereitgehaltene Kleingeld in die geöffnete Hand und jagte weiter, als glühe der Boden unter seinen Füßen. An der großen Uhr war es Viertel vor acht.

Mit diesem Kind hab ich eine Menge Zeit verplempert, rügte sich Roughton, als er keuchend über eine hohe Drahteinzäunung kletterte. Er ließ sich sachte hinab und landete auf einer hölzernen Laderampe. Die Gleisanlagen, mit Waggons vollgestellt, lagen still und verlassen, nur von der Stadt her kamen unaufhörliches Stimmengewirr und Autolärm.

Sie hauen ab, die wackeren Leute, aber ohne mich würde ihnen das gar nichts nützen, durchzuckte es Roughton. Und wenn ich kein Glück habe, ist die Unendlichkeit Endstation.

Er ließ den flachen Kopf des Apparates lose an den Drähten hinab, und auf den in der zunehmenden Dunkelheit phosphoreszierenden Pfeil in seiner Hand blickend, ging er so schnell er konnte, bemüht, einen großen Bogen zu schlagen. Er hoffte, auf diese Weise irgendwo den Weg zu kreuzen, auf dem Farragus hierhergekommen war, sofern seine Überlegungen ihn nicht trogen und der Alte tatsächlich als Ort des Letzten Gerichts diesen großen, voll Waggons stehenden, aber menschenleeren Bahnhof gewählt hatte.

Sieben vor acht perlten Schweißtropfen auf der Stirn des

Reporters. Er war bereits Dreiviertel der Strecke abgelaufen, und der Zeiger des Geräts hatte sich nicht von der Stelle gerührt. Er näherte sich jetzt den langen Nebengleisen. Immer seltener brannten Lampen. Hier war es schon fast ganz dunkel. Schließlich konnte er kaum noch einen Fuß vor den anderen setzen, lediglich die Laternen der Gleisweichen spendeten einen spärlichen Schein.

Mit einem Mal begann der Zeiger zu tanzen, und beinahe zur gleichen Zeit entdeckte er einen auf den Schotter fallenden Lichtstreif. Er atmete tief durch, legte lautlos den nunmehr überflüssigen Apparat auf die Erde und richtete sich auf. Die Tür eines Waggons war nicht ganz zugeschoben, ein schwankender, gelblicher Schimmer drang daraus hervor.

Eine Kerze, sagte sich Roughton, und in seinem Herzen machte sich ein so wohliges Gefühl breit, als wäre es ganz mit Hundertdollarnoten ausgepolstert.

Auf Zehenspitzen schlich er sich an den Wagen heran und warf einen Blick durch die Bretterritzen. Vor einer großen Kiste saß der Professor. Darauf stand eine brennende, ziemlich dicke Wachskerze.

Die Totenkerze, dachte der Reporter.

Daneben lag eine Uhr, deren Ticken, durch die Resonanz der hohlen Kiste verstärkt, sehr deutlich zu hören war. Farragus saß, gegen die Seitenwand der Kiste gelehnt, auf dem schmutzigen Fußboden und atmete schwer. In der Hand hielt er ein Glasröhrchen.

Ein kurzer Blick sagte dem Reporter, daß er noch sechs Minuten Zeit hatte.

Das ist nicht wenig, dachte er, aber wenn hier ein Polizist stünde, würde er sich mit Gebrüll auf die Tür stürzen, der Professor würde das Röhrchen in die Flamme halten, und seid gegrüßt ihr himmlischen Scharen! Ich muß mir was Besseres einfallen lassen. Ich darf ihn um Himmels willen nicht erschrecken, dachte er weiter. Daß ich aber auch keine Spritzpistole mitgenommen habe, ich könnte die Kerze auslöschen.

Aber eine solche Pistole hatte er nicht, und die Uhr tickte. Verdammt schnell, wie Roughton nicht entging.

Er entdeckte auf der gegenüberliegenden Seite des Waggons, in Höhe der Kiste, einen halben Meter von ihrem Rand entfernt, einen länglichen schwarzen Spalt, der so breit war, daß man die Hand hindurchstecken konnte.

Stückchen für Stückchen robbte er sich unter dem Waggon durch. Als er drüben wieder hochkam, sah er, daß er um Armeslänge vom Kopf des Professors entfernt war, der ihm den Rücken zukehrte. Leider war die Kerze durch ein hervorstehendes Brett verdeckt. Auspusten konnte man sie nicht. Im übrigen hätte ein so plötzliches Vorgehen bei dem alten Mann einen Herzanfall auslösen können. Der Reporter stand reglos. Plötzlich strich etwas sanft um seine Beine. Im ersten Moment erschauerte er. Dann senkte er die Hand in die Dunkelheit hinunter.

Es war ein abgemagertes Kätzchen, das den Rücken an seinem Bein rieb und leise schnurrte.

Roughton hob die Katze hoch, nahm sie auf den Arm und begann sie zart zu streicheln.

Was lieben alte, ausgetrocknete Bücherwürmer? grübelte er. Katzen lieben sie! Dann also, marschier los, Kätzchen, und rette die Welt!

Und er setzte das Kätzchen behutsam am Rande des Spalts ab und gab ihm einen Stüber in die Schwanzgegend.

Die Katze miaute leise und sprang in den Wagen, der Reporter aber drückte sich an ein Astloch, um zu beobachten, was da drinnen geschähe.

Der Professor zuckte heftig zusammen, hob den Arm mit dem Reagenzglas, aber als er sah, daß die Ursache des Lärms eine Katze war, setzte er sich wieder.

Der Anflug eines sehr müden, bitteren Lächelns erschien auf seinen ausgetrockneten blauen Lippen.

„Miez", flüsterte er. „Miezi ... Miez ..."

Die Katze näherte sich dem Professor. Der streckte die Hand aus. Das Röhrchen mit dem Pulver war ihm hinderlich, also legte er es auf die Kiste. Es glänzte in zwei Handbreit Entfernung vor dem Reporter, dem es den Atem verschlug. Er zog das Röhrchen mit dem Salz aus seiner Tasche und rüstete sich zu dem entscheidenden Coup. In die Linke nahm er ein Steinchen und warf es über das Dach des Waggons, wie er es aus den Werken von Karl May gelernt hatte. Es gab einen leisen, kurzen Aufprall, und der Professor ließ von der Katze ab und wandte unwillkürlich den Kopf nach der Quelle des Geräusches. Das dauerte höchstens eine Sekunde.

Dann hatte sich der Professor wieder gefaßt. Er richtete die Augen erneut auf die Uhr, und als er sah, daß die achte Stunde

nahte — es fehlten nur noch drei Minuten —, setzte er die Katze auf die Dielen hinunter und streckte die Hand nach dem Reagenzglas aus.
„Guten Abend", sagte Roughton.
Der Professor sprang in die Höhe, faßte sich ans Herz und wich zur Wand zurück. Aber im nächsten Augenblick hatte er sich wieder in der Hand.
Er griff nach dem Röhrchen und näherte es der Flamme.
„Pfui, wollen Sie Ihr Wort brechen?" sprach der Reporter. „Es fehlen noch ... drei Minuten."
Der Professor blickte verdutzt in das Dunkel. Es mußte ein irrsinnig mutiger Mensch sein, der also sprach, vielleicht hatte er eine Feuerwaffe und zielte auf ihn?
„Ihr Revolver nützt Ihnen gar nichts", sagte er auf Verdacht. „Sie sehen, der Boden des Glases ist zwei Zentimeter von der Flamme entfernt. Selbst wenn Sie schießen, schaffe ich es noch, das Glas in die Flamme zu bringen."
„Das sehe ich", entgegnete Roughton, „aber ich habe gar keinen Revolver."
„Wer sind Sie? Was wollen Sie?"
„Ich wollte mich mit Ihnen unterhalten."
„Gehen Sie weg von hier."
„Ist es nicht egal, an welchem Ort man den Untergang der Welt erlebt? Warum können wir uns nicht unterhalten?"
„Sind Sie wahnsinnig? Gehen Sie weg! In zwei Minuten geschieht etwas Entsetzliches, etwas Schreckliches — eine Naturkatastrophe, wie sie weder die Gestirne noch die Menschheit je kennengelernt haben."
„Okay", sagte der Reporter, „das mit der Menschheit geht in Ordnung, aber was wollen Sie von der Katze?"
„Was? Wie?"
„Was hat Ihnen die Katze getan, daß Sie sie umbringen wollen?"
„Ich ... die Katze?"
„Professor, und so schwer von Begriff", sprach Roughton im Ton mütterlicher Überredung. „Wenn Sie hier den Weltuntergang inszenieren, töten Sie doch auch die Katze."
„Hinaus!" rief der Professor, und die Hand, die das Röhrchen hielt, zitterte. „Gehen Sie! In anderthalb Minuten ... In anderthalb Minuten ..."
Er atmete schwer, starrte mit glühenden Augen auf die Uhr.

Große Schweißtropfen traten auf seine Stirn und rannen ihm das Gesicht hinunter.
„Vielleicht lassen Sie es bleiben?“ sagte Roughton sanft. „Überlegen Sie mal. Es gibt so viele schöne Dinge auf Erden: Vögel, Berge, Frauen, Kinder. Die Mehrzahl davon weiß nicht einmal, daß sie sterben sollen. Es ist doch eigentlich gar nicht nett, wegen einer Privatangelegenheit einen öffentlichen Weltuntergang zu veranstalten.“
„Was wissen Sie schon!“ fauchte der Professor.
Der Zeiger der Stoppuhr umrundete das Zifferblatt. Noch eine Minute und zwanzig Sekunden.
„Ich weiß nicht soviel wie Sie, aber doch auch ein bißchen was. Denken Sie an die Sterne. Tausende von Menschen blicken jede Nacht zu ihnen auf. Die Männer, die auf den Ozeandampfern stehen, die Eskimos im Eis des Nordpols ... Die Neger ... Warum wollen Sie ihnen das alles nehmen? Wegnehmen darf man nur, was man jemandem geschenkt hat, und auch das ist nicht nett.“
„Scheren Sie sich fort mit ihrer Moralpredigt“, keuchte der Professor, „sonst ... sonst ...“
„Ja, was sonst? Sie haben doch sowieso das Schlimmste vor, mir kann also nichts passieren. Wollen Sie wirklich das Röhrchen in die Flamme legen? Aber wozu eigentlich? Sie werden ja nicht mal mehr die Genugtuung haben! Coonor überzeugen Sie nicht, Sie machen bestenfalls ein Häufchen Asche aus ihm.“
„Hinaus!“ brüllte Farragus. Es fehlten noch fünfzig Sekunden.
„Beruhigen Sie sich. Ich muß Ihnen etwas sagen, was für Sie sehr unangenehm sein dürfte.“
Der Professor lachte höhnisch auf, sofern man diese gepreßten, an ein Schluchzen erinnernden Laute als Lachen bezeichnen konnte.
„Für mich unangenehm, da bin ich aber gespannt“, sagte er. „Aber reden Sie rasch, noch vierzig Sekunden.“
„Nicht so hastig. Wir haben Zeit. Nun, wissen Sie ... Aber machen Sie sich wirklich auf eine schlechte Nachricht gefaßt.“
„Quatsch. Sie können mir keinen Bären aufbinden“, knurrte Farragus.
„Das will ich auch nicht. Ich bin Roughton vom ‚Evening

Star', der den Artikel geschrieben hat, Sie wissen schon?"
„Ja, und was folgt daraus? Wollen Sie, daß ich deswegen das Glas nicht ins Feuer stecke?"
„Das nicht ... aber wissen Sie, dieses Pulver in Ihrem Röhrchen ist kein ganz richtiges Geneton."
Der Professor rückte jäh das Röhrchen an die Augen.
„Sie lügen! Was soll das heißen: kein ganz richtiges?"
„Nun, das ist, damit Sie sich nicht aufregen ... Man erzählt sich, Sie wären herzkrank ... Sehen Sie, ich habe dieses Pulver an mich genommen."
„Und was ist das? Zucker vielleicht?" fragte Farragus höhnisch. „Und nun Schluß. Sie haben gerade noch soviel Zeit, um schnell ein Gebet zu sprechen, falls Sie gläubig sind. Ich brauche das nicht."
Der Zeiger näherte sich dem Strich. Es fehlten noch zehn Sekunden.
„Nein, es ist kein Zucker, es ist Salz", sagte der Reporter erklärend. „Passen Sie auf, wenn Sie das Röhrchen in die Flamme legen, trockenes Salz spritzt, sonst verbrennen Sie sich noch."
Farragus brüllte auf und legte das Glas ins Feuer.
„Nur ruhig ... Ruhig", sagte der Reporter wie zu einem Kinde. „Es wird alles gut ... Sehen Sie."
Es war acht Uhr vorbei.
Die Flamme erfaßte das Glas, das Pulver zischte tatsächlich nur in dem Röhrchen. Das war alles.
„Es explodiert nicht ...", ächzte der Professor. „Sie Schuft, was haben Sie gemacht?!"
„Ich sagte es Ihnen doch. Ich habe die Röhrchen vertauscht."
„Ist das wahr? Wann?"
„Soeben, als Sie sich umdrehten. Ich war es, der den Stein geworfen hat. Grämen Sie sich nicht. Ihr Geneton ist bestimmt eine gute Erfindung, aber man probiert es besser nicht aus."
„Es explodiert wirklich nicht ..." Der Professor schob das Röhrchen noch tiefer in die Flamme.
„Ich habe Salz noch nie explodieren sehen, noch dazu, wenn es nicht so ganz rein ist ... Ist Ihnen schlecht?" fragte der Reporter. Blitzschnell kroch er unter dem Waggon durch auf die andere Seite der Schienen, stieß mit aller Gewalt die

zurückgeschobene Tür ganz auf und tat einen Schritt ins Innere.
Farragus stieß einen dumpfen Schrei aus, taumelte und fiel hin. Seine Hand griff instinktiv in die Tasche. Der Reporter fing ihn auf, faßte in die Tasche des Professors, und als er dort ein Arzneifläschchen gefunden hatte, schüttete er dem Bewußtlosen gewaltsam ein paar Tropfen in den Mund. Wenig später begann der Professor ruhig zu atmen.
Als er die Augen aufschlug, sah er, daß sein Hemd aufgeknöpft und sein Kopf auf etwas Weiches gebettet war: Roughtons Jackett. Etwas Warmes lag auf seinem Herzen. Er sah genauer hin: Es war die Katze. Der Reporter hatte sie ihm auf die Brust gelegt.
„Ihr seid ganz schöne Nervenbündel, ihr Wissenschaftler", sagte Roughton. „Na, schon besser, wie? Und jetzt nach Hause und in die Heia. Aber vielleicht sagen Sie unseren Lesern vorher noch etwas Interessantes? Ich eile sofort zum Telefon. Das gibt eine Extraausgabe. Es muß übrigens nicht unbedingt sein, bemühen Sie sich nicht, mir fällt schon was ein für Sie."
„Sie haben mich bestohlen, Sie haben mich bestohlen ...", flüsterte der Professor, ohne daß er genug Kraft gehabt hätte, sich zu erheben. „Gehen Sie ... Geh ... Was für eine Schande ..."
Er machte die Augen zu und lag wie tot da. Eine kleine Träne trat in seinen Augenwinkel und rann in den schmutzigen Staub des Fußbodens hinab.
„Ja, ich habe Sie bestohlen", gab der Reporter sachlich zu, „aber irgendwie scheint mir, daß ich richtig gehandelt habe. Das werden Sie übrigens selber zugeben, später."
Er stand auf.
„Jetzt gehen wir gemütlich zur nächsten Taxihaltestelle", sagte er, „und diese Katze rate ich Ihnen zu behalten. Immerhin etwas Lebendiges. Ich würde sie selber gern nehmen, aber ich hab so einen Drachen von Wirtin. Sie könnte ihr was zuleide tun."
„Wo haben Sie mein Geneton hingetan? Was haben Sie damit gemacht?" flüsterte der Professor, als ihm der Reporter beim Aufstehen half.
„Das Pulver? Nirgendwo hab ich es hingetan. Hier ist es, in meiner Uhrtasche. Ich würde bestimmt eine Million dafür bekommen, aber es gehört ja nicht mir. Ich gebe es Ihnen

zurück, selbstverständlich erst, wenn Sie mir Ihr Ehrenwort gegeben haben, was? Durch diesen Weltuntergang hatte ich allerlei Ausgaben: Der Panzer hat sechs Dollar gekostet, der Geigerzähler fast dreißig, das Eis, das Taxi und radioaktive Schuhcreme verteilen sie auch nicht umsonst auf der Straße, aber das ist meine Sache. Sie geben mir nur Ihr Wort. Das werden Sie tun, nicht wahr? Ihr Wort genügt mir."

König Hydrops Ratgeber

Die Argonautiker waren der erste Sternenstamm, der dem Verstand die Tiefen der planetaren Ozeane erschloß, die, wie kleinmütige Roboter meinten, für Ewigkeiten dem Metall verwehrt seien. Eins der smaragdenen Glieder ihres Königreichs ist Aquazien, das im Halsband der Topase wie ein großer Saphir am nördlichen Himmel glänzt. Vor vielen Jahren herrschte auf diesem Unterwasserplaneten König Hydrop der Allfischige. Eines Morgens ließ er die vier Minister der Krone in den Thronsaal rufen, und als diese vor ihm auf den Gesichtern schwammen, sprach er wie folgt zu ihnen, während sein Großkiemenmeister, ganz in Smaragden, den breiten Flossenfächer über ihm bewegte: „Ihr rostfreien Würdenträger! Seit fünfzehn Jahrhunderten bin ich nun Herrscher über Aquazien, über seine Unterwasserstädte und über die Kolonien der blauen Wiesen; in dieser Zeit habe ich die Staatsgrenzen erweitert, indem ich zahlreiche Kontinente unter Wasser setzte, und habe somit die wasserabstoßenden Standarten nicht befleckt, die ich von meinem Erzeuger, Ichtiokrates, übernahm. Im Gegenteil, in den Schlachten mit den feindlichen Mikrozyten habe ich mehrere Siege davongetragen, deren Ruhm zu schildern mir nicht ansteht. Ich fühle jedoch, daß die Macht für mich eine Last ist, die meine Kräfte übersteigt, deshalb habe ich beschlossen, einen Sohn zu erwerben, der die gerechte Herrschaft auf dem Thron der Inoxyden würdevoll fortsetzen soll. Ich wende mich daher an dich, Großprogrammierer Dioptrikus, an euch, Philonaut und Minogar, die ihr meine Oberstimmer seid, damit ihr mir einen Sohn ausdenkt. Mag er klug sein, aber er hänge nicht zu sehr an Büchern, denn ein Übermaß an Wissen lähmt den Willen zur Tat. Mag er gut sein, aber ohne Übertreibung. Ich wünsche mir, er möge tapfer, aber nicht verwegen sein, empfindlich, aber nicht rührselig, schließlich und endlich mag er mir gleichen, seine Seiten sollen von den gleichen Tantalusschuppen bedeckt und die Kristalle seines Verstandes ebenso durchsichtig sein wie dieses Wasser, das uns umgibt, uns stützt und uns nährt! Aber nun ans Werk, im Namen der Großen Matrix!"

Dioptrikus, Minogar, Philonaut und Amassid verbeugten sich tief und schwammen schweigend von dannen, und jeder erwog im Geiste die Worte des Königs, wenn auch nicht vollends so, wie es sich der mächtige Hydrop gewünscht hätte. Minogar verlangte es nämlich hauptsächlich danach, sich des Throns zu bemächtigen, Philonaut stand mit den Feinden der Argonautiker, den Mikrozyten, im heimlichen Einvernehmen. Amassid wiederum und Dioptrikus waren miteinander tödlich verfeindet, und jeder ersehnte vor allem den Fall des anderen und den der übrigen Würdenträger.

„Der König wünscht, daß wir ihm einen Sohn entwerfen", dachte Amassid, „was einfacher, als auf der Mikromatrix des Prinzen eine Abneigung gegen Dioptrikus, diese Mißgeburt, der aufgebläht wie eine Blase ist, einzuritzen? Wenn er dann die Macht übernommen hat, läßt er ihn gleich ersticken, indem er seinen Kopf an die Luft setzen läßt. Das wäre fürwahr wundervoll. Aber" — so dachte er — „Dioptrikus schmiedet zweifellos die gleichen Pläne, und er hat leider als Programmierer eine Menge Möglichkeiten, um dem künftigen Prinzen Haß gegen mich einzuimpfen. Eine fatale Geschichte! Ich muß die Augen gut aufreißen, wenn wir zusammen die Matrix in den Kinderofen schieben!"

„Am einfachsten wäre", überlegte der würdige Philonaut zur gleichen Zeit, „wenn man dem Prinzen eine Zuneigung für die Mikrozyten einritzte. Doch das würde man gleich bemerken, und der König würde mich ausschließen. Vielleicht sollte man dem Prinzen dann lediglich die Liebe zu den kleinen Formen einprägen, was viel sicherer sein dürfte. Wenn man mich ins Kreuzverhör nimmt, werde ich sagen, ich hätte nur das kleine Zeug unter Wasser im Sinne gehabt und habe vergessen, das Programm des Sohnes durch den Vorbehalt zu sichern, daß das, was nicht unter Wasser steht, nicht geliebt werden dürfe. Schlimmstenfalls wird der König mir dafür den Orden des Großen Plantschers abnehmen, er wird mir aber nicht den Kopf abreißen, und das ist für mich eine teure Sache, die selbst Nanoxer, der Herrscher der Mikrozyten, mir nicht wiedergeben könnte!"

„Warum schweigt ihr, ehrenwerte Herren?" ließ sich Minogar da vernehmen. „Ich glaube, wir werden unweigerlich ans Werk gehen müssen, es gibt nämlich nichts Heiligeres als des Königs Befehl!"

„Ich erwäge ihn ja auch schon im Geiste", sagte Philonaut rasch, Dioptrikus und Amassid aber fügten einstimmig hinzu: „Wir sind bereit!"

Nach alter Sitte empfahlen sie also, sich in einen Raum mit Wänden aus Smaragdschuppen einzuschließen, der von außen mit einem siebenfachen Siegel aus Unterseeharz verschlossen wurde, und Megazystes selbst, Herr der planetaren Überflutungen, drückte sein Wappen „Stilles Wasser" auf die Siegel. Von da an konnte sich niemand mehr in ihre Arbeit mischen, und erst auf das Zeichen, daß diese beendet sei, wenn sie mit einem eigens dazu erzeugten Strudel die mißlungenen Projekte durch die Klappe würfen, sollten die Siegel entfernt werden, und die große Feierlichkeit der Sohneswahl könnte beginnen.

In der Tat machten sich die Würdenträger ans Werk, aber es wollte ihnen nicht von der Hand gehen. Nicht daran dachten sie nämlich, wie sie dem Prinzen die von Hydrop gewünschten Tugenden einprägen sollten, sondern daran, wie sie den König und die drei rostfreien Gefährten bei dieser schwierigen Schöpfungsangelegenheit hintergehen könnten.

Der König wurde ungeduldig, denn bereits acht Tage und acht Nächte waren seine Sohneserzeuger eingeschlossen, und sie gaben nicht einmal ein Zeichen, daß sich das Werk einem günstigen Abschluß näherte. Sie versuchten nämlich, sich einander im Durchhalten zu überbieten, und jeder wartete also, bis dem anderen die Kräfte ausgingen, und dann wollte er rasch in das Kristallnetz der Matrix das hineinschreiben, was im Prinzen zu seinem Nutzen ausschlagen würde.

Die Machtgier regte jedoch Minogar an, Philonaut die Leidenschaft des Mammon, den ihm die Mikrozyten versprochen hatten, Amassid und Dioptrikus der gegenseitige Haß.

Nachdem sie solchermaßen eher ihre Geduld als ihre Kräfte erschöpft hatten, sagte der schlaue Philonaut: „Ich verstehe nicht, meine ehrenwerten Herren, warum sich unser Werk so lange hinzieht. Immerhin hat uns der König präzise Anweisungen erteilt: hätten wir uns an sie gehalten, wäre der Prinz schon fertig. Ich habe den Verdacht, daß eure Langsamkeit eine Ursache hat, die mit der Konzipierung des Thronfolgers in einem anderen Zusammenhang steht als in dem, der dem Herzen des Herrschers lieb wäre. Wenn es so weitergeht, werde ich mich zu meinem tiefsten Bedauern veranlaßt sehen, ein Votum separatum abzugeben, das heißt, einen Bericht zu schreiben ..."

„Eine Denunziation! Das meinen Sie doch wohl, Hochwürden!" zischte Amassid und lächelte wütend mit seinen glänzenden Kiemen, bis alle Schwimmer seiner Orden zitterten. „Aber bitte schön! Wenn Hochwürden gestatten, habe ich auch Lust, dem König zu berichten, wie Euer Liebden bei diesem ständigen Zittern nun schon achtzehn Perlenmatrizen vernichtet haben, die wir ablehnen mußten, denn nach der Formel, daß all das zu lieben ist, was klein ist, haben Sie überhaupt keinen Platz für das Verbot übriggelassen, das nicht zu lieben, was nicht unter dem Meer ist! Du wolltest uns, ehrenwerter Philonaut, vergewissern, es sei ein Versehen gewesen — aber wenn es sich achtzehnmal wiederholt, dann genügt es vollauf, daß man dich in ein Haus für Verräter oder in ein Irrenhaus sperrt und deine Freiheit nur darin bestehen wird, daß du zwischen diesen beiden zu wählen hast."

Philonaut, der sich durchschaut sah, wollte sich wehren, aber Minogar kam ihm zuvor, indem er sagte: „Man könnte meinen, edler Amassid, du seist wie eine Meduse ohne Tadel in unserer Mitte, ganz aus Kristall. Und doch hast auch du elfmal in unbegreiflicher Weise dem Abschnitt, der in der Matrize all dem gewidmet ist, was der Prinz verabscheuen soll, einmal dreigeteilte Schwänzigkeit, einmal einen Buckel mit grünblauem Schmelz, zweimal Glotzaugen, dann wieder einen doppelten Brustpanzer und drei rote Funken hinzugefügt, als ob du nicht wüßtest, daß sich alle diese Merkmale auf den hier anwesenden Dioptrikus, den königlichen Miterzeuger, beziehen können, wodurch du in die Seele des Prinzen einen Haß gegen diesen Mann impfen würdest ..."

„Und warum hat Dioptrikus am Matrizenende immer die Verachtung für jene Wesen eingeritzt, deren Bezeichnung auf ‚id' endet?" fragte Amassid. „Und wenn schon davon die Rede sein soll, warum hast du, werter Minogar, aus unerfindlichem Grunde zu den Gegenständen, die der Prinz nicht leiden soll, beständig den fünfeckigen Stuhl mit flossenartig brillantierter Lehne dazugezählt? Solltest du nicht wissen, daß der Thron ihm wie ein Auge dem anderen gleicht?"

Eine drückende Stille trat ein, die nur von einem schwachen Plätschern unterbrochen wurde. Lange mühten sich die Wür-

denträger, hin und her gezerrt von widersprüchlichen Interessen, bis sich Parteien unter ihnen bildeten — Philonaut und Minogar wurden darin einig, daß die Sohnmatrize Vorliebe für alles, was klein sei, vorzusehen habe, ebenso die Bereitwilligkeit, solchen Formen nachzugeben. Der Philonaut dachte dabei an die Mikrozyten, Minogar hingegen an sich selbst, er war nämlich der kleinste unter den Anwesenden. Dioptrikus schloß sich ebenfalls plötzlich dieser Formel an, denn Amassid war der größte von ihnen allen. Der wehrte sich heftig, doch plötzlich gab er den Widerstand auf, denn ihm fiel ein, er könne sich ja kleiner machen, außerdem könne er den Hofschuhmacher bestechen, damit er Dioptrikus' Sohlen mit Tantalplättchen beschlage, wodurch der Verhaßte größer werde und er sich dadurch den Unwillen des Königs zuziehe. Nun vollendeten sie rasch die Sohnmatrize, und nachdem sie die endgültigen Reste durch die Klappe hinausgeworfen hatten, kam es zu der großen Feierlichkeit der Sohneswahl am Hofe.
Kaum war die Matrize mit dem Prinzenobjekt zum Backen abgestellt und die Ehrenwache vor dem Kinderofen aufgezogen, aus dem in Kürze der künftige Herrscher der Argonautiker herauskommen sollte, da machte sich Amassid an den geplanten Betrug. Der Hofschuhmacher, den er bestochen hatte, schraubte ständig neue Tantalplättchen an Dioptrikus' Sohlen. Der Prinz reifte bereits unter der Aufsicht der jüngeren Metallurgen heran, und Dioptrikus, der sich einmal im großen Palastspiegel betrachtete, stellte fest, er sei bereits größer als sein Feind, und der Prinz hatte ja eine programmierte Vorliebe nur für kleine Gegenstände und Personen!
Zu Hause prüfte sich Dioptrikus gewissenhaft und klopfte sich mit einem silbernen Hämmerchen ab, bis er die festgeschraubten Bleche an den Sohlen entdeckt und erkannt hatte, wessen Arbeit es war. „Oh, dieser Schuft!“ dachte er über Amassid. „Doch was tun?“ Nach kurzer Überlegung faßte er den Entschluß, sich zu verkleinern. Er rief seinen getreuen Diener herbei und befahl ihm, einen guten Schlosser in den Palast zu führen. Jedoch der Diener hatte die Empfehlung nicht ganz verstanden, schwamm auf die Straße und brachte einen armen Handwerker mit, Froton mit Namen, der sich tagelang in der Stadt umhertrieb und rief: „Verlöte Köpfe! Verdrahte Bäuche, verlöte Schwänze, poliere Schwänze!“ Dieser Drahtbinder hatte eine böse Frau, die ihm stets mit der Brechstange in der

Hand auflauerte, und nahte er, dann erfüllte ihr wütendes Geschrei die ganze Straße; sie nahm ihm alles weg, was er verdiente, und sie drückte ihm Schultern und Rücken mit erbarmungslosen Schlägen ein.
Froton stand zitternd vor dem Großen Programmierer, und der sagte zu ihm: „Hör zu, könntest du mich verkleinern? Weißt du, ich komme mir nämlich zu groß vor ... aber schließlich ist es einerlei! Du mußt mich kleiner machen, aber so, daß meine Schönheit nicht darunter leidet! Machst du es gut, werde ich dich reichlich belohnen, doch mußt du es gleich vergessen. Kein Wort davon — sonst lasse ich dich zuschrauben!"
Froton staunte, doch ließ er es sich nicht anmerken; die Mächtigen haben die seltsamsten Schrullen. Er sah sich also Dioptrikus aufmerksam an, schaute in ihn hinein, klopfte ihn ab und sagte: „Euer Wohlgeboren, ich könnte Ihnen den Mittelteil des Schwanzes abschrauben ..."
„Nein, nein, das will ich nicht!" erwiderte Dioptrikus lebhaft. „Schade um den Schwanz! Er ist zu schön!"
„Vielleicht dann die Beine abschrauben?" fragte Froton. „Die sind doch völlig überflüssig."
In der Tat, die Argonautiker benutzen ihre Beine nicht: sie sind ein Überbleibsel aus früherer Zeit, als ihre Vorfahren noch auf dem Trockenen lebten. Aber da erst geriet Dioptrikus in Zorn: „Ach, du eiserner Tropf! Weißt du nicht, daß nur wir Hochgeborenen Beine haben dürfen? Wie kannst du es wagen, mich dieser Adelsinsignien zu berauben!"
„Bitte untertänigst Euer Hochwohlgeboren um Verzeihung ... Aber was darf ich in diesem Fall abschrauben?"
Dioptrikus erkannte, daß er nichts erlangen würde, wenn er sich sträubte. So brummte er: „Tu, was du für richtig hältst ..."
Foton nahm ihn also Maß, klopfte ihn ab und sagte: „Wenn Euer Hochwohlgeboren gestatten, könnte ich den Kopf abschrauben ..."
„Du bist wohl wahnsinnig! Wie kann ich ohne Kopf bleiben? Womit soll ich denken?"
„Ach, das macht nichts. Ich stecke den ehrbaren Verstand Euer Hochwohlgeboren in den Bauch — da hat er viel Platz ..."
Dioptrikus war einverstanden, und der Drahtbinder drehte ihm geschickt den Kopf ab, legte die Hemisphären der kri-

stallenen Vernunft in den Bauch, vernietete alles, hämmerte, erhielt fünf Dukaten, und der Diener führte ihn aus dem Palast. Beim Hinausgehen erblickte er jedoch Aurentina, Dioptrikus' Tochter, in einer der Kemenaten, ganz in Silber und Gold, und ihre schlanke Taille, die bei jedem Schritt Glöckchen erklingen ließ, kam ihm schöner als alles andere vor, was er bisher gesehen hatte. Er kehrte nach Hause zurück, wo schon die Frau mit der Brechstange auf ihn wartete, und bald ertönte auf der ganzen Straße großes Lärmen, und die Nachbarn sagten: „Seht! Die Frotonsche, diese Hexe, schlägt ihrem Mann wieder die Seiten ein!" Dioptrikus dagegen, hocherfreut über das Geschehene, ging in den Palast.
Beim Anblick seines kopflosen Ministers mußte der König ein wenig staunen, doch der erklärte ihm, das sei jetzt so Mode. Amassid erschrak hingegen, denn die ganze List war umsonst gewesen, und als er nach Hause kam, verfuhr er genauso wie sein Feind; seitdem entbrannte zwischen ihnen ein Wettbewerb im Verkleinern, und sie schraubten sich Flossen, Kiemen, Metallhälse ab, so daß schon nach einer Woche jeder unter den Tisch kriechen konnte, ohne sich bücken zu müssen. Doch auch die beiden anderen Minister wußten sehr wohl, daß der künftige König nur die Kleinsten lieben würde, und sie begannen sich wohl oder übel ebenfalls zu verkleinern. Das ging schließlich so weit, daß nichts mehr abzuschrauben blieb; der verzweifelte Dioptrikus sandte darauf den Diener aus, damit der ihm den Drahtbinder herbeiführe.
Froton staunte, als er vor das Angesicht des Magnaten kam, denn von diesem Würdenträger war wenig übriggeblieben; aber der verlangte hartnäckig, weiter reduziert zu werden!
„Hochwohlgeboren", sagte er und kratzte sich den Kopf. „Mir scheint, es gibt nur eine Methode. Wenn Euer Hochwohlgeboren gestatten, schraube ich das Hirn heraus..."
„Nein! Bist du wahnsinnig!" rief Dioptrikus empört, aber der Drahtbinder erläuterte: „Das Gehirn wird im Palast an einem bestimmten Ort versteckt, zum Beispiel in diesem Schrank, und Euer Hochwohlgeboren werden drinnen einen kleinen Empfänger und einen Lautsprecher haben; dadurch sind Euer Hochwohlgeboren dann elektromagnetisch mit dem eigenen Verstand verbunden."
„Ich verstehe!" rief Dioptrikus, dem diese Idee gefiel. „Dann tu, was dir obliegt!"

Froton entnahm ihm das Gehirn, legte es in die Schrankschublade, verschloß sie mit einem Schlüsselchen, händigte dieses Dioptrikus aus und steckte ihm einen kleinen Apparat und ein kleines Mikrofon in den Bauch. Dioptrikus war jetzt so klein, daß man ihn fast gar nicht mehr zu sehen bekam; angesichts einer solchen Verkleinerung erbebten seine drei Rivalen, der König staunte, sagte aber nichts. Minogar, Amassid und Philonaut griffen nun zu verzweifelten Maßnahmen. Sie schmolzen zusehends von einem Tag zum anderen, und bald verfuhren sie genauso wie der Drahtbinder mit Dioptrikus. Sie versteckten ihre Gehirne, wo immer sie konnten: im Schreibtisch, unterm Bett, selbst aber blieben sie nur als glänzende, geschwänzte Döschen zurück, mit ein oder zwei paar Orden, die nicht viel kleiner als sie selbst waren.
Wieder sandte Dioptrikus die Diener nach dem Drahtbinder; und als dieser vor ihm stand, rief er: „Du mußt etwas unternehmen! Die Verkleinerung muß um jeden Fall weitergehen, sonst wird alles ein schlimmes Ende nehmen!"
„Euer Hochwohlgeboren", erwiderte der Drahtbinder und verneigte sich tief vor dem Magnaten, der zwischen Armlehne und Rückenlehne des Sessels kaum zu sehen war, „das ist unerhört schwer, und ich weiß nicht, ob es überhaupt möglich ist..."
„Macht nichts! Tu, was ich dir sage! Du mußt. Gelingt es dir, mich so zu verkleinern, daß ich eine Gestalt erlange, die keiner mehr unterbieten kann, erfülle ich dir jeden Wunsch!"
„Wenn mir Euer Wohlgeboren das Ehrenwort gibt, daß es so sein wird, will ich mich bemühen, alles zu tun, was in meinen Kräften liegt", entgegnete Froton, dem es plötzlich hell im Kopfe wurde, und in seine Brust schien jemand pures Gold gegossen zu haben — er konnte nämlich seit vielen Tagen an nichts anderes mehr denken als an die güldene Aurentine und ihre Glöckchen, die in ihrer Brust zu stecken schienen.
Dioptrikus schwor es ihm. Da nahm Froton die letzten drei Orden, die die winzige Brust des Großprogrammierers beschwerten, fügte daraus eine dreiwändige Kassette, legte einen winzigen Apparat hinein, der so klein wie ein Dukat war, umwickelte alles mit einem goldenen Drähtchen, lötete ein kleines Stück Goldblech hinten an, schnitzte daraus ein Schwänzchen und sagte: „Schon fertig, Hochwohlgeboren! Jeder wird an diesen hohen Auszeichnungen mühelos ihre

Person erkennen, dank diesem Blech werden Euer Hochwohlgeboren schwimmen können, und der kleine Apparat wird die Verbindung mit dem Verstand, der im Schrank versteckt ist, ermöglichen ..."

Dioptrikus freute sich. „Was willst du? Stelle deine Forderungen, sprich — du bekommst alles!"

„Ich möchte Euer Hochwohlgeboren Tochter, die güldene Aurentine, zur Frau nehmen!"

Dioptrikus geriet in furchtbaren Zorn, und er bewarf, um Frotons Gesicht herumschwimmend, diesen mit Schimpfwörtern, nannte ihn einen unverschämten Schuft, einen Nichtsnutz, einen Lump und ließ ihn dann aus dem Palast werfen. Selbst aber schwamm er in einem sechsfachen Unterwasserboot sofort zum König.

Als Minogar, Amassid und Philonaut Dioptrikus in der neuen Gestalt erblickten — und sie hatten ihn nur dank seiner herrlichen Orden erkannt, aus denen er gegenwärtig bestand, wollte man nicht das Schwänzchen mitzählen —, bemächtigte sich ihrer ein schrecklicher Zorn. Als Staatsmänner begriffen sie, daß es schwerfallen würde, in der persönlichen Miniaturisierung fortzuschreiten, am nächsten Tage aber sollte die feierliche Geburt des Prinzen stattfinden, und man durfte keinen Augenblick zögern. Da traf Amassid eine Absprache mit Philonaut: Sie wollten Dioptrikus überfallen, wenn er in seinen Palast zurückkehre, wollten ihn entführen und einsperren, was nicht schwerfallen würde, denn es hätte niemand das Verschwinden einer so kleinen Person auch nur bemerkt. Sie handelten, wie sie beschlossen hatten.

Amassid besorgte sich eine alte Blechbüchse und legte sich hinter ein Korallenriff auf Lauer, an dem Dioptrikus' Boot vorbeizuschwimmen pflegte, und als es sich näherte, sprangen seine Diener plötzlich maskiert auf den Weg, und ehe Dioptrikus' Lakaien ihre Flossen zum Schutz erheben konnten, war ihr Herr schon mit der Büchse zugedeckt und geraubt; Amassid bog sogleich den Blechdeckel um, damit der Großprogrammierer nicht freikommen konnte, und kehrte, schrecklich höhnend und spottend, eilends nach Hause zurück. Hier jedoch fiel ihm ein, es sei schlecht, einen Gefangenen bei sich zu halten, und da hörte er gerade eine Stimme, die auf der Straße rief: „Köpfe verlöten! Bäuche, Schwänze, Nacken verdrahten, polieren!"

Hocherfreut rief er den Drahtbinder herein, und es war Froton, ließ ihn die Büchse hermetisch verlöten, und als es jener getan hatte, gab er ihm einen Taler und sagte: „Hör zu, Drahtbinder, in dieser Büchse befindet sich ein Metallskorpion, der im Keller meines Palastes gefangengenommen wurde. Nimm ihn und wirf ihn hinter die Stadt, dorthin, wo der große Müllhaufen liegt, weißt du? Und drücke sicherheitshalber die Büchse mit einem Stein fest, damit der Skorpion nicht etwa entkommt. Bei der Großen Matrix! Laß dir ja nicht einfallen, diese Büchse zu öffnen, du kämest auf der Stelle um!"
„Herr, ich tue, was du befiehlst", sagte Froton, nahm die Büchse, den Lohn und ging.
Die Geschichte wunderte ihn, er wußte nicht, was er davon halten sollte, er schüttelte die Büchse, darin rasselte etwas. „Ein Skorpion kann es nicht sein", dachte er, „solche kleinen Skorpione gibt es gar nicht ... Wollen sehen, was damit ist, aber nicht gleich ..."
Er kehrte nach Hause zurück, versteckte die Büchse auf dem Dachboden, bedeckte sie von oben mit alten Blechen, damit seine Frau sie nicht finden konnte, und begab sich zur Ruhe. Seine Frau hatte jedoch bemerkt, daß er etwas auf dem Boden versteckte. Als er am nächsten Morgen das Haus verlassen hatte, um wie immer durch die Stadt zu gehen und zu rufen: „Köpfe verdrahten! Schwänze zu verlöten!", lief sie rasch nach oben, fand die Büchse und hörte, als sie sie schüttelte, einen Metallaut. „Dieser Schuft, dieser Halunke!" dachte sie. „So weit ist es schon gekommen. Er verbirgt Schätze vor mir."
Hastig machte sie ein Loch in die Büchse, konnte aber nichts sehen, also schlitzte sie mit dem Meißel das Blech auf. Und als sie es ein wenig zurückgebogen hatte, erblickte sie pures Gold, es waren Dioptrikus' Orden. Zitternd vor hemmungsloser Gier, riß sie den ganzen Blechdeckel ab, und da bekam Dioptrikus, der bisher wie ein Toter geruht hatte, denn das Blech hatte ihn von seinem Gehirn, das sich in einem Schrank in seinem Palast befand, abgeschirmt, plötzlich Verbindung zu seinem Verstand und rief: „Was ist das? Wo bin ich? Wer wagt mich zu überfallen? Wer bist du, scheußliche Kreatur? Wisse, daß du schrecklich verschraubt umkommen wirst, wenn du mir nicht sofort die Freiheit wiedergibst!"
Des Drahtbinders Frau, die sah, wie die drei Dukatenorden ihr vor den Augen herumsprangen, wie sie brüllten und ihr mit

dem Schwänzchen drohten, erschrak dermaßen, daß sie fliehen wollte; sie sprang zur Dachbodenklappe, und als Dioptrikus noch immer über ihr schwamm und ihr drohte, was das Zeug hielt, und schimpfte, stolperte sie über die oberste Leitersprosse und stürzte mit ihr vom Dachboden. Im Fallen brach sie sich den Hals. Die Leiter kippte mit um, und die Bodenklappe schloß sich wieder; auf diese Weise wurde Dioptrikus auf dem Dachboden gefangen, wo er von Wand zu Wand schwamm und vergebens um Hilfe rief.

Abends kehrte Froton nach Hause zurück und staunte, daß ihn seine Frau nicht mit der Brechstange auf der Schwelle erwartete. Und als er die Wohnung betreten hatte, erblickte er sie und wurde sogar etwas traurig, denn er war über die Maßen anständig; bald jedoch fiel ihm ein, daß sich dieser Unfall zu seinem Vorteil kehren würde, zumal er seine Frau für Ersatzteile verwenden konnte, was sich trefflich auszahlen würde. Er setzte sich also auf den Fußboden, zog den Schraubenzieher hervor und ging daran, die Verblichene auseinanderzuschrauben, als schrille Rufe an sein Ohr gelangten, die von oben zu kommen schienen.

„Ach!“ sagte er sich. „Die Stimme kenne ich, das ist doch der Großprogrammierer des Königs, der mich gestern aus dem Palast hinauswarf und mir noch nichts gezahlt hat — aber wie ist er auf den Dachboden gekommen?“

Er stellte die Leiter an die Klappe, kletterte daran hoch und fragte: „Seid Ihr es, Hochwohlgeboren?“

„Ja, ja!“ rief Dioptrikus. „Ich bin’s, mich hat jemand entführt, hat mich überfallen und hat mich in einer Büchse verlötet, eine Frau öffnete sie und erschrak so darüber, daß sie vom Dachboden fiel und dabei die Bodenklappe schloß — ich bin gefangen, laß mich heraus, wer immer du sein magst — bei der Großen Matrix! Ich gebe dir alles, was du willst!“

„Ich kenne diese Worte schon, wenn Euer Hochwohlgeboren gestatten, und ich weiß, was sie wert sind“, erwiderte Froton. „Ich bin nämlich der Drahtbinder, den du hinauswerfen ließest.“ Und er erzählte ihm die ganze Geschichte, wie ein unbekannter Magnat ihn zu sich gerufen habe, ihm befohlen habe. eine Blechbüchse zu verlöten und sie auf den Müllhaufen hinter der Stadt zu werfen. Da begriff Dioptrikus, daß es einer der königlichen Minister gewesen sei, am sichersten wohl Amassid. Sogleich begann er, Froton zu bitten und ihn an-

zuflehen, er möge ihn doch vom Boden lassen, aber der fragte, wie er denn Dioptrikus' Worten noch Glauben schenken könne.
Erst als dieser ihm bei allem, was ihm heilig war, geschworen hatte, er werde ihm die Tochter zur Frau geben, öffnete der Drahtbinder die Klappe, packte mit zwei Fingern den Magnaten, so daß der Orden oben lag, und trug ihn in seinen Palast. Die Uhren plätscherten gerade die zwölfte Mittagsstunde, und die große Feierlichkeit der Entnahme des Königssohnes aus dem Ofen hatte begonnen; in aller Eile hängte Dioptrikus zu den drei Orden, aus denen er bestand, den Großen Allmeerstern am götzenbestickten Band und schwamm eilends zum Palast der Inoxyden. Froton dagegen begab sich zu den Räumen, wo Aurentine unter ihren Damen weilte und auf der Elektrodrummel spielte; beide gefielen einander sehr. Die Fanfaren ertönten von den Palasttürmen, als Dioptrikus zum Haupteingang geschwommen kam, denn die Feierlichkeit hatte bereits begonnen. Zunächst wollten die Pförtner ihn nicht hereinlassen, aber sie erkannten ihn an den Orden und machten das Tor auf.
Als es offenstand, zog es im Krönungssaal stürmisch, Amassid, Minogar und Philonaut wurden fortgerissen, weil sie gar zu sehr miniaturisiert waren, und wurden in die Küche getragen, wo sie eine Weile vergebens um Hilfe flehten und über dem Abguß kreisten, in ihn hinabstürzten und auf unterirdischen Meandern hinter die Stadt gelangten; bevor sie sich vom Schlamm und Dreck gesäubert hatten und an den Hof zurückgekehrt waren, war die Festlichkeit vorüber. Derselbe Unterwasserdurchzug, den die drei Minister solchermaßen zu spüren bekommen hatten, hatte auch Dioptrikus erfaßt und ihn mit solcher Gewalt um den Thron gewirbelt, daß das goldene Drähtchen, mit dem er umwunden war, barst und die Orden sowie der Allmeerstern nach allen Seiten flogen, der kleine Apparat aber mit Schwung gegen die Stirn König Hydrops schlug und dieser fürbaß erstaunt war, da aus jenem Krümel eine Stimme zu ihm drang.
„Verzeiht, Königliche Hoheit! Es ist ohne Absicht geschehen. Ich bin es, Dioptrikus, der Großprogrammierer ..."
„Was sollen in einem solchen Augenblick die dummen Scherze?" rief der König und stieß den kleinen Apparat beiseite, der zu Boden trudelte, und der Großkiemenmeister, der

die Feierlichkeit mit einem dreifachen Klopfen mit dem goldenen Stock eröffnete, zerschlug ihn unbeabsichtigt in winzige Stücke. Der Prinz verließ den Kinderofen, und sein Blick fiel auf ein elektrisches Fischchen, das im silbernen Käfig neben dem Thron schwamm; sein Antlitz hellte sich auf, und er fand Gefallen an dem winzigen Geschöpf. Die Feier ging glücklich zu Ende, der Prinz bestieg den Thron und nahm Hydrops Platz ein. Seitdem war er Herrscher der Argonautiker und ein großer Philosoph; er widmete sich nämlich der Erforschung des Nichtseins, da es nichts Kleineres gibt, das man sich vorstellen könnte; er regierte auch gerecht unter dem Namen Neantophil, und die kleinen elektrischen Fischchen waren seine Lieblingsspeise. Froton nahm aber Aurentine zur Frau, reparierte auf ihre Bitten den im Keller ruhenden Leib des Dioptrikus und setzte ihm das Gehirn aus dem Schrank ein. Da sie erkannt hatten, daß es eine andere Möglichkeit nicht gab, dienten der Großprogrammierer und die übrigen Minister seitdem treu dem König, Aurentine indessen und Froton, der zum Großblechmeister der Krone ernannt worden war, lebten lange und glücklich in Frieden.

Von den Drachen der Wahrscheinlichkeit

Trurl und Klapaucius waren Schüler des großen Kerebron Emtadrat, der siebenundvierzig Jahre in der Neantischen Hochschule die allgemeine Drachentheorie gelehrt hatte. Bekanntlich gibt es keine Drachen. Einem simplen Verstand mag diese primitive Feststellung vielleicht genügen, nicht aber der Wissenschaft, denn die Neantische Hochschule befaßt sich überhaupt nicht mit dem, was existiert; die Banalität der Existenz ist längst erwiesen, als daß man auch nur ein Wort darüber verlieren sollte. So entdeckte der geniale Kerebron, der mit exakten Methoden dem Problem zu Leibe ging, drei Arten von Drachen: Nulldrachen, imaginäre und negative Drachen. Es existieren, wie gesagt, alle nicht, aber jede Gattung auf eine besondere und grundverschiedene Weise. Die imaginären und die Nulldrachen, Einbilder und Nuller von Fachleuten genannt, existieren auf eine viel weniger interessante Weise nicht als die negativen Drachen. In der Drakologie war seit langem ein Paradoxon bekannt, das darin bestand, daß, wenn zwei negative Drachen herborisiert wurden (eine Aktion, die in der Drachenalgebra etwa der Multiplikation in der üblichen Arithmetik entspricht), als Resultat ein Minidrachen in der Menge 0,6 entsteht. Die Welt der Spezialisten zerfiel nun in zwei Lager, von denen eins behauptete, es handele sich um einen Teil eines Drachen, vom Kopfe an gerechnet, das andere, es sei ein Teil, aber vom Schwanze aus betrachtet. Trurls und Klapaucius' großes Verdienst bestand darin, die Falschheit dieser beiden Ansichten zu beweisen. Sie wandten zum ersten Male die Wahrscheinlichkeitsrechnung auf diesem Gebiet an und schufen damit die probabilistische Drakologie, aus der hervorgeht, daß ein Drachen thermodynamisch nur im statistischen Sinne unmöglich sei, ähnlich wie Elfen, Waldschratte, Heinzelmännchen, Gnome, Hexen und anderes. Von der allgemeinen Formel der Unwahrscheinlichkeit zählten beide Theoretiker die Koeffizienten der Gnomisierung, Elfisierung und ähnliches auf. Aus der gleichen Formel geht hervor, daß man etwa sechzehn Quintoquadrillionen Heptillionen Jahre auf eine spontane Manifestation eines durchschnittlichen Drachens warten müsse. Gewiß wäre dieses Problem eine mathematische Rarität geblieben, hätte nicht Trurl die allseits bekannte Erfindergabe besessen und beschlossen, diesem Problem empirisch auf den Grund zu gehen. Und da es sich um unwahrscheinliche Erscheinungen handelte, erfand er einen Wahrscheinlichkeitsverstärker und erprobte ihn zuerst bei sich im Keller, dann auf einem besonderen, von der Akademie gestifteten drakogenetischen Polygon, dem sogenannten Drakolygon. Die in der allgemeinen Unwahrscheinlichkeitstheorie Unbewanderten fragen sich bis auf den heutigen Tag, warum Trurl eigentlich einen Drachen und nicht eine Elfe oder ein Heinzelmännchen probabilisiert habe, und sie tun das aus Ignoranz, denn sie wissen nicht, daß ein Drachen ganz einfach viel wahrscheinlicher ist als ein Heinzelmännchen; vielleicht beabsichtigte Trurl in seinen Versuchen mit Verstärkern auch noch weiterzugehen, doch bereits der erste brachte ihm eine schwere Kontusion ein, denn der sich realisierende Drache schlug mit dem Bein aus. Zum Glück konnte Klapaucius, der bei der Inbetriebnahme zugegen war, die Wahrscheinlichkeit herabmindern, und der Drachen verschwand. Viele Gelehrte wiederholten dann die Versuche mit dem Drakotron, da es ihnen aber an Routine und Kaltblütigkeit gebrach, gelangte eine beträchtliche Menge der Drachensaat, nachdem sie sie übel zugerichtet hatte, in Freiheit. Erst dann erwies es sich, daß die ekelhaften Ungeheuer ganz anders existieren, nämlich als Schränke, Kommoden oder Tische; die Drachen zeichnen sich vor allem durch eine im allgemeinen recht beträchtliche Wahrscheinlichkeit aus, wenn sie erst einmal entstanden sind. Wenn man nämlich auf einen solchen Drachen eine Jagd veranstaltet, obendrein eine Treibjagd, stößt die Schar der Jäger mit schußbereiten Waffen nur auf ausgebrannte, ganz und gar stinkende Erde, denn der Drache flüchtet, wenn er sieht, daß es schlecht um ihn steht, aus dem realen Raum in den konfigurativen. Als äußerst stures und schmutziges Tier macht er das natürlich rein instinktiv. Primitiv denkende Personen, die nicht begreifen können, wie das vor sich geht, verlangen mitunter jähzornig, man möge ihnen doch diesen Konfigurationsraum zeigen; sie wissen nämlich nicht, daß sich die Elektronen, deren Existenz ja niemand, der hell im Kopfe ist, verneinen wird, ebenfalls nur im konfigurativen Raum bewegen und ihr Schicksal von den Wellen der Wahrscheinlichkeit abhängt. Übrigens fällt es einem Eigensinnigen leichter, der Nichtexistenz von Elektronen als der von Drachen zuzustimmen, denn die Elektronen schlagen, zumindest wenn sie einzeln sind, nicht mit den Beinen aus.

Ein Kollege Trurls, Kyber Haboriseus, quantisierte als erster einen Drachen, bestimmte eine Einheit, Drakon genannt, mit der man bekanntlich die Zähler der Drachen kalibriert, und fixierte sogar die Windung ihres Schwanzes, was er fast mit dem Leben bezahlt hätte. Was gingen jedoch diese Errungenschaften die von den Drachen geplagten breiten Massen an, unter denen diese durch Trampeln, allgemeine Zudringlichkeit, Gebrüll und Flammen großen Schaden anrichteten und hie und da sogar Abgaben in Form von Mädchen erzwangen? Was ging die Unglücklichen an, daß Trurls Drachen als indeterministische, also nichtlokale Drachen sich zwar gemäß der Theorie, aber jedem Anstand hohnsprechend, verhielten und daß diese Theorie sogar die Biegungen ihrer Schwänze voraussah, die Dörfer und Saaten vernichteten? Es war also nicht verwunderlich, daß die Allgemeinheit den spektakulären Erfolg Trurls verurteilte, statt ihn richtig einzuschätzen, und eine Gruppe ganz besonderer Ignoranten auf dem Gebiet der Wissenschaft recht schmerzhaft den hervorragenden Wissenschaftler verprügelte. Er jedoch wurde mit seinem Freund Klapaucius nicht müde, weiter zu forschen. Daraus ging hervor, daß ein Drache in dem Grade existiere, der von seiner Laune und vom Zustand der allgemeinen Sättigung abhängt, ebenso, daß die einzige verläßliche Liquidationsmethode die Reduktion der Wahrscheinlichkeit auf Null oder gar auf negative Werte sei. Es ist daher begreiflich, daß diese Forschungen viel Mühe und Zeit verschlangen, derweil sich die Drachen, die sich in Freiheit befanden, immer mehr ausbreiteten und zahlreiche Planeten und Monde verwüsteten. Schlimmer noch, sie vermehrten sich sogar. Das gab Klapaucius die Gelegenheit, eine glänzende Arbeit zu veröffentlichen, nämlich „Die kovarianten Übergänge von Drachen zu Schlangen oder der spezifische Fall des Übergangs von physisch verbotenen zu polizeilich verbotenen Zuständen". Diese Arbeit machte in der wissenschaftlichen Welt viel Furore, wo es noch um den berühmten Polizeidrachen laut war, mit dessen Hilfe tapfere

Konstrukteure das Unglück ihrer unvergessenen Kollegen an dem bösen König Greulich rächten. Aber was für Verwicklungen entstanden, als bekannt wurde, daß ein Konstrukteur, ein gewisser Basilius, genannt der Emerdwaner, in der ganzen Milchstraße herumreiste und allein durch seine Gegenwart dort das Auftreten von Drachen verursachte, wo man sie früher nie zu Gesicht bekommen hatte. Wenn die allgemeine Verzweiflung und die nationale Katastrophe den Höhepunkt erreichten, erschien er bei dem Herrscher des jeweiligen Landes, um die Vernichtung der Monstren in Angriff zu nehmen, nachdem er zuvor das Honorar dafür in langen Verhandlungen bis zur Unmöglichkeit hochgeschraubt hatte. In der Regel gelang ihm auch die Vertilgung, obschon niemand wußte, wie er das zuwege brachte, denn er handelte einsam und im geheimen. Er verbürgte sich übrigens nur für eine statistische Garantie des Erfolges seiner Drakolyse, und als ihm ein Monarch Gleiches mit Gleichem vergalt und ihn mit Dukaten bezahlte, die auch nur statistisch gut waren, fluchte er furchteinflößend.
Trurl und Klapaucius begegneten sich zu jener Zeit an einem heiteren Nachmittag, und es kam zwischen ihnen zu dem folgenden Gespräch: „Hast du schon von diesem Basilius gehört?" fragte Trurl.
„Ja, das habe ich."
„Und was ist deine Meinung?"
„Die Geschichte gefällt mir nicht."
„Mir auch nicht. Was denkst du darüber?"
„Ich glaube, daß er einen Verstärker anwendet."
„Für die Wahrscheinlichkeit?"
„Ja, oder auch räsonierende Systeme."
„Oder einen Drachengenerator."
„Du meinst das Drakotron?"
„Ja."
„Tatsächlich, das wäre gut möglich."
„Aber weißt du", rief Trurl, „es wäre auch eine Niedertracht. Das würde ja bedeuten, daß er diese Drachen sozusagen mitführt, aber nur im potenziellen Zustand, mit einer Wahrscheinlichkeit, die Null nahekommt."
„Und was meinst du, annulliert er sie dann mit einem nihilisierenden Retrokreator, oder verringert er nur zeitweilig die Wahrscheinlichkeit, um sich in der Zwischenzeit mit dem Gold aus dem Staube zu machen?"

„Schwer zu sagen. Wenn er nur entprobabilisierte, dann wäre das eine noch größere Schurkerei, denn früher oder später müssen Null-Fluktuationen zur Aktivierung der Drakomatrize führen, und dann fängt die ganze Geschichte von neuem an.“
„Gewiß, aber er ist dann mit dem Geld schon weg ...“, murmelte Klapaucius.
„Meinst du nicht, daß man in dieser Angelegenheit eigentlich an das Hauptamt für Drachenregulierung schreiben sollte?“
„O nein, das nicht. Schließlich tut er das vielleicht gar nicht. Wir besitzen diese Gewißheit nicht. Auch keine Beweise. Aber statistische Fluktuationen treten auch ohne Verstärker auf; früher hat es weder Matrizen noch Verstärker gegeben, und die Drachen waren manchmal aufgetaucht. Einfach rein zufällig.“
„Scheint so ...“, versetzte Trurl, „aber ... sie tauchen erst dann auf, wenn er auf dem jeweiligen Planeten angekommen ist!“
„Gewiß. Doch es schickt sich eben nicht, zu schreiben; immerhin ist er ein Fachkollege. Wir könnten höchstens selbst gewisse Schritte unternehmen.“
„Das können wir.“
„Also gut, auch ich bin dieser Meinung. Aber was tun?“
Hier vertieften sich beide berühmten Drakologen in eine Fachdiskussion, von der ein uneingeweihter Zuhörer nicht ein Wort begriffen hätte, weil er nur rätselhafte Wörter vernommen hätte, wie zum Beispiel „Drachenzähler“, „ungeschwänzte Transformation“, „schwache drakonale Reaktionen“, „Diffraktion und Diffusion von Drachen“, „harter Drache“, „weicher Drache“, „draco probabilisticus“, „labiles Basiliskenspektrum“, „Drache im Zustand der Erregung“, „Annihilation zweier Drachen mit entgegengesetztem Amok im Kraftfeld allgemeiner Kopflosigkeit“ usw.
Ergebnis dieser durchdringenden Analyse der Erscheinung war eine Expedition, auf die sich beide Konstrukteure sehr sorgfältig vorbereiteten, ohne zu versäumen, ihr Schiff mit einer Menge komplizierter Apparaturen vollzuladen.
Insonderheit nahmen sie einen Diffusator sowie einen Mörser mit, der mit Antiköpfen schoß. Während der Reise, als sie nacheinander auf Enzien, Penzien und Coerulea landeten, wurde ihnen klar, daß sie außerstande sein würden, den ge-

samten von der Plage heimgesuchten Bereich durchzukämmen, selbst wenn sie sich für diesen Zweck in Stücke reißen würden. Einfacher war es natürlich, wenn sie sich trennten, und nach der Arbeitsbesprechung begab sich denn auch jeder in seine Richtung. Klapaucius arbeitete lange auf Prestopondien, wo ihn Kaiser Ruhmreich Ampetricius engagiert hatte, welcher auch bereit war, ihm seine Tochter zur Frau zu geben, nur um die Monstren loszuwerden. Drachen von maximaler Wahrscheinlichkeit drangen sogar bis in die Straßen der hauptstädtischen Burg vor, und von virtuellen wimmelte es geradezu allenthalben. Ein virtueller Drache „existiert" zwar nicht, würde ein naiver Durchschnittsmensch sagen, das heißt, er kann in keiner Weise wahrgenommen werden, wie er auch nichts unternimmt, was seine Offenbarung hervorriefe, jedoch die von Kyber-Trurl-Klapaucius-Minog angestellte Berechnung, namentlich die Drako-Wellen-Gleichung, läßt deutlich erkennen, daß ein Drache aus dem Konfigurationsraum leichter in den realen Raum hinüberzuwechseln vermag als ein Kind aus dem Haus in die Schule. So konnte man also in der Wohnung, im Keller oder auf dem Dachboden jeden Augenblick bei allgemeinem Anstieg der Wahrscheinlichkeit einem Drachen begegnen, ja sogar einem Superdrachen.

Anstatt Drachen nachzujagen, was auch nicht viel eingebracht hätte, ging Klapaucius als echter Theoretiker methodisch an die Sache heran — stellte auf Plätzen und Squares, in Dörfern und Städten probabilistische Drakoreduktoren auf, und in kurzer Zeit waren die Ungeheuer eine große Seltenheit. Nachdem Klapaucius die Gebühren, das Ehrendiplom und die Wanderfahne kassiert hatte, startete er, um sich mit seinem Freund zu treffen. Unterwegs beobachtete er einen Planeten, von dem ihm jemand verzweifelt zuwinkte. In der Annahme, es könne Trurl sein, dem etwas Schlimmes widerfahren sei, landete Klapaucius. Jedoch die Zeichen stammten von den Bewohnern Trufloforas, den Untertanen des Königs Grellius. Sie huldigten zahlreichen Vorurteilen und dem primitiven Glauben, und ihre Religion, die drakonistische Pneumatologie hieß, besagte, daß die Drachen als Strafe für Sünden erschienen und Seelen besäßen, die jedoch unsauber seien. Als er merkte, daß es zumindest unvernünftig wäre, sich mit den königlichen Drakologen auf Diskussionen einzulassen, denn die von ihnen benutzten Methoden beschränkten sich auf eine

Beweihräucherung der heimgesuchten Stellen und auf die Verteilung von Reliquien, zog Klapaucius vor, das Terrain selbst zu sondieren. Den Planeten bewohnte augenblicklich nur ein Monstrum, aber eins von der scheußlichen Gattung der Jechiden. Er bot dem König seine Dienste an; aber der antwortete ihm nicht gleich frei heraus, daß er sich ganz offensichtlich unter dem Einfluß der unsinnigen Doktrin befand, die die Ursachen der Entstehung von Drachen in eine metazeitliche Welt übertrug. Beim Studium der lokalen Zeitungen erfuhr Klapaucius, daß die Jechide, die auf dem Planeten grassiere, von den einen als Einzelexemplar, von den anderen hingegen als Pluralität aufgefaßt werde und imstande sei, sich an vielen Stellen zugleich einzufinden. Das gab ihm zu denken, obwohl er sich überhaupt nicht wunderte, denn die Lokalisierung der abscheulichen Wesen unterliegt sogenannten Drakoanomalien, und manche Exemplare, zumal die Zerstreuten, pflegten im Raum „verwischt" zu sein, was ein gewöhnlicher Effekt einer isospinalen Verstärkung des Quantenmoments ist. Wie eine Hand, die aus dem Wasser taucht, über die Wasseroberfläche fünf scheinbar miteinander gänzlich unzusammenhängende Finger zeigt und auf diese Weise aus dem konfigurativen Raum in den realen übergeht, wirken die Drachen pluralistisch, obwohl sie nur singulär sind. Gegen Ende einer der Audienzen fragte Klapaucius den König, ob nicht vielleicht schon Trurl auf seinem Planeten gewesen sei: und er beschrieb genau seinen Freund. Wie groß war seine Überraschung, als er vernahm, daß sein Kollege tatsächlich unlängst im Grelliusschen Reiche geweilt habe und es sogar übernommen hatte, die Jechide zu beseitigen, er habe eine Anzahlung genommen und sich in die nahe gelegenen Berge begeben, wo das Drachenweib besonders häufig beobachtet worden war; er sei darauf am nächsten Tage zurückgekehrt und habe das Gesamthonorar verlangt, und zum Beweis seines Triumphes habe er vierundzwanzig Drachenzähne gezeigt. Es kam jedoch zu gewissen Mißverständnissen, und die Auszahlung wurde bis zur Aufhellung der Angelegenheit gestoppt. Trurl soll darauf sehr erregt gewesen sein und sich in einer Weise mehrfach und laut über den herrschenden Monarchen ausgedrückt haben, die unverkennbar einer Majestätsbeleidigung geglichen habe, daraufhin habe er sich in unbekannter Richtung entfernt. Von diesem Tage an sei es um ihn still

geworden, die Jechide jedoch sei zurückgekehrt, als wäre nichts geschehen, und verwüstete noch ärger die Dörfer und Burgen zu allgemeinem Kummer.
Die Geschichte erschien Klapaucius recht verworren, aber es fiel schwer, die Worte, die aus dem königlichen Munde kamen, anzuzweifeln, so nahm er denn einen Rucksack voll der stärksten drakoziden Mittel und ging einsam in die Berge, deren verschneiter Kamm sich majestätisch über dem östlichen Horizont erhob.
Recht bald entdeckte er auf den Felsen die ersten Spuren des Monstrums, und selbst wenn er sie nicht bemerkt hätte, hätte er den charakteristischen stickigen Geruch der Schwefelausdünstungen wahrgenommen. Unverdrossen ging er weiter, jeden Augenblick bereit, zur Waffe zu greifen, die er sich über die Schulter gehängt hatte, und schaute ununterbrochen auf den Drachenzähler mit dem Pfeil. Eine Zeitlang stand er auf Null, dann begann er beunruhigend zu oszillieren, bis er allmählich, einen unsichtbaren Widerstand überwindend, in die Nähe der Eins rückte. Jetzt konnte Klapaucius nicht mehr daran zweifeln, daß sich die Jechide in der Nähe befand. Ihn wunderte es maßlos, denn es wollte ihm nicht in den Kopf, daß sein erprobter Kumpan und ein berühmter Theoretiker, wie Trurl es war, in seinen Berechnungen einen Bock schießen und somit das Drachenweib nicht vernichten konnte. Es fiel auch schwer, daran zu glauben, daß er, ohne sein Ziel erreicht zu haben, an den königlichen Hof zurückgekehrt sei und Belohnung für etwas verlangt habe, was er nicht gemacht hatte.
Bald begegnete er unterwegs einer Kolonne Einheimischer, die ganz augenscheinlich maßlos verängstigt waren, denn sie warfen besorgt Blicke nach allen Seiten und waren bemüht, dicht beieinander zu bleiben. Gebeugt unter der Last, die sie auf dem Rücken und auf dem Kopf trugen, stapften sie im Gänsemarsch den Hang hinauf. Klapaucius grüßte sie, hielt den Zug an und fragte den Wegführer, was sie denn täten.
„O Herr!“ erwiderte ihm jener, ein königlicher Beamter niederen Ranges. „Wir bringen dem Drachen den Tribut.“
„Den Tribut? Ach so! Und was ist das für ein Tribut?“
„Er besteht aus dem, was der Drachen verlangt: aus Gold, Edelsteinen, ausländischen Parfüms und einer Menge anderer Sachen, die von höchstem Wert sind.“

Hier kannte Klapaucius' Verblüffung keine Grenzen mehr, denn Drachen fordern nie einen solchen Tribut und ganz bestimmt nicht aromatische Düfte, die gar nicht imstande wären, ihren natürlichen Gestank zu überwinden, auch kein Bargeld, mit dem sie überhaupt nichts anzufangen wüßten.
„Und Jungfrauen verlangt der Drachen nicht, mein Bester?" fragte er noch.
„Nein, Herr. Früher tat er das. Vergangenes Jahr habe ich sie ihm mandel- und dutzendweise, je nachdem, wie sein Appetit war, zugeführt. Seit der Zeit jedoch, als bei uns ein Fremder erschien, das heißt ein Ausländer, Herr, und mutterseelenallein mit Schachteln und Apparaten durch die Berge schweifte ..."
Hier unterbrach der brave Mann seine Rede zögernd und betrachtete besorgt Gerätschaften und Waffen des Klapaucius, hauptsächlich aber das große Zifferblatt des Drachenzählers, der die ganze Zeit leise getickt hatte und seinen roten Pfeil auf dem weißen Blatt zucken ließ.
„Bei ihm war alles genauso wie bei Hochwohlgeboren!" sagte er mit einer etwas zitternden Stimme. „Die gleiche Ausrüstung und überhaupt ..."
„Ein Gelegenheitskauf auf dem Markt", sagte Klapaucius, in dem Bemühen, sein Mißtrauen einzuschläfern. „Aber sagt mir, meine Teuersten, wißt ihr vielleicht, was mit diesem Fremdling geschehen ist?"
„Was aus dem da geworden ist? Nun, wissen tun wir es nicht mehr, Herr. Das heißt, es war so: Einmal, es wird wohl zwei Wochen her sein — stimmt, was, Gevatter Barbaron? Zwei Wochen, mehr nicht?"
„Freilich, Ihr sagt die Wahrheit, die reine Wahrheit, warum nicht? Zwei Wochen werden es sein oder auch vier. Vielleicht auch sechs."
„Also! Er kam, betrat unser Haus, stärkte sich, ich will nichts sagen: Er hat gezahlt, wie es sich gehört, hat sich bedankt, es läßt sich wirklich nichts sagen, o nein, er hat sich umgeschaut, hat die Dielen beklopft, hat sich nach den Preisen vom vergangenen Jahr erkundigt, hat die Apparate auseinandergenommen, hat von den Zifferblättern etwas emsig abgeschrieben, daß ihm die Hände dabei flatterten, aber sorgfältig, eins nach dem anderen, in ein kleines rotes Buch, das er im Latz hatte, dann nahm er das — wie heißt es doch, Gevatter? Das Ter ... Temper ... ich krieg's nicht ..."

„Das Thermometer, Schulze!"
„Freilich, na klar! Er nahm also das Thermometer und meinte, das wäre gegen die Drachen, und er steckte es hierhin und dorthin, schrieb wieder in seinem Heft, steckte die Apparate in den Sack, hievte den Sack auf den Rücken, verabschiedete sich und ging. Weiter wurde er nicht mehr gesehen. Doch da war noch etwas. In der gleichen Nacht gab es einen Knall und eine Explosion, jedoch in weiter Ferne. Als wäre es hinter dem Mydragower Berg gewesen — das heißt neben der Spitze, mit dem Sperber obendrauf, dieser nämlich ist dem Grellius seiner, er heißt so nach unserem wohlgeborenen König, der andere, der von der anderen Seite, der so mehr angelehnt ist, wie eine Hinterbacke an die andere, heißt Pakusta, weil einmal ein..."
„Berge sind nicht so wichtig", sagte Klapaucius, „Ihr behauptet also, es hätte in der Nacht einen Knall gegeben. Was war dann?"
„Dann — gar nichts. Als es knallte, zitterte das Haus, daß ich von der Pritsche herunterfiel. Aber ich bin es gewohnt, wenn sich die Drachin nämlich manchmal den Hintern am Haus reibt, dann wird man noch ganz anders durchgeschüttelt; und was der Bruder von Barbaron ist, den hat es in den Wäschekessel geworfen, weil die gerade wuschen, als die Drachin Lust bekam, sich an der Ecke zu kratzen..."
„Doch zur Sache!" rief Klapaucius. „Es gab einen Knall — Ihr seid auf den Fußboden gefallen — und was weiter?"
„Ich sage doch — gar nichts. Hätte es etwas gegeben, dann könnte man was sagen, aber wenn nichts war, dann gibt es auch nichts, worüber es sich lohnte, den Mund fußlig zu reden. Nicht, Gevatter Barbaron?"
„Klar, so ist die Sache."
Klapucius entfernte sich, hierauf zog die Trägerkolonne weiter zum Berg, gebeugt unter der Last, denn der Drachentribut war schwer. Klapaucius vermutete, daß sie ihn in der vom Drachen bestimmten Höhle niederlegen würden, doch er wollte nicht nach den Einzelheiten fragen, denn er schwitzte am ganzen Leibe von diesem Gespräch mit dem Schultheiß und seinem Gevatter. Übrigens hatte er zuvor noch gehört, wie einer der Einheimischen zum anderen sagte, daß der Drache „einen solchen Ort gewählt habe, wo er es nicht weit und auch wir es nicht weit haben —".

Er schritt fürbaß auf dem Weg dahin, den er nach den Messungen des Drakoindikators wählte, welches Gerät er sich um den Hals gehängt hatte, auch den Zähler vergaß er nicht, doch der zeigte ununterbrochen Null und acht Zehntel Drachen an.
„Das muß ein sehr diskreter Drache sein, weiß der Teufel!" dachte Klapaucius, während er so marschierte, und alle Augenblicke blieb er stehen, denn die Strahlen der Sonne brannten entsetzlich, und in der Luft war eine Hitze, daß es über den erwärmten Felsen nur so zitterte, ringsum war nicht ein einziges Blättchen Vegetation zu sehen, nur rissiger trokkener Schlamm in den Felsspalten und glühende Geröllhaufen, die sich bis zu den majestätischen Gipfeln erstreckten.
Eine Stunde verging, die Sonne neigte sich bereits auf die andere Seite des Himmels, und er schritt noch immer über Kiesfelder, über Felsspalten, bis er sich schließlich im Land der engen Hohlwege und Spalten voller Finsternis befand. Der rote Pfeil kroch bis zur Neun unter der Eins und erstarrte zitternd.
Klapaucius legte den Rucksack auf den Felsen und war gerade dabei, den Entdrakonisator herauszunehmen, als der Zeiger lebhaft zu schwanken begann. Er packte also den Wahrscheinlichkeitsreduktor und musterte scharfen Auges die Umgebung. Er befand sich auf einem Felsrücken und konnte in die Tiefe des Hohlwegs hineinschauen, in dem sich etwas bewegte.
„Potzblitz, da ist sie!" durchfuhr es ihn. Die Jechide war nämlich weiblichen Geschlechts.
Ihm kam der Gedanke, daß sie sich vielleicht aus diesem Grunde keine Jungfrauen wünsche. Früher jedoch hatte sie sie gern genommen. „Merkwürdig, sehr merkwürdig, aber jetzt ist Treffgenauigkeit die Hauptsache, dann wird alles noch gut!" überlegte er und langte für alle Fälle noch einmal in den Rucksack nach dem Drakodestruktor, dessen Kolben die Drachen ins Nichtsein befördert hatten. Er beugte sich hinter einem Felsen vor. Auf dem Grunde des engen Talkessels kroch eine Drachin riesigen Ausmaßes in einem trockenen Flußbett, dunkelgrau, mit eingefallenen Flanken, als hätte sie großen Hunger gelitten. Chaotische Gedanken jagten einander in Klapaucius' Hirn. Konnte er sie annihilieren, indem er das Vorzeichen der Drachenmatrix von positiv in negativ änderte, wodurch die statistische Wahrscheinlichkeit des Nichtdra-

chens Oberhand über den Drachen bekommen hätte? Doch wie riskant war es, zog man in Betracht, daß schon eine winzige Oszillation eine Änderung verursachen konnte, deren Folgen katastrophal wären, denn schon manchem war in solcher Bestrahlung an Stelle eines Nichtdrachens ein Nichtlachen der Lohn, und wie soll auch von einem einzigen oder auch von zwei Buchstaben soviel abhängen! Übrigens würde eine totale Deprobabilisierung eine Untersuchung der Natur der Jechide unmöglich machen. So zögerte er und sah in Gedanken schon das reizvolle Bild der gewaltigen Drachenhaut in seinem Arbeitszimmer, zwischen dem Fenster und dem Bücherschrank; doch es war jetzt nicht die Zeit, sich Träumereien hinzugeben, obwohl sich ihm nun eine weitere Möglichkeit aufdrängte, als er niederkniete: dieses Exemplar mit so eigenartigem Geschmack an einen Drachenzoo abzutreten! Er hatte sogar noch Zeit für den Gedanken, was für eine wissenschaftliche Arbeit er, gestützt auf ein gut erhaltenes Exemplar, nebenbei schreiben könnte, er nahm also die Flinte mit dem Reduktor aus der rechten Hand in die linke, packte mit der rechten die mit dem Antikopf geladene Donnerbüchse, zielte sorgfältig und drückte ab.

Es krachte mordsmäßig. Ein perlgraues Rauchwölkchen ringelte sich um den Lauf und um Klapaucius, so daß er das Ungeheuer für einen Moment aus den Augen verlor. Aber gleich verzog sich der Rauch wieder.

Die alten Mären berichten eine Unmenge unwahrer Dinge über die Drachen. So heißt es zum Beispiel darin, die Drachen besäßen sieben Köpfe. So ist es nie. Ein Drache kann nur einen Kopf haben, denn zwei würden sogleich zu heftigen Streitigkeiten und Zänkereien führen; deshalb auch sind die Vielköpfer, wie die Gelehrten sie nennen, infolge innerer Zwistigkeiten ausgestorben. Von Natur aus hartnäckig und stumpfsinnig, vertragen diese Monstren nicht den geringsten Widerspruch, also führen zwei Köpfe an einem Körper zum schnellen Tode, denn jeder verweigert, um dem anderen zuwiderzuhandeln, die Nahrungsaufnahme und hält böswilligerweise sogar den Atem an — mit sattsam bekanntem Erfolg. Eben dieses Phänomen hatte sich Euphorius Rührselig, der Erfinder der Antikopfbüchse, zunutze gemacht. Man schießt dem Drachen ein kleines handliches Elektronenköpfchen in den Leib, und es kommt im Nu zu Hader und Skandalen, und als Folge davon bleibt der Drache wie gelähmt, völlig erstarrt, einen Tag, eine Woche, manchmal einen Monat auf einer Stelle; es kommt vor, daß ihn die Erschöpfung erst nach einem Jahr bezwingt. In dieser Zeit kann man mit ihm anstellen, wozu es einem gerade gelüstet.

Jedoch der Drache, den Klapaucius angeschossen hatte, verhielt sich zumindest sonderbar. Er stellte sich zwar auf die Hinterbeine mit einem Gebrüll, von dem Steinlawinen über die Hänge rollten, er schlug auch mit dem Schwanz gegen die Felsen, bis der Geruch der entfachten Funken den ganzen Talkessel ausgefüllt hatte, dann kratzte er sich aber am Ohr, räusperte sich und ging weiter, als wäre nichts gewesen, er beschleunigte lediglich ein wenig seine Gangart, so daß er nun trabte. Klapaucius traute seinen Augen nicht, er jagte ihm über den Felsgrat nach und verkürzte sich so den Weg zum Ausgang des ausgetrockneten Flußbetts, denn nun schwebten ihm nicht nur eine kleine wissenschaftliche Arbeit vor oder ein, zwei Artikel im „Drachenalmanach", sondern zumindest eine Monographie auf Kreidepapier mit einem Abbild des Drachens und dem des Autors!

An der Biegung kauerte er sich hinter dem Felsen nieder, legte den Unwahrscheinlichkeitswerfer an, zielte und betätigte die Depossibilitatoren. Der Kolben zitterte in der Hand, die erwärmte Waffe umgab sich mit einem Schleier, den Drachen umringte ein Halo, wie den Mond, wenn sich schlechtes Wetter ankündigte, doch er löste sich nicht auf! Erneut machte Klapaucius den Drachen ganz und gar unwahrscheinlich; die Intensität der Impossibilität wuchs dermaßen an, daß ein vorbeifliegender Schmetterling mit dem Morsealphabet das zweite „Dschungelbuch" zu senden begann, und inmitten der Felsumrisse tauchten Schatten von Wahrsagerinnen, Hexen und Wurzelweibern auf, und das vernehmliche Echo galoppierender Hufe kündigte an, daß irgendwo Zentauren hinter dem Drachen einherjagten, die die horrende Spannung des Werfers aus der Unmöglichkeit beschworen hatte. Der Drache jedoch tat, als wäre nichts geschehen, kauerte sich schwerfällig hin, gähnte und begann vergnügt die hängende Wamme mit den Hinterpranken zu kratzen. Die glühende Waffe brannte bereits Klapaucius' Finger, der verzweifelt auf den Abzugshahn drückte, denn er hatte bisher noch nie derartiges erlebt — die kleineren Steine in der Nähe erhoben sich langsam in die Lüfte, der Staub aber, den der sich kratzende Drache unter seinem Hinterteil emporwühlte, ordnete sich, anstatt in völligem Chaos niederzugehen, in der Luft in die gut lesbare Aufschrift DOKTOR, STEHE IHNEN ZU DIENSTEN. Es war dunkel geworden, denn aus dem Tag wurde Nacht, und ein paar Kalkfelsen brachen zu einem Spaziergang auf, unterhielten sich leise über dies und jenes, mit einem Wort, es geschahen wahre Wunder, das scheußliche Vieh jedoch, das kaum dreißig Schritt von Klapaucius entfernt ruhte, dachte nicht im geringsten daran, zu verschwinden. Klapaucius ließ den Werfer fahren und griff in den Brustlatz, holte eine Antidrachengranate hervor und schleuderte sie, seine Seele der Matrix allspinoraler Umwandlungen anvertrauend, nach vorn. Es donnerte, mit den Felsbrocken flog auch der Schwanz des Drachen in die Luft, welch letzterer mit unverfälscht menschlicher Stimme „Hilfe“ rief und davonstiebte, geradewegs auf Klapaucius zu. Dieser sprang, als er den unausweichlichen Tod nahen sah, aus seinem Versteck hervor und hielt die kurze Antimateriearmbrust fest umklammert. Er holte aus, doch erneut ließ sich ein Schreien vernehmen: „Hör auf! Hör auf! Schlag mich nicht tot!“

„Was, ein redender Drache?“ überlegte Klapaucius. „Das kann nicht sein, ich muß wahnsinnig geworden sein ...“ Jedoch er fragte: „Wer spricht? Bist du's, Drache?“

„Was für ein Drache? Ich bin's!“

Und tatsächlich tauchte Trurl aus der zerfließenden Staubwolke empor; er faßte den Hals des Drachen an, hantierte daran, und der Riese fiel sacht auf die Knie und erstarb mit lang anhaltendem Klirren.

„Was soll diese Maskerade? Was hat das zu bedeuten? Woher der Drache? Was hast du in ihm gemacht?“ Klapaucius' Fragen prasselten auf Trurl nieder, der seine vollgestaubte Kleidung säuberte und sich seines Freundes zu erwehren versuchte.

„Aber woher, wie denn, wo, was ... Laß mich doch zu Wort kommen! Ich habe einen Drachen vernichtet, der König verweigerte mir aber den Lohn dafür ...“

„Weshalb?“

„Sicherlich aus Geiz, ich weiß es nicht. Er wälzte das auf die Bürokratie ab, es müsse erst das Gutachtenprotokoll einer Kommission vorliegen, mit Messungen und mit einer Sektion, der Thronbetriebsrat müsse zusammentreten, dies und das, der Hauptschatzmeister habe geäußert, man könne sich nicht einigen, wie die Auszahlung vorzunehmen sei, denn sie falle weder in den Bereich des Lohnfonds noch in den des Allgemeinfonds, mit einem Wort, obwohl ich ihn bat und drängte, obwohl ich zur Kasse und zum König ging, beim Thronrat antichambrierte, es wollte mich niemand anhören; und als sie mir schließlich empfahlen, meinen Lebenslauf mit Paßbildern einzureichen — da ging ich eben, doch der Drache befand sich bereits in einem nicht mehr umkehrbaren Zustand. Ich zog ihm die Haut ab, schnitt einige Armvoll Haselnußruten, dann fand sich noch ein alter Telegraphenmast, und mehr war nicht nötig, ich stopfte ihn aus, na, und dann — dann spielte ich eben etwas vor..."

„Unmöglich! Solltest du zu einer so schändlichen Methode Zuflucht genommen haben? Du? Warum, um Himmels willen, wenn sie dich nicht bezahlten? Ich begreife überhaupt nichts mehr."

„Ach, dumm bist du!" Trurl zuckte herablassend mit den Schultern. „Sie zollen mir ja unablässig Tribut! Ich habe schon mehr erhalten, als ich verlangen durfte."

„So ist das!!!" Eine Erleuchtung kam über Klapaucius. Aber gleich fügte er hinzu: „Es ist ungehörig, durch Zwang..."

„Wieso ungehörig? Habe ich denn etwas Böses getan? Ich bin in den Bergen herumspaziert, und abends habe ich etwas geheult. Ich war schrecklich echauffiert ...", fügte er hinzu und setzte sich neben Klapaucius.

„Wodurch eigentlich? Vom Heulen?"

„Nein, wieso das? Kannst du wirklich nicht eins und eins zusammenzählen? Was denn für Heulen? Jede Nacht bin ich gezwungen, Säcke mit Gold aus der verabredeten Höhle nach oben zu schaffen, schau nur dorthin!" Er deutete mit der Hand auf einen entfernten Bergrücken. „Dort habe ich mir einen kleinen Startplatz vorbereitet. Wenn du solche Zwanzigpudlasten von früh bis spät schleppen müßtest, würdest du schon sehen! Dieser Drache ist ja gar kein Drache, allein die Haut wiegt an die drei Tonnen, ich muß sie schleppen, muß brüllen, muß stampfen — das am Tage, und nachts diese Plackerei. Ich freue mich, daß du gekommen bist. Ich hatte es wirklich schon satt..."

„Aber warum eigentlich ist dieser Drache — das heißt diese

scheußliche Larve — nicht verschwunden, als ich die Wahrscheinlichkeit bis auf Wunder herabminderte?“ wollte Klapaucius wissen.

Trurl räusperte sich, als wenn er verwirrt wäre.

„Das ist meiner Umsicht zu verdanken“, erläuterte er. „Schließlich hätte hier irgend so ein dummer Jäger auftauchen können, meinetwegen der Basilius, also habe ich unter der Haut antiprobabilistische Schirme angebracht. Und jetzt komm, da sind noch ein paar Säcke Platin übriggeblieben — es ist das Schwerste von allem, ich wollte es nicht allein tragen. Es trifft sich wunderbar, du wirst mir helfen . . .“

Von der Rechenmaschine, die mit dem Drachen kämpfte

König Poleander Partobon, Herrscher über Kybera, war ein großer Krieger, und da er den Methoden der neuzeitlichen Strategie huldigte, schätzte er die Kybernetik als Kriegskunst über alles. In seinem Königreich wimmelte es von denkenden Maschinen, denn Poleander brachte sie überall an, wo er nur konnte, keineswegs allein in astronomischen Observatorien oder in Schulen; sogar den Steinen auf den Straßen ließ er Elektronenhirne einsetzen, die dem Fußgänger Warnungen zuriefen, damit er nicht stolperte; auch in Masten, Mauern und Bäumen ließ er sie anbringen, damit man sich allenthalben nach dem Weg erkundigen konnte. Er hängte sie unter die Wolken, damit sie von oben den Regen ankündigten, er teilte sie den Bergen und den Tälern zu, kurz, auf Kybera war es unmöglich, einen Schritt zu tun, ohne auf eine vernunftbegabte Maschine zu stoßen. Schön war es auf dem Planeten, denn der König befahl nicht nur durch Dekrete, all das, was vorher bestanden hatte, kybernetisch zu vervollkommnen, sondern er führte durch Gesetze völlig neue Verhältnisse ein. So wurden denn in seinem Königreich brummende Kyberbienen und Kyberwespen hergestellt, ja selbst Kyberfliegen, die von mechanischen Spinnen weggefangen wurden, wenn sie sich zu stark vermehrten. Auf dem Planeten rauschte das Kyberdickicht der Kyberhaine, Kybertruhen sangen und Kyberguslas — doch außer diesen Einrichtungen zivilen Charakters gab es doppelt soviel militärische, denn der König war ein überaus streitbarer Feldherr. Er besaß in den unterirdischen Gewölben des Schlosses eine strategische Rechenmaschine von geradezu außergewöhnlicher Tapferkeit; er verfügte außerdem über kleinere Einheiten von Kybermaschinengewehren, über gewaltige Kybernonen und sonstige Waffen aller Art und hatte Kasematten voller Pulver. Nur eins bereitete ihm Kummer, und er litt sehr darunter, daß er nämlich überhaupt keine Widersacher oder Feinde hatte und niemand auch nur im entferntesten daran dachte, seinen Staat zu überfallen, wobei sich unweigerlich der schreckliche Mut des Königs, sein strategisches Genie sowie die geradezu außergewöhnliche Schlagkraft der Kyberwaffen sogleich offenbart hätten. Da es ihm an echten Feinden und Eindringlingen gebrach, befahl der König seinen Ingenieuren, künstliche zu bauen, und trug mit ihnen Kämpfe aus, die für ihn immer siegreich waren. Und da dies wirklich furchtbare Feldzüge und Schlachten waren, mußte die Bevölkerung große Unbill erdulden. Die Untertanen murrten, wenn gar zu viele Kyberfeinde ihre Siedlungen und Marktflecken zerstörten, wenn der synthetische Gegner sie mit flüssigem Feuer übergoß, und sie wagten sogar dann ihre Unzufriedenheit zu äußern, wenn der König selbst als ihr Erlöser erschien, den künstlichen Feind aufs Haupt schlug und dabei alles, was ihm in die Quere kam, in Feuer und Rauch aufgehen ließ. Auch dann klagten also die Undankbaren, obgleich das alles nur geschah, um sie zu befreien.

So wurde der König seiner Kriegsspiele auf dem Planeten überdrüssig, und er entschloß sich, nach den Sternen zu greifen. Er träumte bereits von kosmischen Kriegen und kosmischen Feldzügen. Sein Planet hatte einen großen Mond, der ganz öd und wüst war; der König erlegte nun seinen Untertanen große Abgaben auf, um Mittel zu erlangen, mit denen er auf diesem Mond ganze Heere zu bauen und einen neuen Kriegsschauplatz anzulegen gedachte. Die Untertanen zahlten diese Abgaben gern, denn sie hofften, König Poleander werde sie nun nicht mehr ständig mit Kybernonen befreien und nicht mehr die Stärke seiner Waffen an ihren Häusern und ihren Häuptern erproben. Und den königlichen Ingenieuren gelang es auch, eine vortreffliche Maschine auf dem Mond zu konstruieren, die selbst mannigfaltige Truppen und automatische Waffen erzeugen sollte. Der König unterzog die Tüchtigkeit der Maschine sogleich verschiedenen Prüfungen. Einmal befahl er ihr telegrafisch, einen Elektrosalto auszuführen, denn er war neugierig, ob es wahr sei, was die Ingenieure behaupteten, daß nämlich die Maschine alles könne. Wenn sie alles kann, überlegte er, dann soll sie springen. Bei der Übermittlung der Depesche unterlief jedoch ein kleiner Irrtum, und die Maschine erhielt nicht den Befehl, einen Elektrosalto auszuführen, sondern einen Elektrodrako, einen Elektrodrachen, und die Maschine setzte diese Empfehlung, so gut sie es vermochte, in die Tat um.

Der König war damals gerade wieder auf einem Feldzug; er befreite jene Provinzen des Königreichs, die von den Kyberknechten erobert worden waren, und so vergaß er völlig den Auftrag, den er der Mondmaschine gegeben hatte. Da begannen plötzlich gewaltige Felsen vom Mond auf den Planeten herabzurasseln. Der König staunte sehr, denn ein Gesteinsbrocken fiel auf einen Flügel seines Schlosses und vernichtete seine ganze Kollektion von Kyberschraten — Heinzelmännchen mit Rückkopplung. Er telegrafierte daher sogleich höchst verärgert der Mondmaschine, wie sie denn wagen könne, so zu handeln. Sie antwortete jedoch nicht, denn sie war gar nicht mehr auf dieser Welt: Der Drache hatte sie inzwischen mit Haut und Haar verschlungen und in seinen eigenen Schwanz umgewandelt.

Der König sandte sofort eine bewaffnete Expedition auf den Mond. An ihre Spitze stellte er eine andere Maschine, die ebenfalls sehr tapfer war, und sie sollte den Drachen vernichten. Aber es blitzte nur einmal und donnerte, und vorbei war es mit der Maschine und der ganzen Expedition; der Elektrodrache führte nämlich nicht zum Schein Krieg, sondern in vollem Ernst, und er hegte die schlimmsten Absichten gegenüber dem Königreich und seinem König. Der König schickte Generalkyberale auf den Mond und die Obristkyberiste, schließlich sandte er sogar einen Kyberissimus, aber auch der vollbrachte nichts: Das Getümmel, das der König durch ein Fernrohr von der Schloßterrasse aus beobachtete, währte nur ein wenig länger.

Der Drache wuchs, der Mond wurde immer kleiner, denn das Ungeheuer fraß ihn Stück für Stück auf und verarbeitete ihn in dem eigenen Körper. So merkte der König, und mit ihm merkten seine Untertanen, daß es schlimm um sie stand, denn wenn dem Drachen kein Boden mehr unter den Füßen blieb, so würde er unweigerlich über den Planeten und über sie herfallen. Der König sorgte sich sehr, aber er wußte sich keinen Rat mehr. Was sollte er noch tun? Maschinen auszuschicken war nicht gut, selbst zum Mond aufzubrechen auch nicht, denn er hatte Angst. In einer sehr stillen Nacht hörte der König auf einmal den Fernschreiber im königlichen Schlafgemach klappern. Es war der Apparat des Königs, ganz aus Gold, mit einer Brillanttastatur, der die Verbindung mit dem Mond aufrechterhielt. Der König sprang auf und lief an den Apparat,

der ein um das andere Mal klopfte und schließlich ein Telegramm hingeklappert hatte:
Der Elektrodrache telegrafierte, Poleander Partobon solle sich aus dem Staube machen, denn er, der Drache, beabsichtige, seinen Thron zu besteigen!
Der König erschrak, zitterte am ganzen Leibe und lief so, wie er war — im Hermelinnachtgewand und in Pantoffeln —, in die Kasematten des Schlosses, wo eine strategische Maschine war, ein alter, sehr kluger Automat. Er hatte sie bisher nicht um ihren Rat gefragt, denn er hatte sich mit ihr bereits vor dem Entstehen des Elektrodrachen wegen einer militärischen Operation überworfen; doch jetzt stand ihm der Sinn nicht nach Hader, es galt, Thron und Leben zu retten.
Er schaltete die Maschine an, und kaum hatte sie sich ein wenig warm gelaufen, da rief er aus: „Meine Rechenmaschine! Meine Beste! Der Elektrodrache will mich um meinen Thron bringen, er will mich aus meinem Königreich vertreiben. Hilf und sage mir, was ich tun soll, um ihn zu besiegen!"
„Ach nein", erwiderte die Rechenmaschine, „erst mußt du mir in der anderen Frage recht geben, und dann wünsche ich mir, daß du mich nicht anders nennst als Rechen-Feldmarschall, wobei du mich auch mit ‚Euer Ferromagnetizität' anreden kannst."
„Schon gut, ich ernenne dich zum Feldmarschall und gewähre dir alles, was du willst. Aber hilf mir!"
Die Maschine begann zu summen, zu rauschen, sie räusperte sich und sagte: „Die Sache ist einfach. Man muß einen Elektrodrachen bauen, der mächtiger ist als jener, der auf dem Mond sitzt. Er wird den Monddrachen überwinden, ihm das elektrische Gerippe brechen und auf diese Weise zum Ziel gelangen."
„Vorzüglich!" rief der König aus. „Kannst du mir aber die Pläne für diesen Drachen entwerfen?"
„Es wird ein Superdrache sein", antwortete die Maschine. „Ich kann nicht nur die Pläne für ihn entwerfen, ich kann ihn sogar bauen. Das werde ich gleich tun, wenn du dich ein Weilchen geduldest, mein König." Und tatsächlich begann es in ihr zu rasseln, zu dröhnen, sie leuchtete auf, setzte etwas in ihrem Innern zusammen, und schon rutschte ihr eine Art elektrische, riesige, flammende Kralle aus der Flanke. Da sagte der König: „Alte Rechenmaschine, halt ein!"

„Wie sprichst du mit mir? Ich bin ein Rechen-Feldmarschall!"
„Ach ja", bestätigte der König. „Euer Ferromagnetizität, der Elektrodrache, den du baust, wird zwar jenen Drachen überwinden, wird aber selbst an dessen Stelle bleiben. Wie soll nun er beseitigt werden?"
„Indem man einen anderen baut, der noch mächtiger ist", erläuterte die Maschine.
„O nein! Dann tu lieber gar nichts, ich bitte dich darum. Was habe ich davon, daß auf dem Mond immer schrecklichere Drachen sein werden? Ich will dort ja gar keinen haben!"
„Ja, dann sieht die Sache anders aus", erwiderte die Maschine. „Warum hast du mir das nicht gleich gesagt? Jetzt merkst du selbst, wie unlogisch du dich ausdrückst. Warte, ich muß überlegen."
Und wieder dröhnte, brummte, summte sie, räusperte sich schließlich und sagte: „Man muß einen Antimond mit einem Antidrachen anfertigen, ihn auf eine Umlaufbahn um den Mond bringen" — jetzt knackte etwas in ihr —, „niederkauern und singen: ‚Bin ein junger Roboter, fürchte nicht das Wasser, komm ich an 'nen Graben, hopp — schon bin ich drüben, tralala tiralala!'"
„Du redest sonderbar", versetzte der König. „Was hat der Antimond mit diesem Singsang von dem jungen Roboter zu tun?"
„Welchen Roboter meinst du?" fragte die Maschine. „Ach so, nein, ich habe mich versprochen, ich glaube, in meinem Innern ist etwas nicht in Ordnung, ich muß irgendwo durchgebrannt sein." Der König begann die durchgebrannte Stelle zu suchen und fand schließlich eine zersprungene Röhre; er setzte eine neue ein und fragte die Maschine, was er mit dem Antimond machen solle.
„Was für ein Antimond?" fragte die Maschine, die inzwischen vergessen hatte, was sie vorher gesagt hatte. „Ich weiß nichts von einem Antimond ... Warte, laß mich überlegen."
Sie rauschte, summte und fuhr fort: „Man muß eine allgemeine Theorie der Bekämpfung von Elektrodrachen schaffen, für die der Monddrache ein Einzelfall sein wird, der kinderleicht zu lösen ist."
„Dann stelle bitte eine solche Theorie auf!" sagte der König.
„Zu diesem Zweck muß ich zunächst verschiedene experi-

mentelle Elektrodrachen bauen."
„O nein! Vielen Dank!" rief der König aus. „Der Drache will mich meines Thrones berauben, und was soll erst werden, wenn du eine Unmenge von diesem Gezücht hergestellt hast!"
„So? Na, dann müssen wir eben zu einer anderen Methode Zuflucht nehmen. Laß uns die strategische Variante der fortlaufenden Annäherung anwenden. Geh und telegrafiere dem Drachen, daß du ihm den Thron abtreten wirst, wenn er drei ganz einfache mathematische Operationen ausführt..."
Der König ging hin und telegrafierte, und der Drache war einverstanden. Flugs lief der König zu der Maschine zurück.
„Jetzt", sagte sie, „nenne ihm die erste Handlung, die er auszuführen hat: Er soll sich durch sich selbst teilen!"
Der König tat es. Der Elektrodrache teilte sich durch sich selbst, und da in einem Elektrodrachen nur ein Elektrodrache steckt, blieb er weiter auf dem Mond, und nichts hatte sich geändert.
„Ach, was hast du nur getan!" klagte der König, während er so schnell in die Kasematten hinunterlief, daß ihm die Pantoffeln von den Füßen flogen. „Der Drache hat sich durch sich selbst geteilt, und da einer in einem nur einmal steckt, ist er nach wie vor auf dem Mond, und gar nichts hat sich geändert."
„Macht nichts, ich habe es absichtlich getan, das war ein Täuschungsmanöver", entgegnete die Maschine. „Nun teile ihm mit, er soll die Wurzel aus sich ziehen." Der König telegrafierte zum Mond, und der Drache begann die Wurzel zu ziehen. Er zog, zog, bis er in allen Fugen krachte, er schnaubte und bebte, doch plötzlich ließ die Spannung nach — die Wurzel war gezogen!
Der König kehrte zu der Maschine zurück. „Der Drache hat gekracht, gezittert, geknirscht, aber er hat die Wurzel gezogen und bedroht mich weiter", rief er schon auf der Schwelle aus. „Was soll ich jetzt tun, alte Ma ..., das heißt Euer Ferromagnetizität?"
„Sei guter Dinge", beruhigte sie ihn. „Sage ihm nun, er soll sich von sich selbst subtrahieren."
Der König eilte ins Schlafgemach, telegrafierte, und der Drache fing an, sich von sich selbst zu subtrahieren. Zuerst nahm der sich den Schwanz ab, dann die Beine, dann den Rumpf, und schließlich, als er merkte, daß etwas nicht in

Ordnung war, zögerte er, aber das Subtrahieren war schon so in Schwung, daß es von selbst weiterlief. Er nahm sich noch den Kopf, und übrig blieb Null, das heißt nichts — es gab keinen Elektrodrachen mehr!

„Es gibt keinen Elektrodrachen mehr!" frohlockte der König, als er in die Kasematten eilte. „Vielen Dank, alte Rechenmaschine, vielen Dank. Du hast genug gearbeitet, gönne dir jetzt eine Ruhepause, ich schalte dich aus, ja?"

„O nein, mein Lieber", erwiderte die Maschine. „Der Mohr hat seine Arbeit getan, der Mohr kann gehen? Du willst mich ausschalten und nennst mich nicht mehr Euer Ferromagnetizität! Oh, das ist häßlich! Jetzt verwandle ich mich in einen Elektrodrachen, mein Lieber, vertreibe dich aus deinem Königreich und werde selbst regieren, sicherlich besser, als du es vermagst, denn du hast mich ja ohnehin immer in allen wichtigen Dingen befragt, so daß eigentlich ich regiert habe und nicht du..."

Und schon begann sie sich summend und dröhnend in einen Elektrodrachen zu verwandeln; schon ragten ihr flammende Elektrokrallen aus den Flanken, da zog der König, atemlos vor Entsetzen, die Pantoffeln aus, sprang an sie heran und begann, blindlings auf ihre Röhren einzuschlagen. Die Maschine summte, ächzte, in ihrem Programm geriet etwas durcheinander — aus dem Wort Elektrodrache wurde Elektroteer, und vor den Augen des Königs verwandelte sich die Maschine, immer leiser wimmernd, in eine gewaltige Lache kohlschwarzen Elektroteers, der knisterte und prasselte, bis die gesamte Elektrizität in blauen Funken entwichen war und vor dem verblüfften König Poleander nur ein großer, teeriger Tümpel dampfte...

Der König atmete erleichtert auf, zog die Pantoffeln an und kehrte in das königliche Schlafgemach zurück. Von nun an änderte er sich jedoch sehr; die Abenteuer, die er erlebt hatte, hatten seinen kriegerischen Neigungen den Stachel genommen, und er befaßte sich bis ans Ende seiner Tage nur noch mit der zivilen Kybernetik, die militärische aber ließ er sein.

Die Falle des Gargancjan

Als der Kosmos noch nicht so reguliert wie heute war und die Sterne ordentlich aufgestellt standen, so daß man sie leicht zählen konnte, von links nach rechts oder von oben nach unten, wobei die größeren und blaueren besonders gruppiert, die kleineren und gelblich schimmernden als Körper zweiter Kategorie in die Winkel und Ecken gestopft waren und man noch keine Spur von Staub, Schutt oder anderem Nebelflekkenschmutz fand, herrschte in jenen guten alten Zeiten die Sitte, daß Konstrukteure, die ein Diplom der Perpetualen Omnipotenz mit Auszeichnung besaßen, zuweilen auf Reisen gingen, um fernen Stämmen mit Rat und Tat zur Seite zu stehen. So geschah es denn, daß sich Trurl und Klapaucius, die die Sterne so zu schaffen oder zu löschen verstanden, wie wenn jemand Nüsse knackt, im Einklang mit obiger Tradition auf Reisen begaben. Als die Größe des zurückgelegten Abgrunds in ihnen bereits die letzte Erinnerung an den heimatlichen Himmel verwischt hatte, erblickten sie vor sich einen Planeten, der weder zu klein noch zu groß, sondern gerade richtig war und nur einen Kontinent besaß. Durch dessen Mitte verlief eine rote Linie, und alles, was sich auf der einen Seite befand, war gelb, und auf der anderen Seite rosa. Sie begriffen also, daß sie zwei benachbarte Staaten vor sich hatten, und beschlossen, sich vor der Landung zu beraten.

„Da es hier zwei Staaten gibt", sagte Trurl, „wird es nur recht sein, wenn du dich in den einen begibst und ich in den anderen ziehe. Dann ist keiner geschädigt."

„In Ordnung", erwiderte Klapaucius, „aber was ist, wenn sie kriegerische Mittel von uns verlangen? Das kommt vor."

„In der Tat, sie können Waffen, ja selbst Wunderwaffen verlangen", pflichtete Trurl ihm bei. „Legen wir fest, daß wir es entschieden ablehnen."

„Und wenn sie gewaltsam darauf dringen?" entgegnete Klapaucius. „Auch das kommt vor."

„Wir wollen es prüfen", sagte Trurl und schaltete sein Radio ein, aus dem sogleich muntere Marschmusik drang.

„Ich habe eine Idee", sagte Klapaucius und schaltete das Radio aus. „Wir können das Rezept des Gargancjan verwenden. Was meinst du?"
„Ach, das Rezept des Gargancjan!" rief Trurl. „Ich habe noch nie gehört, daß es jemand angewandt hätte. Aber machen wir den Anfang. Warum nicht?"
„Jeder von uns ist bereit, es anzuwenden", erläuterte Klapaucius, „aber wir müssen es unbedingt beide tun, sonst wird alles schlecht enden."
„Ach, eine Kleinigkeit", meinte Trurl. Er holte eine goldene Schachtel aus der Tasche und öffnete sie. Darin lagen zwei weiße Kügelchen auf Samt. „Nimm die eine, die andere bleibt mir", sagte er. „Jeden Abend siehst du dir dein Kügelchen an. Wird es rosa, so bedeutet es, daß ich nach Vorschrift gehandelt habe. Du tust dann das gleiche."
„Abgemacht", sagte Klapaucius und versteckte das Kügelchen. Sie landeten darauf, umarmten einander und schieden in entgegengesetzter Richtung.
Der Staat, in den Trurl gelangte, wurde von König Unheuer regiert. Der war ein Militarist von alters her und dabei ein wahrhaft kosmischer Geizhals. Um das Staatssäckel zu entlasten, schaffte er alle Strafen mit Ausnahme der höchsten ab. Seine Lieblingsbeschäftigung war die Liquidierung überflüssiger Ämter, und seitdem er das Amt des Henkers abgeschafft hatte, mußte sich jeder Verurteilte selbst enthaupten oder, wenn ihm die große Gnade zuteil wurde, mit Hilfe der nächsten Verwandten. Von den Künsten unterstützte er nur die, die keine Ausgaben erforderten, so zum Beispiel Chorrezitationen, das Schauspiel und die militärische Gymnastik. Überhaupt schätzte er die Kriegskunst über alle Maßen, da ein gewonnener Krieg beträchtliche Einnahmen erbringt; andererseits kann man sich aber für den Krieg nur im Frieden ordentlich vorbereiten, und so unterstützte der König ihn, aber mit Maßen. Unheuers größte Reform war die Verstaatlichung des Hochverrats. Das Nachbarland schickte ihm Spione; der Monarch schuf also das Amt des Staatsverräters, der durch Vermittlung untergeordneter Beamter für reichliches Entgelt Staatsgeheimnisse an die feindlichen Agenten weitergab; die Agenten kauften lieber veraltete, denn die waren billiger, und sie mußten sich für ihre Ausgaben vor dem eigenen Finanzwesen ausweisen.

Unheuers Untertanen standen früh auf, kleideten sich bescheiden und gingen spät zur Ruh, denn sie arbeiteten viel. Sie fertigten Körbe für Schanzen an und Faschinen, aber auch Waffen und Denunziationen. Damit der Staat nicht durch das Übermaß dieser letzteren auseinanderfiel, denn zu Zeiten des Hundertäugigen Sehrlimus vor mehreren hundert Jahren war eine solche Krise eingetreten, hatte der, welcher zu viele Denunziationen machte, eine besondere Luxussteuer zu zahlen. So hielten sie sich auf einem vernünftigen Stand. Nachdem Trurl an den Hof Unheuers vorgedrungen war, trug er ihm seine Dienste an, und der König, wie nicht zu schwer zu erraten war, verlangte von ihm mächtige Kriegswaffen. Trurl ersuchte um drei Tage Bedenkzeit, und als er in das für ihn bestimmte bescheidene Quartier gelangte, sah er sich das Kügelchen in der goldenen Schachtel an. Es war weiß, als er es aber betrachtete, begann es sich langsam rot zu verfärben. „Sieh an", sagte er sich, „es ist an der Zeit, Gargancjan zu befolgen!" Und er setzte sich sogleich an seine geheimen Notizen.

Klapaucius hielt sich unterdessen in dem anderen Staat auf, in dem der mächtige König Mägerle herrschte. Dort sah alles anders aus als in der Unheurei. Auch dieser Monarch lechzte nach Feldzügen, auch er gab Geld für die Rüstung aus, doch tat er es in aufgeklärter Weise, denn er war ein Herrscher von maßloser Freigebigkeit, und seine Kunstempfindlichkeit war ohnegleichen. Jener König liebte Uniformen und goldene Schnuren, Borten und Quasten, Achselbänder, Portieren mit Klingeln, Panzerschiffe und Epauletten. Er war wirklich sehr, sehr empfindlich: Jedesmal, wenn er ein neues Panzerschiff vom Stapel laufen ließ, zitterte er am ganzen Leibe. Freigebig warf er mit Mitteln für die Schlachtenmalerei um sich, wobei er aus patriotischen Gründen nach Anzahl der erlegten Feinde honorierte, daher türmten sich auf den Panoramen, von denen es im Königreich nur so wimmelte, die Berge der feindlichen Leichen bis zum Himmel. Im Alltag paarte er den Absolutismus mit Aufklärung und Strenge mit Großmut. An jedem Jahrestag seiner Thronbesteigung führte er Reformen ein. Einmal befahl er alle Guillotinen mit Maiengrün zu schmükken, ein andermal — sie zu schmieren, damit sie nicht quietschten, dann wieder, die Henkerschwerter zu vergolden, ohne zu vergessen, sie aus humanitären Gründen zu schärfen.

Er hatte eine freigebige Natur, doch schätzte er Verschwendung nicht, daher ließ er durch einen besonderen Erlaß alle Pfähle, Pflöcke, Schrauben, Klubs und Fesseln normen. Die Exekutionen der Unorthodoxen, die übrigens selten waren, wurden mit Pomp und viel Aufwand begangen, in Reih und Glied, mit seelischer Tröstung, salbungsvoll, inmitten marschierender Karrees mit Borten und Pompons. Dieser aufgeklärte Monarch hatte auch eine Theorie vom allgemeinen Glück. Es ist ja bekannt, daß der Mensch nicht deshalb lacht, weil er lustig ist, sondern eben lustig ist, weil er lacht. Wenn alle sagen, es sei herrlich, bessert sich gleich die Stimmung. Mägerles Untertanen waren also verpflichtet, natürlich zum eigenen Nutzen und Frommen, laut zu wiederholen, daß sie sich geradezu außerordentlich wohl fühlten, und die alte unklare Begrüßungsformel „Guten Tag" ließ der König in die vorteilhaftere „Wiegut!" umändern, wobei Kindern bis zum vierzehnten Lebensjahr gestattet war, „Hu — ha" zu sagen, und Greisen „Gutwie!".
Mägerle freute sich, als er sah, wie der Geist im Volke gerann, wenn er durch die Straßen mit einer Karosse in Form eines Panzerschiffs fuhr, er sah die „Vivat!" rufenden Mengen und grüßte sie huldvoll mit Gesten der Monarchenhand, sie indes jubelten um die Wette „Hu — ha!", „Gutwie!" und „Zauberhaft!". Er war übrigens von demokratischer Veranlagung. Er liebte es maßlos, sich mit alten Veteranen in kurze martialische Gespräche einzulassen, die Brot aus so manchem Ofen gegessen hatten, er lechzte nach kriegerischen Erzählungen, die in Biwaks zum besten gegeben wurden, und es kam vor, daß er, wenn er einen fremden Würdenträger in Audienz empfing, sich unvermittelt mit dem Streitkolben aufs Knie schlug und rief: „Der Sieg ist unser!" oder: „Man vernagele mir dieses Panzerschiff!" oder: „Daß mich die Kugeln treffen!" Nichts vergötterte er nämlich mehr, schätzte nichts so sehr wie Stärke, Mut und Selbständigkeit, Piroggen in Branntwein mit Schießpulver, Zwieback und Munitionskisten sowie Kartätschen. Wenn er also traurig war, ließ er Regimenter an sich vorbeidefilieren, die sangen: „Die gewindegeschnittene Armee", „Zum alten Eisen werfen wir des Lebens Schmelz", „Es hallt die Mutter, morgen ist alles in Butter" oder auch das alte Kronlied „Pack ich den Meißel mit Verschluß, ich auf Bajonette stürzen muß". Und er ordnete an, daß bei seinem

Tode die alte Garde an seinem Grab sein Lieblingslied singen sollte: „Alter Robot, hast zu rosten."

Klapaucius gelangte nicht auf Anhieb an den Hof des großen Monarchen. In der ersten Ortschaft, in die er kam, klopfte er an verschiedene Türen, aber niemand machte ihm auf. Schließlich erblickte er auf einer gänzlich unbelebten Straße ein kleines Kind, das an ihn herantrat und ihn mit einem dünnen Stimmchen fragte: „Wollen Sie kaufen? Ich verkaufe billig."

„Vielleicht kaufe ich, aber was?" fragte Klapaucius verwundert.

„Ein kleines Staatsgeheimnis", erwiderte das Kind und zeigte unter dem Hemdsaum einen schmalen Streifen vom Mobilmachungsplan. Klapaucius wunderte sich noch mehr und sagte: „Nein, mein Kindchen, das brauche ich nicht. Weißt du nicht, wo hier der Schultheiß wohnt?"

„Und wossu brauchen Sie einen Ssultheiß?" fragte das Kind lispelnd.

„Ich habe mit ihm zu reden."

„Unter vier Augen?"

„Meinetwegen auch unter vier Augen."

„Dann brauchen Sie einen Agenten? Mein Papa wäre dazu geeignet. Er ist verläßlich und billig."

„Zeig mir mal deinen Papa", sagte Klapaucius, als er sah, daß er anders von diesem Gespräch nicht loskommen würde. Das Kindchen führte ihn in eins der Häuser; drinnen, bei brennender Lampe, obwohl es hellichter Tag war, saß die Familie — der greise Opa auf dem Schaukelstuhl, die Großmutter, die einen Strumpf strickte, und ihre zahlreiche reife Nachkommenschaft; und jeder war mit seiner eigenen Arbeit beschäftigt, wie das zu Hause üblich ist. Als sie des Klapaucius ansichtig wurden, erhoben sich sich und stürzten sich auf ihn; die Strickdrähte erwiesen sich als kleine Fesseln, die Lampe als ein Mikrofon und die Großmutter als der Polizeivorsteher am Orte.

„Offenbar ein Mißverständnis", dachte Klapaucius, als man ihn nach vorheriger Mißhandlung in die Zelle warf. Geduldig wartete er die ganze Nacht, denn er konnte ja sowieso nichts anderes tun. Das Morgengrauen versilberte die Spinnweben an den Steinwänden und die verrosteten Überreste der einstigen Gefangenen; nach einiger Zeit führte man ihn zum Verhör. Es stellte sich heraus, daß sowohl die Siedlung wie auch die

Häuser und das Kind vorgetäuscht waren; auf diese Weise fing man linkerhand feindliche Agenten. Ein Gerichtsprozeß drohte Klapaucius nicht, das Verfahren war nämlich kurz. Für den Versuch einer Kontaktaufnahme mit dem verräterischen Vater stand das Fallbeil dritter Klasse, denn die örtliche Verwaltung hatte in jenem Rechnungsjahr bereits den Fonds für den Ankauf verbraucht, Klapaucius aber wollte seinerseits trotz wiederholter Überredungsversuche kein Staatsgeheimnis erwerben; zusätzlich belastete ihn der Mangel eines ernsthaften Barbetrages. Er blieb stets bei seinem Standpunkt; der ihn verhörende Offizier schenkte jedoch seinen Worten keinen Glauben, übrigens läge, selbst wenn er gewollt hätte, die Freilassung des Häftlings nicht in seiner Kompetenz. Die Angelegenheit wurde immerhin an eine höhere Instanz verwiesen, und in der Zwischenzeit unterwarf man Klapaucius Folterungen, mehr aus Diensteifer denn aus wirklicher Notwendigkeit. Nach einer Woche nahm seine Angelegenheit eine günstige Wendung: Der Geläuterte wurde in die Hauptstadt geschickt, wo er über die Regeln der höfischen Etikette in Kenntnis gesetzt und sodann der Ehre einer persönlichen Audienz beim König teilhaftig wurde. Er erhielt sogar eine kleine Trompete, weil nämlich jeder Bürger seine Ankunft und seinen Abgang an behördliche Stellen durch Blasen auf der Trompete verkündete, und der allgemeine Diensteifer war so groß, daß im ganzen Staat der Sonnenaufgang ohne Reveille nichts galt.

Mägerle verlangte tatsächlich von ihm neue Waffen: Klapaucius versprach, dem Monarchen diesen Wunsch zu erfüllen; seine neue Idee, so versicherte er, bedeute eine Umwälzung in der Kriegführung. Welche Armee — fragte er — sei denn unbesiegbar? Eine, die bessere Befehlshaber und disziplinierte Soldaten habe. Der Kommandant befehlige und der Soldat gehorche; der eine müsse daher klug sein, der andere gehorsam. Der Klugheit des Verstandes jedoch, selbst der eines militärischen, seien natürliche Grenzen gesetzt. Überdies könne ein genialer Befehlshaber auf seinesgleichen stoßen. Er könne auch auf dem Felde der Ehre fallen und seine Abteilung verwaist zurücklassen, wie er auch etwas Schlimmeres anrichten könne, indem er, gewissermaßen von Berufs wegen zum Denken angehalten, sein Augenmerk auf die Macht richte. Sei denn ein Haufe im Kampf verrosteter Stabsoffiziere nicht gefährlich, denen das taktische Denken dermaßen die Schläfen verkleistert habe, daß es sich nach dem Thron gelüste? Hätten denn nicht schon zahlreiche Königreiche darunter gelitten? Wie daraus zu ersehen sei, sind die Kommandeure nur ein notwendiges Übel; es komme darauf an, dieses Übel zu liquidieren. Ferner — die Disziplin der Armee beruhe darauf, daß diese genau die Befehle ausführe. Ideal sei eine, die aus tausend Gedanken und Herzen ein Herz, einen Gedanken und einen Willen mache. Diesem Zweck diene die Militärdisziplin, all der Drill, die Manöver und die Übungen. Als ein unerreichbares Ziel erscheine eine solche Armee, die buchstäblich wie ein Mann handelt und selbst Schöpfer wie Ausführender der strategischen Pläne ist. Wer sei also die Verkörperung eines solchen Ideals? Nur das Individuum, man gehorche nämlich niemandem so bereitwillig wie sich selbst, und niemand führe die erteilten Befehle so eifrig aus wie der, der sie sich selbst gibt. Überdies könne ein einzelner Mann niemals auseinanderlaufen, sich selbst den Gehorsam versagen oder gegen sich selbst aufmucken. Es komme also darauf an, daß man diese Bereitwilligkeit zu gehorchen, diese Eigenliebe, wie sie im Individuum verkörpert sei, zur Eigenschaft tausendköpfiger Kolonnen mache. Wie dies zu bewerkstelligen sei? Hier nun begann Klapaucius dem gierig lauschenden König die Ideen Gargancjans zu erläutern, die einfach waren wie alles, was genial ist.

Jedem Rekruten wird — so führte er aus — vorn ein Stecker und hinten eine Steckdose angeschraubt. Auf das Kommando „Anschließen!“ springen die Stecker in die Steckdosen, und dort, wo sich zuvor eine Bande Zivilisten befunden hatte, steht nun eine Abteilung vollkommenen Heeres. Wenn die jeweiligen Gemüter, die bislang von außerdienstlichen Dummheiten abgelenkt waren, in eine wortwörtliche Einheit militärischen Geistes zusammenfließen, ergebe sich nicht nur automatisch eine Disziplin, die sich darin äußert, daß die gesamte Armee stets ein und dasselbe tut, denn sie ist ein Geist in einer Million von Leibern, sondern es trete zugleich auch die Klugheit auf den Plan. Diese Klugheit aber stehe im direkten Verhältnis zur Kampfstärke. Der Zug besitzt die Psyche eines Unteroffiziers; die Kompanie ist so klug wie ein Hauptmann, das Bataillon wie ein Diplomoberst, und eine Division, selbst die der Reserve, ist so viel wert, wie alle Strategen zusammengenommen. Auf diese Weise könne man zu Formationen gelangen, die von geradezu erschreckender Genialität seien. Die erteilten Befehle können sie unmöglich verweigern, denn wer höre nicht auf sich selbst? Durch diese Methode werde den Extravaganzen und Eigenmächtigkeiten der Individuen, der Abhängigkeit von den zufälligen Befähigungen der Befehlshaber, ihrer gegenseitigen Mißgunst, ihren Rivalitäten und Konflikten ein Ende gesetzt; die einmal verbundenen Truppenteile dürfe man nicht mehr trennen, denn das hätte nur Wirrwarr zur Folge. „Eine Armee ohne Führer ist sich selbst Führer — das ist meine Idee!" beendete Klapaucius seine Rede, die einen großen Eindruck auf den König gemacht hatte.

„Geh Er in sein Quartier", sagte der Monarch schließlich, „ich werde mich unterdessen mit meinem Generalstab beraten..."

„Oh, tun Sie das nicht, Majestät!" rief Klapaucius listig und täuschte große Verlegenheit vor. „Genau das hatte Kaiser Turbuleo getan, und sein Stab verwarf den Plan, um seine eigenen Stellungen nicht zu verlieren, woraufhin Turbuleos Nachbar, König Emalius, das Kaiserreich mit seiner organisierten Armee überfiel und es in Schutt und Asche legte, obwohl seine Truppen achtmal schwächer waren!"

Nach diesen Worten begab er sich in das für ihn bestimmte Appartement und sah sich das Kügelchen an, das rot wie eine Rübe war; hieraus folgerte er, daß Trurl beim König Unheuer im gleichen Sinne handelte. Bald auch befahl ihm der König, einen Zug Infanterie nach seinen Vorstellungen umzubilden; darauf verband sich jene kleine Abteilung im Geiste, wurde eine Einheit und schrie: „Lauf und morde!" Sie rollte den Hügel hinunter, fiel über drei Schwadronen königlicher Kürassiere her, die bis zu den Zähnen bewaffnet waren und von sechs Dozenten der Akademie des Generalstabs angeführt wurden, und rieb sie restlos auf. Das betrübte die Groß- und Feldmarschälle, die Generale und Admirale. Der König ließ sich sogleich pensionieren, und da er von der umwälzenden Neuerung vollends überzeugt war, befahl er Klapaucius, die ganze Armee umzuorganisieren.

In der Tat begannen die Büchsenmacher- und Elektrobetriebe Tag und Nacht waggonweise Stecker herzustellen, die in allen Kasernen vorschriftsmäßig eingeschraubt wurden. Klapaucius machte Inspektionsreisen von Garnison zu Garnison und erhielt eine Menge Orden vom König; Trurl, der in ähnlicher

Weise in der Unheurei tätig war, mußte sich wegen der bekannten Sparsamkeit jenes Monarchen mit dem lebenslänglichen Titel des Großes Vaterlandsverräters begnügen. Beide Staaten bereiteten sich somit auf Kriegshandlungen vor. Im Eifer der Mobilmachung wurden sowohl konventionelle als auch nukleare Waffen vorbereitet. Von früh bis spät putzte man Kanonen und Atome, damit sie laut Vorschrift blitzten. Die Konstrukteure, die eigentlich nichts mehr zu tun hatten, gingen daran, ihre Sachen heimlich zu packen, um sich zu gegebener Zeit an der verabredeten Stelle am Raumschiff zu treffen, das im Wald bereitstand.
Unterdessen geschahen verschiedene Wunder in den Kasernen, vor allem in denen, wo die Infanterie stationiert war. Die Kompanien brauchten nicht mehr gedrillt zu werden und brauchten nicht mehr abzuzählen, um ihre Kampfstärke zu ermitteln, ähnlich wie derjenige nicht das linke Bein mit dem rechten verwechselt, der beide hat, und nicht zu zählen braucht, um zu wissen, daß es ihn einmal gibt. Es war eine Freude zuzuschauen, wie solche neuen Abteilungen marschierten, wie sie „Links um" und „Stillgestanden" exerzierten; nach den Übungen jedoch begannen sich die Kompanien mit Redensarten zu bewerfen, so hallte es denn aus den offenen Fenstern der Kasernenbaracken um die Wette über den Begriff der kohärenten Wahrheit, über analytische und synthetische A-priori-Urteile oder über das Sein als solches, denn so weit war die kollektive Vernunft bereits gediehen. Man erarbeitete sich auch die philosophischen Grundlagen, bis schließlich ein Pionierbataillon zum absoluten Solipsismus gelangte und verkündete, nichts außer ihm existiere real. Da nun hieraus zu folgern war, daß es weder einen Monarchen noch einen Feind gebe, mußte dieses Bataillon in aller Stille auseinandergeschaltet und auf andere Abteilungen verteilt werden, die auf den Positionen des epistemologischen Realismus standen. Angeblich ging zu der gleichen Zeit in der Unheurei die sechste Luftlandedivision von den Landeübungen zu mystischen Übungen über und versank derart in der Kontemplation, daß sie fast in einem Bach ertrunken wäre; es ist nicht genau bekannt, wie sich das in Wirklichkeit zugetragen hat, jedenfalls wurde damals gerade der Krieg erklärt, und die eisenklirrenden Regimenter rückten von beiden Seiten langsam an die Staatsgrenze heran.

Das Gesetz des Meisters Gargancjan wirkte mit unerbittlicher Konsequenz. Als sich Formationen mit Formationen verbanden, wuchs proportional dazu auch die ästhetische Empfindlichkeit, die auf der Stufe der verstärkten Division ihr Maximum erreichte, deshalb auch kamen Kolonnen von dieser Stärke leicht im Verfolg des ersten besten Schmetterlings auf Abwege, und als das Sehrlimussche motorisierte Korps an die feindliche Festung, die im Sturm genommen werden mußte, heranrückte, erwies sich der nachts angefertigte Angriffsplan als ein glänzendes Porträt dieser Festung, zudem war er im abstraktionistischen Geiste gemalt, der den militärischen Traditionen gänzlich widersprach. Auf der Stufe der Artilleriekorps trat hauptsächlich die schwierigste philosophische Problematik zutage; zugleich ließen diese großen Einheiten aus Zerstreutheit, wie sie nun einmal genialen Personen eignet, unterwegs die Waffen und das schwere Kriegsgepäck liegen, oder sie vergaßen gänzlich, daß sie in den Krieg zogen. Was nun die ganzen Armeen betraf, so wurde ihr Geist von mannigfachen Komplexen beherrscht, und so mußte jeder einer besonderen motorisierten psychoanalytischen Brigade angeschlossen werden, die während des Marsches die entsprechenden Eingriffe vornahm.

Beide Armeen hatten mittlerweile unter stetem Gedröhn und Gerassel der Pauken die Ausgangsstellungen eingenommen. Sechs Infanteriesturmregimenter, die sich mit einer Haubitzenbrigade und einem Ersatzbataillon vereinigt hatten, dichteten, nachdem man ihnen einen Exekutionspeloton anschloß, das „Sonett von dem Geheimnis des Seins", und das während des Nachtmarsches zu den Stellungen. Zu beiden Seiten entstand eine gewisse Verwirrung; das achtzigste Marlabardsche Korps rief, die Definition des Begriffs „Feind" solle unbedingt präzisiert werden, da sie bisher von logischen Widersprüchen belastet und womöglich gar sinnlos zu sein scheine.

Die Fallschirmjägerabteilungen versuchten, die umliegenden Dörfer zu algorithmisieren, die Formationen stießen aufeinander, also schickten beide Könige die Flügeladjutanten und Sonderkuriere aus, damit sie Ordnung in die Reihen brachten. Aber kaum war einer herangesprengt und hatte mit seinem Pferd eine Volte gezogen und sich dem jeweiligen Korps angeschlossen, um zu erfahren, woher diese Unordnung komme, gab er im Nu seinen Geist im Korpsgeist auf. So blieben die Könige ohne Adjutanten. Das Bewußtsein erwies sich als eine schreckliche Falle, in die man hineingeraten, unmöglich aber herauskommen kann. Vor den Augen Unheuers sprengte sein Vetter, der Großherzog Derboullion, um der Truppe Mut einzuflößen, zu den Linien, kaum aber hatte er sich zwischengeschaltet, hauchte er seinen Geist aus und war überhaupt nicht mehr vorhanden.

Als Mägerle sah, daß es schlecht stand, obwohl er nicht wußte, warum das so war, winkte er die zwölf Leibtrompeter heran. Auch Unheuer winkte, der auf dem Kommandeurshügel stand; die Bläser legten das Erz an die Lippen, und von beiden Seiten ertönten die Trompeten zum Angriff. Auf dieses langhallende Zeichen hin verband sich jede der Armeen endgültig. Das drohende Eisengeklirr der sich schließenden Kontakte wurde vom Winde auf das künftige Schlachtfeld getragen, und anstelle der tausendfachen Bombardiere und Kanoniere, Richtschützen und Ladeschützen, Gardisten und Artilleristen, Pioniere, Gendarmen und Marineinfantristen entstanden zwei gigantische Geister, die mit einer Million Augen über die große Ebene hinweg, die unter weißen Wolken lag, einander ansahen, und es trat ein Augenblick völliger Stille ein. Auf beiden Seiten war es nämlich zu der berühmten Kulmination des Bewußtseins gekommen, die der große Gargancjan mit mathematischer Genauigkeit vorausgesehen hatte. Oberhalb einer bestimmten Grenze verwandelt sich nämlich das Militärische als lokaler Zustand in das Zivile, und zwar deshalb, weil der Kosmos als solcher absolut zivil ist, und die Geister beider Heere hatten eben bereits eine kosmische Dimension erreicht! Obschon also von außen der Stahl, die Panzer, Kartätschen und tödlichen Stichwaffen glänzten, wogte innen ein doppelter Ozean abgeklärter Heiterkeit, allumfassenden Wohlwollens und vollkommener Vernunft. Auf den Hügeln stehend, mit dem in der Sonne funkelnden Stahl, unter unausgesetztem Trommelwirbel, lächelten beide Armeen einander an. Trurl und Klapaucius traten gerade an Deck ihres Schiffes, da geschah es, was sie erstrebt hatten: Vor den Augen der vor Scham und Wut schwarz gewordenen Könige räusperten sich beide Heere, faßten einander unter und gingen spazieren, Blumen pflückend unter den dahineilenden Wolken auf dem Felde der nicht stattgehabten Schlacht.

Quellen- und Rechtsnachweis

Test (Test), *Albatros* (Albatros), *Invasion vom Aldebaran* (Inwazja z Aldebarana) und *Von der Rechenmaschine, die mit dem Drachen kämpfte* (Bajka o maszynie cyfrowej, co ze smokiem walczyła) sind dem Band *Test. Phantastische Erzählungen*, Verlag Volk und Welt, Berlin 1968, entnommen; *Die Patrouille* (Patrol), *Die Jagd* (Polowanie) und *Der Unfall* (Wypadek) dem Band *Die Jagd. Neue Geschichten des Piloten Pirx*, Verlag Volk und Welt, Berlin 1972.

König Hydrops Ratgeber (Doradcy króla Hydropsa), *Von den Drachen der Wahrscheinlichkeit* (O smokach prawdopodobieństwa) und *Die Falle des Gargancjan* (Pułapka Gargancjana) entnahmen wir dem Band *Robotermärchen*, Eulenspiegel-Verlag, Berlin 1976.

Die Ratte im Labyrinth (Szczur w labyrincie) und *Weltuntergang um acht* (Koniec świata o ósmej) wurden übersetzt nach: Stanisław Lem, *Dzienniki gwiazdowe*, Państwowe Wydawnictwa „Iskry“, Warszawa 1957, S. 17—118.

Inhalt

9,–